AF221112

# Getäuscht
# und Belogen

Karin Franke

# Getäuscht und Belogen

## Impressum

Copyright: Karin Franke 2020

Lektorat: Tobias Franke

Covergestaltung: Ressia Karionkei
Foto: Ralf B. Franke – Stahlring am Blücherpark

Alle Rechte vorbehalten

Herstellung und Verlag: BoD - Books on Demand, Norderstedt

ISBN: 9783751993531

# Prolog

## April 2019

Als im Haus die letzten Lichter erloschen waren, tastete er sich im Dunkeln vorsichtig die Treppe hinauf. Daniel schien bereits zu Hause zu sein, die Wohnungstür stand einen kleinen Spalt offen, der Schein der Dielenlampe erhellte die Fußmatte. Heftiges Scharren ertönte und ein kleiner Schatten verdunkelte die Öffnung. Bei seinem Anblick fing Minka kläglich an zu miauen.

„Pscht!", zischte er leise und griff in den Zwischenraum, um sie zurückzudrängen. Was für ein Leichtsinn von Daniel! Dabei hatte dieser ihn extra noch gewarnt, beim Hereinkommen aufzupassen, da die Katze rollig sei und jede sich bietende Gelegenheit nutze, das Weite zu suchen.

Mit einer Hand schob er sie zurück und drückte mit der anderen gleichzeitig gegen die Tür. Doch irgendein Widerstand hinderte ihn, er drückte fester, stemmte sich schließlich mit seinem ganzen Gewicht dagegen. Irgendetwas schabte über den Holzfußboden und gab langsam nach. Im letzten Moment erwischte er die flüchtende Minka im Nacken. Er nahm die laut protestierende Katze hoch und quetschte sich mit ihr zusammen in die Wohnung.

„Daniel?", rief er leise. Dann fiel sein Blick auf das Hindernis in der Diele und er erstarrte. Der Freund lag bäuchlings auf dem Boden, mitten in einem riesigen Blutfleck, der feucht glänzte. Nero hockte auf seinem Rücken und leckte das immer noch herausquellende Rot sorgfältig ab.

Er schluckte und umklammerte die Katze auf seinem Arm fester. Mit einem Satz war er bei dem Kater und riss ihn hoch. Der fauchte und schlug ihm die Krallen tief in das Handgelenk. Trotzdem ließ er nicht los, schleppte beide Tiere in Daniels Schlafzimmer, warf sie mehr hinein, als dass er sie absetzte, und knallte die Tür hinter ihnen zu.

Voller Panik wandte er sich dem am Boden Liegenden zu. Daniel hatte sich bisher nicht gerührt. Was war passiert? Hatten die Katzen ihn derart verletzt?

Schon als er in die Hocke ging, erkannte er seinen Irrtum. Das war eindeutig ein tiefer Stich, eine Messerverletzung. Die Panik drohte überhandzunehmen. Er schluckte und schluckte, um die aufkommende Übelkeit zu verdrängen.

Endlich hatte er sich so weit wieder beruhigt, dass er nach dem Puls des Verletzten tasten konnte. Nichts, da war nichts! Er legte die Hand über Daniels Schulter, damit er ihn auf den Rücken drehen konnte. In genau diesem Moment hörte er das Geräusch, ein kaum wahrnehmbares Knirschen. Er wusste, was es bedeutete. Jemand befand sich in der Küche - und bewegte sich in Richtung Diele. Seit Daniel damals die Katzenstreutüte gerissen war und sich die kleinsten der Körner in den Ritzen des schlecht verlegten Laminats festgesetzt hatten, schabte es jedes Mal, wenn man darüber lief.

Der Mörder war noch in der Wohnung!

Er sprang auf, fuhr in einer einzigen Bewegung herum und quetschte sich hastig durch den Türspalt. Er musste so schnell wie möglich verschwinden!

Ohne auf seine laut polternden Schritte zu achten, raste er die Treppe hinunter. Gleichzeitig lauschte er auf Geräusche, die ihm anzeigten, dass er verfolgt wurde. War das gerade ein Widerhall gewesen?

Er wagte nicht innezuhalten und sich zu überzeugen, stattdessen erhöhte er sein Tempo, bis er fast die letzten Stufen hinunterflog. Er riss an der Klinke und stürzte durch die Tür.

Wohin jetzt? Hauptsache weg! Er rannte an der Häuserzeile entlang, die keinen Schutz bot, warf sich dann in einem schnellen Entschluss hinter ein geparktes Auto und drückte sich eng an den Kofferraum.

Keinen Moment zu früh. Ein schwarzer Schatten glitt aus dem Treppenhaus auf die Straße und blickte prüfend umher.

„Geh weg!", betete er still. „Komm bloß nicht näher!"

Die Gestalt ging langsam einige Schritte in seine Richtung und sah sich dabei nach allen Seiten um. Er spürte, wie seine Beine zu zittern anfingen vor Aufregung und Schreck. Sollte er laut schreien? Würde ihm irgendjemand rechtzeitig zu Hilfe eilen?

Plötzlich flammte die Außenbeleuchtung am Haus vor ihm auf, zwei Männer kamen heraus, sich lautstark unterhaltend. Sie schienen von dem Drama, das sich direkt vor ihrer Nase abspielte, nichts mitzubekommen, scherzten und lachten und nahmen Kurs auf den Wagen, hinter dem er sich versteckte.

Er hatte sie auf den ersten Blick erkannt, wagte nicht, sich zu bewegen, selbst die Luft hielt er an. Wenn der Fahrer ihn entdeckte, war er geliefert.

Nein, dieser nahm den Weg an der Motorhaube vorbei. Er atmete zischend aus und krabbelte langsam auf Händen und Füßen rückwärts. Als das Auto startete, warf er sich blitzschnell neben das dahinter stehende, rutschte daran entlang und kauerte sich so eng wie möglich unter die Hinterräder.

Der Fahrer gab aufheulend Gas und brauste davon. Er lauschte angestrengt, legte sich schließlich auf den Bauch und prüfte eingehend die Straße und die beiden Bürgersteige. Sein Verfolger schien verschwunden. Das Einzige, was er entdeckte, war, dass in Daniels Haus mehrere Lichter aufleuchteten. Seine hastige Flucht musste die Nachbarn aufgeschreckt haben - vielleicht auch das Jammern der Katzen, wie ihm jetzt erst bewusst wurde. Hatten sich nicht Minkas schrille Schreie über jeden seiner Schritte gelegt?

Egal! Mit etwas Glück ging einer der Nachbarn dem Lärm nach und entdeckte den Toten. Das hieß, es würde hoffentlich bald hier vor Polizisten nur so wimmeln. Er lächelte grimmig in sich hinein. Wer hätte gedacht, dass er sich jemals über deren Auftauchen freuen würde!

Er drehte den Kopf und betrachtete die Autoreihe hinter sich. Der SUV, der würde sich als Versteck hervorragend eignen. Langsam und vorsichtig arbeitete er sich unter dem Kofferraum hervor und huschte nach einem letzten prüfenden Blick an den parkenden Wagen vorbei zu seinem Ziel.

Ja, er hatte richtig geschätzt. Es gelang ihm auf Anhieb, sich darunter zu rollen, er hatte sogar genügend Platz, sich auf den Bauch zu drehen.

So blieb er angespannt liegen, bis die aufheulenden Sirenen das Nahen der Polizei ankündigten. Die Gefahr war fürs Erste gebannt.

*

Die Helligkeit, die langsam in den Raum sickerte, riss ihn in die Gegenwart zurück. Halb zehn! Trotzdem überwog der Eindruck, kaum geschlafen zu haben. Sein Kopf schmerzte wie nach einer durchzechten Nacht, er lechzte nach einem Glas Wasser.

Während er sich erhob, tastete er nach dem Handy, das er vorsichtshalber ausgeschaltet hatte. Warum auch immer! Als wenn die Polizei ihm schon auf der Spur wäre!

Zehn Anrufe in Abwesenheit, zwei von Radu, acht von Katja. Er drückte auf ihren Namen.

Sie meldete sich nach dem ersten Klingeln. „Hast du schon gehört, was mit Daniel passiert ist? Wo warst du? Wo bist du jetzt?"

„Ist wirklich tot?" Inbrünstig hoffte er, dass er sich getäuscht hatte, dass Katja gleich auflachen und ihn beschwichtigen würde.

8

„Er war schon mausetot, als die Bullen eintrafen. Puh!" Sie stieß pfeifend die Luft aus. „Ich dachte echt, dich hätte es auch erwischt. Warum hattest du das Handy aus?"

„Ich hab Streifenwagen gesehen, bin weg", log er, während ihn Trauer und Panik gleichermaßen überfielen. Es reichte, wenn er ihr später alle Einzelheiten erzählte. Wichtiger war jetzt, ungeschoren aus dem Stadtviertel herauszukommen. „Wo bist du?"

„In sicher Versteck." Dass es sich dabei um eines dieser heruntergekommenen, leer stehenden Häuser in der Nordstadt handelte, erwähnte er lieber nicht.

Trotzdem schien sie zu ahnen, dass er sie belog. „Da kannst du nicht bleiben. Du musst sofort raus aus der Stadt! Damit sie dich nicht auch noch erwischen", fügte sie mit Nachdruck hinzu.

Es gab nur einen, der ihm helfen konnte, wurde ihm nach kurzem Überlegen klar. Am besten, er machte sich sofort auf den Weg.

Er erhob sich und schlich aufmerksam lauschend zur Tür. Aus dem Nachbarkeller drang leises Gemurmel an sein Ohr, das Vor-sich-hin-Brabbeln eines Betrunkenen oder Bekloppten. Sonst war kein Geräusch zu hören.

So leise wie möglich stieg er über den Unrat am Boden hinweg, mehr tastend als sehend. Das fahle Licht, das durch die dreckigen Fenster bis in den Durchgang fiel, der zum Hausflur führte, erhellte den Bereich nur unwesentlich. Er musste einfach darauf hoffen, dass er nichts unter die Füße bekam, was richtig Lärm machte.

An der Treppe angekommen atmete er auf. Die Haustür stand sperrangelweit offen, das Licht drang ungehindert ein und beleuchtete die leeren Stufen vor ihm. Er sprang sie in einem Affenzahn hinauf und machte, weil er genau in dem Moment das Geräusch polternder Schritte über sich hörte, einen Satz hinaus.

Im selben Moment entdeckte er auf dem gegenüberliegenden Bürgersteig zwei aus dem Clan, die gerade aus einem

Auto stiegen. Zu spät, wieder reinzugehen, sie hatten ihn bereits erspäht. Ohne zu zögern rannte er los.

Natürlich folgten sie ihm. Er musste sie irgendwie abhängen!

Laufen war nicht seins, er versuchte diesen Nachteil wettzumachen, indem er immer wieder Haken schlug und knapp vor den fahrenden Autos auf die Straße sprang, sodass diese laut hupend bremsten. Trotzdem gelang es ihm nicht, einen vernünftigen Vorsprung herauszuholen. Mindestens einer seiner Verfolger war stets in Sichtweite.

Mittlerweile näherte er sich dem Hafenviertel. Ob sie es wagen würden, ihn außerhalb ihres Reviers zu stellen? Vielleicht gaben sie auf, wenn er die unsichtbare Grenze überquerte. Die Hoffnung auf Sicherheit gab ihm einen letzten Schub. Er spurtete los.

Mallinckrodtstraße, endlich! Er nutzte die erste sich bietende Lücke im Verkehr. Wieder musste ein Autofahrer hart auf die Bremse treten. Knapp vor ihm kam der Wagen zum Stehen, der Mann lehnte sich schimpfend aus dem Fenster.

Auf dem gegenüberliegenden Bürgersteig wagte er es, etwas langsamer zu werden und einen Blick zurückzuwerfen. Scheiße! Die folgten ihm tatsächlich!

Während er weiterlief, sah er sich nach allen Seiten um. Ein paar Frauen in Zweier- oder Dreiergruppen kamen ihm entgegen. Sie wanderten gemächlich ihres Weges und unterhielten sich dabei. Mehrere Grundschüler waren in Richtung Schule unterwegs, auch die ersten Penner hatten ihre Schlupflöcher verlassen. Keiner von ihnen würde eingreifen, wenn seine Verfolger ihn einholten - auch nicht die Polizei rufen. Entweder man kam klar oder man hatte Pech gehabt.

Noch einmal versuchte er zu beschleunigen, doch das heftig einsetzende Seitenstechen zwang ihn, sein Tempo zu mäßigen. In seinem Rücken wurden die Schritte der beiden Männer immer lauter.

Sonst war immer jemand unterwegs, den er kannte, nur jetzt natürlich nicht. Selbst der Dönerladen hatte noch geschlossen. War Olaf um diese Zeit überhaupt schon da? Vermutlich nicht. Aber die Arbeiter bestimmt, hoffentlich waren sie im Außenbereich zugange.

Bevor er um die letzte Ecke biegen konnte, verspürte er einen kräftigen Schlag in den Rücken, der ihn geradeaus weiterstolpern ließ. Dann war der erste der Verfolger schon heran und warf sich auf ihn.

Im selben Augenblick ertönte das schrille Quäken einer Hupe, das im Sekundentakt lauter und lauter wurde, der Fahrer musste direkt auf sie zuhalten.

Ohne sich darum zu kümmern, begann sein Feind auf ihn einzudreschen. Ungezielte Schläge prasselten auf ihn herab, er krümmte sich, um so wenig Angriffsfläche wie möglich zu bieten.

„He!" Laute Schritte, die sich rasch näherten.

Sein Verfolger ließ von ihm ab und suchte das Weite. Mühsam rappelte er sich auf. Es war mehr der Schock als die Schmerzen, der ihm plötzlich zu schaffen machte. Endlich in Sicherheit begannen seine Beine zu zittern und er schnappte japsend nach Luft.

„Beruhige dich! Sie sind weg." Olaf zog ihn hoch und hielt ihn fest, bis er sich gesammelt hatte. „Danke, dass ihr mir zu Hilfe gekommen seid", wandte er sich dann an die Arbeiter, die stumm in einigem Abstand stehen geblieben waren und aufmerksam um sich blickten. „Ich glaube, die Gefahr ist vorüber."

Trotzdem warteten die Männer, bis Olaf sein Auto, das mitten auf der Straße stand, eingeparkt hatte, und begleiteten ihn und den Sozialarbeiter bis zur Tür des Bunkers.

# 1

Ich schloss gerade meine Wohnungstür hinter mir, als ich die zwei Männer entdeckte, die zielstrebig auf mich zusteuerten. Den einen schätzte ich auf Mitte fünfzig, mit leicht ergrautem, braunem Haar, einer Gleitsichtbrille und tiefen Falten um Mund und Nase. Sein Begleiter war ein bulliger Typ mit Stoppelschnitt, fast zwei Meter groß und allerhöchstens Anfang dreißig.

„Herr Alexander Grahl?", fragte der ältere.

Ich wandte mich um, nickte und musterte sie mit hochgezogenen Augenbrauen. Wie Vertreter sahen sie eindeutig nicht aus, eher wie … „Und Sie sind?"

Er zog einen Ausweis aus der Jackentasche und hielt ihn mir hin. „Janzen, Kriminalhauptkommissar." Er wies mit einem Kopfnicken zu seinem Partner. „Mein Kollege Kohlschmidt."

Keine Ahnung, was die von mir wollten! „Worum geht es denn? Ich bin auf dem Weg zur Uni, habe gleich ein Seminar, also nicht viel Zeit."

„Kennen Sie Daniel Brenner?"

„Wir sind Freunde, haben aber kaum noch Kontakt", stellte ich vorsichtshalber gleich klar. Das wievielte Mal war das jetzt, dass er in der Bredouille saß? Das vierte oder fünfte?

„Er ist tot", sagte Herr Janzen und ließ mich bei diesen Worten nicht aus den Augen.

Mein Schockmoment war seltsamerweise relativ kurz. „Tot?", echote ich.

„Können wir uns drinnen unterhalten?" Mein Gegenüber wies auf die geschlossene Tür.

„Natürlich." Umgebracht wahrscheinlich, schoss es mir durch den Kopf, während ich die Männer durch die Diele führte. Sonst würde sich nicht die Kripo bei dir melden.

Die beiden Beamten sahen sich neugierig um, bevor sie nebeneinander auf der Couch Platz nahmen. Meine Einrichtung war eher minimalistisch: Ein Computertisch mit allem notwendigen Zubehör, ein Regal, vollgestellt mit Büchern, ein alter Schreibschrank, noch aus meinem Jugendzimmer, das Sofa, das man zum Bett umfunktionieren konnte, und davor ein einfacher lackierter Holztisch. Dadurch wirkte der Raum größer, als er war, und mir reichte das Vorhandene völlig.

Ich zog mir den einzigen Luxusgegenstand heran, meinen super bequemen Chefsessel, und sah Herrn Janzen fragend an. Dieser hatte eindeutig das Sagen, daher erwartete ich von ihm eine genauere Erklärung.

„Wo waren Sie gestern Abend?"

„Also ist es da passiert", erwiderte ich nachdenklich. „Deshalb … Wir waren eigentlich verabredet, ich habe mich schon gewundert, warum er sich nicht wenigstens kurz meldete", fügte ich erklärend hinzu. „Ich bin um acht bei ihm aufgetaucht, aber er reagierte weder auf mein Klingeln noch auf meinen Anruf. Da bin ich wieder gegangen." Und zwar ziemlich sauer, dass ich den Weg völlig umsonst gemacht hatte.

„Kam das öfter vor, dass er Sie versetzte?"

„Normalerweise meldete er sich früh genug, wenn er absagte."

„Wann hatten Sie die Verabredung getroffen?"

„Das war eine feststehende Regelung. Wir trafen uns einmal im Monat abwechselnd bei ihm oder mir, jeden ersten Mittwoch im Monat. Das lief schon seit gut einem Jahr so."

„Was haben Sie getan, als er nicht öffnete?"

„Ich bin wieder nach Hause gefahren." Ich musste an mich halten, nicht meine Augen zu verdrehen. „Was ist denn nun genau geschehen?"

13

„Sie sind nicht nach oben gegangen?"

Als hätte ich kein Recht auf irgendeine Information! „Nein, da hätte ich ja bei einem anderen Nachbarn klingeln müssen." Und oben nur wieder vor einer verschlossenen Tür gestanden.

„Brannte in Herrn Brenners Wohnung Licht?"

„Zumindest nicht vorne raus. Allerdings liegen Küche und Wohnzimmer zum Innenhof hin."

„Ist Ihnen vor dem Haus oder in der Nähe irgendetwas aufgefallen?"

„Nein, ich habe auch nicht besonders darauf geachtet." Mirko hatte mir genau an diesem Tag die neue Musikdatei geschickt, die ich mir auf dem Weg zu Daniel anhörte, was mich ziemlich ablenkte. „Was ist denn nun genau passiert?", wiederholte ich.

„Herr Brenner ist am späten Abend erstochen in seiner Wohnung aufgefunden worden." Wieder beobachtete mich Herr Janzen genau, um sich kein Detail meiner Reaktion entgehen zu lassen.

„In seiner Wohnung?" Sofort setzten meine Schuldgefühle ein. War Daniel etwa schon in Bedrängnis gewesen, als ich klingelte? Hätte ich seinen Tod verhindern können? Oder ihn vielleicht noch retten? „Wissen Sie schon, wann …" Ich musste mich erst räuspern, bevor ich weitersprechen konnte, „… er ermordet wurde?"

„Gegen Mitternacht, schätzt unser Gerichtsmediziner."

Ich konnte nicht anders, ich atmete heimlich auf. Zumindest musste ich mir keine Vorwürfe machen.

„Und Sie sind direkt wieder zurückgefahren?"

„Haben Sie vielleicht noch den Beleg?", mischte sich zum ersten Mal Herr Kohlschmidt ein.

„Nein, ich nutze mein Semesterticket. Aber ich bin anschließend kurz noch im Rewe gewesen, einkaufen." Daniel und ich besorgten für unser Treffen immer einen Snack, mal eine Pizza, mal einen Döner, mal eine Currywurst. Deshalb hatte ich Hunger.

„Ihr Nachbar, den wir vor dem Haus trafen, behauptet, Sie seien um halb acht weggegangen und erst sehr spät wiedergekommen."

Was sollte das denn? Der kriegte doch überhaupt nicht mit, ob ich zu Hause war oder nicht.

Eine Retourkutsche für seinen Unfall, wurde mir klar. Er hatte letztens beim Einparken den Spiegel des Nachbarautos abgefahren und steif und fest behauptet, er sei nicht der Verursacher. Obwohl ich direkt daneben stand! Die herbeigerufenen Streifenpolizisten hatten ihn schließlich überzeugen können. Anscheinend trug er mir den Vorfall immer noch nach.

Erst einmal den Kassenbeleg vom Rewe raussuchen! Ich kramte mein Portemonnaie hervor und suchte unter all dem Krimskrams darin nach der Rechnung. Endlich kam mir mein Hang, alles aufzubewahren, mal zu Hilfe.

Natürlich fand ich ihn nicht auf die Schnelle, daher zog ich den gesamten Packen hervor und sortierte ihn durch. „Bitte schön!" Sogar die Uhrzeit stand auf dem Bon: zwanzig Uhr sechsundvierzig.

Herr Janzen betrachtete ihn zweifelnd.

„Wieder zu Hause habe ich mich kurz auf einer Spieleseite eingeloggt und mit zwei, drei Bekannten gechattet. Und nach einer kurzen Essenspause bin ich bis spät in der Nacht online gewesen." Und erst gegen vier ins Bett gefallen.

Die Herren bestanden tatsächlich darauf, dass ich ihnen die Seiten und meine Aktivitäten zeigte. Herr Kohlschmidt notierte sich sogar sämtliche Daten.

„Also ist der Täter entkommen?", nahm ich das Gespräch anschließend wieder auf.

„Die Spurenauswertung ist noch nicht abgeschlossen", wehrte Herr Janzen ab. „Ein lautes Poltern im Treppenhaus und das unaufhörliche Geschrei einer Katze alarmierten die Nachbarn. Die Wohnungstür stand offen, so wurde er schnell gefunden. Die letzten Nachrichten auf Herrn Brenners Handy waren die Ihren. Deshalb sind Sie einer der Ersten, den wir befragen."

„Wissen Sie, was Ihr Freund beruflich machte?", übernahm sein Kollege.

„Er studierte an der Fachhochschule soziale Arbeit."

„Das Studium hat er schon vor einem Jahr geschmissen." Und nochmals achtete Herr Janzen genau auf meine Reaktion.

Dieses Mal gelang es mir nicht, meine Verblüffung zu verbergen. „Sind Sie sicher?" Blöde Frage, klar waren sie das, sonst hätten sie es mir nicht mitgeteilt.

„Er hat die Prüfungen nicht bestanden und wurde exmatrikuliert." Herr Kohlschmidt beugte sich vor und fixierte mich. „Wovon hat er gelebt?"

Diese Lüge traf mich fast mehr als die Todesnachricht. Warum hatte Daniel nicht mit mir darüber gesprochen? Er wusste doch, dass ich Himmel und Hölle in Bewegung gesetzt hätte, um ihm zu helfen. Es gab so viele Möglichkeiten, einen vierten Versuch zu bekommen. Warum hatte er einfach aufgegeben? „Er war dreimal durchgefallen?", fragte ich trotzdem nach.

„Viermal", verbesserte mich Herr Kohlschmidt. „Herr Brenner legte ein Attest vor, das ihm Prüfungsangst bescheinigte, daher bekam er einen weiteren Versuch. Es ging, soweit ich weiß, um zwei Fächer. Er hat in beiden nicht bestanden."

Kein Wunder, dass Daniel seit längerem so trübsinnig wirkte! Ich hatte schon überlegt, ob ich nicht tiefer bohren und ihm vielleicht einen Besuch bei einem Arzt vorschlagen sollte, anstatt seinen wiederholten Beteuerungen, es sei alles in Ordnung, zu glauben. Meine Vermutung war jedoch eher in Richtung Depression gegangen. „Ich dachte, er studiert."

„Warum wohnte er so weit im Norden?"

„Weil die Wohnung billig war. Und? So schlecht ist die Gegend echt nicht. Dort leben viele Studenten."

„Dass es in dem Bezirk ein Drogenproblem gibt, wissen Sie aber schon?"

# 2

Kaum waren die beiden Beamten gegangen, begannen meine Beine so sehr zu zittern, dass ich noch in der Diele an der Wand entlang auf den Boden rutschte. Tot! Daniel war tot! Ermordet!

Wie lange ich so da saß, keine Ahnung. Irgendwann begann mein Handy zu klingeln. Ich benötigte drei Anläufe, um es aus der Hosentasche zu ziehen. Meine Mutter!

„Alex, bist du in der Uni?"

„Nein, gerade als ich loswollte, kam die Kripo und …"

„Dann weißt du bereits Bescheid? Dass Daniel ermordet wurde?"

„Woher hast du …?"

„Ich traf vor dem Haus Henrietta. Sie erzählte es mir." Meine Mutter schluckte laut. „Schrecklich, der arme Junge." Daniel war früher fast täglich bei uns gewesen. Sie hatte ihn schnell in ihr Herz geschlossen, besonders nachdem ihr klar wurde, wie es bei ihm zu Hause lief.

„Was wollten die Polizisten von dir?"

„Mich nach einem Alibi fragen."

„Ist nicht dein Ernst!"

„Doch, wir waren am gestrigen Abend verabredet. Und mein blöder Nachbar hat angegeben, dass ich bis spät in der Nacht unterwegs gewesen sei."

„Konntest du sie zufriedenstellen?" Für sie war die Möglichkeit undenkbar, dass ich tatsächlich sein Mörder sein konnte. Trotzdem atmete sie erleichtert auf, als ich ihr sagte, ich hätte wasserdichte Beweise vorgelegt, die meine Täterschaft ausschlossen. „Haben die sich erst mal auf jemanden eingeschossen, ist es schwer, ihnen das Gegenteil zu beweisen", behauptete sie.

Ja, klar, als Schriftstellerin, die bisher ausschließlich Liebesromane - wenn auch äußerst erfolgreich - veröffentlicht hatte, war sie natürlich über die Vorgehensweise der Polizei bestens informiert!

„Was denkst du? Wer könnte es gewesen sein?"

„Keine Ahnung", erwiderte ich wahrheitsgemäß. Darüber hatte ich mir bisher gar keine Gedanken gemacht. Wie denn auch? Erst die Polizei, jetzt meine Mutter – ich hatte noch gar keine Gelegenheit, das Ganze richtig sacken zu lassen.

„Willst du vorbeikommen?"

Nein, das war das Letzte, was ich mir vorstellen konnte. Stattdessen erwachte in mir plötzlich der Drang, mir selbst ein Bild zu machen.

„Alex?"

„Ich guck mal, ob ich wen im Haus auftreiben kann, der mir was Genaueres erzählt. Die Beamten waren nicht sehr informativ."

„Jetzt noch?"

„Mama, es ist gerade mal sechs!" Meine Mutter hatte die übliche Horrorvorstellung von der Nordstadt, wie sie in den Medien verbreitet wurde. Dabei war das Viertel, in dem Daniel wohnte, meiner Ansicht nach relativ harmlos. Es lag nicht direkt im Herzen, sondern mehr am Rand, Richtung Hafen. Da gab es nicht diese extreme Zusammenrottung auf den Straßen, auch nicht diese Kriminalität oder Drogenproblematik. „Ich bin oft genug bis spätabends bei ihm gewesen und mit der U-Bahn zurückgefahren", erinnerte ich sie.

Sie seufzte schwer. „Ruf mich bitte morgen an."

Dreißig Jahre war ich mittlerweile alt und sie benahm sich wie die Mutter eines gerade Achtzehnjährigen. Als wenn ich nicht selbst Gefahren gut genug einschätzen konnte!

19

Bevor ich mich auf den Weg machte, schickte ich eine WhatsApp-Nachricht an Mirko, dass ich morgen ganz bestimmt wieder an der Uni auftauchen würde. Dann konnte ich gleich bei der Seminarleiterin vorbeischauen und mich für mein Fehlen entschuldigen. Das machte immer einen guten Eindruck.

Während der Fahrt mit der Straßenbahn dachte ich über die Bemerkung des Kripobeamten nach. Hatte Daniel angefangen Drogen zu nehmen? Oder worauf wollte er sonst hinaus? Immerhin hatte er noch zweimal von mir wissen wollen, ob ich wirklich nicht wusste, womit mein Freund seinen Lebensunterhalt bestritt. Irgendwann hatte ich zugemacht und nichts Nennenswertes mehr geäußert. Jemand anderes würde ihnen schon die nötigen Informationen geben.

Nicht gerade die nette Art, das war mir schon klar. Aber wer einmal eine ähnliche Situation erlebt hat, weiß, wovon ich spreche. Die beiden Männer, die mich aufsuchten, vermittelten mir nicht das Gefühl, ich sei nur ein Befragter. Unterschwellig schienen sie jedes meiner Worte anzuzweifeln, so, als sei ich weiterhin ein Tatverdächtiger.

Herr Janzen war eindeutig der Chef, er führte das Verhör - zumindest kam es mir vor wie eins -, sein Kollege stieß nach, wenn sie tiefer bohren wollten. So viel Auskünfte von mir wie möglich, dafür kaum welche von ihnen über die Tat, das war ihr Motto. Diese Art schaffte nicht unbedingt eine Vertrauensbasis, statt sich zu öffnen, verschloss man sich lieber, da man immer im Hinterkopf den Verdacht hatte, die Kripobeamten wollten einem etwas ans Zeug flicken. Deshalb gedachte ich, mir selbst ein Bild zu machen.

Ich stieg an der Schützenstraße aus und lief die paar Schritte zu Daniels Wohnung. Im Gegensatz zu gestern war es heute empfindlich kühl, daher sah ich nur ein paar Jugendliche, die sich zielstrebig auf ihr Ziel zu bewegten, wahrscheinlich der Jugendtreff im Blücherbunker. Da hatte Daniel sein zwölfwöchiges Vorpraktikum abgeleistet. Vielleicht sollte ich mich dort ebenfalls umhören. Wenn ich Glück hatte, traf ich auf den Sozialarbeiter, der meinen Freund damals unter seine Fittiche genommen hatte. Nach Daniels Erzählungen standen die beiden weiterhin in Kontakt.

Zuerst würde ich allerdings bei seinen Nachbarn vorbeischauen. Der behinderte Junge, der unter ihm wohnte, hatte einen Narren an ihm gefressen und wäre am liebsten tagein, tagaus bei ihm aufgetaucht. Wenn ich zu Besuch kam, saß er oft im Wohnzimmer und schaute seinem Idol bei einem Computerspiel zu. Das reichte völlig, ihn zufriedenzustellen.

Nein, das traf die Sache nicht richtig. Tatsächlich behandelte Daniel den Jungen wie einen Bruder, der immer willkommen war. Und mehr als einmal hatte er ihm gegenüber unendliche Geduld bewiesen. Ja, er hatte ein Händchen dafür, ihn zu motivieren und zu all den Dingen zu bewegen, die nötig waren, aber von Mahmut vehement abgelehnt wurden.

Seine Berufswahl passte hervorragend zu ihm, hatte ich oft gedacht. Daniel war sozial engagiert und blieb ruhig, selbst wenn er sich genervt fühlte. Was für eine Verschwendung seiner Ressourcen, dass er die Prüfungen nicht geschafft hatte!

Immer noch war ich entsetzt und verletzt, dass er mir davon nichts erzählt hatte. Ich durchstöberte mein Gedächtnis, worüber wir die letzten Male bei unseren Treffen gesprochen hatten. War denn nie das Thema Studium aufgekommen?

Bis ich die Haustür erreichte, war ich nicht viel klüger. Entweder hatte Daniel es verstanden, so geschickt drum herumzureden, dass ich nicht aufmerksam wurde, oder er war bewusst ausgewichen. Warum nur hatte er kein Vertrauen zu mir gehabt?

# 3

Als Mahmut mich sah, brach er in Tränen aus. „Danny ist tot. Er kommt nie wieder."

Ich packte ihn sanft an den Schultern und schob ihn zurück, damit ich mich durch die Tür quetschen konnte. „War die Polizei schon bei euch?"

Er nickte heftig und rieb sich unbeholfen die Tränen aus den Augen. „Sie haben die Wohnung zugesperrt und gesagt, da darf niemand mehr rein."

„Können wir uns kurz unterhalten?"

Mahmut zog geräuschvoll die Nase hoch und wischte mit dem Ärmel den herausgelaufenen Rotz weg. „Weißt du, wer das war?"

„Nein, aber ich versuche es herauszufinden." Erst nachdem ich die Worte ausgesprochen hatte, wurde mir bewusst, dass ich es mit meiner Aussage wirklich erst meinte. Albern, ich weiß. Was sollte jemand wie ich, der bisher nie kriminalistisches Gespür entwickelt hatte, unternehmen können? Oder gar besser machen als die, deren Job es war, sich um derartige Fälle zu kümmern?

Trotzdem, Daniel war seit Kindertagen mein Freund gewesen. Irgendetwas musste ich unternehmen, das war ich ihm schuldig.

Außerdem gab es da diese Neugier, gestand ich mir ein. Ich wollte mir ein ehrliches Bild von diesem letzten Jahr machen, wissen, was er, seitdem er von der Uni geflogen war, getrieben, wovon er gelebt hatte.

Mahmut blickte mich hoffnungsvoll an. „Ja, klar, können wir reden."

Er packte mich am Arm und zog mich durch die schmale Diele in sein Zimmer. Ein echtes Kinderzimmer, war mein erster Eindruck: Kleiderschrank, Regal und Schreibtisch aus Kiefernholz und eine Flugzeuglampe an der Decke. Das Bett sah aus wie ein Rennwagen, in knallrot, mit gelben Flammen und einer blauen Zahl, es hatte sogar Reifen und vorn Scheinwerfer, die anscheinend sogar funktionierten. Hinten auf dem Spoiler stand ein großer Wecker mit bunten Zahlen und einem lachenden Gesicht.

„Tolles Bett!"

„Du kannst dich draufsetzen." Mahmut schob den stabilen Stuhl vom Schreibtisch weg in die Mitte des Raums und nahm ebenfalls Platz. „Was willst du wissen?"

„Hat Daniel gearbeitet?"

Er verzog das Gesicht und wandte den Kopf ab. Offensichtlich wollte er nicht darüber sprechen.

„Mahmut, ich muss es wissen. Wie soll ich sonst seinen Mörder finden?"

„Er hat gedealt", kam es von der Tür. Seine Mutter lehnte mit verschränkten Armen am Rahmen.

„Nur so lange, bis er was anderes gefunden hätte." Mahmut sah mich immer noch nicht an. Seine fest ineinandergeflochtenen Finger zeigten, dass ihm das Thema unangenehm war.

Sie reagierte mit einem heftigen Schnauben. „Er machte das seit fast einem Jahr."

Der Junge lief rot an und begann zu schwitzen. Ich kannte ihn gut genug, um zu vermuten, dass gleich einer seiner berüchtigten Tobsuchtsanfälle einsetzen würde. Deshalb sagte ich rasch: „Daniel wäre da bestimmt wieder rausgekommen. Er wollte immer Gutes tun."

Ich hatte die richtigen Worte gefunden, Mahmut beruhigte sich wieder. „Es war nur Gras. Er hat nur Gras verkauft", sagte er, als wäre das eine Entschuldigung.

„Hier im Viertel?", hakte ich nach.

„Wo sonst?", übernahm wieder die Mutter. „Abnehmer gibt es mehr als genug." Sie musterte mich misstrauisch.

„Ich bin Alex, Daniels Freund", beeilte ich mich zu erklären. „Als die Polizei mir heute von seinem Tod berichtete, musste ich einfach herkommen. Ihr Sohn stand ihm sehr nahe. Vielleicht weiß er irgendetwas, das mich weiterbringt."

Ihr Misstrauen blieb. Sie kniff die Augen zusammen, bevor sie ihre nächste Frage stellte. „Was wollen Sie von ihm?"

„Informationen. Ich wusste nicht mal, dass Daniel sein Studium abgebrochen hat. Mir gegenüber tat er so, als sei alles in Ordnung. Ich vertraue nicht auf die Polizei", setzte ich mit Nachdruck hinzu. „Ich habe mir vorgenommen, selbst zu recherchieren. Mahmut ging bei ihm ein und aus. Daher kennen wir beide uns. Er war oft oben, wenn ich zu Besuch kam. Vielleicht hat er irgendetwas mitbekommen, das wichtig sein könnte."

„Nee, ist alles anders geworden", wehrte dieser ab. „Danny war tagsüber zu Hause und nachmittags und abends unterwegs. Wenn ich von der Arbeit kam, ist er längst weg gewesen."

Mahmut arbeitete in einer Behindertenwerkstatt, wusste ich von Daniel. Er wurde morgens um acht Uhr abgeholt und nachmittags gegen vier zurückgebracht.

„Die Polizei!" Seine Mutter schnaubte wieder, dieses Mal verächtlich. „Die haben doch keine Ahnung! Die hängen sich nicht richtig in den Fall rein. Ein Dealer weniger, sagen die sich."

Ein Argument, das für mich sprach! „Deshalb will ich sehen, was ich rausbekommen kann", wiederholte ich. „Ich werde mit all denen reden, die mit ihm zu tun hatten. Vielleicht finde ich so einen Hinweis."

Endlich schien sie geneigt, mir zu glauben. „Er hatte seine Perspektive verloren. Es hat ihn hart getroffen, dass er nicht weiterstudieren durfte."

„Danny wollte bei uns anfangen", warf Mahmut ein.

„Er hat sich um einen Ausbildungsplatz beworben", klärte seine Mutter mich auf. „Wie heißt der Beruf?"

„Heilerziehungspfleger?", soufflierte ich auf Verdacht.

„Ja, genau das wollte er machen."

„Er ist schon bei uns gewesen und hat mit Herrn Weber gesprochen", ergänzte Mahmut.

Ein weiterer Punkt, den ich abklären konnte! „Was war mit seinen Freunden? Hat Daniel viel Besuch bekommen?"

„Du warst da."

„Nein, in letzter Zeit nicht mehr", verbesserte ihn seine Mutter. „Sie waren der Einzige, der ab und zu vorbeischaute. Ich glaube, er hatte sich von allen anderen zurückgezogen. Eine Freundin gab es auch nicht. Nein, er ging oft weg, aber immer allein."

Viel mehr hatten die beiden nicht zu berichten. Wobei die Mutter, wie sie selbst zugab, wenig mit Daniel zu tun gehabt hatte. Früher war Mahmut fast jeden Tag nach oben gegangen und oft bis zur Schlafenszeit geblieben. An den Wochenenden natürlich nicht, entweder kamen Freunde vorbei oder Daniel hatte sich verabredet. Anscheinend war ich der Einzige, bei dem der Junge willkommen gewesen war.

Ich verabschiedete mich mit dem Versprechen, mich zu melden, sobald ich etwas herausgefunden hatte. Die Mutter schloss sorgfältig hinter mir die Tür. Ich hörte, wie sie ihren Sohn ermahnte, dass er selbst geöffnet hatte. Dabei empfand ich das Haus und die Gegend, in der es lag, eher als relativ normal. Gut, der Ausländeranteil war hoch, hier lebten die verschiedensten Nationalitäten, darunter weniger Deutsche als anderswo. Trotzdem entsprach das Bild auf der Straße, soweit ich es beurteilen konnte, dem eines normalen Stadtteils. In anderen Bereichen der Nordstadt ging es wesentlich heftiger zu. Das war nicht nur meine Meinung, sondern auch die der Medien. Wenn diese über Clanrivalitäten oder Massenschlägereien berichteten, zeigten sie meist die Gebiete rund um den Borsigplatz und den Nordmarkt.

Vielleicht lag ihre Vorsicht auch in der Sorge um ihren Sohn begründet. Mahmut war geistig behindert, laut Daniel befand er sich ungefähr auf dem Stand eines Zwölfjährigen. Er kannte keine Arglist, keinen Argwohn. Nur wenn er sich in die Enge gedrängt fühlte, konnte er gewaltig ausrasten. Dann ließ er sich kaum bändigen. Sonst stand er jedem Fremden freundlich gegenüber, was natürlich gefährlich werden konnte. Aber Daniel hatte mir versichert, dass die Jugendlichen draußen ein Auge auf den Jungen hatten, sie beschützten ihn, was ich in der heutigen Zeit schon bemerkenswert fand. Gab es das in den sogenannten besseren Gegenden auch?

# 4

Der Blücherbunker wurde gerade renoviert, an den Seiten befanden sich Gerüste und das gestapelte Baumaterial zeigte an, dass es noch einiges zu tun gab. Am Nebeneingang standen mehrere Jugendliche und rauchten, der süßliche Geruch von Marihuana zog bis nach vorn auf die Straße.

Ich zog die vordere Tür auf, durchquerte den kleinen Vorflur und betrat den ersten Raum. An der langen Reihe von Tischen saßen weitere Jugendliche, alles Jungen, genau wie die draußen. Einige spielten Karten, andere unterhielten sich, zwei saßen vor einem Schachbrett.

Bevor ich nähertreten und mich genauer umschauen konnte, kam ein älterer Mann mit grauem Vollbart auf mich zu. „Heute ist nur für …" Er stutzte. „Kennen wir uns nicht?"

„Alex", wir hatten uns damals gleich geduzt, was vermutlich daran lag, dass Daniel zu dem Zeitpunkt bei ihm arbeitete. „Wir haben uns auf mehreren Sommerfesten gesehen. Ich …"

„Ja", er schlug sich vor die Stirn, „du bist Daniels Freund. Wolltest du zu mir?"

„Stimmt es, dass er seit fast einem Jahr gedealt hat?"

Statt einer Antwort zog er mich an den Stühlen vorbei in einen kleinen Küchenbereich und bis in die hinterste Ecke. „Woher hast du das?"

„Ich war gerade bei Mahmut, der klärte mich auf."

Er nickte verstehend. „Warum interessiert dich das? Daniel ist tot."

„Und sein Mörder auf freiem Fuß", ich konnte nicht verhindern, dass meine Stimme lauter wurde.

Olaf, wenn ich mich richtig erinnerte, runzelte die Stirn. „Alle hier wissen, was passiert ist. Trotzdem wäre es mir lieber, wenn wir diese Unterhaltung in ruhigem Ton führen könnten."

„Er war mein Freund, früher mal mein bester Freund. Wir haben uns in letzter Zeit etwas auseinandergelebt", fügte ich leiser hinzu. „Trotzdem kann ich diese Tat nicht einfach so hinnehmen. Ich will wissen, warum er sterben musste."

„Ich glaube nicht, dass sein Tod etwas mit dem, was er machte, zu tun hat." Der Sozialarbeiter wirkte nach meiner Erklärung zugänglicher. „Ja, es stimmt, Daniel hat gedealt. Aber er verkaufte ausschließlich Marihuana. Er war nur ein kleines Licht, stand an unterster Stelle in der Hierarchie und hatte auch keine Ambitionen weiter aufzusteigen. Im Gegenteil, er suchte verzweifelt nach einem Beruf, der ihn erfüllen würde. Ich …"

Zwei Jugendliche kamen an den Tresen und sahen aufmerksam zu uns herüber. Olaf wandte sich ihnen zu. „Wollt ihr was trinken?"

„Du bis Freund von Daniel", stellte der Jüngere, den ich auf sechzehn, siebzehn schätzte, ihn völlig ignorierend fest. „Was willste!"

„Er möchte wissen, ob Daniel an seinem Todestag bei uns war", erwiderte der Sozialarbeiter nicht ganz wahrheitsgemäß.

„Um mir wenn möglich ein Bild seiner letzten Stunden zu machen", ergänzte ich jetzt doch auf diesen Zug aufspringend. Vielleicht erfuhr ich von diesen beiden mehr als von dem eher zurückhaltenden Olaf. Er schien nicht so recht mit der Sprache herausrücken zu wollen, wahrscheinlich in dem Versuch, Daniel zu beschützen. Er hatte ihn damals fast wie einen Sohn behandelt, liebevoll und nachsichtig, gleichzeitig väterlich besorgt und bemüht, ihn zu unterstützen.

Die beiden Jugendlichen tauschten erst einen Blick aus, bevor der Ältere antwortete: „Is früh weg, mit Fahrrad."

„Er hat seine übliche Tour gemacht, nur eher aufgehört", übersetzte Olaf.

„War er allein?", wandte ich mich an den Sprecher.

Er lachte mir ins Gesicht. „Denkste, der braucht Aufpasser?"

„Nein, ich hatte eher gehofft, er sei in Begleitung gewesen. Dann gäbe es jemanden, der mir vielleicht weitere Anhaltspunkte geben könnte", gab ich mich offen und ehrlich. Mit dieser Art würde ich bei den Jugendlichen am ehesten etwas erreichen.

Dass Daniel das Fahrrad genommen hatte, brachte mich nicht großartig weiter. Sein Drahtesel war für ihn das Fortbewegungsmittel Nummer eins. Ein Monatsticket war ihm zu teuer und ein eigenes Auto erst recht. Außerdem hatte er keinen Führerschein, auch da war er zu oft durchgefallen, seltsamerweise in der Praxis und nicht in der Theorie.

„Voll abgefuckt", meinte der Jüngere. „Was für ein Hurensohn tut das?"

Mehrere der Raucher traten ein und gesellten sich neugierig zu den Jungen. Alle schienen begierig darauf, das Thema durchzuhecheln.

Dieser Ansicht war Olaf offensichtlich auch. Er ging zu der Kaffeemaschine und bereitete umständlich zwei Tassen für uns zu, während mich die Jugendlichen mit Fragen bombardierten. Da schnell deutlich wurde, dass ich noch weniger wusste als sie, drehte ich den Spieß um und begann nun meinerseits Fragen zu stellen, was die meisten dazu brachte, sich enttäuscht abzuwenden.

Zwei circa Sechzehnjährige - im Schätzen war ich noch nie gut -, lehnten sich mit wichtiger Miene über den Tresen. „Ich hab gesehen, wie er losfuhr", sagte der eine wichtigtuerisch. „Der ist nur kurz rein und gleich wieder raus, hat sein Fahrrad genommen und war weg."

„Um wie viel Uhr war das?"

Er tauschte kurz einen Blick mit seinem Freund. „Zehn vor acht? Müsste ungefähr hinkommen. Auf jeden Fall vor acht." Sie stießen sich an und kicherten.

Lieber kein Interesse zeigen, woher sie das so genau wussten! „War er allein?"

„Klar. Der ist losgesaust wie ein Irrer." Wieder kicherten sie.

„Vielleicht hatte er was Wichtiges vergessen."

Bevor ich sie weiter ausquetschen konnte, entdeckten sie den näherkommenden Olaf und verzogen sich.

„Können wir uns später woanders treffen?", fragte der Sozialarbeiter, nachdem er mir meine Tasse gereicht hatte. „Hier haben die Wände Ohren."

„Gern. Wann und wo?"

„Kennst du die Pizzeria um die Ecke?"

Dort hatten Daniel und ich uns früher oft etwas zu essen mitgenommen, daher nickte ich.

„Ich bin ungefähr um acht fertig und komme anschließend direkt rüber."

Das hieß für mich eine gute halbe Stunde Leerlauf. Andererseits konnte ich in der Zeit essen, Olaf würde garantiert nur auf ein Getränk bleiben.

In meine Gedanken vertieft bemerkte ich nicht, dass man mir gefolgt war. Kaum hatte ich an einem kleinen Zweiertisch Platz genommen und die Speisekarte aufgeschlagen, gesellten sich drei Jugendliche zu mir. Einer setzte sich mir gegenüber, die anderen zwei griffen sich Stühle vom Nachbartisch. Der Kellner, der herbeieilen wollte, beherrschte sich und überließ mir die Initiative.

„Bissu der Bücherschreiber?" Der Sprecher, ich tippte auf jemanden mit einem arabischen Hintergrund, war etwas älter als seine Kameraden. Er hatte bei den Rauchern gestanden, war aber nicht wie die anderen hineingegangen.

Ich zuckte die Schultern. „Keine Ahnung, was Daniel euch erzählt hat. Ja, ich habe ein Buch geschrieben, das ist einige Jahre her. Jetzt studiere ich."

Er machte sich auf seinem Stuhl extra breit, was überhaupt nicht nötig gewesen wäre. Mit seiner kompakten Statur und den finster zusammengezogenen dichten schwarzen Augenbrauen wirkte er bedrohlich genug. Jetzt nickte er scheinbar interessiert. „Willst neues machen? Abgefuckte Sache, das."

„Nein, ich möchte herausfinden, wer ihn umgebracht hat." Er wandte sich demonstrativ zuerst seinen Kumpeln zu, bevor er breit zu grinsen begann. „Ey! Bissu blöd?" Er zog eine Packung Zigaretten aus der Tasche und zündete sich in aller Seelenruhe einen der Glimmstängel an. „Keiner sagt was, nich dir."

Seine Kumpane lachten zustimmend, der Kellner zog sich statt einzugreifen - immerhin galt das Rauchverbot auch in diesem Raum - hinter den Tresen zurück.

Ich ignorierte den Rauch, den er provozierend in meine Richtung blies. „Eine Calzone und eine Cola, bitte!", rief ich dem Kellner laut zu.

Mein Gegenüber liebte es anscheinend nicht, ignoriert zu werden. „Ey, ich red mit dir!"

„Bist du dir so sicher, dass es jemand aus eurem Ghetto war?" Ich lehnte mich so weit wie möglich auf meinem Stuhl zurück und wartete nach dieser Provokation auf seinen Angriff. Zwar hatte ich gegen die drei vermutlich keine Chance, trotzdem wollte ich zeigen, dass er mir keine Angst einjagte. Wahnsinn eigentlich! Aber ich konnte einfach nicht anders. Stattdessen begann er lauthals zu lachen und seine Kumpel stimmten nach kurzem Zögern mit ein. „Sheesh!" Und weil ich stumm blieb und ihn nur irritiert anblickte: „Kann dich verstehen, Lan. Unlügbar. Danny cooler Typ." Er kniff die Augen gegen den aufsteigenden Rauch zusammen und musterte mich anerkennend. „Musst du aufpassen, wen fragst du."

# 5

Als Olaf auftauchte, saßen sie immer noch bei mir.

„Oh, Gesellschaft!" Er nahm sich ebenfalls einen Stuhl vom Nachbartisch und zwängte sich neben die drei. „Bringst du mir bitte ein Wasser?", bestellte er beim Kellner.

Der Sprecher erhob sich und nickte dem Sozialarbeiter zu. „Guter Typ, voll korrekt, Vallah."

Seine Kumpane stellten brav ihre Stühle zurück, bevor sie hinter ihm her zu Tür marschierten. Durch die Scheibe konnte ich sehen, wie sie sich gegenseitig anstießen und lachend mit wiegenden Schritten davongingen.

Die Stimmung im Lokal besserte sich schlagartig. Die ganze Zeit über hatte keiner der Gäste an den anderen Tischen es gewagt, die Stimme zu erheben. Vielmehr hielten sie den Blick stumm auf ihr Essen gerichtet und taten, als bekämen sie von dem, was sich bei mir abspielte, nichts mit.

„Was war das denn?", fragte Olaf und nickte dem Kellner, der sein Glas Wasser vor ihn hinstellte, dankend zu.

„Ich vermute, der Kerl wollte austesten, wie ernst es mir ist." Ich schob den mittlerweile fast leeren Teller gesättigt zurück. Vielleicht sollte ich demnächst lieber die kleinere Ausführung bestellen. „Mein Gefühl sagt mir, dass er harmloser ist, als ich denken soll. Ich glaube, er hielt große Stücke auf Daniel."

Olaf trank erst einen Schluck Wasser, bevor er antwortete: „Dein Freund war hier im Viertel sehr beliebt, weil er sich bemüht hat, alle so zu akzeptieren, wie sie sind. Für die, die seine Hilfe wollten, hat er sich ein Bein ausgerissen. Kaya ist einer von ihnen. Daniel hat ihm sogar eine Stelle besorgt, als

Gärtner." Er weidete sich an meinem fassungslosen Gesicht. „Ja, er spielt gern den Gangsta, aber das ist nur Mache. Er hat bei seinen Freunden einen gewissen Ruf und den gilt es zu verteidigen. Im Grunde ist er kein übler Kerl, du darfst ihm nur nicht in die Quere kommen."

Viel mehr interessierte mich, was der Sozialarbeiter über Daniel zu erzählen hatte, deshalb lenkte ich unser Gespräch in die gewünschte Richtung. Ja, und dann kam ich aus dem Staunen nicht mehr heraus. Olaf war wohl so etwas wie eine Art Ersatzvater für Daniel geworden. Er kannte die Schwierigkeiten, die diesen seit langem begleiteten, sobald es um eine Prüfung ging. Deswegen war er auf dem Gymnasium einmal sitzengeblieben, hatte sein Abitur erst im zweiten Anlauf geschafft und war beim Führerschein durchgefallen. Auch an der FH lief es nicht viel besser. Die meisten Klausuren bestand er erst im zweiten oder dritten Anlauf und hangelte sich mehr oder weniger durch die Semester. Dabei lag es nicht daran, dass Daniel nicht lernte. Der Stoff saß, er war jedoch nicht in der Lage, ihn in Prüfungssituationen abzurufen. Und je öfter er wiederholte, desto nervöser wurde er. Daher war es kein Wunder, dass er irgendwann auch den dritten Versuch versemmelte und ihm der Ausschluss drohte.

„Ich bin mit ihm zu einem Psychologen gegangen, einem Bekannten von mir", berichtete Olaf. „Der hat ihm eine Bescheinigung ausgestellt, dass er unter Prüfungsstress leidet und aus diesem Grund mit anderen Maßstäben gemessen werden muss, sprich: man ihn bitte nicht exmatrikulieren soll, sondern ihm einen neuen Versuch zugesteht, am besten nach dem Beginn einer entsprechenden Therapie."

„Stattdessen ist Daniel mit dem Attest direkt zur FH gegangen und hat den vierten Anlauf ebenfalls vermasselt", vermutete ich.

Olaf nickte. „Ich weiß nicht, warum er sich derart gegen eine Therapie wehrte. Wenn er nicht langsam den Dingen auf den Grund ginge, würden ihn seine Probleme sein ganzes weiteres Leben begleiten, habe ich zu ihm gesagt. Was er denn noch alles vergeigen wolle?"

„Genau das versuchte meine Mutter ihm schon vor Jahren klarzumachen, damals, als er sitzenblieb und später, als er durchs Abitur fiel. In der Beziehung schaltete er auf stur und war nicht zu bewegen einzusehen, dass er Hilfe brauchte." Ich hatte bereits im Vorfeld gewusst, dass sie scheitern würde. So sehr Daniel meine Mutter dafür liebte, dass sie ihn wie einen Sohn behandelte, in dieser Beziehung biss selbst sie auf Granit.

Olaf hatte ihn aufgefangen, nachdem er wiederum gescheitert war, und sich nach einer passenden Stelle für Daniel umgesehen. Bevor er etwas erreichte, hatte dieser schon mit dem Dealen angefangen. „Er behauptete allen Ernstes, das, was er verkaufe, seien im Endeffekt keine Drogen. Gras sei nicht schlimmer als Alkohol, er habe kein schlechtes Gewissen dabei."

Klar, mein Freund hatte eine Zeit lang regelmäßig gekifft, später angeblich nur noch ab und zu. Außerdem war er an mehreren dieser Petitionen zur Legalisierung von Marihuana beteiligt gewesen. Mehrfach hatten wir uns hitzige Diskussionen zu dem Thema geliefert. Er behielt seinen Standpunkt bis zuletzt: Cannabis ist ein Genussmittel wie Alkohol und Zigaretten, es hat sogar ein geringeres körperliches Suchtrisiko, was man an den offiziellen Zahlen deutlich ablesen könne.

Ehrlich gesagt hatte ich mich nie vertiefend mit diesem Thema beschäftigt. Da war Daniel wesentlich besser informiert als ich. Trotzdem war es ein Unterschied, ob ich als Dealer oder als gelegentlicher Konsument agierte. Wurde man erwischt, war das Leben versaut.

„Ganz so schlimm wäre es nicht gekommen", widersprach mir Olaf, als ich den letzten Gedanken laut äußerte. „Erstens hat die Polizei bei uns was anderes zu tun, als sich um die einfachen Läufer zu kümmern. Zweitens …"

„Was ist ein Läufer?", unterbrach ich ihn. Mit dem Fachjargon war ich nun überhaupt nicht vertraut.

„Jemand wie Daniel, der den Stoff an die Endkonsumenten verkauft. Selbst die sind clever genug, nur wenig am Körper zu bunkern. Das weiß die Polizei ebenso. Verhaften sie einen, ist der schneller wieder frei, als sie ihren Bericht geschrieben haben. Und eine Geldstrafe ist die Regel, mehr passiert nicht. In der Zwischenzeit steht bereits der Nächste an der Verkaufsstelle. Das ist ein Kreislauf, den die mit den Mitteln, die ihnen zur Verfügung stehen, nicht durchbrechen können. Also, warum sollen sie sich die Mühe machen?"

„Wie viel verdient so ein Läufer?", fragte ich neugierig nach. Olaf grinste. „Ich muss mich da auf die Angaben verlassen, die mir meine Kids geben. Ein Gramm kostet zehn Euro, davon kann der Läufer vier Euro behalten."

Ich pfiff durch die Zähne. „Das lohnt sich anscheinend doch."

„Vertu dich da nicht! Die Konkurrenz ist groß. Wenn ich meinen Informanten glauben darf, machen die im Schnitt einen Hunderter am Tag, wenn es gut läuft auch mal mehr."

Das waren immerhin mindestens dreitausend Euro im Monat - steuerfrei. Nur was hätte es gebracht, mit Olaf darüber zu diskutieren? Natürlich war das nichts im Vergleich zu dem Verdienst der Bosse, die den Stoff in Umlauf brachten.

„Wovon hat Daniel eigentlich offiziell gelebt", fiel mir in diesem Moment ein.

„Von Hartz IV. Doch sein Sachbearbeiter war anscheinend nicht groß daran interessiert, ihm zu helfen. Zuerst musste er über Wochen an einem Bewerbungstraining teilnehmen, das man genauso gut an ein paar Tagen hätte abhandeln können. Etwas später sollte er irgend so einen Kursus machen, für ein paar Monate, also nichts Halbes und nichts Ganzes."

„Warum keine Ausbildung? Man hätte auf Daniels Vorkenntnissen aufbauen können."

Olaf lächelte schwach. „Die müssen dich in erster Linie in irgendeine Maßnahme stecken, damit du aus der Arbeitslosenstatistik rausfällst. Und halt ihre Plätze füllen. Sonst gibt es weniger Geld und damit weniger Maßnahmen." Er hob die Hand, als ich eine weitere Frage dazu anbringen wollte. „Es war Daniel von vornherein klar, dass er sich um sein Fortkommen selbst kümmern musste. Das Dealen war nur eine Übergangslösung. Er hätte garantiert wieder damit aufgehört."

Tja, nach allem, was ich heute gehört hatte, war ich mir in diesem Punkt nicht so sicher.

# 6

Am nächsten Tag absolvierte ich zunächst mein Pflichtprogramm an der Uni, das freitags ausnahmsweise in den Vormittagsbereich fiel. Die Dozentin des gestrigen Seminars war sehr verständnisvoll, als sie den Grund für mein Ausbleiben erfuhr. Auch Mirko klopfte mir tröstend auf die Schulter. „Hast eh nicht viel verpasst. Und nach dem Schock wäre garantiert nichts hängen geblieben."

Schock? Der war schneller abgeklungen, als ich erwartet hatte. Vielleicht lag es daran, dass ich nunmehr wild entschlossen war, die Geheimnisse aufzudecken, die mein Freund vor mir verborgen hatte. Wie es aussah, waren die Einzelheiten aus seinem Leben, die ich erfuhr, nicht das, was dieses ausmachte, sondern nur unwichtiger Kram, wie man ihn Außenstehenden mitteilte, mit denen man flüchtig bekannt war. Ich wollte die Wahrheit wissen, Antwort finden, warum er mich derart belogen hatte.

Dazu klangen immer noch die verächtlichen Worte von Mahmuts Mutter in mir nach, dass der Mord an einem kleinen Dealer die Polizei sowieso nicht großartig interessierte. Diese Aussage wurmte mich gewaltig. Hatte ich nicht selbst das Gefühl gehabt, Kommissar Janzen und sein Kollege ritten viel zu sehr auf Daniels „Absturz" herum?

Als Nächstes würde ich seine Freunde aufsuchen, beschloss ich. Und ich wusste auch schon, mit wem ich beginnen würde. Wenn einer mehr wusste, dann er. Mit ihm war Daniel vermutlich wesentlich öfter zusammengetroffen als mit mir.

Wie erwartet hielt sich Chris in dem kleinen Café auf, in dem er schon damals Dauergast gewesen war. Allerdings stand er dieses Mal hinter der kleinen Theke und unterhielt sich angeregt mit der jungen Frau neben sich.

„Ich habe hier einen Teilzeitjob", erklärte er mir und blickte wichtigtuerisch auf seine Uhr. „Na ja, ein paar Minuten kann ich wohl für dich erübrigen."

Wir quetschten uns an den zehn Mini-Tischen, die mit drei bis fünf Personen besetzt waren, vorbei und stellten uns in die hinterste Ecke neben die Toiletten, damit wir uns einigermaßen verständigen konnten. Begeistert von meinem Erscheinen war er offensichtlich nicht.

„Wann hast du dich das letzte Mal mit Daniel getroffen?", begann ich. „Wusstest du …"

„Ich hab ihn schon ewig nicht mehr gesehen", unterbrach er mich. „Seit er studierte, hielt er sich wohl für was Besseres."

Von Betroffenheit über seinen Tod keine Spur! „Du weißt, dass er vor zwei Tagen ermordet wurde?"

Sein Gesicht blieb ungerührt. „Ja, heftig. Irgendjemand hat ihn abgestochen."

„Wie lange habt ihr schon keinen Kontakt mehr?"

Er kratzte sich am Kinn und runzelte nachdenklich die Stirn. „Als er anfing zu studieren, war's wohl vorbei mit seinem Engagement. Der hatte nie Zeit, nicht mal, um auf eine Demo zu gehen."

„Und die anderen?" Das konnte einfach nicht sein! Die Freundschaften bestanden teilweise schon über Jahre hinweg und die sollte Daniel ohne zu zögern aufgegeben haben?

„Ey, verstehst du nicht? Da gab es keine gemeinsame Basis mehr. Der Sebastian und der Uli sind anfangs noch ab und zu bei ihm vorbei, hat aber nicht lange gedauert, bis die auch null Bock auf seine Sprüche hatten. Daniel war ein Laberarsch, ging es zur Sache, hat er gekniffen."

Das hieß auf gut Deutsch, er hatte sich von der radikalen Schiene gelöst, denn sozial eingestellt war er weiterhin. Das hatte mir Olaf gerade erst bestätigt.

„Warum interessierst du dich ausgerechnet jetzt dafür?" Er musterte mich argwöhnisch.

„Weil ich herausfinden möchte, was er zuletzt getrieben hat", gab ich zurück. „Vielleicht finde ich so irgendwelche Hinweise auf seinen Mörder."

„Willst du ehrlich die Arbeit der Bullen erledigen?" Bei ihm hörte es sich an wie: Denkst du etwa, du hättest mehr auf dem Kasten? Diese Angewohnheit von ihm war mir noch von früher bekannt. Was ich auch sagte, er verdrehte es so, dass er es gegen mich verwenden konnte.

„Und ich dachte immer, du bist ein rechtschaffener Bürger, der sich auf die Polizei verlässt."

Weiter mit ihm zu sprechen brachte mir nichts, daher verabschiedete ich mich und verließ das Café. Dass Daniel mit der gesamten Gruppe schon länger abgeschlossen hatte, war für mich tatsächlich kaum zu glauben. Mit wem verbrachte er denn sonst seine freie Zeit?

Chris und er hatten sich auf einer Demo kennengelernt, bei der beide gleich verhaftet wurden. Das verband anscheinend, sonst fiel mir kein Grund ein, warum mein Freund es zuließ, sich in diverse strafbare Machenschaften verwickeln zu lassen und auch noch stolz darauf war.

Ich glaube, dadurch kam es zum ersten Sprung in unserer Freundschaft. Mit den meisten aus dieser Gruppe kam ich nicht sonderlich gut klar. Linke Ideale gut und schön, aber ich bin gegen jede Art von Radikalisierung. Mir war ihre Gesinnung zu extrem.

Chris und ich hatten von Anfang an ein kompliziertes Verhältnis zueinander. Nicht nur, dass er mich ganz offen als Weichei bezeichnete, jedes Mal wenn wir aufeinandertrafen, versuchte er mich lächerlich zu machen oder blies gleich zum Angriff. In seiner Gegenwart kamen echte Gespräche nicht mehr auf. Und Daniel, der regelmäßig bei seinen Aktivitäten mitmachte, hatte plötzlich kaum noch Zeit für Unternehmungen mit mir.

Ich war davon ausgegangen, dass er sich mit diesem Freundeskreis weiterhin traf – zumindest hatte es sich nach seinen Erzählungen so angehört. Oder log Chris mich ganz bewusst an, damit ich keine Nachforschungen in diese Richtung anstellte? Ich zog mein Handy hervor, googelte Sebastians Telefonnummer und rief ihn an. Chris hatte tatsächlich die Wahrheit gesagt, schon seit langem hielt keiner aus der Gruppe mehr Kontakt zu Daniel.

„Doch, warte", tönte er, als ich das Gespräch beenden wollte. „Frag mal den Jan. Ich habe die beiden mal zusammen in der Stadt gesehen. Vielleicht weiß der mehr."

An diesen hatte ich nur gute Erinnerungen. Er schien damals der einzig Vernünftige in dem gesamten Haufen zu sein. Mit ihm konnte man wenigstens halbwegs normale Gespräche führen.

Mit meinem nächsten Anruf landete ich bei seinen Eltern, glücklicherweise, denn Jan war im Urlaub und wurde erst in einer Woche zurückerwartet. Der Vater gab mir sogar den genauen Ankunftstermin des Fliegers.

Und jetzt? Spontan fiel mir niemand ein, den ich noch befragen konnte. Also kehrte ich in meine Wohnung zurück. Kaum hatte ich mich gemütlich auf mein Sofa gesetzt, kamen die Erinnerungen: Wir zogen neu in das Haus ein, ich war ungefähr zehn. Weil ich meiner Mutter nur im Weg stand, schickte sie mich in den Garten. Am Zaun zum Nachbargrundstück tauchte ein Junge auf und hüpfte aufgeregt auf und ab. „Hallo, ich bin Daniel."

Er war ein Jahr jünger als ich, wir freundeten uns rasch an und spielten fast täglich miteinander. Wie ich hatte Daniel zwei Schwestern, seine waren erst vier und zwei, meine dagegen schon in der Pubertät. Wir gingen ihnen großflächig aus dem Weg und vergnügten uns allein. Weil es sonst keine anderen Spielgefährten unseres Alters in der Straße gab, blieb das auch so. Dieser Umstand kam uns sogar entgegen, wir waren schon bald ein eingeschworenes Team. Viel gestritten hatten wir uns nie, weder als Kinder noch später als

Erwachsene. Klar, die eine oder andere Meinungsverschie-
denheit gab es, doch keine davon war weltbewegend. Eigentlich war ich davon ausgegangen, dass wir bis an unser
Lebensende befreundet blieben.

Nein! Keine Rückschau mehr! Ich sprang auf, setzte mich
an den Computer und loggte mich auf meiner bevorzugten
Spieleseite ein. Ich musste mich unbedingt ablenken.

# 7

Samstag gegen Mittag fuhr ich zu meinen Eltern, eine Verabredung, die ich schon Tage zuvor getroffen hatte, da ich meinem Vater im Garten helfen sollte. Beim letzten Sturm war eine stürzende Birke direkt auf den Zaun zum - Gott sei Dank - rechten Nachbarn gefallen und hatte zwei Zaunfelder nebst dazugehörigem Pfosten umgerissen.

Wir werkelten bis in den späten Nachmittag hinein, von Daniels Angehörigen auf der linken Seite war nichts zu sehen oder zu hören.

„Habt ihr ihnen persönlich kondoliert?", fragte ich meine Mutter, die uns anschließend Kaffee und Kuchen servierte.

„Ich habe Monika einmal kurz gesehen, als ich vor die Tür trat, und bin kurz rübergegangen. Besonders betroffen schien sie nicht zu sein." Meine Mutter zog verächtlich die Mundwinkel herab. „Natürlich sei sie geschockt, nicht nur von seinem Ableben, sondern auch von dem, was die Polizei über ihn ausgegraben habe. Sie erkenne ihn dem, was sie nun wisse, ihren Sohn nicht wieder. Sie tröste sich mit dem Gedanken, dass ihm vielleicht sogar das Schicksal gnädig gewesen sei, bei all den Problemen, die er gehabt habe. Wie kann man so reden, frage ich dich?"

Ja, das war hart. Allerdings hatte ich von ihr auch keine andere Reaktion erwartet.

„Er war immer ein Störfaktor für sie", bestätigte meine Mutter, nachdem ich den Gedanken laut ausgesprochen hatte. „Sie hat ihn wie ein Stiefkind behandelt, nicht Bernhard."

Daniel erfuhr erst mit sechzehn, dass dieser nicht sein wahrer Vater war. Der starb, bevor er sein drittes Lebensjahr vollendet hatte. Angeblich erinnerte er sich überhaupt nicht an diese Zeit, was ich seltsam fand. Nicht dass ich noch viel von früher wusste. Trotzdem, dass es nichts gab, was er aus dem Gedächtnis abrufen konnte?

„Als wenn sie ihn gehasst hätte", legte meine Mutter nach. „Vermutlich war die Beziehung mit seinem Vater ein Fiasko. In Daniel sah sie ihn auferstehen."

Was stimmen konnte, viel Ähnlichkeit mit seiner Mutter hatte er nicht.

„Ihre Beweggründe werden wohl für immer ein Geheimnis bleiben." Mein Vater trank seinen letzten Schluck Kaffee und erhob sich. „Ist wahrscheinlich besser so." Er erhob sich und verließ nach einem vielsagenden Blick auf seine Armbanduhr die Küche.

„Das Sportprogramm ruft", kommentierte meine Mutter seinen Abgang mit einem Schulterzucken. „Bernhard ist richtiggehend geschrumpft", nahm sie den Faden wieder auf. Der leidet wirklich. Obwohl Daniel sich ja nach seinem Auszug nicht mehr hat blicken lassen."

„Die beiden trafen sich ab und zu in der Stadt", konnte ich nun ruhig zugeben. Früher hatte Daniel mich beschworen, meinen Eltern nichts davon zu erzählen. Das war nach seinem Tod hinfällig.

„Das ist gut zu wissen." Sie seufzte. „Natürlich ist es dadurch noch schwerer für ihn."

Ob ich mit ihm auch sprechen sollte? Nein, lieber zuerst die Spur mit dem Dealen weiterverfolgen. Es lag näher, dass er dabei jemandem auf die Füße getreten war, als dass Bernhard von irgendeinem bedeutenden Streit erfahren hatte, der Daniel das Leben kostete.

„Erinnerst du dich an die LAN-Party von Malte?", fuhr meine Mutter fort. „Ich finde, ihr damaliges Benehmen zeigt am besten, wie extrem Monika sich ihm gegenüber benahm."

Der, ein Freund von Daniel, hatte ihn und mich eingeladen. Daniel durfte nur bis acht Uhr bleiben, weil seine Eltern auf eine Feier wollten und er auf die kleineren Geschwister aufpassen musste. Er sollte vor der Haustür warten, damit man ihn dort direkt einsammeln konnte. Weil es an dem Tag wie aus Kübeln schüttete, überredete Maltes Mutter ihn, seinen Computer samt Zubehör in den Hausflur zu stellen und am Fenster Ausschau zu halten.

Er sah das Auto vorfahren, rannte sofort los, doch als er auf den Bürgersteig trat, war seine Mutter bereits wieder verschwunden. Sie habe kurz abgebremst und sei direkt weiter gefahren, als der Sohn nicht vor der Tür stand, sagte Malte, der am Fenster stehen geblieben war.

Daniel rief zu Hause an, doch es ging niemand ans Telefon, so machte er sich durch den strömenden Regen zu Fuß auf den Heimweg. Sein Equipment würde mein Vater mitnehmen, verabredeten wir.

Eine Dreiviertelstunde war er unterwegs. Niemand öffnete. Seine Eltern waren auf ihre Party gegangen und hatten die beiden Kleinen anscheinend mitgenommen. Glücklicherweise hatte er seinen Haustürschlüssel dabei.

Obwohl er am nächsten Tag versuchte das Missverständnis aufzuklären, verhängte seine Mutter ein vierzehntägiges Rausgehverbot. Und fast eine Woche sprach sie nur das Nötigste mit ihm. Das war ihre Art, ihm zu zeigen, dass er nicht genügt hatte.

Was mich damals ebenso aufregte: Waren wir verabredet, konnten wir nie sicher sein, dass wir uns pünktlich oder tatsächlich treffen würden. Mal musste Daniel erst noch Einkaufen, mal auf seine kleineren Geschwister aufpassen, mal hatte ihm seine Mutter wegen irgendeiner Kleinigkeit Stubenarrest verpasst, mal musste er unbedingt im Haus oder Garten mithelfen - es zog sich wie eine lange Kette durch meine Erinnerungen. Diese Freiheit, einfach Kind zu sein wie ich, hatte er nie.

„Warum hat er dich in dem Glauben gelassen, er studiere noch?", fragte meine Mutter. „Dir gegenüber musste er sich schließlich nicht beweisen."

Ja, sein Verhalten wurmte mich kolossal. Hatte er denn kein Vertrauen zu mir? Gut, das Dealen hätte ich ihm vermutlich ausreden wollen. In dieser Beziehung war ich altmodisch. Auch wenn ich seine Argumente für eine Legalisierung von Marihuana langsam nachvollziehen konnte. In der Nacht hatte ich gründlich dazu im Internet recherchiert. Selbst in Deutschland waren einige Bundestagsabgeordnete mittlerweile so weit, darüber laut nachzudenken. Ein Durchbruch in diese Richtung lag allerdings nicht in Sichtweite. Zu viele Parlamentarier der beiden großen Parteien hielten dagegen. Dabei waren die Argumente der Befürworter nicht von der Hand zu weisen: Laut der Bildzeitung vom letzten Oktober starben im Jahr zuvor über hunderttausend Menschen an den Folgen von Tabakkonsum, gut zwanzigtausend an alkoholbedingten Krankheiten und eintausenddreihundert durch den Konsum illegaler Drogen. Womit nicht Marihuana gemeint war, denn ich fand bei meiner Recherche nicht einen Einzigen, der durch die Einnahme dieses Stoffes zu Tode kam.

Ebenso stimmten Daniels Argumente mit einer Vielzahl von anderen Befürwortern überein: Durch die Legalisierung von Marihuana und dem kontrollierten Verkauf würden die Konsumenten entkriminalisiert und der Organisierten Kriminalität ein großes Geschäftsfeld entzogen. Nicht nur, dass der Staat zudem die fälligen Steuern - angeblich bis zu zwei Milliarden Euro pro Jahr - kassieren könnte und zudem enorme Einsparungen durch die Entlastung von Staatsanwaltschaft, Polizei, Gericht und Vollzugsanstalten winkten, auch die Verbraucher profitierten durch eine saubere Zubereitung und einen nicht zu hohen THC-Gehalt, waren die gängigsten Argumente der Befürworter.

In Amerika war der Stoff mittlerweile in zehn Staaten legalisiert. Selbst Barack Obama soll vor ein paar Jahren mal gesagt haben, dass er nicht denke, dass Marihuana gefährlicher als Alkohol sei. Und unser ehemaliger Außenminister Joschka Fischer hatte sich sogar von einem kanadischen Cannabis-Produktionsunternehmen verpflichten lassen.

Ein echt spannendes Thema, auf das ich jetzt überlenkte, um mit meiner Mutter nicht weiter über Daniel reden zu müssen. Seltsamerweise war ich momentan nah am Wasser gebaut, wenn es um ihn ging.

Wie fast immer schien sie meine Stimmungslage zu erahnen, sie ließ sich bereitwillig auf meinen Bericht ein. Schon nach den ersten Sätzen zeigte sie echtes Interesse. Kaum hatte ich geendet, fuhr sie ihren Computer hoch und ermunterte mich, mit ihr weiter zu recherchieren. Anscheinend war nicht nur mir bewusst geworden, wie wenig der Normalo über diese Zusammenhänge wusste.

# 8

Am Sonntag stand ich erst gegen Mittag auf. Mir war tatsächlich niemand mehr eingefallen, den ich hätte befragen können. Mit keinem seiner damaligen Kommilitonen hatte er näheren Kontakt gehabt. Auch die restlichen Nachbarn von Daniel konnte ich mir schenken. Das waren alles ältere Leute, die nicht mal grüßten, wenn man sie im Hausflur traf. Die Familie wollte ich nicht belästigen, dafür war es eindeutig zu früh. Und im Blücherbunker würde ich erst morgen wieder jemand antreffen.

Deshalb machte ich am frühen Nachmittag zusammen mit meiner Mutter eine Tour durch die Nordstadt, von der ich schon seit einigen Jahren nur noch den Bereich um die Lessingstraße kannte. Da ich kein Auto besaß, erschien es mir ungefährlicher, diese Inaugenscheinnahme durch ein wenig Blech geschützt zu unternehmen. Denn die Videos, die ich mir in der Nacht zuvor auf YouTube angeschaut hatte, vermittelten, natürlich auf reißerische Art, ein wesentlich schlimmeres Bild, als ich vermutet hatte. Wenn man den Medien glauben durfte, war die Nordstadt eine Hochburg der Kriminalität, eine No-go-Area, in der normale Passanten Angst haben mussten, ihres Weges zu gehen.

Meine Mutter, die mir eigentlich nur das Auto hatte leihen sollen, bestand darauf, bei diesem Abenteuer, wie sie es nannte, dabei zu sein.

Wir nahmen den Weg über den Borsigplatz, für mich immer noch das offizielle Tor zur Nordstadt, obwohl die Randgebiete schon eher begannen.

„Endlich mal kein Stau!", stellte meine Mutter vergnügt fest, die am Steuer saß.

Der Borsigplatz ist mit seiner kreisförmigen Verkehrsführung und den sechs in ihn mündenden Zufahrtsstraßen ein wichtiger Zugangsweg, gerade für die aus dem Osten kommenden Fahrzeuge. Vor ein paar Jahren ist es unseren Stadtoberen eingefallen, diese Strecke verkehrsberuhigen zu wollen – wegen der hohen Feinstaub- und Stickstoffdioxid-Belastung -, indem man die wichtigste Zufahrt auf eine Spur begrenzte. Seitdem ist alltags der Stau auf die doppelte Länge angewachsen. Abgenommen hat der Verkehr deswegen nämlich nicht, auch wenn die Durchfahrt für LKWs eigentlich verboten ist. Aber wo keine regelmäßigen Kontrollen …

Kaum hatten wir die Mallinckrodtstraße erreicht, fuhr meine Mutter in die erstbeste Parkbucht, um mich ans Steuer zu lassen. Eigentlich hatten wir abgemacht, dass jeder von uns die Hälfte der Strecke übernehmen sollte, damit wir uns beide einen vernünftigen Eindruck verschaffen konnten. Dazu war es an diesem sonnigen Tag nicht mal sonderlich voll auf den Straßen.

Ihr seien zu viele Fußgänger unterwegs, auf die sie achten müsse, argumentierte sie und lehnte sich zufrieden zurück, als ich wieder anfuhr. Das war mir ebenfalls aufgefallen, es schien, als würden die hiesigen Einwohner jeden Sonnenstrahl genießen. Die Parks waren voller spielender Kinder und plaudernder Erwachsener, die Bürgersteige belebt - das Einzige, was mir auffiel, es handelte sich überwiegend um Ausländer. Entweder hatte ich falsche Zahlen im Kopf - in der Nordstadt wohnten zu fünfzig Prozent Deutsche und zu fünfzig Prozent Ausländer - oder die Erstgenannten verkrochen sich lieber in ihren Wohnungen.

„Unter den Pennern, die ich gesehen habe, sind dagegen überwiegend Deutsche oder zumindest Europäer", teilte mir meine Mutter mit, die natürlich ihre Blicke wesentlich besser schweifen lassen konnte als ich. „Dafür hat die Zahl der ausländischen Geschäfte eindeutig zugenommen."

Normal, oder? Jeder möchte am liebsten die ihm bekannten Dinge einkaufen und wenn möglich bei jemandem gleicher Herkunft. Man fühlt sich einfach besser angenommen.

„Eigentlich wirkt alles überraschend friedlich", stellte meine Mutter erstaunt fest. Aussteigen, um sich davon zu überzeugen, dass ihr Eindruck richtig war, wollte sie jedoch nicht. „Dann müssten wir uns durch die Menschenansammlungen kämpfen. Ich glaube, darauf kann ich gut verzichten."

Ich grinste vor mich hin, die Gruppen bestanden hauptsächlich aus Männern. Für sie war das anscheinend wirklich eine andere Welt.

„Es gibt richtig schöne Ecken hier", versuchte ich sie abzulenken, selbst erstaunt über das, was sich mir bei dieser Rundreise bot. Ja, es gab viele Häuser, für die die Bezeichnung Bruchbude angemessener war, dreckig und mit Graffiti beschmiert, aber genauso normale Straßenbilder, wie man sie aus den besseren Stadtteilen kannte, mit renovierten und herausgeputzten Häusern aus dem letzten oder sogar vorletzten Jahrhundert, die durch ihre stuckverzierten Fassaden besonders glänzten.

„Du hast das Schlimmste überhaupt nicht gesehen. Als wir eben durch die Nebenstraßen gefahren sind, konnte ich ab und zu einen Blick in die Hinterhöfe werfen. Die sind zugemüllt bis zum Geht-nicht-mehr. Und auch an den Straßenrändern und im Gebüsch gibt es wesentlich mehr Unrat als bei uns vor der Haustür. Kein Wunder, dass die das Rattenproblem nicht in den Griff kriegen!"

Dabei reinigte die Stadt in diesem Bezirk, soweit ich wusste, täglich - na ja, sonntags vielleicht nicht. „So schlimm wie erwartet finde ich es nicht", hielt ich dagegen.

Sie kniff die Lippen zusammen und schwieg.

Zum Abschluss unserer Rundreise fuhr ich mit ihr in die Lessingstraße, zu dem Haus, in dem Daniel gewohnt hatte.

„Das sieht aus wie eine normale Wohnsiedlung", wiederholte sie meine eigene Empfindung.

„Laut Olaf, dem Sozialarbeiter drüben im Blücherbunker, lässt es sich in diesem Viertel relativ gut wohnen. Natürlich kämpfen er und seine Kollegen auch gegen viele soziale Probleme an. Aber die Kriminalität ist nicht so ausgeprägt wie in anderen Ecken, vor allem nicht die Organisierte."

Nun wollte sie natürlich den Bunker sehen. Wir gingen zu Fuß in die Blücherstraße und blieben vor dem imposanten Gebäude stehen.

„Einen Bunker habe ich mir anders vorgestellt, das sieht für mich aus wie ein ganz normales Haus. AWO-Jugendtreff Hafen, Streetwork, IKUZ, Integrationsagentur", las sie von den Schildern ab.

„Du brauchst gar nicht weiterzugucken, außer dem Jugendtreff sind alle raus. Das Ding wird komplett von innen und außen renoviert, mit neuer Elektrik, neuen Sanitäranlagen, neuen Fenstern, einem zweiten Fluchtweg, Dämmung der Außenwände et cetera."

Sie warf mir einen prüfenden Blick zu, vermutete wohl, ich wolle sie veräppeln. „So ein Bunker hat doch schon sehr dicke Wände."

„Ja, und? Wahrscheinlich gab es irgendwelche Kostenhilfen zur Sanierung, die nur bei der kompletten Umsetzung des Pakets greifen."

„Was für ein Irrsinn!"

„Ein Irrsinn ist eher die Kostenexplosion", gab ich ihr mein mittlerweile angelesenes Wissen weiter. „Vor Baubeginn wurden dreihunderttausend Euro veranschlagt, jetzt redet man von mehr als eineinhalb Millionen. Unter anderem hat man wohl nicht bedacht, dass Bunkerwände und -böden wegen der besonderen Bauweise wesentlich schwieriger aufzureißen sind."

Sie zwinkerte mir zu. „Daran sind wir Dortmunder doch inzwischen gewöhnt. Ist nicht alles, was in letzter Zeit modernisiert, saniert oder neu gebaut wurde, immer wesentlich teurer als veranschlagt gewesen? Kein Wunder, dass für mehr Personal im Ordnungsamt und bei der Polizei kein Geld bleibt."

Gerade als wir uns abwandten, um zum Auto zurückzugehen, öffnete sich die Seitentür und ein Wachmann trat heraus, die Zigarette schon zwischen den Lippen. Er zündete sie an, nahm einen tiefen Zug, sah auf und bemerkte uns.

Perfekt! „Hi, ich bin ein Freund von Daniel und versuche Leute zu finden, die ihn kannten", rief ich ihm zu.

Er nahm einen weiteren Zug, bevor er erwiderte: „Kenn ich nicht."

„Der junge Mann, der vor ein paar Tagen ermordet wurde", ergänzte meine Mutter.

„Ach, der Dealer! Klar, gesehen hab ich den ab und zu. Das war's aber auch."

Meine Mutter packte mich am Arm, bevor ich einen Kommentar abgeben konnte. Denn ich kochte regelrecht vor Wut. Das hatte so abschätzig geklungen, so, als wäre sein Tod ein unbedeutendes Ereignis. „Und Ihre Kollegen?", fragte sie.

Er zuckte die Schultern. „Micha vielleicht, ich glaub, der hat sich ab und zu mit dem unterhalten. Der löst mich um sieben ab. Da müssten sie halt später noch mal wiederkommen."

Meine Mutter bedankte sich und zog mich weiter. „Willst du mit ihm sprechen? Soll ich dir das Auto leihen?"

Natürlich! Diese Chance würde ich mir nicht entgehen lassen. „Lieb von dir", ich grinste sie dankbar an. „Ist ja doch bequemer, als mit der U-Bahn zu fahren."

# 9

Ich parkte so, dass ich den Nebeneingang im Auge behalten konnte, und überlegte, wie ich vorgehen sollte. Einfach hingehen und klopfen? Oder lieber darauf hoffen, dass Micha auch zu den Rauchern gehörte und warten, bis er seiner Sucht frönte?

Bevor ich einen Entschluss fassen konnte, trat er schon aus der Tür und sah neugierig zu mir herüber. Ich stieg aus und sagte noch am Auto stehend. „Hi, mein Name ist Alex Grahl. Ich bin ein Freund von Daniel. Ihr Kollege meinte, Sie hätten ihn gekannt und könnten mir sicherlich helfen, sein Leben nachzuzeichnen."

„Ich hab ihn in letzter Zeit kaum gesehen", wehrte er ab. „Wenn, kam der allerhöchstens mal auf eine Zigarettenlänge zu mir rüber."

Während ich nähertrat, begann er auch schon nach seinen Glimmstängeln zu kramen.

„Schade, ich dachte, Sie …"

„Nee, der Zug war abgefahren, seit er dealte. Vorher war das anders."

„Vorher?" Bestand diese Baustelle denn schon so lange?

Er holte ein Feuerzeug hervor und zündete seine Zigarette an. Im Lichtschein der Flamme konnte ich seine Gesichtszüge etwas besser erkennen. Er war älter, als ich gedacht hatte, der Haarkranz und der Schnäuzer völlig ergraut, die Hand, die die Zigarette hielt, runzelig und mit Altersflecken gesprenkelt. Aber sein kräftiger Körperbau ließ darauf schließen, dass er keine Auseinandersetzung scheute. „Das war in der Flüchtlingsunterkunft. Er kam oft vorbei, fast jeden Tag. Wenn er ging, blieb er öfter bei mir am Tor stehen und wir unterhielten uns eine Weile. Ich bin da weg, als sich die Möglichkeit bot. Zu viel Elend und Not und andererseits jede Menge Stress und Ärger. War nicht einfach."

Ein ganz neuer Ansatz! „Hatte er sich mit Flüchtlingen angefreundet?" Begierig wartete ich auf seine Antwort.

Er ließ sich Zeit, nahm einen tiefen Zug von seiner Zigarette und blies den Rauch gemächlich aus. „Er hatte da 'ne Flamme. War aber kompliziert. Ich glaube, die wurde wieder zurückgeschickt. Dann kam er nicht mehr."

Kein Wort hatte Daniel mir gegenüber darüber verlauten lassen! „Gab es dort weitere Kontakte?", fragte ich hoffnungsvoll nach.

Er schüttelte verneinend den Kopf und musterte mich aus zusammengekniffenen Augen. „Sie sind der Schreiberling, richtig?"

Aber anscheinend wussten alle über mich Bescheid! „Im Moment bin ich Student", stellte ich richtig. „Und wegen meiner Nachfragen - Daniel war mein bester Freund. Ich kann seinen Tod nicht einfach so als gegeben hinnehmen."

„Wohl kein Vertrauen in die Polizei!" Er lachte krächzend und nahm einen weiteren tiefen Zug von seinem Glimmstängel. „Kann ich verstehen, die sind auf dem falschen Dampfer, denken, sein Tod hätte mit den Drogen zu tun."

„Schließen Sie das denn aus?"

„Der Daniel war ein kleines Licht. Wär es auch geblieben. Der hatte keinen Ehrgeiz, aufzusteigen."

Das war mir zu ungenau. „Sie meinen, er hat bestimmt kein linkes Ding gedreht, also weder seinen Boss beschissen noch die Konsumenten?"

Er lachte auf. „Nee, ganz bestimmt nicht."

„Und wenn er irgendwas gesehen hat, was er nicht hätte sehen dürfen?"

Er überlegte kurz, schüttelte schließlich nachdrücklich den Kopf. „Dann wüsste die Polizei davon und die hätten den Mörder schon im Visier. Stattdessen stochern sie herum.

Die wissen nichts." Er zog ein letztes Mal an seiner Zigarette, drückte sie sorgfältig aus und verstaute sie in der Jackentasche. „Lächerlich bei all dem Müll", er wies auf die zerdrückten Getränketüten und die unzähligen Kippen auf dem Boden. „Trotzdem gehe ich lieber mit gutem Beispiel voran."

Mich hatte seine Antwort immer noch nicht überzeugt. „Wem hätte er sich denn anvertraut, wenn er was gesehen hätte und unschlüssig wäre, ob er die Polizei informieren solle? Oder hätte er es für sich behalten, um niemanden sonst zu gefährden?"

Der Wachmann holte tief Luft. „Hier kümmert sich jeder um seinen eigenen Kram. Daniel lebte lange genug in diesem Viertel, um das zu verinnerlichen. Keiner zeigt irgendwas Ungesetzliches an. Keiner will namentlich genannt werden. Wenn, rufen die Leute anonym an. Bist du Zeuge, weiß der Täter von dir. Niemand riskiert das."

Verstand ich ihn richtig? Ich musste einfach nachfragen! „Mal angenommen ich beobachte einen Dealer und melde ihn bei der Polizei. Erfährt der von mir?"

„Ist es eine größere Sache und der bekommt eine Strafe oder das Ganze geht vor Gericht, werden Sie namentlich als Zeuge genannt und sitzen ihm bei Ihrer Aussage gegenüber."

Unwillkürlich dachte ich an die Clans und ihre weitreichenden Verbindungen. „Wer lässt sich denn auf so was ein!"

„Eben. Daniel ganz bestimmt nicht."

„Was, wenn er sich in eine hier ansässige Ausländerin verliebt hatte?" Er schien meinen Freund besser zu kennen als gedacht. Deshalb traute ich mich, auch diese Frage zu stellen.

Micha zog überrascht die Augenbrauen hoch.

„Ich meine eine, deren Eltern mit dieser Verbindung nicht einverstanden gewesen wären."

„Ich habe Sie schon verstanden. Dass die nach ihren alten Traditionen leben, gibt es natürlich ziemlich oft. Hier wohnen nicht unbedingt die Intellektuellen."

Olaf hatte es ähnlich ausgedrückt, nur netter: „Natürlich sucht jemand, der fremd in dieses Land kommt, die vertraute Nähe seiner Landsleute. Außerdem ist in vielen Kulturen die Familie das Wichtigste. Bei uns war das auch mal so, ist noch gar nicht so lange her. Wir haben viele unserer Bräuche und Traditionen über Bord geworfen, diese Menschen nicht."

„Wollen sie sich integrieren, müssen sie ihre veralteten Sitten und Moralvorstellungen hinter sich lassen", war ich ihm ins Wort gefallen, „und sich der Moderne anpassen."

Er hatte mich mit hochgezogenen Augenbrauen gemustert, eindeutig entsetzt von meiner Meinung. „Du stellst dir das viel zu einfach vor! Selbst wenn die Eltern liberaler eingestellt sind, übt die Familie einen gewaltigen Druck aus. Erwartest du wirklich, dass sie diesem standhalten, vermutlich sogar mit allen brechen müssen, wenn sie sich gegen die alte hierarchische Ordnung wenden?"

Micha schien die gleichen Bedenken zu hegen. Er sagte es zwar nicht explizit, aber er gab zu, dass er es durchaus für möglich hielte, dass Daniel in diesem Fall von einem Angehörigen zur Rechenschaft gezogen worden sein könnte. Wobei er die Ansicht vertrat, davor hätte es garantiert einige gezielte Warnungen gegeben. Unser Freund hätte schon schwer verliebt sein müssen, diese zu ignorieren.

Wenn es aber echte Liebe war?

Nur hätte sich Daniel dann nicht irgendwem anvertraut? Weder Olaf noch Micha noch mir hatte er davon erzählt, keinem sonst war etwas aufgefallen. Konnte man eine Verbindung so geheim halten?

Leider hatte der Wachmann keine anderen Anhaltspunkte für mich. Ich wollte mich schon verabschieden, hakte dann jedoch einem Impuls folgend nach: „Bewacht ihr die Einrichtung?"

Er lachte. „Nee, die Baustelle. Dass nichts geklaut wird. Dabei haben wir natürlich auch ein Auge auf die Kids - und die Randalierer", fügte er nach einer kleinen Pause hinzu. „Die, die sich richtig zudröhnen, damit die keinen Ärger machen."

„Kommt das oft vor?"

„So ein- bis zweimal die Woche ungefähr. Manchmal reichen ein paar Worte, sonst rufen wir die Polizei, sollen die das halt regeln."

„Ist das denn normal, dass Baustellen bewacht werden?" Also in meiner Kindheit war das eindeutig nicht der Fall gewesen. Ein paarmal hatte auch ich mich von Freunden überreden lassen, durch den Zaun zu schlüpfen, um mich genauer umzuschauen, wobei es uns vornehmlich darum gegangen war, in den Rohbauten herumzuturnen.

„Wie es in den anderen Bezirken aussieht, weiß ich nicht", erwiderte er schulterzuckend. „Ich bin bisher immer nur im Norden eingesetzt worden. Hier scheint das mittlerweile Usus zu sein, ich hab schon die verschiedensten Objekte bewacht. Der Blücherbunker ist dabei noch einer der angenehmeren, die Jugendlichen, die regelmäßig auftauchen, sind relativ gut zu händeln. Um die Dealer kümmere ich mich nicht, das ist Aufgabe der Polizei."

Das versprach einen tieferen Einblick in diese Gegend. Daher bat ich ihn, mir aus seinem Arbeitsleben zu berichten.

Was er danach jedoch von einem seiner andern Objekte berichtet hatte über Drogengeschäfte auf einem Spielplatz, Kinder, die sich den Raum mit der Trinkerszene teilten, fast täglichen Streitereien, auch handgreiflichen, gab mir zu denken - da fielen die eher lustigen Randbemerkungen von Frauen, die ungeniert mitten auf der Straße ihre Röcke hoben, um zu urinieren, und Kindern, die bis spät nachts draußen herumtobten, kaum ins Gewicht. Von jemandem darüber zu hören, der es selbst erlebt hatte, war etwas völlig anderes, als davon in der Zeitung zu lesen.

„Ich bin nur ein einfacher Wachmann. Im Laufe der Jahre hat sich einiges verändert, unsere Dienste werden immer öfter benötigt. Das ist kein gutes Zeichen, finde ich. Die Welt gerät langsam aber sicher aus den Fugen, auch in unserer Stadt spürst du das. Das Sicherheitspersonal auf der Kirmes, auf dem Weihnachtsmarkt und bei anderen Großveranstaltungen dient nicht ausschließlich der Terrorabwehr. Vielmehr gibt es immer mehr Personen, die sich nicht an geltendes Recht halten. Das nimmt immer größere Dimensionen an."

Ich musste ihm recht geben. Wenn das so weiterging, würden wir wohl bald amerikanische Verhältnisse haben und selbst an den Schulen nicht mehr auf Wachleute verzichten können.

Müssten vonseiten der Politik nicht viel mehr Anstrengungen unternommen werden gegenzulenken? Ein weiterer Punkt, über den ich mit Olaf diskutieren wollte.

# 10

Nachdem ich meiner Mutter am nächsten Tag das Auto zurückgebracht hatte – so ziemlich auf den letzten Drücker, sodass ich mich nur kurz mit ihr unterhalten konnte -, machte ich mich auf dem Weg zur Uni. Ich hatte mir meine Veranstaltungen wenn irgend möglich in den Mittags- beziehungsweise Nachmittagsbereich gelegt. Als ausgesprochener Nachtmensch hasste ich frühes Aufstehen.

„Schon was rausgefunden?", empfing mich Mirko, der von meinen Ambitionen wusste.

„Nichts bedeutendes. Zu den alten Freunden hatte Daniel wohl schon seit längerem keinen Kontakt mehr, zu seiner Mutter und seinen Schwestern ebenfalls nicht, den Stiefvater muss ich noch befragen. Ich hoffe darauf, dass dieser Sozialarbeiter, der ihn unter seine Fittiche genommen hatte, weitere Hinweise geben kann." Mirko gehörte zu meinen Freunden, daher berichtete ich ihm auch von Daniels Absturz.

„Heftig! Andererseits - für mich ist Marihuana kein Teufelszeug. Würden die da oben den Verkauf endlich legalisieren, wäre das für ganz viele eine Wohltat."

„Obwohl ich das Zeug bisher nicht probiert habe und das auch weiterhin nicht will, hat sich meine Einstellung durch eine akribische Wochenendrecherche geändert", verhehlte ich ihm gegenüber nicht. „Wobei ich immer noch durcheinanderkomme. Cannabis, Marihuana, Gras, Haschisch - ist das alles dasselbe?" Ich wusste, dass Mirko früher in seiner Sturm- und Drangzeit regelmäßig am Wochenende gekifft hatte. Der müsste sich auskennen.

„Es gibt Unterschiede", belehrte er mich denn auch. „Cannabis ist eigentlich das lateinische Wort für Hanf. Konsumiert wird meist nur die weibliche Cannabispflanze. Denn die enthält genug vom Wirkstoff THC, um zum Rausch zu führen. Als Marihuana oder Gras bezeichnet man die getrockneten Blüten der weiblichen Hanfpflanze. Haschisch ist das gesammelte und meist gepresste Harz der Hanfpflanze. Letzteres hat einen höheren Wirkstoffgehalt als Marihuana."

Eigentlich hätte ich mitschreiben müssen! „Was mich wundert, ist, dass sich die Experten absolut uneins sind", versuchte ich ihm mein Dilemma zu beschreiben. „Die einen sagen: Bloß nicht legalisieren, ungefähr die gleiche Anzahl widerspricht und behauptet, Cannabis sei nicht schlimmer als Alkohol oder Zigaretten."

Unsere Dozentin betrat den Raum.

Mirko grinste. „Ein weiteres Beispiel dafür, wie oft selbst Wissenschaftler uneins sind. Und in der Öffentlichkeit werden die Argumente propagiert, die die Meinung der Politikermehrheit widerspiegeln. Hol dir selbst verschiedene Meinungen ein, frag zum Beispiel deinen Sozialarbeiter, der kennt die Wirklichkeit", empfahl er mir abschließend, da die Dozentin bereit war loszulegen. Wir mussten es uns mit ihr ja nicht gleich zu Beginn des Semesters verscherzen.

Nach dem Ende der Veranstaltung sauste ich sofort los, um meine Bahn zu erwischen, die mich zur Lessingstraße bringen sollte. Wenn ich Glück hatte, war Olaf noch vor Ort.

Pech gehabt, der hatte heute frei, erfuhr ich von den draußen herumlungernden Jugendlichen, der Montag war einer Mädchengruppe vorbehalten.

„Was willste von dem?", wollte Kaya wissen.

Ich atmete heimlich auf. Das, was ich beim Näherkommen gehört hatte, eine Art Jugendslang, ließ mich schon befürchten, dass ich nur einen Bruchteil von dem verstand, was sie sagten. Aber anscheinend waren die meisten sehr wohl fähig, einigermaßen auf Deutsch zu kommunizieren. „Ich brauche mehr Informationen über Daniel", erklärte ich frei heraus. Vielleicht konnte einer von ihnen mir weiterhelfen. „Mit wem er was unternommen hat, wer enger mit ihm befreundet war, so was in der Art."

Sie zuckten unisono mit den Schultern.

„Nischt Freunde, nur Kunden", erklärte ein Junge von vielleicht sechzehn. Wie die anderen hielt er einen Joint zwischen den Fingern.

„Ab und zu ist er auch zu Olaf reingegangen", mischte sich ein weiterer Jugendlicher ein.

Hurra, ein vollständiger, verständlicher Satz!

„Kumpel?", begann Kaya, der sich die Rolle des Anführers nicht nehmen lassen wollte. „Isch …"

„Kaya!"

Wie die anderen wandte ich mich dem Neuankömmling zu. Er trug einen abgerissen wirkenden Jogginganzug und hatte seine Hände tief in den Taschen der Hose vergraben, wodurch seine breiten Schultern bedrohlich nach vorn gedrückt wurden. Sein Gesicht war knallrot angelaufen, seine Augen fixierten Kaya.

„Das ist Radu", zischte einer aus der Gruppe. „Weg!"

Die anderen spurteten los und schafften es, um den Mann einen Bogen zu schlagen – vielleicht auch, weil der voll auf Kaya fixiert schien. Dieser erkannte, dass er es nicht mehr an Radu vorbei schaffen würde und zog sich langsam rückwärtsgehend zurück. „He", begann er und hob beide Hände. Doch sein Gegenüber rannte plötzlich mit lautem Gebrüll auf ihn los.

Höchste Zeit für mich, ebenfalls zu verschwinden! Aus den Augenwinkeln sah ich noch, dass Kaya umdrehte und in Richtung des hinteren Geländes lief. Ohne nachzudenken folgte ich ihm. Der würde bestimmt wissen, was er tat.

Der Kerl war schnell, viel schneller als ich. Hinter mir hörte ich den keuchenden Atem unseres Verfolgers. Ich schlug einen Haken, dann noch einen, stolperte, fing mich wieder, wagte es nicht, einen Blick hinter mich zu werfen.

Kaya wartete am hinteren Rand der Wiese auf mich. Er grinste schon wieder. „Is okay, hat aufgegeben."

Pling! Eine Coladose prallte knapp hinter mir auf, das nächste Geschoss klang wie ein Stein. Kaya lachte nur. „Der is total verbuggt. Kriegt nichts auf die Reihe."

Ich drehte mich um. Radu war tatsächlich in einiger Entfernung stehen geblieben und starrte in unsere Richtung. Er brüllte laut, dem Tonfall nach waren es handfeste Drohungen.

„Komm!", Kaya zog mich hinter sich her.

Wie erwartet führte er mich über Nebenwege zur Lessingstraße. Seine Kumpel standen wartend vor einem Dönerladen und sahen aufmerksam in alle Richtungen.

„Was jetzt?", fragte einer von ihnen, deutlich jünger als die anderen, irgendwas zwischen zwölf und vierzehn vermutlich.

„Der Thomas kümmert sich bestimmt um den", erwiderte der, der eben schon in vollständigen Sätzen gesprochen hatte. „Der kann den nicht ab."

„Isch geh Döner!", verkündete Kaya, ohne auf sie zu achten, und marschierte zum Eingang.

Ich beeilte mich, neben ihn zu kommen. „Wer ist Thomas?"

Ein breites Grinsen glitt über sein Gesicht. „Blöff, was? Der Wachmann!"

„Hatte Daniel Feinde?", fragte ich schnell.

Seine Kumpel hatten zu uns aufgeschlossen und schüttelten fast synchron den Kopf. „Keine Ahnung", setzte der „ganze-Sätze-Sprecher" hinzu.

„Was ist mit den Leuten aus dem Flüchtlingsheim, die er kennengelernt hatte", wandte ich mich direkt an ihn. „Wisst ihr was darüber?"

Jetzt grinste mein Gegenüber breit. „Der Einzige, der dir was dazu sagen könnte, ist Radu. Nur zu, versuch dein Glück!"

Kaya, dem die Entwicklung nicht gefiel, gab ihm einen Schubs, dass dieser stolperte, und öffnete die Tür. Im Nu

61

hatte er das Gespräch an sich gerissen, beachtete mich aber nicht weiter, sondern verfiel in seinen üblichen Slang. Ich verstand nur noch Bahnhof.

Heute würde ich bei ihm nichts mehr erreichen, wurde mir klar. Wahrscheinlich hatte er durch seine schmähliche Flucht schon zu viel Gesicht verloren, als dass er sich weiter mit mir abgeben konnte. Ich verließ den Laden und wandte mich Richtung U-Bahn-Haltestelle. Musste ich eben morgen erneut aufkreuzen und Olaf befragen. Denn diesem Radu heute erneut gegenüberzutreten wäre sicherlich ein großer Fehler.

# 11

Während ich auf der Fahrt zur Uni schläfrig in der S-Bahn saß - ich war erst gegen sechs ins Bett gekommen -, rief meine Mutter an.

„Ich habe ein bisschen recherchiert, zur Nordstadt und zu den Drogen. Das ist echt interessant. Wusstest du, dass selbst in Deutschland Produkte aus Hanfpflanzen, die weniger als ein Prozent THC enthalten, legal verkauft und gekauft werden können? Die fallen dann nicht mehr unter das Betäubungsmittel-, sondern unter das Lebensmittelgesetz. Interessant, nicht?"

„Hm", brummte ich. Ihre muntere Stimme hinterließ einen pochenden Schmerz hinter meiner Stirn. Normalerweise nutzte ich die Strecke, um richtig wach zu werden.

„Ich lese es dir mal vor, ich habe es extra abgeschrieben. Die berauschende Wirkung kommt von dem THC, der andere Stoff CBD hat eine beruhigende, schmerzstillende und krampflösende Wirkung. Es entspannt dich also nur. Ich muss gestehen, dass ich anschließend sofort nachgeguckt habe, wo es das Mittel gibt. Wäre ja vielleicht was gegen meine Einschlafprobleme."

„Hm." Meine Mutter litt seit den Wechseljahren daran, obwohl sie todmüde war, lag sie stundenlang wach.

„Blöderweise sind die Tropfen im Moment nirgendwo erhältlich. Angeblich grassiert die Angst, mit dem THC-Gehalt zu hoch zu liegen und abgestraft zu werden, wie ich in einem Artikel nachgelesen habe."

„Hm." Ich war eindeutig noch im Halbschlaf. Ihr Bericht riss mich nicht gerade vom Hocker.

„Aber ich habe einen Online-Handel in Holland gefunden. Ich glaube, ich werde da bestellen. Ich will das Zeug unbedingt ausprobieren."

„Aha."

„Zur Nordstadt habe ich auch einiges." Sie hatte bemerkt, dass ich nicht richtig bei der Sache war, wollte jedoch ihre Erkenntnisse an den Mann bringen. „Und zwar im Statistikatlas der Stadt Dortmund über die einzelnen Stadtteile von 2015. Einen neueren gibt es wohl bisher nicht."

„Dann erzähl mal", rang ich mir ab. Immerhin hatte sie diese Recherche nur mir zuliebe gemacht.

„Die Quoten der Arbeitslosen und die der Empfänger von Sozialleistungen sind mehr als doppelt so hoch wie in der gesamten Stadt."

Ich sparte mir einen neuerlichen Kommentar, denn ich konnte schon an ihrem Tonfall erkennen, dass noch mehr kommen würde.

„Ich habe mir danach den statistischen Jahresbericht zur Bevölkerung von 2018 angesehen. Da steht, dass der Anteil der Personen mit Migrationshintergrund in Dortmund mittlerweile auf ein Drittel angestiegen ist. In der Nordstadt beträgt ihr Anteil über siebzig Prozent. Tja, unser Eindruck, es gibt dort überwiegend Ausländer, war also richtig."

Ihr Eindruck, ich hatte mich ja eher bedeckt gehalten.

„Und dann habe ich etliche Zeitungsartikel gefunden, die über die ausufernde Clankriminalität berichten. Alex, du musst …"

„… jetzt gleich aussteigen", unterbrach ich sie und hoffte, damit einer Predigt über die Gefährlichkeit meines Vorhabens zu entkommen. Ihr Kind ganz allein in diesem bedrohlichen Gebiet unterwegs! „Gibt es sonst noch was Wichtiges?"

„Nein, aber ich recherchiere natürlich weiter. Das Thema hat es mir angetan."

Ich musste lachen. „Verpack es doch mal in eines deiner Bücher, wenn es dir dermaßen am Herzen liegt."

„In einen Liebesroman? Das passt wirklich super."

„Vielleicht solltest du darüber nachdenken, das Metier zu wechseln und einen Krimi ähnlich dem Dortmunder Tatort zu schreiben. Da würde das reinpassen", stichelte ich.

Der im Januar ausgestrahlte hatte für reichlich Aufruhr gesorgt. Sogar unser Oberbürgermeister hatte sich eingemischt, weil er fand, das Bild, das die Filmcrew von der Stadt zeichnete, sei veraltet und klischeeüberladen. Neugierig geworden hatte ich mir die Folge im Internet angeschaut, normalerweise war diese Serie nichts für mich. Hinterher hätte ich beinahe den ersten Leserbrief meines Lebens geschrieben, um die Fakten richtigzustellen. Das Einzige, was dieser Film mit Dortmund gemein hatte, war, dass die Leiche hier gefunden wurde und daher die hiesigen Ermittler agierten. Der Rest spielte vornehmlich in Marl, der Schlussakt in Duisburg. Wieso fühlte unser Stadtoberhaupt dadurch das Image unserer Stadt beschädigt?

Angeblich sei er sogar bereit, so weit zu gehen, den Tatort ganz aus Dortmund zu verdammen, wurde gemunkelt - eben wegen des Imageschadens. Was für ein Quatsch! Als wenn sich irgendeiner von außerhalb deswegen nicht mehr hierher trauen würde!

Ein Krimi, der hauptsächlich in der Nordstadt spielte, würde den OB vermutlich genauso in Rage bringen. Vor allem, wenn die dortigen Missstände und Lebensbedingungen eine tragende Rolle spielten. Allerdings konnte ich mir nicht vorstellen, dass meine Mutter von ihrer Art des Schreibens derart abweichen konnte. In ihren Büchern dominierte der Herz-Schmerz-Faktor, das spiegelte sich auch in ihrem Stil wider.

Ihr kleinlautes „lieber nicht", legte nahe, dass sie zu dem gleichen Schluss gekommen war.

Ich hatte meine Endhaltestelle erreicht. „Viel Spaß!", wünschte ich ihr zum Abschluss. Immerhin hatte sie es mit ihrem Anruf geschafft, mich richtig wach werden zu lassen.

Nach den Vorlesungen fuhr ich wieder zum Blücherbunker. „Du später kommen. Nix Zeit", erklärte mir ein junger Mann gleich im Eingangsbereich und wies mit einer Kopfbewegung auf das rechts liegende Büro, dessen Tür angelehnt war. „Olaf Arbeit."

„Alex!" Mahmut drängte sich freudestrahlend an ihm vorbei. „Was geht?"

„Nicht viel. Kennst du wirklich keine aktuellen Freunde von Daniel? Hat ihn keiner in der letzten Zeit besucht?", setzte ich nach. Aktuell war für ihn anscheinend ein Fremdwort. „Oder ist er mit jemandem aus der Gegend befreundet?"

Mahmut griff nach meinem Arm und schob mich nach draußen. „Er hat hier gewohnt und gedealt. Freunde?" Er schüttelte vehement den Kopf. „Meine Mutter sagt: War nicht oft da letzte Zeit."

„Er hat dir nichts erzählt?", hakte ich nach.

„Ich hab ihn kaum gesehen. Im Park, wo er stand, hatte er keine Zeit. Ich geh früh schlafen und morgens arbeiten. Ich …"

„Kannst du mir zeigen, wo er gedealt hat?" Diesen Punkt hatte ich bisher vernachlässigt.

Er verzog unglücklich das Gesicht. „Jetzt? Ist spät, muss gleich nach Hause." Mahmut hatte offensichtlich Angst. Und war äußerst wortkarg heute. Sonst sprach er in ganzen Sätzen.

Ich tat, als hätte ich es mir anders überlegt. „Ist eine blöde Idee gewesen. Geh lieber wieder rein."

Er trat unschlüssig von einem Fuß auf den anderen. „Meine Mutter sagt: Nur mit Freunden. Oder wenn mein Bruder mitkommt."

„Du hast einen Bruder?" Vielleicht konnte der mir helfen. „Wohnt er bei euch?" Komisch, den hatten weder Daniel noch Mahmut früher irgendwann mal erwähnt.

„Ist viel unterwegs. Hat viel Arbeit."

Besser, ich würde Olaf nach ihm fragen.

Mahmut wandte sich zur Straße.

„Willst du nicht mehr rein?"

„Ist langweilig heute. Ich geh."

Olaf war immer noch beschäftigt, wie ich durch das erleuchtete Fenster sehen konnte. Er saß hinter einem Schreibtisch, davor ein Jugendlicher, beide beugten sich über irgendwelche Papiere. Das konnte dauern.

Vielleicht sollte ich mich am Seiteneingang umsehen. Mit etwas Glück traf ich dort auf Kaya oder jemanden aus seiner Gruppe.

Plötzlich wurde ich von hinten so derb angerempelt, dass ich ins Stolpern geriet. Ein Schatten huschte an mir vorbei. Bevor ich mein Gleichgewicht wiedergefunden hatte, war er schon um die nächste Ecke verschwunden. Aber ich hätte darauf wetten können, dass es sich dabei um Radu gehandelt hatte.

# 12

„Entschuldige, dass es so lange gedauert hat." Olaf war die Erschöpfung anzusehen. Sein Gesicht wirkte heute hager, die Falten um Mund und Nase sprangen scharf hervor. Selbst in seiner Stimme war von dem üblichen Enthusiasmus nichts zu bemerken.

„Eher muss ich mich bedanken, dass du extra wegen mir länger bleibst."

Wir hatten uns, um der Abendkälte zu entgehen, ebenfalls ins Büro gesetzt - nachdem der letzte Jugendliche endlich verschwunden war. Der Diebstahl der Getränkekasse hatte alle in ziemliche Aufregung versetzt. Leider konnte der Dieb unerkannt entkommen, keiner hatte gesehen, wer das Geld nahm.

Als ich Olaf von dem flüchtenden Radu erzählte, nickte er mit zusammengepressten Lippen. „Ich denke auch, er war es. Nur beweisen kann ich es nicht. Der kommt eigentlich selten rein. Und heute ist er rumgeschlichen wie Falschgeld. Irgendwie hatte ich gleich ein schlechtes Gefühl."

„Warum rufst du nicht die Polizei? Die finden bestimmt seine Fingerabdrücke."

„Wegen so einer Lappalie? Nein, lieber nicht. Ich will ihm keinen Ärger machen. Im Grunde ist er ein guter Kerl. Es liegt an den Drogen, er kommt nicht von ihnen los. Er hat zwanzig Euro erbeutet, das ist zu verschmerzen."

„Was wirst du unternehmen?"

Olaf seufzte. „Ich kann nicht viel tun. Er wird alles ableugnen. Es ist eine Schande, dass niemand ihm hilft, den Absprung zu schaffen. Du kannst dir nicht vorstellen, wie oft ich schon mit ihm darüber gesprochen habe. Er will es ja, nur wird er immer wieder schwach."

„Und ein Entzug in einer Klinik?"

„Da kriegen ihn keine zehn Pferde hin. Außerdem bräuchte er anschließend ein anderes Umfeld, sonst wird er sofort wieder rückfällig."

Ehrlich gesagt konnte ich nicht verstehen, dass Olaf zu diesem Kerl hielt. Ich sah sein hasserfülltes Gesicht vor mir, die vorgeschobenen Schultern, die klar zeigten, dass er auf Ärger aus war. Wenn jemand so reagierte, wenn er auf Drogen war, musste man dann nicht alles tun, um ihn von den anderen Jugendlichen fernzuhalten?

Olaf schien zu erkennen, dass ich nicht über seine soziale Ader verfügte und wechselte das Thema. „Ich habe gesehen, dass du dich mit Mahmut unterhalten hast. Hat er dir was Neues mitgeteilt?"

„Er erwähnte den Park, in dem Daniel dealte. Ist das weit von hier?"

„Das wird dich nicht weiterbringen. Der Blücherpark ist nach allen Seiten einsehbar. Hätte es da Streit gegeben, wüssten das alle."

„Was ist mit Mahmuts Bruder? Kennt der Daniel gut?"

„Von dem lass lieber die Finger. Wenn mich nicht alles täuscht, ist er derjenige, der Daniel den Job gab. Mit dem ist nicht zu spaßen."

Jetzt erst recht, hätte ich beinahe gesagt. „Wie steht denn die Mutter dazu?", fragte ich stattdessen. Auf mich hatte sie den Eindruck einer ehrbaren Frau gemacht. Das Letzte, was ich ihr zutraute, war ein verbrecherischer Sohn.

Olaf verkniff sich ein Lächeln. „Die Situation ist nicht einfach für sie. Ihr Ältester sorgt für ihren Lebensunterhalt. Sie hat einen Halbtagsjob, damit genügend Zeit bleibt, sich um Mahmut zu kümmern. Er hat seinen eigenen Kopf, neigt zu epileptischen Anfällen, wenn er sich aufregt. Freunde?", er zögerte. „Mahmut wird toleriert, mitmischen darf er meist nicht. Klar, man hat ein Auge auf ihn, das war's auch schon.

Ich bemühe mich um ihn, nur du siehst ja, ich schaffe es kaum, meinen anderweitigen Verpflichtungen nachzukommen. Vorhin hatte ich ein Gespräch mit einem Jugendlichen über seine berufliche Zukunft, was er sich vorstellt, was für Möglichkeiten es gibt. Fast keiner von den Schulabgängern hat eine Lehrstelle in Aussicht. Sie zu motivieren, gehört auch zu meinen Aufgaben."

„Und sofort kommt einer und nutzt deine Abwesenheit aus", konnte ich mir nicht verkneifen zu ergänzen. Um eine erneute Diskussion zu dem Thema zu vermeiden, fragte ich: „Mahmuts Mutter ist aufgefallen, dass Daniel oft abends und über Nacht weg war. Hat er dir was erzählt?"

„Nein, seitdem er dealte, sahen wir uns nicht mehr viel. Er wusste genau, dass ich versuchen würde, ihn davon abzubringen."

Irgendwie hatte ich das Gefühl, da war noch mehr. „Seid ihr aneinandergeraten?"

Wieder zögerte er. „Nicht direkt. Eine Zeit lang wurde hinter dem Jugendtreff heftig gedealt. Daniel war nicht der Einzige, der dort seinen festen Standort hatte. Du musst mich verstehen! Die Jugendlichen hier, ich konnte die Situation nicht so lassen, wie sie war. Auch die Anwohner haben sich vermehrt an die Polizei gewandt. Es wurde nämlich von Woche zu Woche schlimmer."

„Du hast dich ebenfalls bei der Polizei gemeldet", vermutete ich.

„Mir blieb nichts anderes übrig. Ich bin fast jeden Tag zu denen raus und habe sie gebeten, sich einen anderen Platz zu suchen. Als das nicht fruchtete, schloss ich mich mit den Beamten kurz und bat sie, regelmäßig dort zu kontrollieren."

„Das funktioniert?"

Er rang sich ein gequältes Lächeln ab. „Wenn man hartnäckig genug ist und den Ruf hat, sich der Jugendlichen anzunehmen, ja. Ich bin seit Jahren auf diesem Posten, mich kennen alle. Und wissen, dass ich nicht für jeden Kleinkram anrufe."

„Kleinkram?"

„Bei einer einfachen Schlägerei lassen die sich Zeit", erläuterte er mir die Situation. „Die Erfahrung zeigt, dass es sich meist von selbst regelt. Bei so winzigen Diebstählen wie dem gerade eben auch. Die Polizei ist wahnsinnig überlastet, die haben einfach zu wenig Personal. In Gebieten wie diesen rächt sich der lange gefahrene Stellenabbau besonders." Mein fassungsloser Gesichtsausdruck veranlasste ihn zu einer beruhigenden Feststellung: „Ist eine Waffe im Spiel oder besteht Gefahr für Leib und Leben, sind die innerhalb von fünf bis zehn Minuten da."

„Gut zu wissen!"

Entweder entging ihm meine Ironie oder er überhörte sie bewusst. „Viele Streitigkeiten erledigen sich von selbst. Multikulti bringt Vor- und Nachteile: Verschiedenartige Religionen und Kulturen prallen aufeinander, oft ist die ganze Art zu leben sehr unterschiedlich. Aber normalerweise klappt es irgendwie trotzdem ganz gut." Er grinste. „Sogar das Zusammenleben mit einem Neonazi."

Ich verstand die Anspielung nicht.

„Na, eine der Dortmunder Neonazigrößen hat jahrelang hier friedlich Tür an Tür mit dem Nationalitäten-Potpourri zusammengelebt. Er war sogar auf unserem Fest, das einmal im Jahr stattfindet, hat sich ganz normal mit meinen Jugendlichen unterhalten, mit ihnen Bier getrunken, gegessen. Ich glaube, ich habe sogar noch Fotos davon."

Ich dachte echt, er wolle mich auf den Arm nehmen.

„Doch, der hat jahrelang in einem Multikulti-Haus gewohnt", beharrte er. „Irgendwann ist er dann weggezogen, nach Dorstfeld."

„Und es gab nie Ärger?"

Dieses Mal war sein Grinsen diabolisch. „Man scheißt nicht direkt vor seiner eigenen Tür, besonders nicht, wenn man ganz allein gegen eine Überzahl steht, da halten sich selbst solche Leute zurück."

Als ich mich zur U-Bahn auf den Weg machte, brummte mir der Kopf. Olaf hatte mir einen intensiven Einführungskurs in das Zusammenleben in der Nordstadt gegeben. Trotzdem - oder gerade deswegen - bemerkte ich erst jetzt die Gestalten, die an der Haltestelle herumlungerten, den Dreck überall. War ich denn bisher blind gewesen? Oder hatten mir Olafs Ausführungen die Augen geöffnet?

In der einen Ecke stritten lautstark zwei Obdachlose, mehrere Gruppen Jugendlicher standen plaudernd herum - kam es mir nur so vor oder taxierten sie jeden Ankommenden genau? Und da ganz hinten, waren das nicht Dealer, die auf Kundschaft warteten?

Ich bemühte mich, unauffällig einen größeren Bogen zu schlagen, und kam mir gleich darauf albern vor. Wie oft war ich schon von hier abgefahren, ohne einen einzigen Gedanken an meine Sicherheit zu verschwenden. Passiert war bisher nie irgendetwas.

Aber so ist das eben mit dem persönlichen Sicherheitsgefühl. Da kann die Polizei noch so auf ihre Statistik pochen, dass die Straftaten zurückgehen, der Eindruck, der bei vielen entsteht, ist ein anderer. Allein dieses wie selbstverständlich den Raum für sich zu okkupieren, dazu die Gewissheit: Greift dich einer an, bekommst du keine Hilfe! Und ich war ein Mann, wie musste da erst eine Frau fühlen?

Am Bahnsteig warteten ungefähr zehn, fünfzehn Personen, ich war der einzige Deutsche. Mein mulmiges Gefühl wollte einfach nicht verschwinden. Ich lehnte mich an einen Pfeiler und starrte in den dunklen Schacht, aus dem jeden Moment der Zug auftauchen musste. Gleichzeitig spitzte ich die Ohren, um rechtzeitig vorgewarnt zu sein, falls sich mir jemand näherte.

Die paar Minuten Wartezeit kamen mir endlos vor. Sobald die Bahn hielt, trat ich vor und sprang hinein. Weitere Passagiere drängten nach. Ich suchte mir einen Einzelsitz und wagte anschließend einen kurzen Rundumblick. Hauptsächlich junge Männer, zu zweit, zu dritt oder in einer größeren Gruppe, die sich lautstark unterhielten. Weiter hinten saß eine jämmerliche Gestalt mit einer Bierflasche in der Hand, die, als die Bahn sich in Bewegung setzte, zu schwanken begann.

Das Gewühl um mich herum gab mir Sicherheit. Ich lehnte mich aufatmend zurück. Zu viel Fantasie war auch nicht immer das Wahre!

# 13

Mittwochs war mein Uni-freier Tag. Ich schlief bis um drei und setzte mich nach einem gemütlichen Frühstück an den Computer. Eigentlich wollte ich alles, was ich wusste, aufschreiben, auch wenn mir klar war, dass mich die Fakten nicht groß weiterbringen würden. Statt Antworten ergaben sich ständig neue Fragen: Was hatte Daniel dazu bewogen zu dealen? Er war wie ich ziemlich genügsam und hätte mit dem Hartz IV-Geld gut auskommen müssen. Wo und mit wem verbrachte er seine Freizeit? Warum hatte er mir weder von seinem Bruch mit der Gruppe aus der linken Szene noch von dieser Freundin aus dem Asylantenheim erzählt? Ich sah meinen ersten Eindruck bestätigt: Daniel hatte mir nach und nach sein gesamtes Tun vorenthalten. Stattdessen war ich auf lauter Lügen hereingefallen: Dass es an der FH gut laufe, dass er viel mit Freunden unterwegs sei, dass, weil sein Stiefvater ihm bei ihren Treffen regelmäßig einen Hunderter zustecke, er sich zwischendurch was Besonderes habe leisten können. Nichts davon stimmte offensichtlich.

Wobei - die Verabredungen mit Bernhard konnten der Wahrheit entsprechen. Ich musste sehen, dass ich auch ihn befragte, vielleicht wusste er, mit wem Daniel seine Zeit verbracht hatte.

Wieder versuchte ich mir unsere Gespräche ins Gedächtnis zurückzurufen, die, seitdem wir uns nur noch einmal im Monat trafen, scheinbar mühelos dahinplätscherten. Wir unterhielten uns über die neuesten Computerspiele, die angesagten Filme, die politischen Aufreger und sprachen ebenfalls kurz über unsere jeweiligen Aufgaben und Themengebiete im Studium. Daniel log mich wohl völlig bewusst an: Dass er reichlich dafür tun müsse, um durchzukommen, dass der eine Dozent ein Idiot sei, dass ein anderer seine Hausarbeit mit einer Zwei bewertet habe, ja, auch mal, dass er durch die erste Prüfung gefallen sei und hoffe, es bei der zweiten besser zu machen. Angeblich war er spätestens beim dritten Versuch erfolgreich.

Am meisten betroffen war ich allerdings von seiner Schweigsamkeit in Bezug auf sein Liebesleben. Eigentlich hatte ich gedacht, wir lägen in diesem Punkt auf einer Wellenlänge. Wie ich war er bisher über kurze Beziehungen nicht hinausgekommen. Irgendwie schienen wir nicht in der Lage zu sein, eine Lebensgefährtin zu finden. Fing ich mit diesem Thema an, schlug er stets in die gleiche Kerbe und betonte seine Einsamkeit. Warum hatte er mir diese Beziehung verschwiegen?

Ich spürte, wie ich im Nachhinein noch rot anlief. Meine Güte, kam ich mir blöd vor! Ich jammerte ständig rum und er hatte längst eine Freundin!

Um mich abzulenken, wandte ich mich wieder meinen bisherigen Aufzeichnungen zu. Olaf und Jan, das waren die Einzigen, von denen ich mir noch relevante Auskünfte versprach. Gleich morgen würde ich erneut im Blücherbunker auftauchen. Durch den spannenden Einblick in die Welt der Nordstadt hatte ich völlig vergessen, meinen Fragenkatalog fertig abzuarbeiten. Als Ermittler musste ich echt noch einiges lernen.

Am nächsten Morgen stand mein Termin bei Herrn Janzen im Präsidium an. Meine Mutter hatte mir netterweise ihr Auto vorbeigebracht, damit ich die anschließende Vorlesung ebenfalls wahrnehmen konnte.

So suchte ich gegen elf Uhr einen Parkplatz in der Nähe des Präsidiums und fragte nach dem Kommissar. Der Pförtner wies mir den Weg und kündigte mich telefonisch an.

Herr Kohlschmidt stand in der Tür und winkte mich gleich herein. Sein Kollege saß am Schreibtisch und wies auf den Besucherstuhl davor. „Bitte, nehmen Sie Platz."

„Gibt es neue Erkenntnisse?", fragte ich neugierig.

„Wir benötigen eine umfassende Aussage von Ihnen." Herr Janzen tippte gegen das vor ihm stehende Aufnahmegerät.

„Haben Sie etwas gegen die Aufzeichnung einzuwenden?"

„Nein." Ich lehnte mich zurück und überließ ihm die Eröffnung. Anscheinend waren sie nicht bereit, mir Einzelheiten über ihre Ermittlungen mitzuteilen.

„Seit wann kannten Sie Herrn Brenner?"

„Ich war zehn und er neun, als wir ins Nachbarhaus einzogen."

Dann musste ich genauestens über unsere Freundschaft Auskunft geben, sämtliche Bekannten Daniels namentlich benennen und, soweit ich sie wusste, ihm ihre Adressen mitteilen. Anschließend sollte ich die aufzählen, die ich aus der Lessingstraße und der näheren Umgebung kannte.

Ich erwähnte Mahmut, allerdings nicht unser Gespräch nach Daniels Tod, und Olaf, von dem ich nicht mal den Nachnamen wusste. Dass ich versucht hatte mit den Jugendlichen Kontakt aufzunehmen, verschwieg ich ebenso wie meine Unterhaltung mit Micha.

Die Frage, ob mir irgendwelche Streitigkeiten mit wem auch immer bekannt seien, verneinte ich wahrheitsgemäß, auch die nächste, ob Daniel mir von irgendetwas berichtet hatte, das ihn bedrückte. Mein Alibi kam nicht mehr zur Sprache, also ging ich davon aus, dass ich als Verdächtiger eindeutig ausgeschieden war.

Zuletzt wurde ich gebeten, meine Fingerabdrücke abzugeben, da ich ja oft bei ihm in der Wohnung gewesen war.

Herr Kohlschmidt begleitete mich zu dem entsprechenden Kollegen, der mich vor einen kleinen Scanner setzte. Insgesamt wurden drei Aufnahmen gemacht: der Zeigefinger bis zum kleinen Finger der rechten sowie linken Hand und die beiden Daumen. Es dauerte keine fünf Minuten.

„Das war's, Sie können gehen", entließ mich Herr Kohl-schmidt.

Weil ich so lieb und nett und kooperativ gewesen war, wagte ich es nun ein weiteres Mal nachzufragen, wie die Ermittlungen vorankämen.

„Wir haben noch keine heiße Spur", gab er nach kurzem Zögern zu. „Allerdings jede Menge Hinweise, die in die verschiedensten Richtungen zeigen."

Mehr erfuhr ich leider nicht.

„Das heißt auf gut Deutsch: Die haben keinen blassen Schimmer", meinte Mirko, der von mir auf den neuesten Stand gebracht wurde. „Gut, dass du dranbleibst."

„Ich habe auch nichts vorzuweisen", protestierte ich.

„Trotzdem, ich glaube einfach, dass du hartnäckiger bist. Dir liegt was daran, Daniels Tod aufzuklären. Außerdem hast du ganz andere Möglichkeiten als die."

Na, ob das die besseren waren? Ich rannte mir jetzt seit einer Woche die Hacken ab, das Ergebnis tendierte gegen null. Ein besonders toller Ermittler war ich demnach nicht.

„Sprich mit Mahmuts Bruder! Wenn der wirklich Daniels Boss war, wird er dir zumindest Hinweise geben können, ob der Mord mit irgendwelchen Bandenquerelen zu tun hat."

„Klar, falls die ihre Finger da mit drin haben, gibt er es garantiert mir gegenüber zu", höhnte ich.

Mirko verdrehte gut sichtbar die Augen. „Du musst halt auf die Untertöne achten. Vertrau deinem Gefühl, deiner Intuition!"

„Willst du nicht lieber mitkommen?" Das wäre gar nicht schlecht. Mein Freund hatte gut sichtbare Muskeln und ein breites Kreuz. Mit ihm an meiner Seite würde ich mich sicherer fühlen.

Doch er schüttelte nachdrücklich den Kopf. „Keine Chance. Damit erreichst du genau das Gegenteil: Die Leute werden unruhig und sagen gar nichts. Die kennen dich und vertrauen dir hoffentlich langsam." Er grinste. „Du siehst wie ein harmloser Intellektueller aus, was du ja auch bist. Vor dir muss man keine Angst haben."

Das waren genau die aufmunternden Worte, die ich brauchte! Als wenn ich mir mittlerweile nicht selbst ins Hemd machte, wenn ich dort auftauchte!

# 14

Meinen Ausflug in den Norden musste ich unverhofft verschieben. Als ich nach dem Seminar mein Handy wieder einschaltete, fand ich eine Nachricht meiner Mutter vor, ich solle bitte direkt nach der Uni bei ihr vorbeischauen. Bernhard hatte sich angekündigt und wollte gern mit uns allen dreien sprechen.

Gut, dass ich noch das Auto hatte! Ich fuhr in dem Moment vor, als er gerade klingelte. Er wartete an der Tür auf mich, sodass wir gemeinsam eintreten konnten.

„Kommt durch ins Wohnzimmer", übernahm mein Vater, der geöffnet hatte, die Führung.

Bernhard und ich setzten uns auf das Sofa, meine Eltern in die beiden Sessel.

„Ich ziehe aus", eröffnete Bernhard das Gespräch. „Ich halte es mit ihr nicht länger aus."

Als ich eben draußen auf ihn zugetreten war, hatte ich mein Erschrecken verbergen müssen. Er sah aus wie von einer schweren Krankheit gezeichnet. Seine Augen blickten müde und, ja, lebensüberdrüssig, dieses Wort zeigte seinen Zustand am besten an.

Früher war sein hervorstechendes Merkmal seine freundliche, leicht überschwängliche Art gewesen. Er meinte es so, wie er es zeigte. Bernhard hatte für jeden ein gutes Wort, war immer zu Späßen aufgelegt und dabei geduldig bis zum Geht-nicht-mehr. Er liebte das Leben, vor allem seine Familie. Als Vater war er spitzenmäßig, stets bemüht, alles Unangenehme von den dreien fernzuhalten und sie zu unterstützen, wenn sie Hilfe benötigten.

Er war das genaue Gegenteil von Monika. Die tat zwar auch nach außen lieb und nett, herrschte allerdings drinnen mit eiserner Hand. Am meisten hatte Daniel unter ihr zu leiden, ständig wurde er zu irgendwelchen Hilfsleistungen herangezogen, sie verplante seine freien Stunden, ohne auf ihn und seine Pläne Rücksicht zu nehmen. Trotzdem hackte sie anschließend auf ihm herum, nichts konnte er ihr recht machen. Es war, als sei er ein ständiger Dorn in ihrem Auge.

Kein Wunder, dass Daniel direkt nach dem Abi in eine WG zog, obwohl er wegen des Numerus Clausus mehrere Jahre auf einen Studienplatz warten musste. Ich glaube, öfter als ein-, zweimal im Jahr raffte er sich nicht zu einem Besuch bei den Eltern auf. Trotzdem hielt er sich mit Kritik an seiner Mutter meist zurück, was ich echt nicht nachvollziehen konnte. Wer sein Kind behandelte wie sie Daniel, hatte keinen Anspruch auf Respekt und Loyalität.

„Ihr Sohn stirbt und sie zeigt keine Gefühlsregung", durchbrach Bernhards Stimme meine Gedanken. „Es ist, als wäre nichts passiert. Als Henrietta und Madeleine vorbeikamen, hat sie sich ein paar Tränen abgepresst, kaum waren die beiden fort, ging sie zur Tagesordnung über. Die Beerdigung findet im kleinsten Kreis statt, nur die Mädchen, ihre Mutter und Schwester und wir. Nicht mal seinen engsten Freunden hat sie Bescheid gegeben."

„Vielleicht kann sie ihre Trauer nicht zeigen", wandte meine Mutter ein, obwohl ich ihr ansah, dass es ihr schwerfiel, sich eine Entschuldigung für Monika abzuringen. Sie glaubte selbst nicht an ihre Worte.

Bernhard lachte bitter auf, es klang eher wie ein heftiges Schluchzen. „Sie hat ihn nie geliebt, es war immer schon so, als sehe sie ihn als Störfaktor an. Ich habe mich bemüht, das auszugleichen, ihm gezeigt, dass ich ihn genauso liebe wie Henrietta und Madeleine. Er war für mich wirklich wie ein eigener Sohn." Er blickte auf seine ineinander verkrampften Hände hinunter. „Nein, es geht nicht mehr. Ich kann nicht mehr mit ihr leben."

„Hast du schon mit ihr gesprochen?", übernahm mein Vater.

„Ja, gerade eben. Meine Sachen sind im Auto, ich ziehe vorübergehend in Daniels Wohnung ein. Die Polizei hat sie freigegeben."

„Es ist doch dein Haus!", entfuhr es meiner Mutter.

„Ich kann sie nicht von heute auf morgen auf die Straße setzen. Ich kündige Daniels Wohnung, sodass sie drei Monate Zeit hat, sich eine andere Unterkunft zu suchen."

„Das ist …", völlig perplex über so viel Großzügigkeit suchte meine Mutter nach den richtigen Worten.

„… äußerst zuvorkommend von dir", beendete mein Vater ihren Satz.

Bernhard winkte ab. „Ich wollte keinen Streit. Am liebsten hätte ich ihr einen Zettel hinterlassen und gar nicht mit ihr gesprochen. Es steht mir bis hier oben." Er tippte auf einen Punkt oberhalb seines Haaransatzes.

Daniels Tod war der Auslöser, aber nicht der einzige Grund, das war uns allen klar.

„Ich kann deine Entscheidung nachvollziehen", erklärte mein Vater. „Wir stehen auf deiner Seite."

Ja, gönn dir noch ein paar ruhige Jahre, hätte ich beinahe hinzugefügt, nickte jedoch nur.

„Du kannst auf uns zählen", meine Mutter blinzelte ihm verschwörerisch zu. „Ich jedenfalls bin sehr erleichtert, dass du uns als Nachbar erhalten bleibst. Wenn du Hilfe benötigst beim Renovieren, wir kommen gern rüber."

Bernhard atmete tief durch. „Danke, vermutlich melde ich mich dann tatsächlich. Viele Freunde geblieben sind mir ja nicht."

„Das wird sich schnell ändern", war meine Mutter sich sicher.

„Wissen deine Mädels Bescheid?", fragte mein Vater.

Er nickte. „Ich habe sie angerufen, sobald ich das Gespräch hinter mir hatte. Sie waren nicht wirklich überrascht von meiner Entscheidung."

Seltsamerweise - da sie nicht im Entferntesten die gleichen Erfahrungen wie Daniel hatten durchmachen müssen - schienen die beiden ihre Mutter ebenfalls nicht im besten Licht zu sehen. Wie Daniel waren sie relativ früh ausgezogen, die eine zu ihrem älteren Freund, die andere mit einer Arbeitskollegin zusammen in eine kleine Wohnung. Anscheinend hielt sie nichts in dem Haus.

Im Gegensatz zu ihrem Bruder kamen sie relativ oft vorbei, hauptsächlich am Wochenende, wie meine Mutter betonte, wenn der Vater zu Hause war. Alle drei Kinder hingen an Bernhard. Sie hatten immer ein gutes Verhältnis zu ihm gehabt.

Nach dem Geständnis kredenzte meine Mutter erst einmal einen Espresso und bot an, ein paar Baguettes zu erwärmen, damit Bernhard nicht gleich noch einkaufen gehen musste. Er lehnte dankend ab und behauptete, schon eine Tasche mit dem Nötigsten im Auto zu haben. Jetzt, nach seiner Erklärung, wirkte er wie auf dem Sprung. Er wollte endlich weg.

„Wann ist die Beerdigung?", fragte sie. „Selbstverständlich kommen wir."

„Nächste Woche Donnerstag, um zehn." Bernhard wandte sich an mich: „Könntest du Daniels andere Freunde ebenfalls benachrichtigen? Ich habe keine Telefonnummer, keine Adressen."

„Mache ich." Das war sogar der ideale Einstieg, um Jan auszufragen.

„Die Polizei hat Daniels Wohnung durchsucht, trotzdem hoffe ich, den einen oder anderen Hinweis zu finden. Ich musste feststellen, dass ich so gut wie nichts von seinem jetzigen Leben wusste. Hat er dir erzählt, dass er exmatrikuliert wurde und jetzt dealte?"

Die ganze Zeit hatte ich überlegt, wie ich die Unterhaltung auf all das lenken konnte, was ich ihn fragen wollte. Nun ergriff er selbst die Initiative. „Nein, ich glaubte, er sei mitten im Studium und schlage sich finanziell so durch."

„Die Polizei hat kaum Geld bei ihm gefunden. Auf dem Girokonto ist nur ein dreistelliger Betrag. Irre ich mich oder müsste bei diesen Drogengeschäften nicht einiges hängen geblieben sein?"

„Laut dem Sozialarbeiter, bei dem Daniel damals sein Praktikum absolvierte, verdient man im Monat so um die dreitausend Euro. Kommt darauf an, wie häufig und wie lange man arbeitet." Das würden ihm die Jugendlichen vor Ort bestimmt auch erzählen. Ich schätzte Bernhard so ein, dass er sich selbst umhören würde.

Er beugte sich interessiert vor. „Der Sozialarbeiter im Blücherbunker? Ist es noch derselbe?"

„Ja, sprich mit ihm. Er war so etwas wie ein Vertrauter von Daniel."

Er nickte. „Das werde ich. Du warst schon bei ihm?"

„Ich habe mit allen Bekannten in seinem Umfeld gesprochen. Leider wusste keiner irgendetwas Relevantes. Ich …"

„Doch, doch", unterbrach er mich aufgeregt. „Daniel hatte wichtige Neuigkeiten. Ich rief ihn kurz vor seinem Tod an und schlug vor, dass wir uns treffen. Leider ist es nicht mehr dazu gekommen?"

Wie elektrisiert starrte ich ihn an. Und das brachte er erst jetzt auf den Tisch? „Was hat er dir erzählt?"

„Er machte nur Andeutungen, dass er zurzeit viel um die Ohren habe, mehr als ein gemeinsamer schneller Kaffee sei nicht drin. Ich witzelte rum, ob ihn eine Freundin derart in Beschlag nehme. Er zögerte, bejahte es dann. Er sagte wortwörtlich: Das auch, aber es geht eigentlich um was anderes. Ich erzähle dir alles bei unserem Treffen."

Ich war wie vor den Kopf geschlagen. Eine aktuelle Freundin? Wie lange lief das schon? Und was war noch wichtiger? Hatte er den Ausbildungsplatz ergattert? Ich musste Olaf bitten, den zuständigen Personaler anzurufen. Ihm gegenüber würde dieser vermutlich offener sein.

„Ich habe mich so gefreut. Selbst seine Stimme klang freudiger. Er schien endlich aus seiner depressiven Phase herauszukommen. Die Psychotherapie, zu der ich ihn geschickt hatte, schien erste Erfolge zu bringen."

„Psychotherapie?", echote ich. Auch davon hatte ich nie erfahren.

„Das lief unter der Hand. Ich habe ihm die Stunden bezahlt. War schon schwer genug, ihn dazu zu überreden."

„Wie lange machte er die schon?"

Er zögerte. „Fast vier Monate", gab er dann zu.

# 15

„Nein, davon wusste ich nichts", sagte Olaf. „Weder von der Psychotherapie noch von einer neuen Freundin."

Ich war am frühen Nachmittag bei ihm aufgetaucht. Dieses Mal fand er gleich Zeit, mit mir zu reden. Vielleicht lag es auch an den Neuigkeiten, die ich brachte.

„Wie gesagt, er hat sich kaum noch bei mir blicken lassen. Wenn, kam er nur kurz vorbei. Persönliches erzählte er gar nicht mehr." Er klang gekränkt.

Ich beugte mich etwas vor, damit die Jugendlichen an den Tischen meine Worte nicht verstehen konnten. „Ich habe gehört, er ist eine Zeit lang in ein Flüchtlingsheim hier in der Nähe gegangen. Hat er in die Richtung vielleicht noch Kontakte?"

„Nein, da ging es um eine Frau, die er kennenlernte. Die ist längst abgeschoben worden. Genaues darüber weiß ich nicht. Daniel hielt sich ziemlich bedeckt."

Irgendwie kam mir das seltsam vor. War ihr Verhältnis schon vorher nicht mehr das Beste gewesen? Was war wirklich zwischen ihnen vorgefallen? Ich musterte seine verschlossene Miene. Nein, er würde mir nichts Näheres dazu erzählen. Deshalb versuchte ich es mit einer anderen Frage. Die hatte ich zwar schon Micha gestellt, aber richtig überzeugt war ich von seiner Antwort nicht, vor allem, seitdem ich Bernhards Neuigkeiten erfahren hatte. „Ist es möglich, dass es sich bei der Freundin um eine Ausländerin handelte und ihre Familie gegen diese Beziehung war?"

„Ausgeschlossen! Davon hätte ich erfahren."

„Sie würden es geheim gehalten haben."

„Nein." Er schüttelte sehr entschieden den Kopf. „Wie du vielleicht schon bemerkt hast, spielt sich hier vieles auf der Straße ab. Irgendjemand hätte sie gesehen und es rumerzählt." Mein zweifelndes Gesicht sprach wohl für sich, denn er ergänzte: „Denk mal nach! Zu ihr konnten sie nicht, bei ihm sind sie auch nicht gewesen. Wo hätten sie sich treffen sollen?"

Oh, da gab es bestimmt Möglichkeiten!

„Vergiss es!" Damit war das Thema für ihn gestorben.

Dafür erklärte er sich sofort bereit, sich mit dem Personaler von Mahmuts Arbeitsstätte in Verbindung zu setzen. Ich hatte richtig getippt. Sein Name war dort bekannt und er wurde umgehend mit dem Mann verbunden.

„Daniel hat vorige Woche den Vertrag unterschrieben. Mit dem Arbeitsamt wurde im Vorfeld vereinbart, dass er zunächst ein vierwöchiges Praktikum ableisten sollte. Das hat zur Zufriedenheit aller geklappt. Am Montag sollte er anfangen, als Helfer zu arbeiten, bis die Ausbildung begann."

„Und wenn genau das der Punkt ist?" Ich konnte meine Aufregung nicht verbergen. „Er hat seinem Boss gesagt, dass er mit dem Dealen aufhört, und der wollte ihn nicht aussteigen lassen."

Olaf lachte laut. „Deine Fantasie geht mit dir durch. Das wäre kein Problem gewesen. Die Nächsten stehen bereits Schlange, um den Job zu übernehmen."

„Was, wenn er Angst gehabt hätte, Daniel könne was ausplaudern?"

Wieder schüttelte Olaf entschieden den Kopf. „Die Läufer wissen nichts über die Organisation, was sie der Polizei verraten könnten."

„Sagtest du nicht, Mahmuts Bruder habe ihm den Job besorgt und der sei was Höheres?"

„Das war ein Gefallen, weil Daniel sich so um den Jüngeren kümmerte. Eine nette Geste, mehr nicht. Alles andere überließ dieser garantiert dem dafür zuständigen Mann."

Langsam gingen mir die Fragen aus. „Was denkst du denn, wer ihn ermordet hat?", versuchte ich ihn aus der Reserve zu locken. Irgendeine Idee musste er doch haben!

Er schüttelte langsam und bedächtig den Kopf. „Ich habe keine Ahnung. Ehrlich, wüsste ich irgendetwas, hätte ich es dir längst gesagt. Ich will genauso wie du, dass Daniels Mörder gefasst wird."

Ein jüngerer Teenager tauchte vor uns auf und zog Olaf am Ärmel. „Olaf, du musst helfen. Komm! Bitte!"

Mit einem entschuldigenden Blick in meine Richtung ließ er sich fortziehen.

Ich beschloss, kurz vor die Tür zu gehen und mein Handy zu checken. Die Mauern des Blücherbunkers waren so dick, dass man nur an wenigen Stellen ein Netz hatte. Ich rechnete sowieso nicht damit, noch etwas Relevantes von Olaf zu erfahren.

Meine Mutter hatte angerufen, zweimal sogar.

„Ich wollte nur wissen, ob es etwas Neues gibt", sagte sie, nachdem ich die Rückruftaste gedrückt hatte.

„Nein, ich …"

„Hi, Alex!" Ohne dass ich ihn bemerkt hatte, war Mahmut zu mir getreten und strahlte mich hoffnungsvoll an. „Spielst du mit mir?"

Wer hätte diesem Lächeln widerstehen können! „Ich komme gleich, geh schon mal vor. Ich telefoniere eben zu Ende."

Meine Mutter hatte gehört, dass ich anderweitig verplant war. „Ich möchte dich nicht aufhalten."

„Tatsächlich gibt es bisher nichts Relevantes zu berichten. Ich melde mich, wenn sich das ändert, versprochen."

Als ich den Jugendtreff betrat, sah ich, dass Mahmut am oberen Ende der zusammengeschobenen Tische ein Spiel aufbaute, sodass wir quasi über Eck saßen und der Abstand zwischen uns nicht zu groß war. Ich grinste amüsiert. Geschickt eingefädelt! So konnten wir uns gleichzeitig gut unterhalten.

Das Grinsen verging mir schnell. Radu taumelte mit hochrotem Gesicht direkt auf den Jungen zu. Er wirkte genauso aggressiv wie bei der Begegnung mit Kaya. Noch bevor ich heran war, hatte er den Tisch erreicht und fegte mit einer wütenden Handbewegung die aufgestellten Spielfiguren zur Seite. Mahmut ruckte mit dem Stuhl herum und damit genau in Radus Weg. Bevor er die gefährliche Situation erkannte, hatte dieser schon ausgeholt, um zuzuschlagen.

Ich warf mich dazwischen und kassierte einen heftigen Schwinger, der mich halb über den Tisch katapultierte. Benommen blieb ich einen Moment auf der Platte liegen. Nicht mal Schmerzen verspürte ich, dafür war ich viel zu geschockt.

Mahmut! Ich versuchte mich wieder aufzurappeln. Es dauerte viel zu lange, bis ich den Boden unter meinen Füßen spürte und mich herumdrehen konnte.

Er lag regungslos am Boden, der Stuhl, auf dem er gesessen hatte, bedeckte sein Gesicht.

Olaf war schneller als ich. Er riss den Stuhl zur Seite und ging neben Mahmut in die Hocke „Bist du verletzt?“

Der Junge schüttelte den Kopf. „Er mich gerettet.“ Dabei zeigte er auf mich.

Der Sozialarbeiter zog ihn vorsichtig hoch und tastete ihn gründlich ab. „Du hast tatsächlich nichts abgekriegt.“ Trotzdem drückte er Mahmut auf den Stuhl, den einer der Jungen, die um uns herumstanden, aufgehoben hatte.

Erst jetzt entdeckte ich Radu, der von vier Jugendlichen festgehalten wurde. Er wehrte sich wie von Sinnen und sie hatten Mühe, ihn zu bändigen. Besonders sanft gingen sie dabei nicht vor.

„Wie schlimm ist es?“, wandte sich Olaf an mich. „Brauchst du einen Arzt?“

Ich bewegte vorsichtig meine Glieder. Bis auf die Schulter, an der der Angreifer mich getroffen hatte, war ich unversehrt. „Nur eine Prellung“, war ich mir sicher. Allerdings schmerzte die mittlerweile gewaltig. Morgen würde ich mich bestimmt kaum bewegen können.

„Gut." Olaf atmete auf. „Wenn ich geahnt hätte, wie sauer Radu wird, hätte ich ihn bis vor die Tür begleitet. Ich konnte ihn nicht drinnen lassen. Er ist dermaßen zugedröhnt, dass er nicht mehr weiß, was er tut."

Wie? Wollte er den Kerl etwa entschuldigen? „Ruf einen Krankenwagen für ihn und die Polizei", schlug ich vor.

„Der ist echt hackedicht", pflichtete mir einer der Jugendlichen bei, der gemeinsam mit den anderen Radu festhielt.

„Und gefährlich", schlug sein Nachbar in dieselbe Kerbe.

„Das wird nicht nötig sein", versuchte Olaf, uns umzustimmen. „Ich gehe mit ihm vor die Tür und rede mit ihm. Er wird das kein zweites Mal wagen."

Mir platzte der Kragen. „Wäre ich nicht dazwischen gegangen, hätte er Mahmut ernsthaft verletzt. Der hat zugeschlagen wie auf kalt Eisen. Rufst du nicht an, mache ich das."

Die meisten Jugendlichen nickten zustimmend, aus den Augenwinkeln sah ich Kaya, der vermutlich durch den Seiteneingang hereingestürmt war und jetzt grinsend die Daumen hob. Fast jeder hier im Raum gönnte Radu diese Entwicklung.

Eine Viertelstunde später trafen zwei Streifenpolizisten ein. Die beiden Sanitäter hatten Radu bereits untersucht, der weigerte sich jedoch, mit ihnen zu fahren, was diese gleichmütig hinnahmen. „Wir können ihn nicht zwingen. Lebensgefahr besteht nicht. Mal sehen, was die Polizisten sagen."

Die nahmen zuerst in aller Ruhe unsere Aussagen auf. Ich solle auf jeden Fall zum Arzt gehen und meine Verletzungen dokumentieren lassen, empfahlen sie mir. Ein Attest wäre für eine Anklage wegen Körperverletzung immer sinnvoll.

„Wir nehmen ihn mit. Eine Nacht in der Zelle bringt ihn runter", bestimmte der Ältere. „Den Arzt rufen wir natürlich auch."

Das Letzte galt Olaf, der mit dieser Entwicklung eindeutig nicht einverstanden war. Kaum hatten die Sanitäter und die

Polizisten mit Radu das Gebäude verlassen, sah er mich vorwurfsvoll an. „Das war nicht nötig. Ich hätte das besser regeln können."

„Der Kerl ist eine wandelnde Handgranate", setzte ich dagegen. „Wolltest du lieber abwarten, bis was Schlimmeres passiert?"

„Er ist nicht er selbst, wenn er Drogen nimmt."

„Drogen, Alkohol, Pillen", warf einer der Jugendlichen ein, der eigentlich knapp außer Hörweite stand. „Der mixt alles. Deshalb rastet der aus."

„Jau." Ein zweiter rückte neben ihn. „Letztens hat er mit der Faust gegen die Wand gedroschen. Die war gebrochen, Vallah."

Ich merkte, dass Olaf immer saurer wurde. „Ich muss los, wir sehen uns." Besser, ich ließ mich ein paar Tage nicht bei ihm blicken.

# 16

Draußen blickte ich auf meine Uhr. Es war mittlerweile halb fünf. Keine gute Zeit für einen Arztbesuch. Freitags hatten die, die ich kannte, nur bis Mittag auf. Und in die Notaufnahme gehen? Da saß ich bestimmt mehrere Stunden, um mir dann erklären zu lassen, dass ich mit ein paar Prellungen davongekommen war. Außerdem war ich kein Notfall!

„Komm!" Kaya war neben mich getreten. „Du hast mir Gefallen getan, tu ich dir auch einen. Um die Ecke ist ein Arzt, der guckt dich an."

„Jetzt noch?" Trotz meines Zustands bemerkte ich sehr wohl, dass er plötzlich fast normal redete.

Er grinste. „Unsere Zeiten, keine deutschen."

Ja, ich wollte, dass Radu für diesen Angriff zahlen musste. Sich an einem Behinderten zu vergreifen, war das Letzte. Deshalb trabte ich neben Kaya her und hinter ihm in das Mehrfamilienhaus, in dem sich in der unteren Etage die Praxis eines Allgemeinmediziners befand.

Wie er es schaffte, weiß ich bis heute nicht. Er sprach ein paar Worte auf Türkisch mit der Arzthelferin an der Rezeption und diese führte uns an dem voll besetzten Wartezimmer vorbei in einen leeren Behandlungsraum. Nach ungefähr fünf Minuten erschien der Arzt und schickte Kaya hinaus. „Was haben Sie für Beschwerden?", fragte er mich höflich.

Mir war unbehaglich zumute. Bestimmt warteten wesentlich Kränkere auf ihn. „Ich bin angegriffen worden und benötige ein Attest für die Anzeige bei der Polizei", sagte ich ehrlich. „Es ist nichts Dringendes."

„Sie haben Mahmut verteidigt. Das versteht jeder, dass Sie vorgezogen werden."

Er bat mich, mein Sweatshirt auszuziehen, und fotografierte meinen Oberkörper von allen Seiten. Anschließend drückte er auf einige Stellen und fand zielsicher die, die höllisch schmerzten.

„Ich gebe Ihnen eine Salbe und ein paar Schmerztabletten. Die sollten Sie heute Abend vor dem Schlafengehen unbedingt einnehmen, sonst haben Sie eine sehr unangenehme Nacht. Die Salbe verwenden Sie ruhig ein paar Tage lang. Bleiben Sie kurz sitzen. Ich schreibe schnell das Attest, dann können Sie es gleich mitnehmen."

Kaya stand an der Anmeldung und schäkerte mit der Arzthelferin. Erst in diesem Moment fiel mir auf, dass man nicht einmal nach meiner Versichertenkarte gefragt hatte. Ich zog sie aus meinem Portemonnaie und legte sie vor.

„Super, ich schreibe Ihnen ein Rezept." Die Arzthelferin grinste freudig. „Ich sollte Ihnen eigentlich Muster raussuchen, weil wir Ihre Daten nicht hatten."

Es gab wesentlich Bedürftigere als mich! „Ich kann genauso gut eben bei der Apotheke vorbeigehen."

Als wir wieder auf die Straße traten, fragte Kaya: „Gehst du Bullen?"

Nein, das konnte bis morgen warten, ebenso mein Besuch bei Bernhard. Langsam, wahrscheinlich weil der Doktor so gründlich auf den Stellen herumgedrückt hatte, wurden die Schmerzen echt heftig. „Ich fahre nach Hause. Für heute reicht's mir."

Er nickte verstehend. „Mit Auto?"

„Mit der U-Bahn."

„Ich komm mit." Er holte sein Handy heraus, drückte auf die Kurzwahltaste und sagte einige Worte auf Türkisch. „Hab kurz Kumpels Bescheid gesagt."

„Ist nicht nötig, dass du mich begleitest", wehrte ich ab.

Er schüttelte grinsend den Kopf. „Yo, Mann, is besser."

Wir waren vielleicht hundert Meter gelaufen, als uns ein Mann entgegenkam und direkt auf uns zusteuerte. Vor mir blieb er stehen. „Hallo, Alex! Ich bin Kemal, Mahmuts Bruder. Ich habe gehört, du versuchst Daniels Mörder zu finden?"

Nachdem Kaya sich eilig verabschiedet hatte, wanderten wir langsam weiter Richtung U-Bahn. Mittlerweile spürte ich jeden einzelnen Schritt und wagte nicht, mich schneller zu bewegen. Ich schlurfte eher, als dass ich ging, und versuchte dabei, meinen Rumpf ruhig zu halten. Trotzdem schielte ich aus den Augenwinkeln in Richtung Kemal, um mir ein genaueres Bild von ihm zu machen.

Mahmut mit seinem runden Kindergesicht und er hatten keinerlei Ähnlichkeit miteinander. Gefährlich - das war der erste Begriff, der mir zu ihm einfiel. Dabei hatte er nicht mal meine Körpergröße und war eher drahtig als muskulös. Und obwohl man braunen Augen eine gewisse Wärme nachsagt, wirkten seine kalt und gefühllos. Auch seine Haltung wies ihn als jemand aus, der nicht lange fackelte, wenn ihm einer dumm kam. Mich schauderte, als Gegner hätte ich ihn nicht gern gehabt.

Er musterte mich von der Seite. „Hast ganz schön was abgekriegt, was?"

„Besser ich als Mahmut."

Er nickte. „Sehe ich auch so."

Die Strecke, die wir zurückzulegen hatten, war nicht weit, deshalb fragte ich unverblümt: „Warst du der Boss von Daniel?"

Wieder nickte er. „Er ist zu mir gekommen und wollte für mich arbeiten. Also habe ich ihm einen Job gegeben."

„Als Läufer."

Kemal zuckte die Achseln. „Was sonst? Eine kleine Plantage in seiner Wohnung? Im Dachgeschoss sehen das die Bullen zu schnell."

Häh?

Er schien meine Unwissenheit bemerkt zu habe. „Wärme-
bildkameras im Hubschrauber", klärte er mich auf. „Deshalb machen wir das nur auf den normalen Etagen."
Bisher hatte ich nicht mal gewusst, dass es so was überhaupt
gab! Musste sich aber wohl lohnen, sonst hätte Kemal sich
nicht damit abgegeben. „Hat er noch für dich gearbeitet, als
er starb?", fragte ich, ohne seine Antwort zu kommentieren.
„Während des Praktikums nicht, die restlichen Tage wollte
er noch mitnehmen."
Das war schwieriger als gedacht. Kemal antwortete immer
nur auf meine direkte Frage, freiwillig gab er nichts über sein
Verhältnis zu Daniel preis. Ich beschloss, meine Taktik zu
ändern. „Warst du sauer, dass er dich hängen ließ?"
Er lachte auf. „Ich konnte mir seinen Nachfolger aussuchen. Hier in der Gegend brauchst du seinen Mörder nicht
zu suchen", fuhr er ernst werdend fort. „Er stand unter meinem Schutz, das wussten alle. Keiner hätte gewagt, ihm was
anzutun. Warum auch? Er kam gut klar, hatte keinen Ärger,
mit niemandem."
„Wofür brauchte er denn das Geld?"
„Das hat er mir nicht gesagt."
Es interessierte ihn nicht, war ja klar. Den Job hatte er ihm
vermutlich Mahmut zuliebe gegeben. Auch ihm war bewusst, wie viel Glück sein Bruder hatte, in ihm einen liebe-
vollen, geduldigen Ansprechpartner gefunden zu haben. Ob
da keiner sauer geworden war, weil er ihn vorzog?
Daniel stand unter Kemals Schutz, erinnerte ich mich.
Gleichzeitig wurde mir bewusst, dass dieser damit ein großes Tier in der Szene sein musste, wenn er diesen gewährleisten konnte. Ich musterte ihn noch einmal unauffällig von
der Seite. Ja, seine selbstbewusste Miene und die Art, wie er
sich bewegte, zeigten deutlich, dass er ein wichtiger Mann
war, gewohnt sich durchzusetzen. Dabei schätzte ich ihn gerade mal auf Anfang bis Mitte dreißig, also nur wenige Jahre
älter als ich selbst.

Er hatte sehr wohl gemerkt, dass ich ihn taxierte. Jetzt grinste er selbstgefällig. „In unserem Viertel war er sicher. Du kannst dich auf mein Wort verlassen."

„Er ist hier in seiner Wohnung ermordet worden", erinnerte ich ihn.

„Aber nicht von einem von uns. Daniel hatte keinen Streit mit irgendwem. Das hätte ich erfahren."

„Und wenn es ein Racheakt gegen dich gewesen ist?" Wir standen mittlerweile vor der U-Bahn-Station. Doch ich wollte meine Chance bis zuletzt nutzen. Noch einmal würde er sich nicht herablassen, mit mir zu reden.

„Das wäre anders gelaufen. Und nicht über Daniel." Er schnippte mit den Fingern. „Der war ein winziges Sandkorn, viel zu unbedeutend. Such bei seinen deutschen Bekannten und Freunden! Bei uns bist du falsch."

„Ich finde keine", gab ich ehrlich zu. „Er hat mit allen, die ich von früher kenne, gebrochen. Ich traf ihn nur noch einmal im Monat. Keiner weiß irgendetwas, selbst seine Familie nicht", fügte ich mit Nachdruck hinzu.

„Sein Vater ist in die Wohnung gezogen."

„Ich wollte ihn eigentlich nach meiner Stippvisite im Jugendtreff besuchen. Im Anbetracht der Umstände verschiebe ich das auf morgen." Sollte er mich ruhig für ein Weichei halten. Diese Entscheidung war die bessere, ich lechzte nach meiner bequemen Couch.

„Einer von denen lügt. Oder du hast nicht tief genug gegraben. Er hat mal eine Frau erwähnt, mit der er sich ab und zu trifft."

Ich wurde hellhörig und vergaß für einen Moment sogar fast meine Schmerzen. Ob es sich dabei um die ominöse Freundin handelte? „Kennst du sie?"

„Woher sollte ich? Die wohnt irgendwo außerhalb. Ich hab ihn bis zur Stadtmitte mitgenommen, von da aus wollte er die Bahn nehmen."

Ein neuer Ansatz! „Wann war das?"

Er überlegte. „Im Winter? Ja, vor Weihnachten. In der Stadt war die Hölle los."

Jetzt hatten wir Mitte April, also vor vier Monaten. Das konnte passen. „Hat er später noch mal von ihr erzählt?"

„Nee, wieso? Das war nur eine beiläufige Bemerkung. Sei froh, dass es mir überhaupt eingefallen ist. Wir hatten keinen engen Kontakt. Frag meinen Bruder, vielleicht hat er was mitgekriegt."

„Danke, das werde ich." Mir fiel auf die Schnelle nichts mehr ein. Wäre ich nicht so mies drauf gewesen, hätte ich besser nachdenken können. Die Schmerzen erreichten ungeahnte Höhen, ich musste sehen, dass ich mich irgendwo hinsetzen konnte.

Kemal schien meinen Zustand zu bemerken. „Ich begleite dich runter zum Bahnsteig. Der nächste Zug kommt in drei Minuten."

Dieses Mal wichen uns sämtliche Blicke aus. Keiner wagte, uns direkt anzuschauen. Die Jugendgruppen, die sich in den Gängen breitgemacht hatten, traten unaufgefordert zur Seite, wie beiläufig, als hätten sie es sowieso vorgehabt, die Bettler und Obdachlosen verstummten - ein deutliches Zeichen wie viel Macht der Mann neben mir besaß.

Zum Abschied umarmte er mich kurz. „Du bist hier sicher. Keiner wird es wagen, dich zu belästigen."

# 17

Erst zu Hause auf meiner Couch, nachdem die Wirkung der Tablette einsetzte, wurde mir bewusst, was diese Geste zum Abschied bedeutete: Dieser Mann steht unter meinem Schutz. Ich musste unwillkürlich lachen, was ich sofort bereute, als mich erneut der Schmerz packte. Aber irgendwie war es schon komisch, ohne es zu wollen, war ein Boss der Unterwelt zu meinem Schutzpatron geworden.

Schade, dass ich mir den Kontakt zu Olaf mit meiner heutigen Aktion versaut hatte. Es wäre interessant gewesen, Näheres über Kemal zu erfahren. Wie weit oben in der Hierarchie stand er? Was für Geschäfte machte er? War er der Polizei bekannt?

Erst einmal morgen mit Jan sprechen, dachte ich schläfrig, und anschließend mit Bernhard, ob er in Daniels Unterlagen was gefunden hatte, das uns weiterhelfen konnte. Irgendwo mussten sich doch deutlichere Hinweise auf diese Freundin finden lassen.

Für heute wollte ich den Fall vergessen. Ich war nicht mehr in der Lage, mich vernünftig zu konzentrieren. Mit Müh und Not schaffte ich es, mir einen Film auf den Computer zu ziehen und zu starten. Dann machte ich es mir wieder auf dem Sofa bequem und versuchte der Handlung zu folgen.

Obwohl ein echter Brüller, gelang es ihm nicht, mich zu fesseln. Mittendrin schaltete ich ab und kuschelte mich bequemer unter meine Decke. Ehe ich mich versah, war ich eingeschlafen.

Gegen zehn erwachte ich mit einem mordsmäßigen Hunger. Das Letzte, was ich gestern gegessen hatte, war ein belegtes

Brötchen um die Mittagszeit. Kein Wunder, dass mein Magen nach Nahrung verlangte.

Die Schmerzen hatten nachgelassen, stellte ich fest, als ich mich vorsichtig streckte. Nur in der Schulter, wo mich Radus Fausthieb getroffen hatte, pochte es dumpf. Sonst fühlte ich mich eher steif und verspannt, nach zwölf Stunden Ruhe kein Wunder.

Nein, du bist mitten in der Nacht aufgestanden und hast eine weitere Tablette genommen, fiel mir ein. Die wirkt wahrscheinlich noch nach.

Ich schlurfte ins Bad und stellte mich unter die Dusche. Der heiße Strahl vertrieb die Schwere, dafür stellte ich beim Einseifen fest, dass sich mein gesamter Brustkorb rötlich-bläulich verfärbte. Großflächige Prellungen, hatte der Arzt geschrieben, obwohl da gestern kaum etwas zu sehen gewesen war. Vielleicht sollte ich mit dem Handy noch ein paar Fotos schießen, um die Heftigkeit des Angriffs zu dokumentieren. Die Schulter dagegen, die am meisten schmerzte, war nur leicht geschwollen, aber wesentlich druckempfindlicher. Wenn es nicht besser würde, sollte ich am Montag zum Röntgen gehen, hatte der Arzt gesagt. Hoffentlich blieb mir das erspart.

Positiv bleiben! Ich rieb mich gründlich mit der Salbe ein. Gut, dass ich trotz meiner Erschöpfung das Rezept direkt eingelöst hatte. Die Nacht wäre sonst grauenvoll verlaufen. Einer der Nachteile, wenn man allein lebt, sinnierte ich. Es ist keiner in der Nähe, der für dich sorgt. Klar, meine Mutter wäre sofort gekommen, wenn Not am Mann gewesen wäre, genauso wie ich mich gekümmert hätte. Trotzdem, das war wieder einer dieser Momente, in denen ich Trübsal blies und eine Partnerin vermisste.

Statt mich in meinem Leid zu suhlen, raffte ich mich nach einem fulminanten Frühstück und einer weiteren Schmerztablette auf, meinem ursprünglichen Plan zu folgen. Jans Flugzeug sollte um zwölf Uhr zehn am Dortmunder Airport landen. Ich würde ihn direkt vor dem Bereich der Ankommenden erwarten.

Bisher hatte ich den Dortmund Airport 21, wie er offiziell heißt, erst ein einziges Mal von innen gesehen - und das war Jahre her. Deshalb staunte ich nicht schlecht, als ich die Halle betrat. Hell, geräumig, modern waren meine ersten spontanen Eindrücke. Kein Vergleich mit dem Dortmunder Hauptbahnhof, der sein Schmuddel-Image nicht loswurde. Wirklich eine würdige Eintrittspforte in unsere Stadt.

Dumm nur, dass der Flughafen auch nach x Jahren immer noch in den roten Zahlen steckte und es nicht so aussah, als würde sich daran etwas ändern. Besonders jetzt, durch die Fridays for Future-Bewegung, sah ich schwarz. Denn wenn die Demonstrierenden es ernst meinten mit ihrem Umweltschutz, mussten sie zwangsläufig auch das Fliegen anprangern und damit stünde dieses ehrgeizige Projekt, ein Lieblingskind der führenden Politiker in Dortmund, auf der Kippe.

Ich konzentrierte mich auf die Anzeigentafel und sah, dass Jans Maschine gerade gelandet war. Eiligst begab ich mich zu dem genannten Bereich und harrte davor aus.

Erst eine halbe Stunde später schob er sich, bepackt mit einem großen Koffer, eine schlanke, braun gebrannte Blondine neben sich, durch die Massen. Ich schnitt ihm den Weg ab. „Hi, Jan! Hast du schon von Daniel gehört?"

Er zuckte zurück, dann erkannte er mich. „Mensch, Alex! Hast du mich erschreckt! Ja, Chris hat mir eine Nachricht geschickt. Weiß man mittlerweile, wer das war?" Dann besann er sich auf seine Manieren. „Das ist Alex, ein Freund von Daniel", sagte er zu seiner Begleiterin, „das ist Ines, meine Lebensgefährtin", zu mir.

„Angenehm", ich nickte ihr zu. „Nein. Hast du eine Ahnung, mit wem er sich zuletzt traf?"

Bevor er antwortete, setzte Jan den schweren Koffer ab und stellte einen Fuß darauf. „Mit dir, oder? Wir haben uns vielleicht drei-, viermal im Jahr gesehen und ab und zu gechattet. Der war voll mit seinem Studium beschäftigt."

Also kannte auch er nicht die Wahrheit. Ich klärte ihn kurzerhand auf.

Mitten in meinen Erklärungen packte er seine Freundin am Arm, schnappte sich seinen Koffer und strebte mit einem: „Ich muss raus an die frische Luft", vor mir her zum Ausgang. Mein Bericht schien ihn schwer zu treffen.

Jan war der Einzige in der Gruppe, mit dem ich damals gut zurechtkam. Obwohl mindestens so links wie die anderen behielt er einen Blick für die Realität. Und er konnte andere Meinungen gelten lassen, was besonders bei Chris nicht der Fall war. Außerdem sah er in meiner Freundschaft zu Daniel keine Bedrohung, versuchte nicht andauernd, mich niederzumachen, sondern legte Wert auf vernünftige Gespräche. Zwar hatte er Daniel über Chris kennengelernt, aber es kristallisierte sich irgendwann heraus, dass sie einen besseren Draht zueinander hatten. Jan war gemäßigter, nicht sofort auf Randale aus.

Viel Kontakt hatten wir trotzdem nie gehabt. Ich fand an der Uni neue Freunde, die mir in vielem näher standen, mir fehlten die Zeit und die Lust, mich mit der Gruppe abzugeben. Kein Wunder, dass er mich beinahe nicht erkannt hatte. „Ich wusste von alldem nichts!" Jan schüttelte mit entsetzter Miene den Kopf, nachdem er ein Stück vom Eingang entfernt angehalten hatte. „Ich glaubte ihn weiterhin im Studium."

„Kennst du irgendjemand, mit dem er sich regelmäßig traf? Hatte er eine Freundin oder Kontakt zu einer Frauengruppe?"

Er tastete nach Ines' Hand und drückte sie. „Nein. Er erzählte von dir, von den Typen in der Gegend, mit denen er gelegentlich abhing, von diesem Behinderten, der öfter vorbeischaute, und dass er sich regelmäßig mit seinem Vater traf. Die Kommilitonen seien total durchgeknallt, stöhnte er ab und zu. Die sah er am liebsten von hinten."

„Ich kannte ihn kaum", sagte seine Freundin frei heraus. „Er kam nicht gern vorbei, wenn ich ebenfalls da war. Deswegen trafen die beiden Männer sich seit zwei Jahren nur noch in der Stadt auf ein Bier."

Wieder eine Niete!

„Was ist mit den Typen vor Ort? Gab es Streit? Oder unzufriedene Konsumenten?" Anscheinend hatte Jan vollstes Vertrauen in mich, dass ich mich richtig reinhängte.

Ich schüttelte den Kopf. „Schon abgeklärt. Er stand unter dem besonderen Schutz des Oberbosses."

Er zog eine Augenbraue hoch, kommentierte diese Bemerkung aber nicht. „Ich kann dir nicht weiterhelfen", erklärte er abschließend. „Ich meine, hast du meine Nummer?", versuchte er seine Ablehnung nicht zu deutlich werden zu lassen.

„Haben mir deine Eltern gegeben."

„Du kannst mich jederzeit anrufen. Egal wann, egal weswegen. Ich helfe dir."

Ein Lippenbekenntnis! Er war betroffen, jedoch nicht betroffen genug, selbst die Initiative zu ergreifen.

„Jederzeit", bekräftigte Ines.

Ich verabschiedete mich von den beiden, die mir sogar anboten, dass Jans Vater, der sie abholen sollte, mich ein Stück mitnehmen könne. Ich verzichtete dankend. Das Ganze noch einmal durchzukauen, wozu es unweigerlich gekommen wäre, hätte nicht das Geringste gebracht.

Stattdessen nahm ich den AirportExpress, der mich direkt bis zum Bahnhof brachte. Obwohl mein Semesterticket auf dieser Fahrt nicht galt, war es die bequemste Art, zum Ziel zu gelangen, da ich vorhatte, wieder in die Nordstadt zu fahren, um Bernhard zu besuchen.

# 18

Vielleicht sollte ich lieber erst anrufen, dachte ich zögerlich, als ich mich auf den Weg zur U-Bahn-Station machte. Wie erwartet war die Stadt bereits voller Fußballanhänger. Dabei startete das heutige Spiel nicht vor dem frühen Abend, wenn ich mich recht erinnerte.

Nein, so fußballbegeistert Bernhard auch war, er hatte mit Sicherheit Besseres zu tun, als sich aufzumachen, das Spiel live anzuschauen.

Ich hatte den Gedanken kaum zu Ende gebracht, als mein Handy einen eingehenden Anruf signalisierte. Bernhard!

„Alex! Kannst du kommen? Ich habe da was gefunden. Es ist ... Nein, komm, so schnell du kannst. Das musst du selbst sehen!"

Ich verwarf die Idee, mir noch einen kleinen Snack zu kaufen - ich hatte schon wieder Hunger. Erstens war ich wahnsinnig gespannt, was Bernhard entdeckt hatte, und zweitens lud das Gewusel der teilweise schon reichlich angeheiterten Fans nicht unbedingt zum Eintauchen in die Bahnhofshallen ein. Fußball war sowieso nicht mein Ding, ich hatte mich nie dafür begeistern können - weder selbst spielen noch gucken. Ich wusste zwar, dass Dortmund im Moment relativ weit oben in der Tabelle stand, kannte jedoch nicht die Namen der Spieler und registrierte nur am Rande, wenn ein Topspiel anstand. Normalerweise erfuhr ich das Ergebnis am Montag aus der Zeitung.

Bernhard und mein Vater dagegen waren echte Fans, die jahrelang gemeinsam zum Stadion gingen. Erst mit dem Alter wurden sie bequemer und nahmen mit dem Fernseher vorlieb - Sky sei Dank. Trotzdem blieb der Samstag dem

Sport vorbehalten. Lagen wichtige Arbeiten an, dudelte das Radio, selbst bei Familienfeiern musste wenigstens zwischendurch mal gespickt werden. Dass Bernhard überhaupt nicht an das heute anstehende Spiel dachte, zeigte deutlich seine Trauer.

Zum Glück war die Bahn in meine Richtung leer, sodass ich sogar einen Sitzplatz bekam. Beim Bäcker holte ich mir zwei belegte Brötchen und verzehrte sie auf dem Weg in die Lessingstraße.

Bevor ich klingeln konnte, öffnete sich die Tür und Mahmut und seine Mutter traten heraus. „Wie geht es Ihnen? Ich möchte mich bei Ihnen bedanken. Vielen, vielen Dank!" Sie wirkte völlig außer sich. „Mahmut hat mir erzählt, was passiert ist. Mir ist im Nachhinein noch schlecht geworden. Geht es denn wieder? Haben Sie starke Schmerzen?"

„Alles in Ordnung", wehrte ich ab, was nicht einmal gelogen war. Klar, ich hatte an der U-Bahn-Haltestelle eine weitere Tablette eingeworfen. Unter der Wirkung des Mittels spürte ich kaum noch was. Ich wandte mich an ihren Sohn. „Bei dir auch alles okay?"

Er nickte. „Dannys Papa ist eingezogen", teilte er mir mit wichtiger Miene mit.

„Ich weiß, ich will ihn gerade besuchen."

„Bleibt der jetzt da wohnen?" Begeistert davon schien er nicht zu sein.

„Nein, er will in Ruhe die Sachen sortieren", erklärte ich. Es war nicht an mir, seine Trennung von Monika zu erwähnen.

„Möchtest du vielleicht auch eine Erinnerung haben?", fiel mir ein zu fragen.

Er strahlte begeistert. „Meinst du, das geht?"

„Bestimmt." Gut, ich lehnte mich weit aus dem Fenster, aber wenn Bernhard erfuhr, wie sehr der Junge an Daniel gehangen hatte, würde er ihm bestimmt gern ein Andenken zukommen lassen. „Hast du einen Wunsch?"

Er starrte zu Boden und scharrte mit den Füßen. Ich ahnte, was ihm durch den Kopf ging. Daniel hatte eine PlayStation besessen. Mahmut war besonders von den Ballerspielen begeistert gewesen, wir hatten ihn meist gewähren lassen, er musste allerdings schwören, seiner Mutter nichts davon zu verraten. Keine Ahnung, ob sie es ihm erlaubt hätte. Daniel und ich sahen das nicht so eng, Mahmut konnte genau unterscheiden, was Realität war und was nicht. Die Spiele machten ihn garantiert nicht aggressiv, eher hatten wir das Gefühl, er wurde dadurch ruhiger, umgänglicher. Vielleicht war das für ihn genau das Richtige, seinen Frust abzubauen. Seine Mutter stieß Mahmut an. „Und? Hast du dir was überlegt?"

„Denk ihn Ruhe nach", ich zwinkerte ihm zu. „Dann kommst du rauf und wir fragen Daniels Vater."

Nein, das kläre ich gleich selbst mit ihm, sagte ich mir, während ich die Treppe hinaufstieg. Was sollte Bernhard mit einer PlayStation? Aus dem Alter war er definitiv raus. Mahmut dagegen würde sich ein Bein abfreuen. Und Daniel hätte dieses Geschenk garantiert unterstützt. Im Prinzip musste nur noch die Mutter überzeugt werden, dass ihr Sohn sie annehmen und damit spielen durfte.

Bernhard stand schon in der geöffneten Tür. „Komm rein!" Er zog mich richtig über die Schwelle und hinüber in den Wohnbereich. „Da! Schau!" Er wies mit der Hand auf einige Fotos, die auf dem Couchtisch lagen.

Ich trat näher und beugte mich darüber. Das erste zeigte einen Säugling in dem üblichen Krankenhausbettchen, also wohl direkt nach der Geburt. Auf dem zweiten lag das schon etwas ältere Baby, anscheinend ein Junge, denn es trug einen blauen Strampler, in einer Wippe. Das dritte Foto zeigte ihn auf dem Arm seiner Mutter. Ich schnappte nach Luft. Das war doch …

„Kennst du die Frau?", fragte Bernhard, der meine Reaktion bemerkt hatte.

„Das ist Katja. Sie war eine Zeit lang mit Chris zusammen. Nach der Trennung tauchte sie nicht mehr auf." Das fanden sowohl Daniel als auch ich damals schade, denn wir waren beide ein wenig verliebt in sie gewesen. Sie hatte so eine lebensfrohe Art, war immer gut gelaunt, nahm das Leben von der leichten Seite. Und sie flirtete gern. Zu Silvester bekam ich von ihr einen Kuss, einen richtigen. Ich glaube, wäre damals nicht Daniel aufgetaucht, hätte ich sie Chris abspenstig gemacht. Der war zu dem Zeitpunkt längst abgefüllt und lag schnarchend auf der Couch.

Andererseits hatte ich mir nie die Mühe gemacht, sie nach der Trennung von ihm anzurufen. Im Nachhinein war mir das zu blöd vorgekommen. Wusste ich denn, ob sie mich tatsächlich toll fand? Und eigentlich wollte ich auch nicht die abgelegte Flamme von Chris übernehmen.

Daniel hatte behauptet, sie aus den Augen verloren zu haben, als ich ihn Monate später dann doch einmal nach ihr fragte. Sie wäre umgezogen, von den alten Freunden hätte niemand mehr Kontakt zu ihr. Wahrscheinlich gäbe es längst einen Neuen. Bei ihrem Aussehen hätte sie ja die Auswahl.

Bernhard nahm das erste Foto und zeigte mir die Rückseite: Fünfter Januar 2019 stand dort in Druckbuchstaben. „Was soll das bedeuten?"

„Was denkst du denn?", fragte ich vorsichtig zurück, obwohl mir dämmerte, was er vermutete.

„Das ist ganz eindeutig Daniels Sohn." Er ließ das Foto fallen und griff nach dem mit der Wippe. „Genauso sah er als Baby aus. Das kann kein Zufall sein."

Ich betrachtete das Bild genauer. Der Junge hatte einen Schopf dunkler, fast schwarzer Haare und braune Augen. Daniels Augen waren ebenfalls braun, aber seine Haare viel heller, eher dunkelblond. Sonst war es halt ein Babygesicht wie viele andere. Eine besondere Ähnlichkeit konnte ich nicht feststellen.

„Doch", beharrte Bernhard angesichts meiner Skepsis. „Er ist ihm wie aus dem Gesicht geschnitten."

„Er hätte euch, zumindest dir, davon erzählt."

Er verzog das Gesicht. „Wenn er noch nicht einmal zugeben konnte, das Studium vergeigt zu haben?"

Auch wieder wahr. „Hast du eine Adresse oder Telefonnummer von Katja gefunden?" Das war wohl unser nächster Schritt.

„Nein, nichts. Handy und Computer befinden sich noch bei der Polizei."

„Wo waren die Fotos?" Wieso hatte die Polizei nicht darauf reagiert?

„Die lagen in dem alten Schuhkarton, in dem Daniel alle seine Erinnerungen aufbewahrte. Nicht direkt oben, eher ziemlich weit unten."

Seltsam. Dass er keins aufgehängt hatte, war verständlich, wenn er seine Vaterschaft nicht offiziell bekannt geben wollte. „Er hatte nicht mal eins im Portemonnaie?", musste ich einfach nachfragen.

Bernhard schüttelte den Kopf. „Meinst du, du kannst diese Kaja ausfindig machen?", fragte er zurück.

Ich zückte mein Handy. So kam Jan eher zum Einsatz als gedacht.

# 19

„Daniel hatte weiterhin Kontakt zu Katja", tastete ich mich vor. „Wusstest du das?"

„Nein, woher auch. Ich habe sie seit fast drei Jahren nicht mehr gesehen."

„Könntest du bitte nachschauen, ob du ihre Telefonnummer noch irgendwo hast? Oder ihre Adresse", fügte ich schnell hinzu. „Sie ist ja damals umgezogen, glaube ich."

„Ruf Chris an, der wird dir sicher weiterhelfen können. Die sind ..." Ein lauter Schrei unterbrach ihn. „Entschuldige, ich muss eben ..."

Das Handy wurde mit einem dumpfen Knall zur Seite gelegt, eilige Schritte entfernten sich. In weiter Ferne hörte ich Ines in höchsten Tönen jammern. Hoffentlich war ihr nichts passiert!

Während ich wartete, überdachte ich meine Optionen. Chris wollte ich nur im Notfall einschalten. Der würde darauf bestehen, dass ich ihn genauestens informierte, bevor er mir irgendeinen Hinweis gab. Dann schon lieber die anderen abtelefonieren, vielleicht sogar Madeleine anrufen. Katja war fünf oder sechs Jahre jünger als wir. Wenn ich mich richtig erinnerte, gingen sie und Daniels Schwester in eine Klasse.

Sich nähernde Geräusche ließen mich aufhorchen. „Alex? Bist du noch dran? Ines ist gerade beim Sortieren der Schmutzwäsche eine Kakerlake entgegengefallen. Ich musste sie retten!" Sein Grinsen war sogar über diese Entfernung wahrnehmbar. „Jetzt weigert sie sich, ohne mich weiterzumachen. Ruf ..."

„Sag mir bitte die letzte dir bekannte Adresse", fiel ich ihm ins Wort.

„Irgendwo in Hörde. Richtig, im Clarenberg, in der Hochhaussiedlung."

Er hatte mir tatsächlich helfen können, ich kannte nur das Haus ihrer Eltern in Sölde, wo wir sie einige wenige Male besuchten. Wenn sie nicht geheiratet hatte …

„Wie heißt sie mit Nachnamen?" Bernhard hielt sein Handy schon griffbereit in der Hand.

„Pawlak. Hast du mitgekriegt, dass …"

„Hochhaussiedlung Clarenberg", nickte er und gab die Telefonnummernsuche bei Google ein. „Früher mal ein Schandfleck beziehungsweise ein sozialer Brennpunkt, seitdem die LEG das Ruder übernommen hat, ist es dort deutlich besser geworden."

Ich hängte mich über seine Schulter und sah mir gleichzeitig mit ihm die Ergebnisse an. Treffer! Es gab eine einzige Katja Pawlak, und zwar Clarenberg 7. Das musste sie sein.

Bernhard diktierte mir die Nummer und ich gab sie in mein Handy ein. Fünf-, sechsmal ertönte der Ruf, mein Gegenüber wurde immer zappeliger. „Ich fahr dich hin", zischte er.

In dem Moment meldete sich eine Frauenstimme und ich verstand nicht, was sie sagte. „Katja? Katja Pawlak?", fragte ich daher nach. „Hier ist Alex, Daniels Freund. Ich muss unbedingt mit dir sprechen."

„Alex?" Sie schien nicht zu wissen, wo sie mich hinstecken sollte.

„Alex Grahl, ich wohnte direkt neben Daniel. Wir haben uns ein paarmal mit der Gruppe um Chris und Jan getroffen.

„Ja, klar." Sie stieß die Luft aus. „Das ist schlimm mit Daniel. Ich habe davon gelesen. Allerdings wüsste ich nicht, was dir ein Gespräch mit mir bringt. Wir hatten kaum Kontakt."

Sie wollte mich abwimmeln. „Das sehe ich anders. Sein Vater und ich sind in der Wohnung. Wir haben gerade die Fotos von deinem Sohn gefunden."

Sie murmelte etwas, aber so leise, dass ich sie nicht verstand. Dafür wurden die Hintergrundgeräusche lauter, ein kleines Kind begann ein Lied zu singen und eine Frauenstimme brachte es zu Ende.

„Ich kann jetzt nicht reden", wiederholte sie etwas lauter, nachdem sie offensichtlich das Zimmer gewechselt hatte. „Komm heute Abend um acht vorbei."

„Super!" Bernhard strahlte mich an. „Du hast es geschafft!"

„Willst du mich begleiten?"

Er hob abwehrend beide Hände. „Sie wird offener sein, wenn du allein gehst. Ich fahre dich hin und hole dich auch wieder ab."

Wir vertrieben uns die Zeit bis zu Aufbruch mit der weiteren Durchsuchung der Wohnung. Etwas Relevantes fanden wir nicht.

„Wo sind eigentlich die Katzen?" Nero, der Kater, war damals mit seiner Besitzerin fast gleichzeitig in diese WG eingezogen wie Daniel. Nach der Auflösung erbarmte sich dieser seiner, zum einen hatte er mittlerweile ein viel besseres Verhältnis zu ihm als das eigentliche Frauchen, zum anderen durfte sie in der neuen Wohnung, in die sie zog, keine Tiere halten. Kurze Zeit später kam dann Minka dazu. Spielende Kinder hatten die ausgesetzte Mutter mit ihren Babys entdeckt.

Für Daniel war es seine Familie gewesen, ich hatte oft den Eindruck, er brachte den Tieren mehr Liebe entgegen als seiner Mutter. Für ihr Wohl tat er alles.

Bernhards verschämter Blick sagte genug. „Sie sind ins Tierheim gekommen. Monika wollte sie nicht und ich … ich war so durcheinander, ich wusste ja selbst nicht, wie es weitergehen sollte."

„Verständlich." Das war das Einzige, was mir einfiel. Nein, ich hätte die beiden auch nicht genommen. Ich bin kein Katzentyp. Ich hatte in all den Jahren keine richtige Beziehung zu ihnen aufbauen können.

„Vielleicht hole ich sie zurück. Jetzt, wo ich allein bin."

„Überstürze nichts, denk in aller Ruhe darüber nach." Bernhard hätte sie vermutlich nur genommen, um sein schlechtes Gewissen Daniel gegenüber zu beruhigen. Kontakt zu ihnen hatte er bisher kaum. Da wäre es für sie besser, bei einem echten Tierfreund zu landen. Ich warf einen Blick auf meine Armbanduhr. „Wir müssen langsam los."

Er nickte und griff nach seiner Jacke und den Autoschlüsseln. „Ich bleibe in der Nähe."

Die Siedlung am Clarenberg war ein gigantischer Hochhauskomplex, der ein zu einer Seite offenes Rechteck mit einem begrünten Innenhof bildete, wobei die Häuser nicht in Reih und Glied standen, sondern durch eine versetzte Bauart durchaus ansprechend gestaltet waren. Zudem hatte in den letzten Jahren eine umfangreiche Renovierung das Äußere verschönt, der Komplex glänzte durch Akzente in Rosa, Bleu und Rot, selbst die Eingangsbereiche waren ansprechend gestaltet. Das gesamte Objekt wirkte wesentlich gepflegter, als ich es in Erinnerung hatte.

„Wow! Gar nicht mal schlecht."

„Ja, die LEG hat einiges angelegt. Die haben sogar einen Servicemitarbeiter in einem der Häuser, der rund um die Uhr zur Verfügung steht, auch am Wochenende", klärte Bernhard mich auf. „Die Kriminalitätsrate ist nicht höher als in anderen Vierteln, die Menschen leben relativ friedlich zusammen, es muss angenehm sein, hier zu wohnen. Leider gibt es im Moment keinen einzigen Leerstand."

„Du kennst dich gut aus."

Er grinste. „Ich habe erst hier gesucht, bevor ich auf die Idee mit Daniels Wohnung kam."

Durch meinen Überblick bei Google fand ich den Eingang zum Haus Nummer 7 schnell. Der Bereich über der Tür hob sich mit seiner roten Farbe leuchtend ab, neben dem Eingang befand sich eine Glasbausteinwand, die zusätzliches Licht in das Treppenhaus brachte. Natürlich war das Klingelbrett mit seinen vielen Namen eine echte Herausforderung.

Noch bevor ich den Namen Pawlak gefunden hatte, hörte ich eine Frauenstimme über den Lautsprecher: „Ich wohne im Parterre, gleich links."

Der Türsummer erklang und ich trat ein. Katja kam mir bereits entgegen. „Leise, die Kinder schlafen schon."

Das wird ein langes Gespräch, dachte ich bei mir, während sie vor mir her ins Wohnzimmer ging. Wie es aussah, hatte sie tatsächlich schon zwei Kinder und das erste stammte garantiert nicht von Daniel. So lange hätte er mir diese Beziehung wohl nicht verschwiegen.

# 20

Laminatboden, helle Kiefernholzmöbel - und jede Menge herumliegendes Spielzeug, war mein erster Eindruck. Ich balancierte über den Boden und nahm wie gewünscht auf der bunt gemusterten Couch Platz.

„Willst du was trinken?"

„Ein Wasser oder eine Cola, wenn du hast."

Sie grinste. „Mit Wasser kann ich dienen. Cola gibt's bei mir nicht."

Sie verließ den Raum, um das Gewünschte zu holen, und ich nutzte die Gelegenheit, meine ersten Eindrücke sacken zu lassen. Sie sah immer noch toll aus, wie der wahrgewordene Traum eines jeden Junggesellen. Die leichte Gewichtszunahme und die erst kürzlich erfolgte Geburt gaben ihr ein fraulicheres Aussehen, sonst hatte sie sich kaum verändert: Dieselben langen schwarzen Haare, die ihr den Rücken hinunterfielen, dieselben funkelnden Augen, derselbe leicht spöttische Ausdruck auf dem herzförmigen Gesicht, die grazilen und doch forschen Bewegungen.

„Hier." Sie stellte das Gewünschte vor mich hin und zog sich einen Stuhl vom Esstisch heran. „Ich konnte eben wirklich nicht, meine Mutter war da, die hat keine Ahnung, dass ich und Daniel ..." Sie brach ab, wich meinem Blick aus und wischte sich eine Haarsträhne aus dem Gesicht.

Sie kennt nicht mal den Vater ihres zweiten Enkelkindes, hätte ich beinahe gefragt, beschloss dann aber, Katja lieber selbst erzählen zu lassen. Gut, ihr Verhältnis zu den Eltern war nie das Beste gewesen, trotzdem wunderte ich mich ein bisschen über ihre Geheimnistuerei.

Katja verzog das Gesicht, als ich sie nur schweigend anblickte. „Sie kommt ab und zu vorbei, spielt mit ihrer Enkelin und will das Baby sehen. Meine Beziehungskiste geht sie nichts an. Das würde die sowieso nicht verstehen."

„War die Polizei schon bei dir?"

Sie nickte. „Klar, meine Handynummer ist in Daniels Telefonverzeichnis gespeichert und wir haben öfter telefoniert."

„Und was hast du denen gesagt?"

Ihre Augen funkelten mich an. „Na, die Wahrheit natürlich."

„Ist Daniel der Vater des Babys?", fragte ich nun doch ganz direkt.

Sie lachte verblüfft auf und schüttelte den Kopf. „Wie kommst du denn darauf?" Bevor ich antworten konnte, fuhr sie fort. „Er ist ein guter Freund, ich … wir …" Sie holte tief Luft. „Nein, jetzt sagst du mir erst mal, warum du das alles wissen willst."

Ich gab ihr einen ausführlichen Bericht. „Du siehst", schloss ich, „statt Antworten, ergeben sich immer mehr Fragen."

„Ich fand es sehr schade, dass wir uns damals aus den Augen verloren haben", gab sie zurück, ohne zu kommentieren, dass Daniel mich in fast allem, was sein Leben ausmachte, belogen hatte. „Als ich mich von Chris trennte … ich traute mich nicht, einen von euch da mit reinzuziehen. Er hat sich als Stalker übelster Sorte entpuppt. Ich bin schließlich weggezogen, habe ein Kontaktverbot erwirkt, das nicht viel brachte", sie lachte bitter. „Erst eine angedrohte Gefängnisstrafe stoppte ihn. Du kannst dir das vielleicht nicht vorstellen, aber ich habe echt die Hölle hinter mir."

„Und was war mit Daniel?" Heftig, doch ich wollte beim Thema bleiben.

„Den traf ich irgendwann später zufällig in der Stadt. Wir waren beide ziemlich frustriert, sein Leben lief nicht, wie er es wollte, meins genauso wenig. Ich meine, ich habe mich freiwillig für das Kind entschieden, ich hätte auch abtreiben können. Trotzdem, wenn du plötzlich total ans Haus gefesselt bist, keine vernünftige Perspektive hast, das nervt." Sie grinste. „Und wir waren beide solo, unfreiwillig. Das nervte noch mehr."

Sie gab freimütig zu, dass sie ein besonderes Arrangement getroffen hatten. Solange keiner von ihnen sich verliebte, würden sie sich regelmäßig treffen und sich das geben, was sie dringend brauchten. Sie verstanden sich gut, warum also nicht?

Ich spürte, wie mir immer heißer wurde. Wetten, dass ich mittlerweile knallrot im Gesicht war? Ich kam mir wie der letzte Idiot vor. Nichts von alldem hatte ich gewusst. Allein wenn ich daran dachte, wie oft ich das Thema unfreiwilliges Single-Dasein angeschnitten hatte …

Glücklicherweise schien Katja nichts von meinem Seelenzustand zu bemerken, denn sie erzählte munter weiter. Daniel sei da noch mit seinem Studium beschäftigt gewesen, viel Zeit habe er nicht erübrigen können, deshalb löste er sich weitgehend aus allen anderen Verpflichtungen, besonders natürlich von seinen linken Freunden, weil er, nachdem er wusste, wie schlimm Chris sich verhalten hatte, nicht mehr auf diesen treffen wollte. Keiner der anderen hatte irgendetwas von diesem Stalken mitbekommen, im Gegenteil, er hatte behauptet, die Trennung sei von ihm ausgegangen.

Gut und schön, nur war ich dann wohl auch diesem Arrangement zum Opfer gefallen. Diese Anregung, dass wir uns nur noch einmal im Monat trafen, hatte er aufgebracht – was mir damals mehr als recht gewesen war, wie ich mir eingestehen musste. Die Punkte, an denen wir anknüpfen konnten, wurden weniger, unsere Interessen drifteten mehr und mehr auseinander. Dazu seine schwermütige Art. Nichts schien ihn zu freuen, nichts konnte ihn begeistern. Und meine Vorstöße, sich Hilfe zu suchen, wurden strikt abgelehnt.

„Weißt du, warum er damals so depressiv war?" Wenn er sich jemandem mitgeteilt hatte, dann vermutlich ihr.

„Das Studium lief nicht besonders gut", gab sie bereitwillig Auskunft. „Diese blöde Prüfungsangst, er kriegte sie einfach nicht in den Griff."

„Ich hatte ihm vorgeschlagen, es mal bei dem Psychologen an der Uni zu versuchen." Eigentlich war ich mir sicher gewesen, es steckte wesentlich mehr dahinter, dass Daniel mit seinem gesamten Leben nicht zufrieden war.

„Ich auch. Doch in diesem Punkt blieb er stur. Nicht mal …", sie bis sich auf die Lippe. „Ach, egal. Ich erzähl dir auch den Rest."

Eigentlich brannten mir tausend weitere Fragen auf den Lippen. Trotzdem nickte ich ihr auffordernd zu, als sie selbst nach mehrmaligem tiefen Ein- und Ausatmen stumm blieb.

Sie gab sich einen sichtlichen Ruck. „In dem ganzen Wirrwarr um die angedrohte Exmatrikulation fand er plötzlich seine große Liebe – beziehungsweise er und ich fast gleichzeitig." Ein richtiges Strahlen überzog ihr Gesicht. „Ehrlich, das grenzt fast an ein Wunder. Ich fand meinen Traummann und er seine Traumfrau."

„Wann und wo?" Ich war wie erschlagen. Kein einziges Wort darüber hatte Daniel mir gegenüber fallen lassen.

„Vor eineinhalb Jahren, auf dem Sommerfest des Jugendtreffs vom Blücherbunker. Daniel hat bei Olaf ausgeholfen und ich bin mit der Kleinen ganz unverfänglich vorbei. Wir haben so getan, als hätten wir uns ewig nicht mehr gesehen." Sie hielt inne und lächelte versonnen. „Ja, und da saß er und wir kamen ins Gespräch. Es hat sofort gefunkt. Er ist der Vater meines Sohnes."

Mich interessierte die Neuigkeit von Daniels Freundin ehrlich gesagt mehr. Offensichtlich meinte sie die Asylantin, der Zeitraum passte. Aber war diese nicht kurz darauf abgeschoben worden? Ich versuchte mich daran zu erinnern, wie sich Daniel bei unseren Treffen gegeben hatte. Nein, mir war nichts Besonderes an ihm aufgefallen. „Wie lange war er mit seiner Freundin denn zusammen?", fragte ich Katja. Sie musterte mich mit erstauntem Blick. „Na, bis zuletzt."

# 21

Es ging schon auf Mitternacht zu, als ich Katja verließ. Immerhin gab es eine großzügige Beleuchtung, die die Wege ausreichend erhellte. Ich marschierte über die Wiese auf die Stelle zu, an der Bernhard mit laufendem Motor angehalten hatte.

„Und?", fragte er, kaum dass ich eingestiegen war. „Hat ja elend lange gedauert. Daher gehe ich wohl zu Recht davon aus, dass sie uns weiterhelfen konnte."

„Daniel ist nicht der Vater ihres Kindes", sagte ich ihm das Wichtigste zuerst.

Im ersten Moment schien das Gehörte gar nicht bei ihm angekommen zu sein. Angestrengt starrte er an mir vorbei durchs Seitenfenster in die Dunkelheit.

„He, Bernhard! Hast du verstanden, was …"

„Da war einer. Ich glaube, der ist dir gefolgt. Hat abrupt umgedreht, als er sah, dass du in mein Auto gestiegen bist", unterbrach er mich.

Ich wandte den Kopf und sah ebenfalls in die Dunkelheit. „Ich sehe niemanden."

„Jetzt ist er weg." Bernhard griff nach dem Lenkrad und setzte von der Parklücke auf die Straße. „Du musst vorsichtiger sein, vielleicht hat der Mörder schon deine Spur aufgenommen."

„Oder es war jemand, der die günstige Gelegenheit nutzen wollte, mich zu überfallen." Das erschien mir viel wahrscheinlicher. Es war mitten in der Nacht und ich allein unterwegs - das ideale Opfer. „Das Baby ist nicht Daniels Kind", wiederholte ich, um ihn zurück zum Thema zu bringen.

„Bist du dir sicher? Warum hat er dann diese Fotos gehabt?"
Er klang eher enttäuscht, dass unser Verdacht nicht zutraf.
Hatte er sich schon mit dem Gedanken an einen Enkel an-
gefreundet?

„Katjas Lebensgefährt hat im Moment diverse Probleme.
Zum Zeitpunkt der Geburt lag er verletzt im Krankenhaus.
Daniel und seine Freundin und die beiden halfen sich gegenseitig. Er hat Katja bei der Geburt zur Seite gestanden
und sich um sie gekümmert, bis ihr Freund den Part wieder
übernehmen konnte."

Wie erhofft sprang er sofort auf die nächste Neuigkeit an.
„Daniel hatte also wirklich eine feste Freundin. Wie lange
lief das schon?"

„Die Geschichte ist kompliziert." Und romantisch. Und
völlig abstrus. Das Leben ging schon teilweise seltsame
Wege.

Katjas neue Bekanntschaft trat auf diesem Fest als Rapper
auf. Sie kamen erst bei dem gemeinsamen Aufräumen ins
Gespräch. Beide schienen von Anfang an hin und weg vom
anderen zu sein. Als Daniel dazu trat, weil eigentlich verabredet war, dass er sie und ihr Kind auf der Heimfahrt begleiten sollte, wurde schnell klar, dass Mihail diesen Part übernahm. Großzügig luden sie ihn ein, sich zu ihnen zu setzen,
die Kleine schlief bereits auf Katjas Schoß.

Irgendwann kam das Gespräch auf die Flüchtlinge und spe-
ziell auf die Flüchtlingsunterkunft hier in der Nähe. Mihail,
der selbst erst als Jugendlicher mit seinen Eltern eingewan-
dert war, hatte eine ziemlich rigorose Meinung. „Was ihr
euch reinholt, ist hauptsächlich Kroppzeug. Das sind die,
die in ihrem Land nichts auf die Reihe kriegen, ohne Schul-
ausbildung, ohne Beruf. Die sind nicht wie ihr, die haben
einen ganz anderen Hintergrund. Kein Wunder, dass die
dauernd unangenehm auffallen."

Mit diesen Sprüchen war er natürlich bei Daniel an der falschen Adresse. Es sei ein Akt der Humanität, Menschen, die

vor einem Krieg fliehen, eine sichere Unterkunft zu geben, erklärte dieser.

Mihail lachte ihn aus. „Die hätten sie in jedem anderen Land auch gefunden, und dazu viel näher. Nur sind eure Sozialleistungen die besten."

Die Diskussion war immer lebhafter geworden, bis der Rapper seinem Gegenüber den Vorschlag machte, mit ihm zusammen die Flüchtlingsunterkunft aufzusuchen, um sich selbst eine Meinung bilden zu können. Mihail hatte zurzeit einige Freunde dort. „Ich sag ja nicht, dass die alle scheiße sind. Nur eben der größere Teil von denen. Komm mit, überzeug dich selbst!"

Zwei Tage später trafen sich die beiden, statteten der Unterkunft einen Besuch ab - und Daniel lernte Ressia kennen.

„Danach war an eine vernünftige Meinungsbildung nicht mehr zu denken", hatte Katja lachend erzählt. „Er besuchte sie jeden Tag und sah nur noch sie."

Die junge Afrikanerin war zusammen mit ihrem Mann knapp ein Jahr zuvor in Deutschland angekommen. Noch bangte sie, ob sie für immer würde bleiben dürfen, über den Asylantrag war noch nicht endgültig entschieden.

Von ihrem Ehemann hatte sie sich vor mehreren Monaten getrennt. Dieser lebte weiterhin in derselben Einrichtung wie sie, hatte sich bisher nicht mit der Trennung abfinden können und reagierte dementsprechend eifersüchtig auf Daniel. Die beiden gingen dazu über, sich bei Katja zu treffen, die mit der jungen Afrikanerin hervorragend auskam.

Dann erfuhr Ressia, dass ihr Asylgesuch abgelehnt worden war, ebenso das ihres Mannes. Und entgegen der normalen Erfahrungen erhielten sie relativ schnell das Datum ihrer Abschiebung. Der Mann rastete aus, so extrem, dass die herbeigerufenen Polizisten ihn mitnahmen. Immerhin war damit sichergestellt, dass Ressia nicht mit ihm in einem Flieger landen würde.

Keiner der beiden konnte sich mit der drohenden Trennung abfinden. Verzweifelt überlegten sie hin und her, holten sich bei einem Anwalt Rat, der ihnen jedoch keine großen Hoffnungen machte. Mehr als eine Verlängerung bis zum nächsten Urteil würde sich nicht herausholen lassen.

Schließlich fasste Daniel einen Entschluss. Über Katjas Beziehungen fand sich ein kleines Appartement in dem Hochhauskomplex, in dem sie selbst wohnte. Als offizieller Mieter trat Mihail auf, der noch mit seinem Bruder zusammenlebte. Zwei Tage vor der Abschiebung verschwand Ressia aus dem Flüchtlingsheim und zog unbeachtet in ihr neues Domizil.

„Und deshalb brauchte Daniel dringend Geld", erklärte ich Bernhard. „Als Illegale hatte sie nichts. Sämtliche Kosten musste er stemmen."

„Er hätte zu mir kommen können", regte der sich auf. „Ich hätte ihm geholfen."

Gegen Monikas Willen, dachte ich skeptisch. Die wäre trotz ihrer angeblichen sozialen Ader im Dreieck getickt: Eine Schwarze! Noch dazu eine, die kaum Deutsch oder Englisch sprach. Die ihren gewalttätigen Mann verlassen und keine Ausbildung, keinen vernünftigen Schulabschluss vorzuweisen hatte. „Daniel wollte das allein regeln." Beziehungsweise mit der Hilfe von Katja und Mihail. Es schmerzte natürlich schon, dass er nicht einmal mich eingeweiht hatte.

„Wie stellte er sich das vor? Ich meine, auf Dauer gesehen?"

Die Entscheidung war längst gefallen. Sobald Ressia von ihrem Mann geschieden gewesen wäre - sie hatte das Begehren längst offiziell über einen Anwalt eingereicht und es gab Dutzende von Zeugen, sogar die Polizei, die seine Angriffe auf sie miterlebt hatten -, wollten sie im Ausland heiraten und er hätte sie offiziell als seine Frau mit zurückgebracht.

„Deshalb also hat er sich auf das Dealen eingelassen", folgerte Bernhard ganz richtig.

„Wenn alles nach Plan gelaufen wäre, hätte er sie schon bald zu sich holen können. Die Idee mit der Ausbildung - er wollte eine sichere Zukunft für sie und sich aufbauen." Und bald eine Familie gründen. Doch das verschwieg ich Bernhard lieber. Dazu war es ja nicht mehr gekommen.

„Meinst du, er musste deshalb sterben?"

„Ich weiß es nicht", gab ich ehrlich zu. „Katja sagt, sie waren sehr vorsichtig. Keiner weiß von Ressia. Deshalb hat sie die Geschichte der Polizei natürlich verschwiegen. Die denken, zwischen ihr und Daniel habe eine ganz normale Freundschaft bestanden."

„Ist Ressia denn immer in der Wohnung geblieben?" Deutliche Skepsis sprach aus seiner Frage. „Keiner der Nachbarn kennt sie?"

„Sie sind angeblich nur ganz selten mal vor die Tür, meist im Abendbereich, wenn es schon dunkel draußen war."

Bernhard gab Gas, um die auf Gelb wechselnde Ampel noch zu schaffen. „Darf ich sie mal besuchen?"

Um das Gleiche hatte ich Katja auch gebeten. Sichtlich widerstrebend hatte sie schließlich zugestimmt. „Das wird eine Unterhaltung mit Händen und Füßen", hatte sie mich vorgewarnt. „Erwarte dir nicht zu viel davon. Sie versteht mittlerweile fast alles, nur mit dem Sprechen hapert es noch extrem."

„Katja ruft an und gibt mir einen Termin durch. Du kannst mich begleiten." Ich hielt inne. Nein, den Rest behielt ich vorerst für mich, bis ich Genaueres wusste. Sollte er lieber erst einmal die Dinge verarbeiten, die er heute erfahren hatte. Ich verabschiedete mich von Bernhard, mit der Versicherung am Ball zu bleiben und mich zu melden, sobald wir Ressia sehen konnten.

# 22

In meiner Wohnung angekommen, steckte ich meinen Kopf unter den kalten Strahl des Wasserhahns, um wach zu bleiben. Langsam machten sich der harte Tag und die Einnahme der vielen Schmerztabletten bemerkbar. Aber ich hatte noch ein wichtiges Telefongespräch zu erledigen, bevor ich mich hinlegen konnte.

Kaum hatte ich es mir auf der Couch bequem gemacht, erfolgte der Anruf. „Hi, Alex, hier Mihail. Katja will, dass ich erzähle alles."

„Dann mal los", ermunterte ich ihn, da er abwartend schwieg. Natürlich hatte Katja mir bereits die groben Details mitgeteilt, trotzdem war es sinnvoller, mit ihm selbst zu sprechen.

„Also ich bin direkt nach Mord in Wohnung. Ich seh den toten Daniel und hör was aus Küche. Also ich umgedreht und weg und der Typ hinter mir her. Ich ..."

„Hast du den Täter gesehen?"

„Nur sein Schatten. Kein Ahnung, ehrlich."

„Wieso wolltest du ihn so spät noch besuchen?" Darüber hatte mir Katja nicht ein Wort gesagt.

„Also Daniel sagt, ich kann bei ihm pennen. Ich hab Schlüssel aus Versteck ..."

Schon wieder musste ich ihn unterbrechen. „Hat er den extra dort für dich hinterlegt?"

„Klar, is ja nicht behindert im Kopf oder so."

„Und wieso bist du so spät aufgetaucht? Oder war das verabredet?"

„Ich war bei mein Bruder."

Mit dem er sich eine Wohnung teilte, wie ich wusste. „Warum wolltest du bei Daniel übernachten?"

Mihail holte tief Luft und begann zu berichten.

Nach diesem sehr langen und sehr informativen Telefongespräch wankte ich völlig erschlagen ins Bett. Meine Notizen würde ich erst morgen ergänzen, das war früh genug.

Wie immer war es fast Mittag, als ich die Augen aufschlug. Erfreulicherweise waren die Schmerzen bis auf einen dumpfen Druck in der Schulter merklich zurückgegangen. Nach einer ausgiebigen Dusche fühlte ich mich fast beschwerdefrei.

Das Frühstück nahm ich vor dem Computer ein. Durch das gestrige Gespräch war mein Jagdeifer erwacht, ich wollte unbedingt meine Aufzeichnungen auf den neuesten Stand bringen.

Die Arbeit ging mir flott von der Hand und ja, es machte richtig Spaß, alles aufzuschreiben. Die Stelle, an der Mihail schilderte, wie es tatsächlich in der Nordstadt ablief, würde meine Mutter erfreuen, dachte ich bei mir. Sie erfüllte sämtliche Klischees. Andererseits war es eine authentische Schilderung von einem, der eineinhalb Jahrzehnte dort verbracht hatte. Auch wenn es seine spezielle Sicht der Dinge war, die er aufzeigte, entstand ein realistisches Bild von den Lebensumständen.

Klar sei die Nordstadt ein Multiproblemviertel, hatte er gesagt. Da träfen Menschen der verschiedensten Nationalitäten aufeinander, die fast alle eins gemeinsam hätten: Sie gehörten schon in ihrem Land zu dem unteren Satz der Gesellschaft und kämen hierher, weil sie auf eine Verbesserung ihrer Lebensumstände hofften. „Haben komplett falsches Bild. Denken, ist Land, wo einfach so Milch und Honig fließt."

Die meisten dieser Menschen seien anders aufgewachsen als wir Deutschen, oft nach archaischem Prinzip, zumindest aber seien sie gewohnt, für ihr Recht zu kämpfen, sich selbst durchzusetzen. Kein Wunder, dass die sich nicht integrieren

123

würden. Die meisten verblieben in ihrer eigenen Community, in der andere Regeln herrschten als unsere.

„Sie besuchen die deutsche Schule", hatte ich eingewandt. „Und deutsche Kindergärten."

Er hatte laut gelacht und mich belehrt. Die würden zu Hause nach alten Gebräuchen erzogen, spielten mit Kindern, die genauso aufwuchsen, und übernähmen die in ihrem Heimatland üblichen Gesetze des Zusammenlebens. Vielleicht manches Mal nur zögerlich, aber der Druck sei groß: „Unterschätz nie Macht von Familie!"

Er hatte sich nicht bremsen lassen und war direkt zu den Flüchtlingsströmen übergeschwenkt, die seiner Meinung nach die Abspaltung noch vorangetrieben hatten. Wir und unsere Politiker wären blöd! Nur so könne er sich erklären, dass man in dieses „Problemviertel", wie es ja sogar offiziell bei unserer Polizei heiße, massenhaft Neuankömmlinge setze, die aus ähnlichen Kulturen kämen wie die schon dort Wohnenden. Nur die wenigsten von denen, die echt Gebildeten, würden es schaffen, sich zu integrieren. Und die wären da ganz schnell wieder weg. Was bliebe, sei wieder der Bodensatz. „Guck auf mich und mein Bruder, sind Loser. Ohne Rap, ich wär wie er."

Natürlich war es interessant, die realistische Einschätzung eines Insiders zu hören – Olafs Sicht der Dinge war wohl doch etwas zu sozial eingefärbt. Trotzdem interessierte mich dieser Teil seines Berichts eher nur am Rande. Viel wichtiger war, ob er es schaffen würde, Radu dazu zu bringen, mit mir zu reden.

Ehrlich, dass die beiden Brüder waren, hatte mich fast umgehauen. Und Mihail liebte ihn, das konnte ich aus jedem seiner Worte herauslesen. Im Endeffekt hatte dieser sich mehr um ihn gekümmert als die Eltern, hatte ihn beschützt und dazu gedrängt, seinen Traum zu verwirklichen.

Trotzdem war er mir nicht böse, als ich ihm unser Aufeinandertreffen schilderte, er kannte Radu gut genug, um zu wissen, dass dieser im Drogenrausch zu allem fähig war.

124

Nur machte er mir keine großen Hoffnungen, dass sein Bruder mir Rede und Antwort stehen würde.

Anschließend las ich mir die gesamten Aufzeichnungen noch einmal durch. Ohne es zu wollen, war ich dazu übergegangen, einen vollständigen Bericht in mehreren Kapiteln zu verfassen. Das Schreiben, das mir seit meinem unverhofften Durchbruch so schwergefallen war, ging mir plötzlich leicht von der Hand. Ja, die Geschichte las sich tatsächlich wie ein echter Krimi.

Es dauerte eine Weile, bis ich mich von der Verblüffung erholt hatte. Jahrelang war ich nicht imstande gewesen, etwas Vernünftiges zustande zu bringen. Jetzt auf einmal flossen mir die Sätze nur so aus der Hand.

Mein erstes und bisher einziges Buch, einen Fantasyroman, hatte ich noch in der Schulzeit verfasst, eigentlich aus einer Laune heraus. Die Geschichte befand sich bereits fix und fertig in meinem Kopf, sie aufzuschreiben war allerdings schwieriger als gedacht. Doch irgendwann schrieb ich einfach drauflos, spulte die Story ab, die ich mir ausgedacht hatte. Oder eher: Ich merkte schnell, dass die Personen ein Eigenleben entwickelten, weswegen ich oft von der ursprünglichen Fassung abweichen musste. Immerhin gelang es mir, am Ball zu bleiben und die Geschichte zu Ende zu bringen, sogar viel schneller als erwartet.

Viel zeitaufwendiger war die Nachkontrolle mit den notwendigen Korrekturen. Und nachdem meine Mutter die Endfassung lesen durfte, fing alles wieder von vorn an. Mehrmals dachte ich daran aufzugeben. Daniel, der ebenfalls als Testleser fungierte, trieb mich immer wieder an weiterzuarbeiten. „Du hast ein Wahnsinnstalent", beschwor er mich. „Wirf es nicht einfach weg, weil du zu faul bist!"

Nachdem endlich der von allen gelobte Entwurf vorlag, nutzte meine Mutter ihre Verbindungen, um mein Manuskript bei einem Verlag einzureichen und dafür zu sorgen, dass der zuständige Lektor es auch wirklich las. Keiner war erstaunter als ich, als er es tatsächlich ohne große weitere Korrekturen veröffentlichen wollte.

Ob es nun an der gezielten Werbung lag oder ob ich tatsächlich genau den Nerv der Leser getroffen hatte, keine Ahnung. Erstaunlich schnell kletterte mein Buch in der Bestsellerliste nach oben. Die Verkaufszahlen lagen jenseits meiner Erwartungen, selbst meine Mutter, die zwar mittlerweile gut von ihrer Tätigkeit leben konnte, gestand neidlos, dass nicht eines ihrer Werke derart bekannt geworden sei.

Mein Verlag organisierte eine groß angelegte Lesereise, ich wurde zu mehreren Talkshows eingeladen und durfte mein Buch vorstellen, was die Verkaufszahlen noch einmal nach oben drückte. Ja, man feierte mich bereits als die größte Entdeckung seit Jahren.

Irgendwann legte sich der Rummel und ich setzte mich frohgemut an den Computer, um eine weitere Geschichte zu schreiben. Schriftsteller, meine Berufswahl stand fest. Ich würde ein noch besseres Buch hinlegen.

Um es kurz zu machen, ich brachte nichts mehr zustande - wobei ich mein größter Kritiker war. Schon einmal auf der Erfolgsleiter bis nach ganz oben geklettert wollte ich beim nächsten Mal natürlich kein Desaster erleben. Alles, was ich anfing, klang für mich hohl, die Handlung an den Haaren herbeigezogen. Ich scheiterte an meinen eigenen Ansprüchen.

Selbst nachdem ich mich entschieden hatte, ein Studium zu beginnen, um wenigstens etwas Vernünftiges zu tun, versuchte ich es weiter. Doch da ich mit dem Ergebnis nie zufrieden war, endete meine Schriftstellerkarriere mit diesem einen Buch. Mittlerweile hatte ich mich schweren Herzens darauf eingestellt, mir einen anderen Beruf suchen zu müssen, die Frage war nur: welchen? Ein IT-Studium mit einfachem Bachelorabschluss, danach der Schwenk auf Germanistik und Philosophie – noch stand mein endgültiges Ziel in den Sternen.

# 23

Im Endeffekt musste ich abwarten, ob Ressia und Radu sich bereit erklärten, mit mir zu reden, lautete mein Resümee, nachdem ich die Geschichte komplett durchgelesen hatte. Denn auch die vielen neuen Erkenntnisse brachten mich auf der Suche nach Daniels Mörder nicht weiter. Aber wenigstens Mihail konnte ich googeln und mir so gleich einen besseren Eindruck von ihm verschaffen.

Er war bekannter, als ich erwartet hatte. Sogar Wikipedia berichtete über sein Leben und seine Musik. Der Rapper sah nicht schlecht aus - wenn man auf düster dreinblickende, eine gewisse Aggressivität ausstrahlende Männer stand. Sonst war er eine jüngere Ausgabe von Radu, die gleichen dunkelbraunen Locken, die leicht stämmige Gestalt, die braunen Augen unter dichten Augenbrauen, das runde Kinn mit dem Grübchen. Nur dass er weniger verlebt und wesentlich gepflegter wirkte.

Er hatte bereits einen erfolgreichen Internethit hingelegt, erfuhr ich weiter, und war auf dem besten Weg, ein Star zu werden. Seine Videoclips wurden besonders hervorgehoben, weil er im Gegensatz zu vielen anderen nicht den Gangsta spielte und seine Texte eher vom Aufbruch handelten: die düstere Gegenwart hinter sich lassen und einer glänzenden Zukunft entgegengehen. Natürlich war auch jeweils von einer Angebeteten die Rede, die er beschützen oder retten musste.

Ich sah mir einen der Clips an, ohne dass seine Musik mich vom Hocker riss. Da blieb ich doch lieber bei meinen üblichen Bands. Trotzdem kam er sympathisch rüber, soweit man das bei einem Rapper so nennen kann.

Ich tendierte dazu, Mihail zu glauben, dass er tatsächlich erst nach dem Mord in Daniels Wohnung aufgetaucht war. Deshalb musste ich unbedingt noch einmal mit Olaf sprechen. Hoffentlich hatte der sich eingekriegt und sah in mir jetzt nicht den Feind!

Den Rest des Tages nahm ich mir in Ermangelung weiterer Kandidaten, die ich befragen konnte, frei und verbrachte erholsame Stunden am Computer.

Obwohl ich wusste, dass der Sozialarbeiter montags seinen freien Tag hatte, wollte ich nach der Uni mit der Bahn zur Lessingstraße fahren. Es gab eine weitere Sache zu regeln.

Noch bevor ich die S-Bahn-Haltestelle in Dorstfeld erreicht hatte, begann mein Handy zu klingeln. Mihail!

„Null Chance! Radu kloppt dich um."

Ein neues Problem! Ich musste aufpassen, dass ich ihm großflächig auswich.

„Musst du auf mir vertrauen. Radu sagt, Kemal muss Clan erlaubt haben, in sein Revier zu kommen. Wär Olaf nich da gewesen … Kaya, die elende Missgeburt, hat mich verraten. Mein Bruder sieht, wie der mit denen da redet."

Das sei einen Tag vor Daniels Ermordung gewesen, erfuhr ich weiter. Trotzdem war er sich sicher, dass keiner etwas von dessen Angebot, kurzfristig bei ihm zu übernachten, mitbekommen hatte. Das Ganze sei telefonisch gelaufen. Daniel hätte bestimmt aufgepasst. Überhaupt, dass sie beide beste Freunde waren, hätte niemand außer Radu und Katja gewusst. Und er sei ja erst nach dem Mord bei ihm aufgetaucht.

„Meinst du, die hätten dich auf offener Straße umgebracht?", kam ich noch mal auf seine ersten Sätze zurück.

„Kein Ahnung! Das is Sache von Respekt, geht darum, Gesicht zu wahren", klärte mich Mihail auf. „Ich wollt raus aus Vertrag, die sagen Nein, ich geh trotzdem - hab kein Respekt gezeigt. Können die nix machen als Gewalt."

Vorab hatten sie ihm bereits mehrfach gedroht, ihn einmal verprügelt und beim zweiten Mal krankenhausreif geschlagen. Anschließend versuchten sie, ihn über seinen Bruder unter Druck zu setzen, berichtete er weiter.

„Wieso bist du nicht schon eher auf die Idee gekommen, die Gegend zu verlassen?" Kaum hatte ich die Frage laut ausgesprochen, ahnte ich die Antwort bereits. Von allem weg, was ihm lieb und vertraut war, davor hatte er zurückgescheut.

Er selbst drückte es natürlich anders aus: Zum einen habe er immer noch gehofft, dass die ihn in Ruhe lassen würden, wenn sie merkten, dass sie ihn nicht kleinkriegten, zum anderen hatte er ihnen gerade erst den neuen Vorschlag gemacht, sich aus dem Vertrag freizukaufen. Er hatte darauf gezählt, dass sie sich darauf einließen.

Außerdem sei er ja zuletzt ständig bei Katja gewesen. Von der wisse keiner. „Dann is Radu beinah verreckt. Ich denk, die ham ihm dreckiges Zeug gegeben. Krankenhaus?", er lachte rau. „Nee, der nich. Also ich bin hin. Wollt ihn überreden, aber ging schon bisschen besser."

Am späten Nachmittag habe Katja angerufen und gesagt, um die Hochhäuser schleiche ein Mann. Er solle bloß nicht zurückkommen. Daraufhin habe Daniel ihm angeboten, bei ihm zu übernachten. Der Bruder sei bei einem Bekannten untergekrochen, direkt um die Ecke von Daniels Wohnung. Obwohl er mir vieles von dem, was er jetzt berichtete, bereits gestern erzählt hatte, hakte ich noch einmal nach: „Wer war das, der um die Siedlung schlich?" Waren Mihails Feinde doch hinter sein Geheimnis gekommen und warteten dort auf ihn? Oder hatten sie alle ihnen bekannten Adressen überwacht? Aber warum sollten sie Daniel ermorden, bevor Mihail bei ihm auftauchte? Irgendwie passte nichts zusammen.

„Kein Ahnung. Wohl nicht Clanleute, nur einer, haut ab, wenn man geht auf ihn zu."

Katja hatte mittlerweile mit mehreren Nachbarn über diesen Typen gesprochen, denen der Kerl auch aufgefallen war. Er trieb sich wohl schon längere Zeit dort herum. Vielleicht hatte sich Bernhard tatsächlich nicht geirrt, als er meinte, einen Mann in der Nähe von Katjas Wohnblock gesehen zu haben!

Auch wenn Mihail mir erneut versicherte, dass derjenige nicht hinter ihm her war, fragte ich mich, wie er seine Freundin weiter der drohenden Gefahr aussetzen konnte. Sollte der Clan von ihr und den Kindern erfahren, waren sie das ideale Druckmittel. „Katja sollte dir besser heute als morgen folgen", platzte ich heraus.

„Son Umzug is kein einfach Sach. Ich arbeit dran. He, ich hab ein Agent! Erster Schritt is fertig."

„Herzlichen Glückwunsch."

Er bemerkte meinen Sarkasmus nicht. „Ja, ich krieg neue, gute Vertrag! Sehr gute!" Er sprudelte richtig über vor Begeisterung und erzählte mir haarklein, welche Kontakte sein Agent für ihn bemühte.

Eigentlich hatte ich erst nach Beendigung des Gesprächs in die S-Bahn steigen wollen. Ich hasse es, vor interessiert lauschendem Publikum zu telefonieren, genauso wie es mir ein Graus ist, wenn andere sich lauthals mitteilen müssen, besonders an den Supermarktkassen. Doch aufgrund der Länge unserer Unterhaltung nahm ich die übernächste und ließ mich zum Hauptbahnhof bringen. Immerhin ergab sich so dann die Möglichkeit, ihn mit dem Hinweis auf Störungen in der U-Bahn auszubremsen und auf später zu vertrösten. Ich musste ihm versprechen, mich bei jeder Neuigkeit zu melden.

Noch vor meinem Ziel klingelte das Handy erneut. Meine Mutter! „Ich habe dir gestern ein paar Infos über die Nordstadt geschickt. Hast du sie dir durchgelesen?"

„Nein, nur kurz überflogen. Ich …" Beinahe hätte ich ihr verraten, dass ich meine bisherigen Erlebnisse in eine ansprechende Form gebracht hatte. Aber dann hätte sie sie lesen wollen. „… habe mir gestern meine gesammelten Fakten vorgenommen. Es gibt einiges an Neuigkeiten." Ich verwies auf meinen momentanen Aufenthaltsort und sagte ihr, dass ich ihr am nächsten Tag alles erzählen würde, sonst uferte auch dieses Gespräch aus. Dabei wartete Bernhard, den ich vorab telefonisch informiert hatte, garantiert schon sehnsüchtig auf mich.

Zum ersten Mal beschlich mich fast so etwas wie Panik, während ich Richtung Lessingstraße ging. Mihails Schilderungen hatten einen wesentlich intensiveren Eindruck hinterlassen als alles andere, das ich bisher erfahren hatte. Ich fühlte mich selbst tagsüber unbehaglich und wie auf dem Präsentierteller.

Dabei war alles wie immer: Dieselben Jugendlichen, die sonst auch auf der Straße herumlungerten, die Zweier- oder Dreiergruppen einkaufender Frauen, die spielenden Kinder - ein alltägliches und normales Bild.

Du stehst unter Kemals Schutz, erinnerte ich mich selbst, keiner wird sich an dich herantrauen.

# 24

Aus der Ferne sah ich Mahmut in Richtung Jugendheim ab-
biegen. Ich rannte los und erwischte ihn kurz vor dem Eingang.

„He, hast du kurz Zeit? Ich würde dich gern mit in Daniels
Wohnung nehmen, damit du dir deine Erinnerung aussuchen kannst. Ich dachte an die PlayStation, wenn du sie haben willst", fügte ich schnell hinzu, da sich sein Gesicht bei
der Erwähnung seines Freundes bedenklich verzog.

Es wirkte, er begann zu strahlen. „Die soll ich kriegen?"

Ich nickte nachdrücklich. „Sein Vater ist damit einverstanden." Gut, dass ich bei der Durchsuchung der Wohnung am
Samstag gleich mit Bernhard darüber gesprochen hatte.

„Jetzt? Sofort?"

„Ich gehe selbst hin, daher würde es sich anbieten, wenn du
mitkommst."

Er nickte eifrig und setzte sich in Bewegung. „Wenn du dabei bist, ist okay."

„Wir gucken die Spiele durch und du entscheidest, welche
du haben möchtest", erklärte ich ihm auf dem kurzen Weg.
„Ich gehe anschließend mit dir runter und spreche mit deiner Mutter."

Seine Miene verdüsterte sich. „Die wird das nicht erlauben."

„Genau deshalb begleite ich dich."

Er schien beruhigt und erklomm vor mir die Stufen zu Daniels Wohnung. Das Klingeln überließ er allerdings mir,
auch die Begrüßungsformalitäten. Seine Scheu legte sich, als
ich die Kiste mit den Spielen zu ihm auf die Couch stellte,
auf die ich ihn genötigt hatte, und Bernhard das Zimmer
verließ, um, wie er behauptete, sich in der Küche um das

Essen zu kümmern. Voller Begeisterung begann er herum-zukramen.

Mahmuts Mutter war nicht begeistert, als wir mit unserem Equipment vor ihrer Tür auftauchten, trotzdem schafften wir es gemeinsam, sie wenigstens von einigen Spielen zu überzeugen. Als ich ihn verließ, versuchte er sich gerade ge-meinsam mit ihr an einem Autorennen.

Zurück bei Bernhard berichtete ich ihm die letzten Neuig-keiten, tat allerdings so, als hätte sich der Kontakt zu Mihail erst gestern ergeben.

Statt das Gesagte zu kommentieren, fragte er: „Hat Katja schon einen Termin genannt, wann wir mit Ressia sprechen können?"

Einen Moment lang starrte ich ihn völlig perplex an. Da brachte ich bedeutsame Nachrichten und ihm ging es nur darum, endlich Daniels Freundin kennenzulernen! „Ressia trauert heftig. Es wird ein paar Tage dauern, bis sie in der Lage ist, mit uns zu reden."

„Dazu ist mir etwas eingefallen. Daniel war doch mit ihr bei einem Anwalt, richtig? Also müsste der jemanden an der Hand haben, der ihre Sprache spricht", schlussfolgerte er triumphierend. „Ruf Katja bitte an und frage sie. Außerdem sag ihr bitte, dass sich hier in der Wohnung keine Unterla-gen finden. Entweder liegen sie bei ihr oder bei Ressia."

Katja stöhnte auf. „Scheiße! Der Anwalt! Bei dem habe ich mich noch gar nicht gemeldet!"

Dessen Schreiben war der Grund, warum Daniel unser Treffen vergessen hatte. Als er an seinem Todestag von der „Arbeit" kam, lag es in seinem Briefkasten: Ressias Schei-dungstermin stand fest. Voller Freude hatte er sich sofort zu ihr auf den Weg gemacht, um ihr die Nachricht persönlich zu überbringen. Endlich lag eine gemeinsame Zukunft in greifbarer Nähe.

Erst mein Anruf hatte ihn an unser Treffen erinnert. Statt mir persönlich abzusagen, beschloss er, mich am nächsten Tag zu informieren. So war er schon immer, Unangenehmes schob er liebend gern zur Seite, anstatt sich dem Konflikt gleich zu stellen.

Klar, in diesem Fall konnte ich sein Ausweichen sogar nachvollziehen. Ich wusste rein gar nichts über diese Angelegenheit. Er hätte mir alles von vorn bis hinten erklären müssen, das hätte nicht nur Zeit gekostet, wahrscheinlich wäre ich auch sauer geworden, ob seiner Geheimnistuerei. Kein Wunder, dass er die Konfrontation vermeiden wollte.

„Du hast recht!", unterbrach Katja meine Gedanken. „Soweit ich mitgekriegt habe, sorgt der Anwalt dafür, dass ein Übersetzer dabei ist. Ich ruf ihn gleich an, mach ihr einen Termin und frag dabei nach, ob wir uns den mal ausleihen können."

Sie versprach, sich anschließend wieder bei mir zu melden. Dann bot sie sogar von sich aus an, in der gemeinsamen Wohnung der beiden Daniels Sachen zu durchsuchen, ob es nicht dort irgendwelche Hinweise gab, die relevant sein konnten. Denn ihr hatte er nichts zur Aufbewahrung anvertraut.

„Kannst du dir vorstellen, dass Daniel ein Zufallsopfer war und der Täter es auf Mihail abgesehen hatte?" Eigentlich war ich eher geneigt zu glauben, dass das eine nichts mit dem anderen zu tun hatte.

„Die sind echt extrem, aber so extrem bestimmt nicht." Eine schnelle, spontane Antwort. „Anfangs hatte ich meine Zweifel", fuhr sie fort. „Weil ich nicht glauben konnte, dass irgendwer Daniel so was antut. Mittlerweile sehe ich das anders. Wenn die Mihail hätten erwischen wollen, hätten die das geschafft."

„Und dieser Typ, der euer Haus beobachtet?"

„Das ist keiner von denen, vermutlich ein Spanner. Der schleicht um den gesamten Komplex, der ist einigen anderen auch schon aufgefallen. Der rennt weg, wenn man versucht, ihn zu stellen."

Trotzdem versuchte ich ihr begreiflich zu machen, dass sie wie auf einem Präsentierteller hockte. Laut meiner Internetrecherche war Mihail auf dem besten Weg, ein Star zu werden. Würde der Clan, bei dem er seinen Erstvertrag unterschrieben hatte, ihn freiwillig aufgeben? Vor allem, da es genauso um diese Respektschiene ging. So etwas wurde in diesen Kreisen als Schwäche ausgelegt.

Egal was ich vorbrachte, Katja weigerte sich, bei ihren Eltern Schutz zu suchen. Sie und ihre Mutter seien wie Feuer und Wasser, gab sie schließlich zu. Sich bei ihnen einzunisten, und sei es nur für einige Wochen, würde in einer Katastrophe enden. Außerdem seien sie eine super Hausgemeinschaft. Die Nachbarn hätten ihre Wachbereitschaft bereits verstärkt. Hier könne ihr nichts passieren.

„Wäre das nicht was für uns?" Bernhard rieb sich unternehmungslustig die Hände. „Immerhin täten wir ein gutes Werk und könnten dabei direkt feststellen, was dieser Typ für Absichten hat."

Meins war diese Art von Abenteuer eher nicht. Aber als er dann sagte, er werde notfalls die Überwachung auch ohne mich durchführen, willigte ich ein, es wenigstens ein paar Abende lang zu versuchen. Meine Ermittlung stagnierte, ich sah zurzeit keinen Punkt, an dem ich ansetzen konnte.

Bevor wir losfuhren, teilte er sich seine im Ofen aufgebackene Fertigpizza mit mir, zusätzlich tischte er Brot und Käse auf. „Morgen muss ich dringend los, Vorräte auffüllen. Daniel hat nicht gerade viel im Haus gehabt."

Unzufrieden mit seiner Situation sah er nicht aus, was ich auch anmerkte.

Er griff nach seinem Glas und trank einen Schluck Wasser. „Ganz ehrlich? Ich hätte längst die Fliege machen sollen. Es läuft schon lange nicht mehr gut zwischen Monika und mir." Er zuckte die Schultern. „Erst wollte ich die Mädchen nicht im Stich lassen, dann war ich wohl zu bequem. Daniels Tod hat mir den nötigen Antrieb gegeben. Wie sie damit umging, nein, das konnte ich nicht ertragen."

Ich nickte nur, ich wusste genau, was er ausdrücken wollte. Bei Monika drehte sich alles um sie selbst. Gefühle für andere hatte sie nicht, auch wenn sie sich nach außen hin Mühe gab, diese Tatsache nicht zu offensichtlich zu zeigen. „Diese Ressia, weißt du, in welcher Etage sie wohnt? Oder kennst du den Nachnamen von diesem Mihail? Oder wenigstens seinen Rapper-Namen? Über den könnten wir ihn googeln. Ich würde gern schnellstmöglich Kontakt mit ihr aufnehmen. Ich möchte ihr helfen", fuhr er fort. „Sie beschützen, jetzt, wo Daniel das nicht mehr kann."

Langsam wurde Bernhard zu fordernd, wie ich fand. Wir kannten die junge Frau nicht näher, sie war in Katjas Obhut definitiv besser aufgehoben. Klar, verstand ich, dass er sie unterstützen wollte. Aber wie hätten wir ihr das begreiflich machen sollen? Zu Katja hatte sie Vertrauen, es war besser, wenn alles weiterhin über sie lief. „Keine Ahnung", log ich daher. „Da muss ich beim nächsten Mal genauer nachfragen."

# 25

„Ich glaube, sie hasst alles Männliche", nahm Bernhard den Faden Monika betreffend wieder auf, nachdem wir in seinem Auto saßen. „Bei den Mädchen war sie wesentlich tiefengechillter."

„Und wieso?"

„Ich glaube, das hängt mit Daniels Vater zusammen. Sie hat nie direkt mit mir über die Beziehung gesprochen, aber ich habe durch ab und zu hingeworfene Bemerkungen nach und nach einiges erfahren. Der Mann war schwer depressiv. Nach der Geburt des Babys wurde es noch schlimmer. Er hat sich völlig zurückgezogen, saß da und starrte den ganzen Tag vor sich hin oder stand gar nicht erst auf. Klinikaufenthalt und Reha brachten nichts, die Ärzte sprachen davon, ihn auf Zeit zu berenten."

Und das passierte einer Monika, die sowieso gern andere auf Trab hielt. Kontinuität war nämlich nicht ihr Ding, sie liebte es, zu delegieren und ihre Familie einzuspannen. „Wie alt war er denn?"

„Sechs Jahre älter als Monika. Das soll damals ganz schnell gegangen sein mit den beiden. Sie kannten sich ungefähr drei Monate, als sie bei ihm einzog, kurz darauf war sie schwanger."

Ich wartete gespannt auf die Fortsetzung. Endlich würde ich erfahren, wo Daniel der Schuh gedrückt hatte. Denn es war nicht normal, dass man gar keine Erinnerungen an die Zeit der ersten Kindheit hatte.

Doch Bernhard tat, als müsse er sich auf den Verkehr konzentrieren. Daher fragte ich nach. „Brachte er sich um?"

Er zögerte. „Jein. Klar ist, er hatte jede Menge Tabletten eingeworfen. Trotzdem meinte der Notarzt, an der Menge wäre er nicht gestorben. Er ist die Treppe runtergefallen - nach einem Streit mit Monika." Er warf mir einen Seitenblick zu. „Letzteres habe ich selbst erst nach Jahren erfahren. Und zwar durch Daniels Therapie. Bis zu dem Zeitpunkt hatte er diese Geschichte anscheinend erfolgreich verdrängt. Beziehungsweise hatte wohl überhaupt keine Erinnerung an das damalige Geschehen und alles, was davor lag." Wieder schwieg er.

Meine Gedanken rasten. Ich sah Monika direkt vor mir, wie sie die Hände nach vorn strecke und ... Nein, jetzt ging meine Fantasie mit mir durch.

„Ich sprach Monika darauf an und sie erzählte mir die näheren Einzelheiten. Angeblich wollte sie ihn daran hindern runterzugehen, weil er androhte, sich umzubringen. Er riss sich los, hatte zu viel Schwung und fiel", fuhr er schließlich doch fort.

Ich war froh, meine Überlegungen für mich behalten zu haben. „Du vermutest, dass sie ihre Hassgefühle auf Daniel übertrug?" Einfach war es bestimmt nicht gewesen, in dieser Beziehung zu leben.

„Auf alle Männer, mich nehme ich da nicht aus." Er schüttelte über sich selbst den Kopf. „Bis ich merkte, wie sie tickte, waren die Mädchen schon auf der Welt. Es ging auch bei uns sehr schnell mit den Kindern." Er lachte bitter. „Und allen anderen spielte sie heile Familie vor. Bloß nicht zugeben, dass was im Argen liegt!"

„Armer Daniel!" Wirklich ein Wunder, dass er nicht extremer reagiert hatte.

„Ich habe versucht, ihm einen Ausgleich zu schaffen, ein guter Vater zu sein - soweit sie mich ließ. Darf ich dich daran erinnern, dass er mein Sohn ist", äffte er Monika nach. „Ich treffe die Entscheidungen, ich bin seine Erziehungsberechtigte. Wenn du deine Aufmerksamkeit vielleicht genauso stark auf deine eigenen Töchter richten könntest?" Er bremste hart und schlug das Lenkrad ein, um in die freie Parkbucht zu fahren.

Dass wir unser Ziel erreicht hatten, kam mir gelegen. Ich wusste echt nicht, was ich zu seinen Ausführungen sagen sollte.

„Am besten wir trennen uns", schlug er vor. „Du gehst im Uhrzeigersinn und ich entgegengesetzt. Wir nehmen die Handys und geben Bescheid, wenn wir was Auffälliges bemerken."

Mittlerweile war es dunkel geworden. Und kalt. Ich zog den Reißverschluss bis zum Hals hoch, stülpte mir die Kapuze über und stopfte die Hände in die Taschen. Um nicht sofort für jeden sichtbar zu sein, hielt ich mich außerhalb der Laternen, die die Wege gleichmäßig beleuchteten, was bedeutete, dass ich durch das nasse Gras stapfen musste. In Turnschuhen! Schon nach wenigen Metern spürte ich die Feuchtigkeit eindringen.

Nach einer kompletten Runde hatte ich bereits die Nase voll. Was für eine blöde Idee! Außerdem kam ich mir jetzt selbst vor wie ein Spanner. Aufmerksam musterte ich jeden, der auftauchte, schlich sogar hinter einem jungen Mann her, bis er seinen Schlüssel hervorzog und die Haustür aufschloss, und verfolgte einen weiteren zu seinem Auto, dabei immer bemüht, mich selbst im Dunkeln zu halten, damit man mich nicht bemerkte.

„Wie viele Runden willst du drehen?", fragte ich Bernhard, nachdem wir zum zweiten Mal aufeinandertrafen.

„Mal sehen. Eine Stunde sollten wir auf jeden Fall dranbleiben." Im Gegensatz zu mir versprühte er weiterhin Enthusiasmus. „Eher zwei, würde ich sagen."

Ich verkniff mir eine Antwort und setzte mich wieder in Bewegung. Er war derjenige, der morgen früh rausmusste. Erst mal abwarten, wie lange er tatsächlich durchhielt.

Bei der dritten Runde beschlich mich ein seltsames Gefühl. Ich fühlte mich beobachtet, als ruhten nun Augen auf mir, die mir nachstarrten.

Obwohl ich mehrfach stehen blieb und in alle Richtungen sah, entdeckte ich niemanden. Alles nur Einbildung? Da Bernhard nichts zu bemerken schien, hielt ich mich zurück. Mit viel Fantasie gesegnet zu sein, ist, wie schon angemerkt, nicht immer von Vorteil.

Dann, ich hatte ungefähr ein Viertel der Gebäude umrundet, raschelte es plötzlich hinter mir. Noch bevor ich reagieren konnte, sprang mich jemand von hinten an und riss mich zu Boden. Im Bemühen, meinen Sturz abzufangen, rutschte mir das Handy aus den Fingern. Trotzdem klatschte ich lang hin und knallte zusätzlich mit dem Kinn auf.

„Dreckskerl!", knurrte eine Stimme über mir. „Hab ich dich endlich!"

„Ihr seid so was von bekloppt!" Katja stampfte mit dem Fuß auf. „Ihr hättet euch doch denken können, dass die Nachbarn selbst patrouillieren. Ich hab dir gesagt, dass die aufpassen, Alex."

Beschämt drückte ich mir den Eisbeutel, den sie mir gegeben hatte, ans Kinn - und schwieg.

„Dass Sie sich auf diesen Bullshit eingelassen haben!", wandte sie sich an Bernhard. „Von Ihnen hätte ich etwas mehr Vernunft erwartet."

Die Männer hinter ihr grinsten zustimmend.

„Es ist meine Schuld", gab der unumwunden zu. „Ich habe Alex dazu überredet."

„Und was ist daraus geworden?"

Im Gegensatz zu uns waren die Patrouillen zu zweit unterwegs gewesen. Ich hatte noch Glück gehabt, dass die beiden älteren Semester, ich schätzte sie auf kurz vor der Rente, zuerst auf mich aufmerksam geworden waren. Die anderen zwei verbreiteten eher das Flair des Typus, der sich auf eine Schlägerei freut - besonders wenn man sich in der Überzahl befand.

„Nun übertreib mal nicht so", mischte sich einer dieser Kerle ein. „Ist ja kaum was passiert."

Was vermutlich daran lag, dass ich, sobald ich mich von dem Schock erholt hatte, lautstark protestierte und darauf hinwies, dass wir nur Katja hatten schützen wollen. Und natürlich kam mir zugute, dass sie wohl am Fenster gestanden hatte und gleich eingriff - so gut behütet, dass sie nicht selbst ab und zu einen Blick nach draußen warf, fühlte sie sich anscheinend doch nicht. Jedenfalls schleppten mich die Männer, ohne mir weitere Schläge zu verpassen, vor ihr Fenster und, nachdem sie mich als den identifiziert hatte, der ich zu sein vorgab, in ihre Wohnung, wo wir jetzt noch standen.

„Immerhin sehr beeindruckend, wie gut ihr aufpasst", nickte ich und reichte Katja den Eisbeutel zurück. „Dann können wir uns beruhigt zurückziehen."

„Willst du nicht lieber …?" Sie hielt mir auffordernd einen Kühlakku hin.

Bernhard griff danach. „Danke. Ich sorge dafür, dass er ihn benutzt." Er warf mir einen auffordernden Blick zu. „Nach Hause?"

Ich nickte. Nichts lieber als das.

„Es tut mir echt leid." Kaum losgefahren musste er sich erneut entschuldigen. War das jetzt das vierte oder fünfte Mal?

„Ich hätte besser aufpassen müssen", wiederholte ich mich.

„Im Endeffekt kann ich froh sein, dass es diese selbst ernannten Wächter waren und nicht der Spanner. Außerdem habe ich dich freiwillig begleitet, ich hätte auch Nein sagen können." Ich drückte mir ostentativ den Kühlakku gegen die Prellung und drehte den Kopf weg. Ende der Diskussion.

Zuhause angekommen legte ich mich gleich auf die Couch, um die neuen und ebenso die alten Wunden, die wieder deutlich schmerzten, zu pflegen. Wie bescheuert war ich eigentlich? Die Blessuren von Freitag nicht mal verheilt und ich ließ mich schon wieder auf ein Abenteuer ein!

# 26

Mirko lachte, als ich ihm von meinem Erlebnis berichtete. „Da wär ich gern dabei gewesen!"

„In deiner Gegenwart hätte sich niemand an mich herangetraut." Nicht nur, dass er bedrohlich aussah mit seiner sportlich-muskulösen Figur, er trieb auch Kampfsport, konnte sich also wehren.

„Das nächste Mal, wenn du auf eine derartige Idee kommst, ruf mich vorher an. Besser, ich begleite dich."

Das war einfacher gesagt als getan. Mirko arbeitete nebenbei, um sich sein Studium zu finanzieren, und zwar im Vormittagsbereich. Deswegen hatte ich ihn überhaupt kennengelernt, weil er wie ich die nachmittäglichen Vorlesungen und Seminare bevorzugte. In seiner kargen Freizeit stand die Freundin im Vordergrund - und natürlich sein Sport. Er trainierte mindestens zweimal in der Woche.

„Ich bin nicht so helle im Kopf wie du. Deswegen bringt es nichts, wenn ich versuche, dich bei deinen Nachforschungen zu unterstützen. Aber bevor du dich in Gefahr begibst, nimm mich mit. Ich sorge schon dafür, dass dir nichts passiert."

Einen Moment lang überlegte ich tatsächlich, ob ich ihn bitten sollte, mich nachher zu Olaf zu begleiten. Die erlittenen Verletzungen reichten mir langsam. Dann tat ich den Gedanken als albern ab. Bernhard wohnte seit mehreren Tagen dort und hatte bisher nichts Nachteiliges berichtet. Olaf arbeitete seit Jahren da. Die Menschen, die ich in den Straßen sah, wirkten weder gehemmt noch ängstlich. Ich musste aufpassen, mich nicht zu sehr von Mihails Schilderungen beeinflussen zu lassen.

Trotzdem versprach ich Mirko, mich an ihn zu wenden, falls ich einen tatkräftigen Mitstreiter brauchte. Und ja, ich war froh über sein Angebot. In einem hatte er nämlich recht: Ich gehöre definitiv zu den kopflastige Menschen, die rational denken und handeln. Ich benutze in erster Linie meinen Verstand, um ans Ziel zu kommen. Die wenigen Ausnahmen, wie die gestrige mit Bernhard, zeigen mir meist schnell meine Grenzen auf und ich vermeide sie tunlichst, außer eben es bleibt mir nichts anderes übrig, denn einen Freund kann man nicht einfach hängen lassen.

Ausgerechnet heute traf ich am Jugendtreff auf Kaya. Er pfiff beeindruckt durch die Zähne, als er mein immer noch geschwollenes, bläulich verfärbtes Kinn betrachtete. „Yo, Mann, 'ne Prügelei gehabt?"

„So was Ähnliches", blieb ich wortkarg und wies auf den Eingang. „Ist Olaf da?"

„Hier?"

„Nein, bei mir vor der Haustür", schwindelte ich. „Er hatte es auf mein Portemonnaie abgesehen. Ich konnte ihn abwehren."

„Wo is 'n das?"

Ein Eigentor! „In der Innenstadt." Das ging ihn nun wirklich nichts an. „Wie ist Olaf drauf?", versuchte ich ihn abzulenken. „Meinst du, er ist noch sauer auf mich?"

„Nee, kannst ruhig reingehen. Dem ham die Kumpels gesteckt, wie schizo Radu is."

Erleichtert wandte ich mich ab. Das war gut zu wissen. Dann würde er mir hoffentlich meine Fragen beantworten.

„Oh, je!", begrüßte Olaf mich. „Sag bloß nicht, dass das Radu war."

„Nein, ein missglückter Raubüberfall in meiner Gegend", beruhigte ich ihn. „Sieht schlimmer aus, als es ist."

Er winkte mir, ihm in den Küchenbereich zu folgen. „Was machen deine Ermittlungen?"

Ich schnitt eine Grimasse. „Stagnieren." Von Ressia würde ich ihm nichts erzählen, ebenso wenig von Mihail und Katja.

„Die Polizei kommt auch nicht voran", stellte er kopfschüttelnd fest. „Die waren noch einmal hier und haben Hans, Franz und Kunz befragt, ohne relevante Ergebnisse natürlich."

Als wäre er sich völlig sicher, dass hier aus der Gegend keiner als Täter infrage käme! Ich beschloss, meine Strategie zu ändern. „Daniel hat mir mal erzählt, ihr hättet sogar ein Tonstudio", begann ich.

„Ach", winkte er ab. „Das haben wir schon lange. Willst du es sehen?"

„Kannst du denn hier weg?"

Kaum hatte ich ausgesprochen, erklangen zornige Schreie begleitet von einem lauten Poltern aus dem Nebenraum, in dem der Kicker stand. Olaf rannte sofort los. Ich blieb, wo ich war, bemühte mich aber zu lauschen.

„He!", rief der Sozialarbeiter und klatschte einmal in die Hände. Anscheinend mit Erfolg, denn er fragte anschließend ruhiger nach, was denn das Problem sei.

In dem aufkommenden Stimmengewirr konnte ich leider nichts verstehen, außer dass wohl einer der Jungs versucht hatte zu betrügen.

Olaf ließ sich Zeit und regelte den Streit routiniert. Wieder einmal konnte ich bewundern, wie sanft und doch bestimmt er agierte. Dass ihm das Wohl aller am Herzen lag, wurde deutlich klar. Trotzdem mussten die Jugendlichen anschließend den Raum verlassen.

„Einer der Kickergriffe ist verbogen", erklärte er mir. „Ist natürlich wieder keiner gewesen. Die haben behauptet, der war schon so." Er seufzte tief. „Es ist oft nicht einfach."

„Immerhin ist es dir gelungen, einige in die richtige Spur zu bringen", lockte ich ihn vorsichtig zurück zu dem Thema, das mich interessierte. „Laut Daniel habt ihr sogar einen Promi, richtig? Der Rapper, der bei euch im Tonstudio angefangen hat", setzte ich nach, da er mich nur verblüfft anstarrte.

Ein breites Lächeln glitt über sein Gesicht. „Ach, Mihail! Ja, der hat es tatsächlich geschafft. Der ist auf dem besten Weg, ein Star zu werden."

„Ist er zufällig hier?" Ich tat, als schaute ich mich neugierig um.

Er schüttelte den Kopf. „Der unterschreibt gerade bei einem Produzenten, soweit ich weiß. Er strebt jetzt in die große, weite Welt."

Kein Wort über das, was passiert war! Vor lauter Frust über sein ich-rede-mir-das-alles-schön, schwenkte ich komplett um: „Ich habe eine Bekannte von Daniel ausfindig gemacht", ließ ich die Bombe dann doch platzen. „Die behauptet, dass dieser Mihail von einem Clan verfolgt wurde und bei Daniel Schutz suchte. Er wollte ihn sogar bei sich wohnen lassen, wusstest du das? Mihail war auf dem Weg zu ihm, als Daniel ermordet wurde."

Olaf erblasste. „Das … die haben garantiert nichts damit zu tun. Warum sollten die sich an Daniel vergreifen? So was ist nicht deren Art."

„Nein? Da habe ich aber andere Sachen gehört." Gut, dass Mihail so mitteilsam gewesen war. „Da gab es hier einen Läufer, der sollte Gras verticken. Dann hat er ohne Erlaubnis auf Koks erweitert. Die Bosse kriegten Wind davon. Ein paar Tage später fand er einen Umschlag in seinem Briefkasten, kein Schreiben, nur drei Patronen für ihn, seine Frau und sein Kind."

„Dabei ging es um Einschüchterung. Die hätten das nicht durchgezogen - jedenfalls nicht sofort", setzte er wesentlich zögerlicher hinzu.

Kurz überlegte ich, ihm das nächste, wesentlich schlimmere Beispiel zu präsentieren, unterließ es dann aber. Was dem Rapper widerfahren war, sagte genug. „Mihail wurde nicht nur bedroht, sondern auch angegriffen und so schwer verletzt, dass er im Krankenhaus lag."

145

„Was hat das mit Daniel zu tun? Denkst du ernsthaft, die hätten ihn umgebracht, nur weil er seinem Freund einen Platz zum Schlafen anbot?"

„Was weiß ich denn, wem er in die Quere gekommen ist!", brauste ich auf. Stellte Olaf sich extra dumm oder versuchte er immer noch, das Verhalten der Clanleute schön zu reden? „Tatsache ist, die sind nicht gerade zimperlich, wenn es um ihre Geschäfte geht. Oder um ihre Ehre, wie bei Mihail."

Olaf räusperte sich umständlich. „Er hätte viel eher abhauen sollen. Aber der Sturkopf wollte nicht weg. Er dachte, er könne es einfach aussitzen, dass die schon aufhören würden, wenn er bei seiner Weigerung bleibt. Das hat natürlich nicht funktioniert."

„Ja, die geben die Regeln vor", stimmte ich ihm süffisant grinsend zu. Endlich hatte ich ihn!

# 27

„Ich habe mir gestern einige Berichte durchgelesen über die Dortmunder Nordstadt. Da hieß es: Die Claims sind abgesteckt: hier die Libanesen, dort die Bulgaren, da die Nordafrikaner. Und nicht zu vergessen die Türken beziehungsweise Kurden. Die beherrschen die jeweiligen Reviere."

„Nicht bei uns", belehrte Olaf mich ruhig - typisch Sozialarbeiter eben. „Das spielt sich hauptsächlich rund um den Nordmarkt und den Borsigplatz ab. Bei uns im Hafenquartier geht es demgegenüber harmlos zu."

„Ja?" Ich ließ meinen ganzen Unglauben in diesem einen Wort mitklingen. „Kemal hat mich nach dem Angriff auf seinen Bruder zur U-Bahn-Haltestelle gebracht und damit, so seine Aussage, signalisiert, dass ich unter seinem Schutz stehe. Er muss viel Macht haben, um so zu agieren."

„Das ..." Er lief rot an und holte tief Luft, um sich zu beruhigen. „Was erwartest du von den Menschen, die hierherkommen und sich ein gutes Leben aufbauen wollen? Die dann jedoch feststellen müssen, dass sie ohne Ausbildung und meist auch ohne vernünftige Schulbildung nichts erreichen werden. Das ist unsere Klientel. Sie beherrschen die Sprache nicht, sie haben Schwierigkeiten mit dem Ämterdschungel, ihre Art zu leben ist eine ganz andere. Da ist es einfacher, sich in eigenen Vierteln abzuschotten, mit Landsleuten, die ähnlich leben, denken und handeln. Unsere Stadt hat viel zu lange zugeschaut, ohne adäquate Hilfen zu geben. Das ist mittlerweile ein gesamtgesellschaftliches Problem."

„Also gibt es doch eins."

„Natürlich gibt es das. Darüber lässt sich nicht diskutieren. Kennst du die neueste Studie zum Haushaltseinkommen, die vor einigen Tagen vorgestellt wurde? In Dortmund liegt das verfügbare Pro-Kopf-Einkommen der privaten Haushalte bei knapp neunzehntausend Euro, in der Nordstadt sicherlich noch darunter. Wer es geschafft hat, zieht zumeist weg. Es bleiben die, die sich keine normale Miete leisten können."

Genau das, was meine Mutter und Mihail auch gesagt hatten. „Und die, die von ihren dunklen Geschäften leben", ergänzte ich. „So, wie ich es gelesen habe, sind das dann auch diejenigen, die sich ihre eigenen Gesetze, ihre eigenen Strukturen basteln, angelehnt an den Bräuchen ihrer Heimat."

Während des Gesprächs hatte mich Olaf tiefer in den Küchenbereich hineingezogen, sodass wir weit ab von zufälligen Mithörern standen. Trotzdem dämpfte er seine Stimme noch mehr, als er fortfuhr: „Sie halten unsere Gesetze für schwach und unsere Polizisten für Witzfiguren. Oft sind die Räuber schneller wieder frei, als der Bestohlene braucht, um seine Anzeige aufzugeben. Kommt es zu einer Verurteilung, wird diese fast immer zur Bewährung ausgesetzt. Oder es werden im Vorfeld Zeugen eingeschüchtert, damit sie nicht aussagen. Diese Menschen kommen aus Gegenden, in denen ein viel rauerer Ton herrscht. Sie sind es gewohnt, sich zu verteidigen, vieles selbst zu regeln, ohne die Polizei einzuschalten."

„Da deren Staat viel härter durchgreift", pflichtete ich ihm bei.

„Möchtest du in einem Land leben, in dem es keine demokratischen Rechte gibt? Wo du ohne vernünftigen Grund im Gefängnis landen kannst, in dem die Gewalt regiert?"

Bevor ich darauf antworten konnte, kam Mahmut strahlend auf mich zugelaufen. „Alex! Mama hat meinem Bruder die Spiele gezeigt. Er hat mir fast alle erlaubt. Ich soll dir danken, weil du mir das geschenkt hast."

„Daniel hätte es so gewollt", wehrte ich ab.

„Mama hat seinem Vater einen Kuchen gebacken. Der ist nett."

„Hast du denn jemanden, der mit dir zusammen spielt?"

Er nickte eifrig und seine Augen begannen zu glänzen. „Erol und Mohamed wollen mitkommen. Aber Mama sagt, ich darf nicht lange spielen."

„Wenn sie sieht, wie viel Spaß ihr habt, wird sie großzügiger. Ist was?", fragte ich, da er, seitdem er sich zu uns gesellt hatte, unentwegt von einem Bein auf das andere trat.

„Ich wollte dich fragen, ob du mal Lust hast, mit mir zu spielen", er sah mich hoffnungsvoll an. „Wenn du Daniels Papa besuchst, vielleicht."

Auch er litt unter der Ermordung seines Freundes, wurde mir bewusst. Für ihn hatte Daniel zu seiner Familie dazugehört. Wahrscheinlich war der ihm in vielem näher gewesen als sein eigener Bruder.

Früher hatte ich mich öfter zu ihm an die PlayStation gesetzt, wenn Daniel noch in einem Adventure am Computer festhing, und ihn zu einem Kräftemessen herausgefordert. Mahmut, der sämtliche Spiele aus dem Effeff kannte, hatte sich wie ein Schneekönig gefreut, wenn er mich besiegen konnte. „Klar, mache ich. Gern sogar." Ich bemühte mich, ihn freudig anzulächeln. Dass mir im Moment ganz andere Dinge wichtiger waren, konnte ich ihm ja schlecht sagen.

Er nickte begeistert und lief zurück zu zwei Jugendlichen, mit denen zusammen er das Jugendheim verließ.

Olaf hatte sich mittlerweile wieder beruhigt. „Deine Theorie mit den Clans kannst du trotzdem vergessen", meinte er abschließend. „Daniel hat sich mit keinem angelegt. Davon wüsste ich." Bevor ich einen Einwand vorbringen konnte, wechselte er geschickt das Thema. „Diese Bekannte von Daniel, kenne ich sie? Ist sie seine Freundin?"

Sollte ich ihm reinen Wein einschenken? „Eher eine gute Bekannte, aber er hatte tatsächlich eine."

„Ja?"

Nein, sein Erstaunen war nicht gespielt. Er hatte tatsächlich keine Ahnung gehabt. „Sie war in der Asyleinrichtung hier in der Nähe untergebracht."

149

Er runzelte die Stirn. „Die wurde vor ungefähr einem Jahr abgeschoben."

„Eben nicht."

Er erblasste sichtlich. „Du meinst, Daniel hat sie versteckt?"

Ich nickte bedeutungsschwer und wartete ab.

„Dieser …" Leider fing er sich wieder, bevor er den Satz zu Ende gebracht hatte. Er atmete ein paarmal tief durch und sagte nur: „Dafür also brauchte er das Geld."

„Ich bin lieber erst zu dir gekommen, um dich wegen dieser Geschichte mit Mihail zu fragen", kam ich wieder auf unser ursprüngliches Thema zurück. „Vielleicht ist es gar nicht nötig, die Ermittler zu informieren."

Jetzt war er in Zugzwang. Wollte er nicht, dass die Geschichte des Rappers offiziell bekannt wurde, musste er mir Fakten bieten.

„Wieso Daniel ihm angeboten hat, bei ihm zu übernachten, dazu kann ich dir nichts sagen. Aber ich bleibe dabei, seine Ermordung hat nichts damit zu tun. Ehrlich, ich wusste nicht, dass Mihail zum Tatzeitpunkt in der Nähe war. Am Tag darauf sorgte ich dafür, dass er die Stadt verlassen konnte. Das ist alles."

Kein Wort über die gefährliche Situation, aus der er ihn gerettet hatte! „Dir waren die Angriffe auf ihn bekannt?"

Olaf nickte mit unglücklicher Miene. „Er hätte gar nicht erst versuchen sollen, es auszusitzen. Spätestens als die seinen Bruder da mit reinzogen, wäre es …"

Ich stellte mich unwissend. „Wer ist sein Bruder? Kenne ich ihn?"

Er verzog das Gesicht. „Radu."

„Nein!" Ich hoffte, ich hatte meinen Unglauben nicht zu dick aufgetragen.

„Er war früher nicht so. Im Gegenteil, er hat sich um Mihail gekümmert, ihn immer ermuntert, diesen Weg zu gehen."

„Haben die ihm tatsächlich verunreinigte Drogen untergeschoben, nur um seinen Bruder zu bestrafen?"

„Olaf! Guck mal!" Ein Jugendlicher winkte ihm aufgeregt zu.

„Moment!" Er trat zu dem Jungen und begann mit ihm zu diskutieren, wieder ganz der ruhige, besonne Mann.

Obwohl die Geschichte für mich nicht neu war, wollte ich unbedingt Olafs Version hören. Jetzt musste er endlich Tacheles mit mir reden.

Unverständlich blieb für mich, warum er, der anscheinend die gesamte Entwicklung mitverfolgt hatte, nicht die Polizei einschaltete. Spätestens nach den heftigen Prügeln, die Mihail ins Krankenhaus brachten, wäre der Zeitpunkt erreicht gewesen, offizielle Hilfe zu suchen. Wieso hatte keiner reagiert?

# 28

„Ganz einfach", erklärte mir Olaf auf meine dementsprechende Frage. „Die hätten weiterhin Mittel und Wege gefunden, ihn fertigzumachen. Und unsere Polizei wäre im Großen und Ganzen machtlos gewesen."

„Ihr habt nicht mal einen Versuch unternommen!"

„Du kommst gegen die Clans nicht an, zumindest nicht als Einzelner. Und Hilfe vom Staat? Du kennst unser Rechtssystem: unschuldig bis zum Beweis des Gegenteils. Das mag für die normale Bevölkerung ausreichen, die Clanchefs, die denken, sie haben das Sagen und regeln alles selbst, nach ihren Gesetzen. Die pfeifen auf unsere Gerichte."

„Aber bei dem, was vorgefallen ist, muss es doch möglich sein, irgendwas auf offiziellem Weg zu bewirken", sagte ich wider besseres Wissen. Natürlich verstand ich, wie dieses System aus Drohungen und Angst funktionierte. Nur wollte ich, dass Olaf die in diesem Bereich herrschende Ohnmacht zugab. Ich hasse diese ausufernden Sozialromantiker, die für wirklich jeden Entschuldigungsgründe finden, die Schwierigkeiten im Zusammenleben und in der Integration kleinreden und immer noch eine neue Chance geben wollen, egal was bereits passiert ist.

„Schau, bei uns traut sich niemand, als Zeuge gegen die Drogenhändler aufzutreten, nicht mal gegen die Kleinen, die Läufer und ihre Zulieferer. Man nimmt den Kopf runter und bemüht sich, jedem Ärger aus dem Weg zu gehen. Das hat nichts mit fehlender Zivilcourage zu tun. Keiner kann dich schützen, auch nicht die Polizei."

„Und dieses Statement aus deinem Mund!"

Er grinste. „Ich bin vielleicht ein engagierter Sozialarbeiter, trotzdem sehe ich, was abläuft. Die sind ja nicht mal in der Lage, die normale Ordnung aufrechtzuerhalten, trotz aller Bemühungen."

Mir schwebten sofort die Bilder vor Augen, die meine Mutter mir mit ihren Erzählungen in den Kopf gesetzt hatte: Zusammenrottungen auf der Straße, Auseinandersetzungen, gern auch mit Messern, von purem Hass getriebene Angriffe auf die Obrigkeit schon bei kleinsten Anlässen und genervte Anwohner, die beklagen, dass in der Nordstadt nach wie vor das Gesetz der Straße gelte.

Apropos meine Mutter! Vielleicht wäre es gut, einmal kurz das Thema zu wechseln. Im Moment würde ich aus Olaf sowieso nichts Neues mehr herauskriegen. Für seine Verhältnisse hatte er sich schon gewaltig aus dem Fenster gelehnt und ich sah an seiner Miene, dass er seinen Ausbruch bereits bereute. Daher kam ich endlich ihrer Bitte nach, ihn nach seiner Meinung zu fragen: „Sag mal, bist du eigentlich für oder gegen eine Cannabis-Legalisierung?"

Er blinzelte irritiert, fasste sich jedoch schnell wieder. „Es hat seine Vor-und Nachteile. Wenn du bedenkst, dass fast zwei Drittel der Verstöße gegen das Betäubungsmittelgesetz auf Cannabiskonsum oder -handel beruhen, wäre eine Legalisierung natürlich sinnvoll, um diese Personen zu entkriminalisieren. Andererseits finde ich persönlich, dass man zuerst einmal die gesundheitlichen Risiken besser abchecken sollte."

„Ich habe gelesen, dass die Suchtgefahr bei Alkohol oder Nikotin größer ist", widersprach ich.

„Körperlich abhängig wirst du nicht, psychisch kenne ich einige, die damit zu kämpfen haben. Und wenn ich mir meine Jungs so ansehe - viele rauchen täglich. Sie sind dann träge, können sich zu nichts aufraffen, leben in den Tag hinein. Außerdem habe ich schon zweimal miterlebt, wie eine Psychose auftrat. Das ist heftig, glaube mir."

153

„Angeblich steigt die Gefahr, eine Psychose zu kriegen, mit höherem THC-Gehalt. Wenn die Regierung den Verkauf übernähme, könnte sie den auf ein vernünftiges Maß reduzieren", wandte ich ein. Darüber hatte ich auch einige Artikel gelesen. „Und es würden keine unreinen Substanzen mehr beigemischt", fügte ich in Erinnerung daran hinzu.

Olaf verzog skeptisch das Gesicht. „Ob diese Lösung die richtige ist, wage ich trotzdem zu bezweifeln."

„Würden deine Jungs denn mehr rauchen, wenn es legal wäre?", hielt ich dagegen. „Meinst du nicht, die machen das so oder so?"

Er hob die Schultern und ließ sie wieder fallen. „Wer an den Stoff rankommen und ihn konsumieren will, kann es jederzeit, da hast du schon recht."

„Wäre dann nicht eine Legalisierung von Vorteil?"

Er wiegte unschlüssig den Kopf.

„Überleg mal, wie viel Ressourcen dadurch bei der Polizei frei würden, die sie im Kampf gegen die härteren Drogen einsetzen könnten." Ich hielt kurz inne. Das war die einmalige Chance noch eine Sache abzuklären. „Wie Kokain zum Beispiel. Das gibt es hier doch bestimmt auch."

„Das kriegst du überall in der Stadt. Damit hatte Daniel garantiert nichts zu tun", fügte er hinzu, bevor ich meine dementsprechende Frage überhaupt formuliert hatte. „Da bin ich mir hundertprozentig sicher."

Er wirkte so überzeugt von seiner Aussage, dass ich nicht wagte, sie anzuzweifeln. „Weißt du, was das ungefähr kostet?", schwenkte ich daher um. Nicht dass ich das Zeug ausprobieren wollte. Ich war nur neugierig, was ein Konsument dafür zahlen musste.

„Zwei Lines circa zwanzig Euro, wenn man meinen Kids glauben darf." Er schüttelte den Kopf. „Ist heftig, dass die über so was Bescheid wissen, oder?"

Ja, das war es in der Tat. Vielleicht war ich nicht mehr up to date, aber ich konnte mir nicht vorstellen, dass die Jugendlichen in „normaleren" Vierteln so gut informiert waren. „Also, wie stehst du zu einer Legalisierung von Marihuana?" Er zögerte mit der Antwort. „Ich denke, man sollte erst einmal …"

Wieder trat einer seiner Jungen mit der Bitte auf ihn zu, sich um eine dringende Angelegenheit zu kümmern. Dieses Mal war eindeutig zu erkennen, dass er froh war, dadurch einem weiteren Gespräch mit mir zu entkommen. Nein, Olaf würde sich zu keinem eindeutigen Statement hinreißen lassen. Mehr als das, was er dazu bereits gesagt hatte, konnte ich von ihm nicht erwarten.

Ich beschloss, seine Abwesenheit zu einem Handycheck zu nutzen und mir zu überlegen, ob es noch einen Punkt gab, den ich mit ihm besprechen wollte.

Kaum stand ich vor der Tür, plingte die Nachricht von Katja auf. Also lieber abbrechen und Bernhard informieren. Ich kehrte noch einmal um und erklärte Olaf, dass mir eine andere, dringende Angelegenheit dazwischengekommen sei. Seine Erleichterung war deutlich spürbar. Trotzdem bot er von sich aus an, dass wir unser Gespräch bei der nächsten Gelegenheit gerne fortsetzen könnten.

Nein, dachte ich auf dem Weg in die Lessingstraße, das hat keinen Zweck. Wir finden garantiert keinen gemeinsamen Nenner. Obwohl Olaf offensichtlich hin- und hergerissen ist, will er lieber keine Änderungen. Ist eigentlich wie in der Politik, schoss es mir durch den Kopf. Die führen endlose Debatten, die eher einem Schlagabtausch gleichen, jede Seite bietet Dutzende von Experten auf, die die jeweilige Ansicht wissenschaftlich untermauern, aber am Ende bleibt jeder bei seiner Meinung. Genau deshalb bewegt sich nur schwer etwas oder eben, wie in diesem Fall, gar nichts, weil keiner bereit ist, über seinen Schatten zu springen und wenigstens einen eingeschränkten Versuch zu wagen.

155

# 29

„Der Anwalt hat uns für morgen Nachmittag um fünf einen Termin gegeben", erklärte ich Bernhard kurze Zeit später. „Kommst du auch?"

Er schüttelte bedauernd den Kopf. „So früh kann ich mich nicht auf der Arbeit freimachen."

„Mist!" Ich hatte darauf gehofft, dass er uns begleitete. Er fühlte sich irgendwie für Ressias weiteres Schicksal verantwortlich, das spürte ich.

„Umlegen könnt ihr den nicht, oder?"

„Er schiebt uns extra nach Feierabend rein." Und am nächsten Tag war Daniels Beerdigung und dann folgte das Osterwochenende.

„Schade. Ruf mich anschließend gleich an, bitte."

Ja, er wäre liebend gern dabei gewesen, wie ich deutlich erkennen konnte. Da ich nur ein paar Minuten bleiben wollte - ich musste heute unbedingt bei meiner Mutter vorbeischauen -, gab ich ihm einen kurzen Abriss über mein Gespräch mit Olaf und verabschiedete mich anschließend wieder, um die U-Bahn zu nehmen.

Mir gegenüber auf den Viererplatz setzte sich ein Pärchen. Der Junge, ich schätzte ihn auf achtzehn, neunzehn, relativ gut aussehend, mit braunen Augen und schwarzen Haaren, deutlich als Ausländer zu erkennen, das Mädchen so vierzehn, fünfzehn, spindeldürr, Marke: kein Arsch und keine Tit…., eindeutig eine Deutsche. Kaum saßen sie, fingen sie an zu knutschen, was das Zeug hielt. Irgendwann wanderte die Hand des Jungen höher und er begann, ihre Minibrust zu befingern. Sie kicherte albern und drückte sich noch enger an ihn. Als seine andere Hand in Richtung der Innenseite ihrer Oberschenkel wanderte, wäre ich beinahe aufgestanden und hätte mir einen anderen Platz gesucht.

Einen Moment überlegte ich, ob ich versuchen sollte, sie mit einem „Ey, geht's noch" zu stoppen. Doch was würde ich damit schon erreichen? Keiner der anderen Fahrgäste, die sich genauso wie ich bemühten, das dargebotene Schauspiel zu ignorieren, wäre bereit, mich zu unterstützen. Und der Typ sah nicht aus, als ließe er sich von einem derartigen Kommentar ausbremsen.

Ist es mittlerweile wirklich so weit gekommen, dass wir gezwungen sind, jegliche Form von schlechtem Benehmen in der Öffentlichkeit auszuhalten, sinnierte ich, während ich mein Handy hervorzog, um mich mit einem dieser Mini-Spiele abzulenken. Eine freie Gesellschaft, das hörte sich natürlich toll an, trotzdem sollten sich meiner Meinung nach alle an gewisse Spielregeln halten. Leider war ich mit diesem Ansinnen anscheinend in der Minderheit – oder lag es daran, dass die Unruhestifter erkannt hatten, dass der Staat gar nicht fähig war, entsprechend zu reagieren?

Die Polizei schafft es ja nicht mal, die Einhaltung der bestehenden Gesetze im Bereich der Kriminalität zu gewährleisten. Was hatte in dem kürzlich erschienen Artikel über die Nordstadt gestanden, den meine Mutter an mich weiterleitete? Heutzutage arbeitete man mit Platzverweisen, um gewisse Problemzonen sauberer zu halten. Davon lassen sich Dealer wohl kaum beeindrucken, selbst die interviewten Polizisten gaben zu, dass sie im Endeffekt Sisyphosarbeit leisten. Kaum sind sie verschwunden, gehen die Geschäfte munter weiter.

Das Problem ist, das Dealen zu beweisen, nur Vermutungen reichen nicht aus, um ein Strafverfahren zu eröffnen, wurde in dem Artikel erklärt. Ja, aber wenn man da nur auf eine Mauer des Schweigens traf …

Ich erreichte meine Haltestelle und war froh, das Pärchen mir gegenüber endlich verlassen zu können. Ohne mich noch einmal umzublicken, trabte ich los.

Monika verließ gerade das Haus. Sie wandte den Kopf und nickte mir knapp zu. Ihre ganze Haltung machte deutlich, dass sie nicht vorhatte, mit mir zu reden. Dann eben nicht! Ich war auch nicht gerade scharf auf eine Unterhaltung mit ihr.

Meine Eltern saßen beim Abendessen, an einem reich gefüllten Tisch mit allerlei Leckereien, was bedeutete, dass meine Mutter einen ihrer Schreibflashs und mittags nicht gekocht hatte.

Sie sprang gleich auf, holte für mich Besteck und Teller und forderte mich auf zuzugreifen. Ich ließ mich nicht lange bitten, mein kleiner Snack aus der Mensa lag Stunden zurück.

Während des Essens sprachen wir nur über unwichtige Dinge, doch kaum hatten wir es beendet, sagte mein Vater: „Dann erzähl mal, was es Neues gibt!"

Ich kam der Aufforderung gern nach. In der jetzigen Phase war ich für jeden Hinweis dankbar. „Obwohl Olaf ein typischer Sozialarbeiter ist, wünscht er sich eine stärkere Polizeipräsenz und deutlich härtere Strafen", schloss ich meinen Bericht. Fast eine Dreiviertelstunde lang hatte ich geredet, um sie auf den augenblicklichen Stand zu bringen. Nur die erlittenen Blessuren verschwieg ich ihnen, in dem ich die betreffenden Szenen ein bisschen anders darstellte. Sonst wären sie garantiert gegen mein weiteres Detektivspiel gewesen.

„Ist es denn im Hafenviertel ähnlich schlimm wie im Rest der Nordstadt? Gibt es dort auch Clans? Gehören die Jugendlichen, die in den Treff kommen, dazu?"

Jede Menge Fragen, wie nicht anders zu erwarten. „Zu eins: Nein, angeblich ist das noch die etwas bessere Wohngegend. Zu zwei: Ja, gibt es definitiv." Olaf hatte durchblicken lassen, dass Kemal zu einem gehörte. „Zu drei: Die meisten nicht, und die, auf die es zutrifft, reden natürlich nicht darüber. Die anderen Jugendlichen wissen eh Bescheid. Das ist nichts, worüber offen gesprochen wird", versuchte ich zu erklären. „Die halten Außenstehenden gegenüber dicht, wie es in der Familie üblich ist."

Meine Mutter atmete laut ein und aus. „Und da gehst du fast jeden Tag hin?"

„Ich stehe unter Kemals Schutz", erinnerte ich sie.

„Was aber, wenn einer der ihren in Daniels Tod verwickelt ist?", wandte mein Vater ein.

Besser das Thema wechseln, bevor meine Mutter sich in diesen Punkt verbeißen konnte! „Nehmt ihr an Daniels Beerdigung teil?"

Mein Vater nickte. „Bernhard hat uns persönlich eingeladen."

„Von Monika kam gar nichts", bemerkte meine Mutter spitz. „Sie hat nicht mal eine Anzeige in der Zeitung geschaltet."

„Vielleicht erscheint die später", mein Vater legte begütigend seine Hand auf ihre. „Sie wollte ja nur die engsten Anverwandten dabei haben."

„Ich habe auf Bernhards Bitte hin die früheren Freunde von Daniel informiert. Damit kommen viel mehr Leute als geplant", sagte ich schnell. Meine Mutter war schon lange nicht mehr gut auf Monika zu sprechen. Sie hatte sich all die Jahre nur meinem Vater und mir zuliebe zurückgehalten, damit unsere Freundschaften nicht litten.

„Apropos Bernhard!" Sie hob die Augenbrauen und sah uns nacheinander an. „Hätte einer von euch gedacht, dass er sich mal von ihr trennt?"

Nein, hätten wir beide nicht, wie sich schnell herausstellte, wobei ich zugeben musste, dass ich mir im Vorfeld nie darüber Gedanken gemacht hatte. Mein Vater dagegen schon - und meine Mutter sowieso. In ihren Augen war Bernhard ein Waschlappen, der sich Monika bedingungslos unterordnete. Trotzdem möge sie ihn, versicherte sie, weil er so einen liebenswerten Charakter habe. Alles Bösartige sei ihm fremd und auch als Nachbar sei er der Beste, immer bereit zu helfen. „Gut, dass er uns erhalten bleibt und sie ausziehen muss!"

„Sollen wir dich mitnehmen?", fragte mich mein Vater, bevor er den Fernseher einschaltete.

Gar keine schlechte Idee! „Ich melde mich morgen Abend bei euch. Vielleicht muss ich vorher noch woandershin." Je nachdem, was Ressia uns mitteilte.

„Super!", freute sich meine Mutter, die in dieselbe Richtung gedacht hatte. „Dann kannst du uns gleich informieren, wie euer Gespräch gelaufen ist."

Das war mein Startsignal. Ich erhob mich und umarmte meine Mutter zum Abschied. „Ich muss los, meine Notizen ergänzen. Ich will sie auf dem neuesten Stand halten, damit ich nichts Wichtiges vergesse aufzuschreiben."

Denn wer wusste, was nach dem Termin beim Rechtsanwalt anstand. Vielleicht hatten wir danach schon eine echte Spur.

# 30

Das Klingeln meines Handys riss mich aus dem Schlaf.
„Sie macht die Tür nicht auf!"
Ich linste auf den Wecker. Acht Uhr dreißig! „Sie wird noch schlafen", versuchte ich Katja zu beruhigen.
„Nein, wir hatten verabredet, dass wir uns treffen, wenn ich die Kleine in den Kindergarten gebracht habe. Wir wollten zusammen die Wohnung durchsuchen."
Mein Gehirn war angesichts der frühen Stunde nicht willens, Gas zu geben. Trotzdem erinnerte ich mich deutlich genug an eines unserer letzten Telefonate. „Ich dachte, das hättest du bereits getan."
„Doppelt hält besser! Außerdem habe ich mich auf Daniels Kram konzentriert. Ressia meinte, es könne sein, dass er was Wichtiges zwischen ihre Sachen geschoben hätte."
Ein wahrer Stromstoß durchfuhr mich. „Wie kommt sie denn darauf?"
„Keine Ahnung. Du weißt doch, Gespräche laufen größtenteils über Gesten. Was ist jetzt? Was soll ich tun?"
„Hast du keinen Schlüssel von der Wohnung?"
„Doch, schon." Sie zögerte. „Ich trau mich allein nicht. Kannst du nicht kommen und wir gehen zusammen gucken?"
Nach knapp drei Stunden Schlaf hätte ich mir was Schöneres vorstellen können. „Okay", gab ich seufzend nach. „Bis gleich."
„Halt! Warte! Soll ich dich abholen?"
„Du hast ein Auto?" Ich dachte, sie lebte von Hartz-IV?
„Mit den Kindern geht es nicht ohne. Also soll ich?"

Ich sprang aus dem Bett und unter die Dusche und schaffte es sogar noch, mir einen löslichen Cappuccino aufzubrühen. Als es klingelte, stürzte ich den Inhalt der Tasse hinunter und verbrühte mir prompt den Mund. Während ich mit kaltem Wasser nachspülte, klingelte es erneut. Ich griff nach meiner Jacke und eilte die Treppe hinunter.

Katja musterte mich prüfend. „Hab ich dich etwa geweckt?" Ich grinste und schnallte mich an. „Ich bin Student." Das sollte als Antwort genügen.

Wider Erwarten fuhr sie den alten Fiat gemäßigt und sicher durch den Verkehr. Die alte Katja wäre wesentlich forscher unterwegs gewesen. Überhaupt hatte sie sich sehr verändert, sinnierte ich. Früher war sie ein Hans Dampf in allen Gassen und ließ nichts anbrennen. Normalität ödete sie eher an, sie liebte es, ihre Grenzen auszutesten. Dass sie eine Frohnatur und ausnehmend hübsch war und zusätzlich eine super Figur hatte, war dabei bestimmt kein Nachteil. Es gab kaum jemanden, der sie nicht mochte.

„Wieso bist du ausgerechnet an Chris hängen geblieben?", rutschte es mir ungewollt heraus. Diese Frage hatte ich mir damals oft gestellt. Was fand sie bloß an dem Kerl? So besonders sah der auch nicht aus mit seiner spitzen überlangen Nase und dem winzigen verkniffenen Mund. Darüber konnten auch die blonden Locken und die Sportlerfigur nicht hinwegtäuschen.

„Mir gefielen seine Spontanität, seine abgefahrenen Ideen und sein Leben jenseits der Masse. Das reizte mich lange Zeit." Sie lachte auf. „Bis ich den wahren Chris kennenlernte. Er ist ..." Ein Glucksen ertönte vom Rücksitz und sie warf einen Blick in den Innenspiegel. „Hallo, mein Süßer! Du bist ja wach. Wir sind gleich da und dann kriegst du lecker Milch."

Tja, leider schien der Kleine - den ich wohl übersehen haben musste - die Worte nicht zu verstehen. Er begann lauthals zu schreien. An eine Fortsetzung unserer Unterhaltung war nicht zu denken. Schade, ich hätte gern gewusst, was sie über Chris zu sagen hatte.

Kaum war das Baby aus der Tragschale befreit, verstummte es und begann zu schmatzen. „Ich muss ihn eben stillen." Sie warf mir einen unschuldigen Blick zu. „Traust du dich, allein reinzugehen?"

Selbst wenn sie mitgekommen wäre, hätte sie mich vorgeschickt, also wo war der Unterschied? Ich streckte die Hand aus und sie legte ihren Schlüsselbund hinein. „Der mit dem gelben Ring ist es."

Natürlich öffnete ich zuerst ihre Tür.

„Warte kurz!" Nicht mal eine Minute später war sie zurück und hielt mir ein Foto hin. „Damit kannst du dich ausweisen."

Sehr witzig! Ich nahm es trotzdem an mich und betrachtete es, während ich mich auf den Weg in die zweite Etage machte. Es war ein gelungener Schnappschuss von beiden Paaren. Daniel hatte den Arm um Ressia gelegt und blickte zärtlich auf sie herab, sie lachte in die Kamera, dass ihre Zähne weiß aufblitzten. Sie war auf ungewohnte Weise hübsch, ganz anders als Katja, mit krausen Locken und einem schmalen länglichen Gesicht, aus den Augen sprach die pure Lebenslust. Kein Wunder, dass mein Freund hin und weg gewesen war.

Die Wohnung lag am Ende des Ganges. Auf den ersten Blick sah alles völlig normal aus. Ich klingelte, wartete, klingelte noch einmal – keine Reaktion. Nicht ein Geräusch war zu hören. Mein Herz klopfte bis zum Hals, als ich den Schlüssel ins Schloss steckte und ihn drehte. Nicht abgeschlossen!

Einen Moment verharrte ich unschlüssig. Bilder von einer blutüberströmten Leiche blitzten vor meinen Augen auf. Der Druck in meiner Brust wuchs. „Feigling", machte ich mir selbst Mut. „Jetzt geh endlich rein!"

Ich holte tief Luft und öffnete langsam und vorsichtig die Tür. „Hallo, Ressia? Ich bin ein Freund von Daniel und

Katja!", rief ich noch auf der Schwelle. War sie doch anwesend, wollte ich sie nicht unnötig ängstigen.

Tiefe Stille antwortete mir. Schritt für Schritt wagte ich mich vorwärts. Mein Magen verkrampfte, ich schluckte mühsam, während ich die winzige Diele durchquerte. Was würde mich gleich erwarten?

Alle Aufregung umsonst! Das kleine Appartement, das aus einem großen Raum mit Kochnische und winzigem Bad mit Dusche bestand, war leer. Und zwar leer im wahrsten Sinne des Wortes. Ressia hatte sämtliche ihrer Besitztümer mitgenommen, das Einzige, was sich fand, waren einige Kleidungsstücke und schriftliche Unterlagen von Daniel. Bevor ich sie durchsah, rief ich Katja an und gab Entwarnung.

„Ich komme gleich rüber, sobald der Kleine eingeschlafen ist."

Bis dahin hatte ich das wenige Vorhandene bereits geprüft. Das Interessanteste waren die Belege von der Sparkasse, dass Daniel für Ressia ein Sparbuch angelegt hatte. Die Ersteinzahlung belief sich auf fünftausend Euro. Leider fanden sich keine weiteren Belege, auch das Buch war verschwunden. Bei dem Rest handelte es sich um den Mietvertrag, in dem tatsächlich Mihail als Mieter eingetragen war, und Daniels Schriftwechsel mit dem Anwalt. Daraus ging hervor, dass Ressias Mann nach seiner Freilassung aus dem Polizeigewahrsam spurlos verschwand und nicht mehr aufzuspüren war. Hatte Katja davon gewusst?

Ich konnte sie gleich selbst fragen, denn in dem Moment trat sie mit einem Babyfon in der Hand durch die nur angelehnte Tür.

„Der ist nie wieder hier in der Gegend aufgetaucht", behauptete sie mit Nachdruck. „Daniel hätte sofort die Polizei informiert."

„Auf jeden Fall ist sie weg. Und wie es aussieht freiwillig. Es gibt keine Kampfspuren und es ist nichts in Unordnung." Ich wies auf das fehlende Sparbuch hin.

„Wie viel Geld drauf war, weiß ich nicht. Es muss aber eine ganze Menge gewesen sein. Daniel hat jeden Euro zur Seite gelegt, weil sie ja von dem Betrag die Reise ins Ausland und die Hochzeit bezahlen wollten. Und Ressia war mit dem Nötigsten zufrieden. Die hat sich kaum was gegönnt."

„Der Mann, der um euer Haus rumschlich, könnte es sich dabei um den spurlos Verschwundenen gehandelt haben?" Sie sog scharf die Luft ein. „Daran habe ich überhaupt nicht gedacht." Sie schlug entsetzt die Hände vors Gesicht. „Nein", sagte sie nach einer Weile. „Ressia hätte ihn niemals reingelassen."

„Wie oft ist sie wirklich rausgegangen? Nur ganz selten? Nur abends im Dunkeln? Nur in Daniels Begleitung?" Irgendwie wusste ich die Antwort bereits, bevor Katja sie aussprach.

„Nee, meist mit mir und den Kindern, eigentlich jeden Tag. Es hat nie jemanden interessiert. Sie war offiziell Mihails Freundin, die regelmäßig bei ihm übernachtete. Da fragt keiner nach, wer sie ist und wo sie herkommt. Wir hatten uns eben angefreundet und sie hat viel mit mir unternommen."

„Also seid ihr vermutlich auch zusammen einkaufen gegangen und Ähnliches."

Sie nickte. „Wir verstehen uns super und sie kann gut mit den Kindern. Für mich war das angenehmer, als immer allein da zu hocken."

Hätte ich ihr bei ihrer ersten Aussage bloß nicht vertraut! Klar, anfangs war man super vorsichtig, nach und nach wurde man leichtfertiger, vor allem wenn alles glatt lief. Das hätte ich berücksichtigen müssen.

Katja bestand darauf, selbst noch einmal alles zu kontrollieren. Anschließend eilte sie wortlos an mir vorbei zum Treppenhaus. Ich schloss die Wohnung ab und folgte ihr.

Vor den Briefkästen blieb sie stehen und sah nach ihrer Post. „Nichts."

„Kann Sie denn Deutsch schreiben?"

Sie warf mir einen vernichtenden Blick zu. „Eine kurze Bildernachricht hätte ich mindestens erwartet. So haben wir es immer gemacht."

# 31

Wir nahmen den Termin beim Anwalt trotz allem wahr.

„Ich kann nichts tun", sagte dieser, nachdem wir zu Ende berichtet hatten. „Und Sie im Prinzip auch nicht. Herr Brenner hatte mich damit beauftragt, gegen die Abschiebung Widerspruch einzulegen, das Verfahren läuft noch. Die Scheidung kann ich, wenn Sie möchten, allein regeln. Dafür liegen alle nötigen Papiere vor."

Katja nickte heftig. „Unbedingt. Schicken Sie Ihre Rechnung an meinen Freund. Der kümmert sich darum." Sie gab ihm die nötigen Daten.

„Von einer Vermisstenmeldung würde ich absehen." Er wiegte bedächtig den Kopf hin und her. „Wie es aussieht, ist sie freiwillig untergetaucht. Vielleicht meldet sie sich schon bald bei Ihnen."

„Was ist mit ihrem Noch-Ehemann", konnte ich mich nicht länger bremsen. Der Anwalt, ein älterer Mann, sehr pedantisch und kleinkariert, nahm Ressias Verschwinden meiner Meinung nach viel zu locker beziehungsweise verschanzte sich hinter den Gesetzen. Ihm seien die Hände gebunden, hatte er uns mehr als einmal erklärt, wenn wir Einwände vorbrachten. Wie war Daniel bloß an den gekommen!

„Ich kann mir nicht vorstellen, dass er sich weiterhin in Dortmund aufhält", wiegelte er mit einem öligen Lächeln ab. „Immerhin ist das Gerichtsverfahren wegen Körperverletzung noch anhängig."

Mit anderen Worten: Der hatte ganz andere Sorgen. Wenn er sich da nicht irrte. „Was hat Ressia über ihn erzählt? Was für ein Typ ist er?"

Er musste erst seine Unterlagen zu Hilfe nehmen. „Hm."
Er wandte sich mir zu. „Sie dürfen nicht vergessen, dass die
beiden aus Afrika, aus Nigeria, stammen, ein anderer Kontinent, eine ganz andere Art zu leben. Die Frauen sind den
Männern untergeordnet. Diese geben den Weg vor. Hinzukam, dass Ihr Ehemann eine geringe Toleranzgrenze hatte,
er reagierte auf vermeintliche Angriffe oder Widerrede übertrieben aggressiv."

„Das ist Ressia sofort aufgefallen, nachdem sie in Deutschland waren", mischte sich Katja ein. „Als sie halt den Vergleich hatte."

„Aus einer plötzlichen Wut heraus, könnte er sie verschleppen, denke ich. Doch das würde nicht ohne entsprechende
Lautstärke abgegangen sein. Und Sie sagen ja, dass die Wohnung aufgeräumt wirkte und all ihre Sachen verschwunden
sind. Das sieht für mich nicht aus, als sei sie gezwungen worden, diese zu verlassen."

Widerwillig musste ich ihm recht geben. Immerhin hatte ich
Katja gegenüber fast die gleichen Worte benutzt.

„Sie wird sich bestimmt bald bei Ihnen melden. Afrikaner
setzen nicht die gleichen Prioritäten wie wir", ließ er uns an
seinem Wissen teilhaben. „Sie durchdenken nicht jeden
Schritt bis ins Kleinste, haben ein anderes Verständnis zur
Zeit, setzen sich nicht derart unter Druck. Am besten warten sie ein paar Tage ab." Er erhob sich. „Halten Sie mich
bitte auf dem Laufenden. Meine Nummer haben Sie ja."

„Gut, dass wir bei ihm waren", meinte Katja, nachdem wir
wieder vor ihrem Auto standen. „Ich fühle mich tatsächlich
beruhigter. Es stimmt, was er sagt. Ressia ist längst nicht so
durchorganisiert wie ich. Und sie lebt eher nach dem Motto:
Kommst du heute nicht, dann eben morgen - oder übermorgen. Wir sehen uns auf der Beerdigung?"

Auf dem Weg zur U-Bahn-Haltestelle konnte ich mein Lachen nicht mehr zurückhalten. Dass dieser Ausspruch ausgerechnet von Katja kam! Ihre Beschreibung von Ressia
hätte bis vor einigen Jahren perfekt auf sie selbst gepasst.

Aber wahrscheinlich bemerkt man selbst gar nicht, wann und wie man sich ändert, sinnierte ich, während ich die Treppen hinabstieg. Oft braucht es wohl auch einen Anschub von außen. Bei Katja war es vermutlich die Geburt ihres ersten Kindes, bei Daniel die Verantwortung, die er für Ressia übernommen hatte. Und die Liebe natürlich! Beides waren perfekte Beispiele, wie sehr sie die Menschen beeinflussen konnte.

Bei Bernhard dagegen hatte es sich zum Schlechteren entwickelt. Wäre er damals nicht so blind gewesen, hätte er wesentlich eher erkannt, wie Monika tickte.

Andererseits hatte Daniel dadurch wenigstens ein Elternteil, das ihn bedingungslos liebte. Es tat mir jedes Mal, wenn ich auf Bernhard traf, in der Seele weh, ihn leiden zu sehen. Dieser Drang, mir zu helfen, war für ihn eine Möglichkeit, der Trauer zu entfliehen beziehungsweise sie zumindest für einige Stunden beiseiteschieben zu können. Normalerweise war er jemand, der auf die Polizei vertraute.

Die Idee, in Daniels Wohnung zu ziehen, wenn auch aus der Not heraus geboren, schnellstmöglich eine Unterkunft zu finden, hielt ich ebenfalls für eine falsche Entscheidung. Dort erinnerte alles an ihn. Es war unmöglich, Abstand zu gewinnen.

Im letzten Punkt irrte ich gewaltig, wie ich kurz darauf feststellen konnte. Ich war erneut in die Lessingstraße gefahren, um mein Versprechen gegenüber Mahmut einzulösen. Außerdem wollte ich versuchen, ihn beim Spielen auszuhorchen. Irgendetwas hatte er bestimmt von der Nacht, in der Daniel starb, mitbekommen.

Da der Junge noch im Jugendzentrum war, schaute ich kurz bei Bernhard rein, obwohl ich ihn direkt nach dem Anwaltsbesuch angerufen und ihm die Neuigkeiten mitgeteilt hatte. Er freute sich sichtlich, mich zu sehen. „Komm, setz dich!" Ich folgte ihm in die Küche und er bestand darauf, seine Mahlzeit mit mir zu teilen. „Damit du nicht vom Fleisch fällst, Junge."

169

Tja, in letzter Zeit hatte ich kaum darauf geachtet, vernünftig zu essen. Die Hose saß mittlerweile relativ locker, wenn das so weiterging, musste ich bald einen Gürtel einziehen. Keine schlechte Abmagerungskur, so eine Ermittlung!

„Es tut mir gut, in diesen Räumen zu leben", gestand er, kaum dass wir angefangen hatten, das aufgewärmte Dosenchili von unseren Tellern zu löffeln. „Ich fühle mich dadurch Daniel nah. Das mindert die Trauer."

„Und? Wie läuft es mit Monika?" Ich hatte gesehen, dass er nur mit Mühe die aufsteigenden Tränen zurückhalten konnte, ein Themenwechsel war besser.

Er schnaubte. „Die redet nicht mit mir. Sie drückt mich sofort weg, wenn ich sie anrufe. Ich muss das mit dem Scheidungsanwalt endlich in Angriff nehmen. Der soll ihr für den Auszug eine Frist setzen."

„Geh zu dem, der Ressia vertritt." Ich scrollte im Handy nach seiner Telefonnummer. Ja, ich hatte meine Meinung über ihn während des Gesprächs geändert. Er schien durchaus in der Lage, seine Mandanten einzuschätzen und sich für ihre Belange starkzumachen..

„Ich rufe ihn morgen früh noch vor der Beerdigung an." Bernhard schrieb die Nummer auf einen Zettel und legte sein Handy darauf.

Im Hausflur knallte eine Tür. Ich sprang auf. „Vielleicht ist Mahmut zurückgekommen. Ich wollte eigentlich ihn besuchen. Bis morgen!"

Ich klingelte mehrfach und rief leise seinen Namen, aber es öffnete wieder niemand. Ich stieg die Treppe hinab und trat auf die Straße. Das Jugendzentrum reizte mich heute nicht, meiner Meinung nach hatte ich mit Olaf alles abgeklärt, was es abzuklären gab. Also direkt nach Hause!

Ich sah Mahmut schon von Weitem. Er kam genau den Weg entlang, den ich zu gehen hatte. Er entdeckte mich und begann zu strahlen. „Alex!"

„Ich wollte dich besuchen und mit dir zocken", sagte ich, als er vor mir stand.

„Au, ja!" Er packte meine Hand und lief schneller. „Das wird toll! Darf ich das Spiel aussuchen? Ich habe da was Neues rausgefunden …" So plapperte er aufgeregt auf mich ein, bis er die Wohnung aufgeschlossen und mich in sein Zimmer gezogen hatte.

Ich überließ ihm die Auswahl und griff nach einem Controller. Für die nächsten zwei Stunden versanken wir beide in einer anderen Welt.

# 32

Am nächsten Morgen begrüßte mich strahlender Sonnenschein. Das Thermometer zeigte fünfzehn Grad, uns stand ein, wie im Wetterbericht prognostiziert, warmer Frühlingstag bevor.

Gefühlsmäßig hätte ich einen grauen, kälteren Tag vorgezogen, also das, was wir fast die letzten zwei Wochen ertragen hatten. Das wäre passenderer für eine Beerdigung gewesen - und für meine Stimmung. Ich hasste es sowieso, auf eine Trauerfeier zu gehen, und dann noch die meines besten Freundes! Es war der endgültige Abschied. Schon bald würde er in meiner Erinnerung immer mehr verblassen und spätestens in einigen Jahren nur noch eine Person auf einigen Fotos sein, die mir mal nahegestanden hatte.

Die einzige schwarze Hose, die ich besaß, war aus dickem Wollstoff. Die hatte ich zuletzt zur Beerdigung meines Opas im Winter getragen. Ach, war ja nur für ein paar Stunden! Ich wählte dazu ein langärmeliges schwarzes Hemd, auf eine Jacke würde ich verzichten.

Meine Eltern erschienen wie immer überpünktlich, trotzdem stand ich schon wartend in der Tür. Zum Frühstück hatte ich außer einem starken Kaffee nichts hinuntergebracht, die gesparte Zeit kam mir jetzt entgegen.

„Wir sind die Einzigen aus der Straße, die hingehen", empfing mich meine Mutter.

Das war keine Überraschung. Monika hatte zu niemandem ein freundschaftliches Verhältnis aufgebaut. Wer sollte sich angesprochen fühlen?

„Die meisten wissen nicht einmal, dass Daniel tot ist", kommentierte mein Vater den in ihrer Stimme mitschwingenden

Tadel. „Es gab keine Anzeige in der Zeitung und sie rauscht seitdem direkt zu ihrem Auto, ohne nach links oder rechts zu schauen."

Das war der Beginn einer lebhaften Diskussion über die Nachbarschaft, aus der ich mich klugerweise heraushielt. Im Endeffekt war es mir auch ziemlich egal, wer dort was sagte oder machte. Ich hatte den Bezug zu ihnen längst verloren.

Wie erwartet erreichten wir den Parkplatz des Hauptfriedhofes ebenfalls überpünktlich. Bis zur Trauerfeier war fast eine halbe Stunde Zeit.

„Wir schlendern ein bisschen über die Wege. Hast du Lust mitzukommen?"

Nein, hatte ich nicht. Ich blieb im Auto sitzen und beobachtete lieber die Ankommenden. Ich war echt gespannt, wer sich alles blicken lassen würde.

Kurz nach uns tauchte Monikas Auto auf und schwenkte auf den Parkplatz ein. Ich tauchte tiefer, damit sie mich nicht entdeckte, und spähte erst vorsichtig an der Kopfstütze vorbei, als ich weiter entfernt Türen klappen hörte.

Ihr Wagen stand direkt in der ersten Reihe. Gerade wurde Monika von einer älteren Frau, ihrer Mutter vermutete ich, von hinten konnte ich sie nicht erkennen, untergehakt und Richtung Ampel gezogen. An ihrer anderen Seite ging ihre Schwester, die war mit ihren schreiend roten Haaren gut zu identifizieren. Monika trug komplett schwarz, die anderen beiden dunkelblau.

Sie überquerten die Straße und blieben kurz stehen. Monika drehte sich halb um und schaute zurück. Dabei wurde das Gesicht ihrer Begleiterin, die ihren Arm nicht losließ, sichtbar. Ja, es handelte sich um Daniels Oma. Zu der hatte er wie zu seiner Tante kaum Kontakt. Er mochte sie beide nicht, wie er mir schon als Teenager anvertraut hatte. Sie wären seiner Mutter ähnlich, daher könne er auf ihre Anwesenheit gut verzichten. Kamen sie zu Besuch, was eher selten der Fall war, verzog er sich schleunigst, entweder in sein Zimmer oder zu mir, wenn er denn durfte. Ich selbst kannte

173

sie nur vom Sehen. Besonders herzlich waren sie mir nie vorgekommen.

Ein Wagen parkte schwungvoll direkt vor dem meines Vaters ein und ich ging gerade noch rechtzeitig auf Tauchstation, um von Chris nicht entdeckt zu werden. Anscheinend hatte er den Chauffeur für die gesamte Gruppe gespielt. Als ich mich endlich aus meiner Versenkung traute, sah ich fünf Personen Richtung Friedhof marschieren.

Immerhin waren damit alle von Daniels engeren ehemaligen Freunden gekommen, um von ihm Abschied zu nehmen. Damit würden sich, wie von seinem Vater gewünscht, die an seinem Grab versammeln, die ihm in der einen oder anderen Form nahegestanden hatten.

Olaf erschien und brachte Mahmut mit, der sich verstört an seine Hand klammerte. Er wollte unbedingt an der Beerdigung teilnehmen, wie er mir gestern mitteilte, und hatte diesen Entschluss gegenüber seiner Mutter durchgesetzt. Jetzt sah er allerdings ziemlich unglücklich aus. Hoffentlich stand er die Trauerfeier durch!

Bernhard stellte sein Auto neben unserem ab. „Das ist lieb, dass du auf mich gewartet hast."

Ich verzichtete darauf, ihn aufzuklären, dass ich eher die Ankommenden beobachtet hatte, und lief neben ihm her zu der Trauerhalle, die sich kurz hinter dem Eingang befand.

Bis auf Monika und Anhang hatten sich alle vor der offenen Tür versammelt beziehungsweise standen in zwei Gruppen aufgeteilt herum. Olaf und Mahmut hatten sich zu meinen Eltern gesellt, die Jüngeren hielten sich einige Meter entfernt.

Bernhard stieß mich an und bedeutete mir, ihm ins Innere zu folgen. Er nickte den Anwesenden nur kurz zu und hielt dann seinen Blick starr nach vorn gerichtet.

Ein Mann in Schwarz empfing uns und wies uns die Richtung des Raumes, in dem die Zeremonie stattfinden sollte, die kleinste Trauerhalle, wie mir Bernhard flüsternd mitteilte.

Ganz vorn stand der weiße Sarg, ein einsamer Kranz aus gelben und blauen Blumen prangte darauf. Wie ich wusste, hatte beides der Stiefvater ausgesucht und Monika sich um den Prediger gekümmert. Beide wollten keinen Pastor, da Daniel nach der Konfirmation, zu der er gezwungen wurde, nie wieder einen Fuß in eine Kirche gesetzt hatte.

In der ersten Stuhlreihe, die aus fünf Stühlen bestand, saßen Monika, ihre Mutter und ihre Schwester, genau in der Mitte, sodass Bernhard entweder neben seiner Schwiegermutter oder seiner Schwägerin hätte Platz nehmen müssen.

Stattdessen zog er mich in die zweite Reihe, setzte sich auf den äußeren Stuhl und bedeutete mir, den daneben zu nehmen. Von den drei Frauen vor uns war keine Regung gekommen, nicht mal ein kleines Nicken.

Die restlichen Teilnehmer strömten herein, zuerst meine Eltern gefolgt von Olaf und Mahmut, dahinter erkannte ich Chris, Jan, Sebastian und Uli mit einem weiteren Freund, dessen Name mir entfallen war. Als Letzte erschienen Katja, Henrietta und Madeleine. Während die beiden Schwestern ihrem Vater nur zunickten und dann neben ihrer Tante und Oma Platz nahmen - die anderen hatten pietätvoll zwei Reihe frei gelassen -, steuerte sie auf uns zu und quetsche sich an Bernhard und mir vorbei.

Die Musik begann und spielte ein mir unbekanntes Lied, irgendetwas Kirchliches, das Daniel garantiert nicht gefallen hätte. Auch Bernhard verzog das Gesicht. „Das hat seine Mutter ausgesucht", flüsterte er. „Wie zu erwarten, hat sie nach ihrem eigenen Geschmack entschieden."

Der Prediger war nicht besser. Entweder hatte Monika ihm kaum etwas über ihren Sohn erzählen können oder er war einfach unfähig. Er salbaderte eine Viertelstunde, die mir endlos erschien. Als das nächste Lied erklang, atmeten wir alle erleichtert auf.

Schon während der Musik erhob sich Monika und führte ihre Familie hoch erhobenen Kopfes hinaus. Wir anderen reihten uns hinter den Sargträgern ein und behielten diese

Formation bei, bis wir die endgültige Ruhestätte erreichten. Schweigend sahen wir zu, wie der Sarg hinabgelassen wurde. Monika trat vor, griff zur Schaufel und ließ etwas Erde darauf rieseln, ihre Schwester und Mutter taten es ihr nach, die Schwestern warfen jede eine einzelne Rose hinab.

Bernhard neben mir straffte sich und ging gemessenen Schrittes auf die offene Grube zu. „Mein Sohn, in meinem Gedächtnis lebst du weiter", sagte er laut.

Nacheinander traten wir Freunde vor, zuerst ich, dann Katja, dann die anderen. Jeder von uns verabschiedete sich mit einem kurzen gesprochenen Gruß von Daniel - als hätten wir das von Anfang an geplant. Dem war nicht so. Ich denke, ihnen erging es wie mir, nach dieser völlig anonymen Trauerfeier hatte wohl nicht nur ich das Gefühl, einen würdigeren Abschluss finden zu müssen.

Meine Eltern bildeten den Schluss, meine Mutter warf einen kleinen Strauß Vergissmeinnicht auf den Sarg, mein Vater nahm eine Schaufel voll Erde und sprach ein stilles Gebet. Keiner, nicht mal sie, wandte sich anschließend zum normalerweise üblichen Kondolieren an die Familie. Stumm drehten wir uns um und marschierten zurück zum Haupteingang, wo wir uns ohne ein Wort trennten.

# 33

Bernhard und meine Eltern blieben kurz neben seinem Auto stehen, ich wartete ein paar Schritte entfernt, damit sie sich ungestört unterhalten konnten. Dabei entdeckte ich Monika und ihren Anhang, die gerade an die Ampel herantraten. Sofort suchte ich die Deckung eines weißen Lieferwagens neben mir. Sie parkten direkt davor, ein Aufeinandertreffen wäre sonst unvermeidlich gewesen.

Die beiden Schwestern verabschiedeten sich mit Küsschen und Umarmungen von den dreien und liefen in Richtung Bushaltestelle. Monika versteifte sich kurz, als sie Bernhard ein paar Meter weiter stehen sah und drehte ostentativ den Kopf weg. Während sie die Tür ihres Wagens öffnete, lachte sie über einen Spruch ihrer Mutter und gab zurück: „Immerhin ist der alte Stinkstiefel weggeblieben. Der hätte garantiert versucht, die Feier aufzumischen."

„Wer ist der alte Stinkstiefel?", fragte ich Bernhard, nachdem er sich von meinen Eltern verabschiedet hatte. Er wollte unbedingt, dass wenigstens ich ein frühes Mittagessen mit ihm einnahm, da diese seine Einladung dankend abgelehnt hatten.

Es hätte des zustimmenden Nickens meiner Mutter nicht bedurft, mir war klar, dass ich ihn nicht allein lassen konnte. Bernhard stand völlig neben sich, seine Hand zitterte, als er den Schlüssel auf sein Auto richtete.

Er fuhr herum und sah mich ungläubig an. „Wiederhol das, bitte!"

Also gab ich ihm Monikas Worte genau wieder.

„Dass der noch lebt! An den habe ich überhaupt nicht mehr gedacht!" Statt einzusteigen, lehnte er sich gegen die Tür.

„Wer denn?"

„Der Vater seines Vaters", erklärte er endlich. „Also Daniels Opa." Bernhards Eltern waren schon vor längerer Zeit verstorben, Geschwister hatte er nicht, daher war von seiner Familie niemand heute anwesend.

„Von dem hat er nie erzählt."

„Wie denn auch! Er kannte ihn nicht. Monika erwirkte kurz nach dem Tod ihres Mannes ein Kontaktverbot, damit keiner seiner Anverwandten sich Daniel nähern konnte. Die hätten ihr den nur zu gerne weggenommen."

„Aber du kennst ihn?"

Bernhard verzog das Gesicht. „Er und seine Frau gaben nicht so schnell klein bei. Sie versuchten immer wieder mit Monika und später auch mit mir zu reden, damit der Kleine wenigstens ab und zu auf Besuch käme. Äußerst unangenehme Leute, ehrlich. Einerseits warfen sie Monika vor, ihren Sohn in den Selbstmord getrieben zu haben, und behaupteten vor Gericht - ja, die Sache ging tatsächlich vor einen Richter -, sie sei unfähig, Daniels Bedürfnissen gerecht zu werden. Andererseits standen sie ständig auf der Matte und verlangten Zugang zu dem Kleinen, selbst nach dieser Kontaktsperre noch."

„Aber irgendwann gaben sie auf?"

„Ja, nachdem unser Rechtsanwalt ihnen mit einer Anzeige drohte."

„Kennst du seinen Namen?" Wir mussten unbedingt mit dem Mann sprechen. Vielleicht hatte er später, nach Daniels Volljährigkeit, erneut versucht ihn zu treffen.

Er schloss die Augen und dachte nach. „Nein. Bei uns hieß er damals der alte Stinkstiefel. Möglich, dass Monika anfangs seinen richtigen Namen erwähnte. Ich kann mich leider nicht daran erinnern."

„Wie kommt sie darauf, dass er Bescheid weiß?"

Wieder zögerte er mit der Antwort. „Eine gute Frage", sagte er schließlich. „Ich weiß es nicht. Der müsste mittlerweile weit über achtzig sein." Er wandte sich ab und öffnete die

Autotür. „Komm! Lass uns fahren! Das bringt doch alles nichts."

Ich nahm auf dem Beifahrersitz Platz und schnallte mich schweigend an. Wenn ich wenigstens mit Monika sprechen könnte! Es musste einen Grund geben, dass sie mit seinem Besuch rechnete. Den hätte ich gern erfahren.

Madeleine! Wenn einer mir weiterhelfen konnte, dann sie. Sie hatte noch das bessere Verhältnis zu ihrer Mutter und im Gegensatz zu ihrer Schwester war sie meinen Eltern und auch mir gegenüber relativ aufgeschlossen. Das hieß, sie ging nicht mit einem kurzen Gruß an einem vorbei, sondern blieb tatsächlich stehen und erkundigte sich nach dem Befinden. Man wechselte jedes Mal einige Worte und teilte sich die Neuigkeiten mit. Mich zum Beispiel hatte sie hauptsächlich nach Daniel gefragt und sich beklagt, dass er sich äußerst selten zu Hause melde, was ich ihm natürlich erzählte. Seine einzige Reaktion bestand in einem Kopfschütteln und den Worten: „Lohnt sich nicht!" Mehr war aus ihm nicht herauszubringen.

Der Einzige, mit dem er in Verbindung blieb, war Bernhard. Nur hielt er sich ihm gegenüber ähnlich bedeckt wie bei mir. Wen hatte er überhaupt an sich herangelassen?

„Ich hoffe, du magst chinesisches Essen", unterbrach Bernhard meine Gedanken.

Ohne dass ich es bemerkt hatte, waren wir bereits auf dem Wambeler Hellweg unterwegs. „Meinst du das Restaurant in Körne?" Und als er nickte. „Drin war ich bisher nicht." Ich vertrat den Standpunkt: Wenn sich was gönnen, tat es eine Dönertasche ebenso. Und die war wesentlich billiger.

„Das Essen ist gut und preiswert. Außerdem kriegen wir garantiert um diese Zeit einen freien Tisch."

Hoffentlich hatten die schon auf. Es war erst kurz vor zwölf.

Sie hatten. Und es gab sogar ein ansprechendes All-You-Can-Eat-Buffet zu einem durchaus erschwinglichen Preis, wie Bernhard mir erklärte. Deshalb war der Laden voller, als ich erwartet hätte. Gut, dass er nicht gerade klein war, wir setzten uns an einen der freien Tische im hinteren Bereich, wo wir uns relativ ungestört unterhalten konnten.

Ich hatte nur mäßigen Hunger, um diese Tageszeit stand ich normalerweise auf und verzehrte mein Frühstück. Bernhard dagegen schaufelte sich den Teller mit allerlei Leckereien voll. „Ich habe heute Morgen nichts runter bekommen", sagte er entschuldigend, nachdem er die Hälfte davon in wenigen Minuten verschlungen hatte. „Der Körper fordert sein Recht."

Ich dagegen aß langsam und bedächtig, obwohl es wirklich vorzüglich schmeckte.

„Du kannst dir den Rest einpacken lassen", schlug Bernhard vor, der sich ein neues Wasser bestellte.

„Nein, ich schaffe das schon." Als Student war man darauf geeicht, auf Vorrat zu essen - besonders wenn es um eine kostenlose Mahlzeit ging.

„Du, ich habe gestern Abend einmal gründlich über den Fall nachgedacht." Bernhard hatte gewartet, bis der Kellner sein Getränk brachte und sich wieder entfernte. „Ich glaube, wir sind von völlig falschen Voraussetzungen ausgegangen." Er machte eine kurze Pause und wartete offensichtlich darauf, dass ich mich äußerte.

Da ich allerdings mit vollen Backen kaute, zuckte ich nur die Schultern und sah ihn fragend an.

„Daniel muss seinen Mörder gut gekannt haben, sonst hätte er ihn um diese Zeit nicht mit nach oben genommen. Oder ihm aufgedrückt und ihn eingelassen", fügte er hinzu. „Was sagt uns das?"

Keine Ahnung, worauf er hinauswollte!

„Dass es ein Freund gewesen sein muss." Er blickte mich triumphierend an. „Es kann nicht anders sein. Warum hätte ihm ein Feind auflauern und ihn zwingen sollen, hoch in die Wohnung zu gehen."

„Weil er etwas Bestimmtes von dort haben wollte?", schlug ich vor.

180

Er schüttelte den Kopf. „Das Fahrrad war wie immer or-
dentlich im Keller abgestellt, seine Jacke hing oben an der
Garderobe, die Schuhe standen im Regal. So reagierst du
nur, wenn du einen Freund triffst."

Seine Argumente hatten was für sich. „Denkst du dabei an
jemand bestimmten?"

Er beugte sich vor. „Ich weiß ja nicht, wer alles zu seinen
Freunden zählte. Der Einzige, der sich definitiv in der Nähe
aufhielt, war Mihail. Was, wenn seine Geschichte gelogen
ist? Er selbst könnte Daniels Mörder sein."

# 34

Bernhard hatte mir viel Stoff zum Nachdenken mitgegeben. Nachdem wir uns vor dem Lokal getrennt hatten - es war nur ein Katzensprung bis zu mir -, verfiel ich auf dem kurzen Weg ins Grübeln. Sollte ich mich dermaßen irren?

Nein, sagte meine innere Stimme. Doch eine gewisse Skepsis blieb. Ich kannte Mihail ausschließlich von Telefongesprächen und aus Katjas Erzählungen. Und dass er anscheinend Daniels bester Freund gewesen war, zählte auch nicht. Jeder konnte unter bestimmten Umständen zum Mörder werden.

Diese Meinung hatte Bernhard ebenfalls vertreten und sie mit weiteren Mutmaßungen untermauert. Keiner von uns wisse, ob diese Story mit dem Clan, der ihn verfolgte, stimme.

Doch, widersprach ich. Immerhin hatte Olaf mir genau das Gleiche erzählt.

Bernhard zuckte nur mit den Schultern. Vielleicht hatten dann diese Typen von ihm verlangt, Daniel zu töten, brachte er vor. Vielleicht war dieser ihnen aus irgendeinem Grund ein Dorn im Auge und sie boten deshalb Mihail an, sich durch die Tat freizukaufen. Vielleicht war seine Flucht ein Manöver, um von sich abzulenken.

„Er rief weder die Polizei an noch meldete er sich später bei denen", hatte Bernhard nachgesetzt. „Obwohl er zumindest ansatzweise den Täter hätte beschreiben können. Ich finde das sehr verdächtig."

Mir waren keine stichhaltigen Gegenargumente eingefallen. Ich hatte genickt, auch als er hinzufügte, dass es natürlich genauso gut ein anderer aus diesem Milieu gewesen sein könnte. Einer, der ihm nahe genug stand, dass er ihn auch zu dieser späten Stunde arglos mit hochnahm. Er jedenfalls würde gleich bei Olaf vorbeigehen und ihn noch einmal eingehend befragen. Der dürfte Daniels Kontakte alle kennen. Dass ihn dieser Besuch nicht weiterbringen würde, behielt ich lieber für mich. Der Sozialarbeiter erzählte ihm garantiert nichts, was ich nicht schon wusste. Andererseits war dieses Gespräch allemal besser, als allein zu Hause zu sitzen und Trübsal zu blasen. Bernhard hatte die Beerdigung sichtlich zugesetzt, immer wieder schossen ihm die Tränen in die Augen und seine Stimme brach.

Ich beschloss, mir sämtliche Fakten erneut anzusehen und mir zu den wichtigsten Personen Notizen zu machen. Genau in dem Moment klingelte mein Handy.

„Ressia ist in Sicherheit", drang Katjas aufgeregte Stimme an mein Ohr. „Kurz bevor ich wieder zu Hause war, hat meine Mutter einen Anruf von einem gewissen Pastor Engel entgegengenommen. Der behauptet, Ressia sei bei ihm. Sie stehe jetzt unter dem Schutz der Kirche. Er werde sich um alles Weitere kümmern."

Wie elektrisiert griff ich nach Papier und Stift. „Hast du seine Nummer?" Ich würde ihn umgehend anrufen, ihm unser Problem schildern und einen Termin mit ihm ausmachen. Ressia war eine wichtige Zeugin, wir konnten sie nicht außen vor lassen.

„Es handelt sich um eine Telefonzelle. Das habe ich gleich überprüft."

Und wahrscheinlich keine in der Nähe seines Domizils. Mist! Aber eine Hoffnung blieb. Katjas Mutter war äußerst neugierig und sehr geschickt darin, andere auszufragen. „Kannst du mir das ganze Gespräch wiedergeben?"

Leider half uns das auch nicht weiter. Das Einzige, was der Mann hinzugefügt hatte, war, dass er sich auf Ressias Wunsch hin melde. Diese wolle nicht, dass ihre Freundin sich um sie sorge. Sobald keine Gefahr mehr für sie bestehe, werde sie sich persönlich melden.

Keine Gefahr? Was sollte das heißen?

Bevor ich nachfragen konnte, fuhr Katja fort: „Ich habe sofort bei dem Rechtsanwalt angerufen, um das Ganze abzuklären. Er ließ mir über seine Bürokraft ausrichten, es sei dafür gesorgt worden, dass Ressias Verfahren vorangetrieben würde. Wir sollten uns bitte da raushalten."

Ziemlich verblüffende Entwicklung! Ich ließ mich auf mein Sofa fallen und dachte nach.

„Alex, bist du noch dran?"

„Ja, ich habe versucht … Katja, es muss jemand aus Daniels Familie dahinterstecken. Wer sonst sollte sich diese Mühe machen?"

„Seine Mutter?" Sie lachte schrill. „Die garantiert nicht. Und wenn es Bernhard wäre, wüsstest du davon. Das hätte der dir erzählt."

„Es könnte noch jemanden geben." Ich erzählte ihr von den lange verschollenen Großeltern.

„Nee, das glaube ich nicht", war die spontane Antwort. „Daniel hätte uns was gesagt, wenn er sie oder sie ihn gefunden hätten."

Vielleicht war die Kontaktaufnahme dafür zu frisch, dachte ich bei mir. Immerhin hat Daniel selbst seinem Stiefvater einiges vorenthalten - von mir mal ganz zu schweigen.

„Und dass die Mutter mit dem Erscheinen des Opas bei der Beerdigung rechnete, ist einfach zu erklären. Den hat die Polizei ausfindig gemacht, als einen von Daniels Angehörigen, den die Ermittler ebenfalls befragten", fuhr Katja fort. „Immerhin gehört er ja irgendwie zur Familie."

Ich Idiot! Klar, die durchforsteten ja das komplette Leben des Ermordeten. Ob die Chance bestand, dass Herr Janzen mir seinen Namen verriet? Wohl eher nicht, also musste ich versuchen, auf einem anderen Weg ans Ziel zu kommen.

„Ich werde auf jeden Fall erst mal diesen Engel googeln, vielleicht werde ich fündig", verabschiedete ich mich kurz darauf von Katja.

Ein Blick auf die Uhr belehrte mich, dass ich es noch pünktlich zu meinem Seminar schaffen würde, wenn ich sofort aufbrach. Das ging leider vor. Mehr als an den offiziellen Veranstaltungen teilzunehmen, tat ich im Moment sowieso nicht. Wenigstens das musste drin sein, sonst konnte ich das Semester ganz vergessen. Aber ich würde auf dem Weg zur Uni und auf dem Rückweg einiges an Recherche erledigen. Zuerst rief ich meine Mutter an.

„Alles gut überstanden?", fragte sie.

„Wir haben hauptsächlich über unsere Nachforschungen gesprochen und mehrere neue Ansätze gefunden. Doch, ja, ich hatte den Eindruck, er sieht nach vorn. Vor allem, weil er sich bei der Suche nach dem Täter einbringen kann." Die S-Bahn kam, ich stieg ein und suchte mir einen der wenigen freien Plätze. Nun musste ich mit meiner Wortwahl etwas vorsichtiger sein. „Hat Monika irgendwann erwähnt, wo sie vorher wohnte? Also bevor sie Bernhard kennenlernte", fügte ich hinzu.

„Ach, schade, du sitzt bereits in der Bahn", kam es enttäuscht zurück. „Ich hätte zu gern mehr darüber gehört. Hm, lass mich kurz überlegen. Wenn ich mich richtig erinnere, in Kirchderne. Sie nannte es ein Dorf, wo abends die Bürgersteige hochgeklappt werden. Sie sei froh, da weggekommen zu sein."

„Weißt du mehr? Hat sie den Straßennamen genannt?"

Meine Mutter lachte. „Das wäre zu persönlich gewesen. Sie hat sich nur im Allgemeinen über die Gegend beklagt, ohne genauer zu werden. Wie immer eigentlich."

„Hat sie je über ihre ehemaligen Schwiegereltern gesprochen?", versuchte ich den nächsten Punkt abzuklären.

„Alex, wir hatten damals keine Ahnung, dass Daniel nicht Bernhards Sohn ist. Und diese Bemerkung über Kirchderne, es hörte sich so an, als hätte sie vor ihrer Ehe dort gewohnt, also vermutlich in ihrer ersten eigenen Wohnung, wie wir dachten."

Klar, als wir dort einzogen, gaben die Brenners das Bild einer glücklichen Familie ab: Eine liebevolle Mama, ein Papa, der sich sehr um alle bemühte, und drei nette Kinder. Davon, dass Bernhard nicht Daniels leiblicher Vater war, wusste ja selbst mein Freund lange Zeit nichts.

„Was machst du morgen?"

„Ausschlafen, weil wir heute Abend spielen, später treffen wir uns dann wieder und am Samstag auch." Ich war nicht religiös, war bisher nur aus Faulheit nicht aus der Kirche ausgetreten - man musste persönlich beim Amtsgericht erscheinen -, daher sah ich in dem Osterwochenende eine willkommene Bereicherung meiner Freizeit. Den Sonntag verbrachte ich sowieso traditionsgemäß mit meinen Eltern.

„Was ist mit Montag?"

Da kamen meine Schwestern mit Männern und Kindern vorbei, darauf konnte ich gut verzichten, denn es lief immer nach dem gleichen Schema ab: Die Oma war mit den Enkeln beschäftigt, meine Schwestern nutzten die Gelegenheit, sich in aller Ruhe auszutauschen, meine Schwager, mein Vater und ich mühten uns, eine Unterhaltung unter uns Männern in Gang zu halten, was sich äußerst zäh gestaltete. Für die gab es nur ein Gesprächsthema: Die Arbeit – wobei sie regelmäßig versuchten, sich gegenseitig in ihrer Wichtigkeit zu übertrumpfen. Ach, wie gut, dass ich schon Katja zugesagt hatte!

# 35

Es gab tatsächlich einen Pastor namens Engel! Und er arbeitete - Glück hoch zehn - in der Gemeinde in Kirchderne. Das ließ mich hoffen.

Trotz meines relativ vollen Osterwochenendes hatte ich bis einschließlich Montag genügend Zeit gefunden, über die bisher gesammelten Fakten nachzudenken. Zu meinen Eltern war ich, als die Sprache auf den Fall kam, relativ offen, bei Katja dagegen hielt ich mich wohlweislich zurück, obwohl ich mittlerweile Bernhards Verdächtigung wesentlich differenzierter sah. Mit diesem hatte ich einmal telefoniert, ihm jedoch nichts von dem Anruf des Pastors erzählt. Ich wollte ihn aus bestimmten Gründen lieber allein aufsuchen. Bevor ich mir die beste Verbindung suchte, rief ich gleich am Dienstagmorgen im Gemeindebüro an und fragte, wann Pastor Engel zu sprechen sei. Als Grund schob ich meine bevorstehende Eheschließung vor und dass wir gern von ihm den kirchlichen Segen bekommen würden. Ich erhielt einen Termin für den nächsten Tag im Vormittagsbereich.

Nach der Uni fuhr ich erneut Richtung Hafen, um noch einmal Olaf aufzusuchen.

„Irgendwie hatte ich mir Daniels Vater nach deinen Erzählungen ganz anders vorgestellt", sagte dieser gleich nach der Begrüßung.

„Wie meinst du das?" Mich interessierte die Antwort wirklich. Was konnte er an Bernhard auszusetzen haben? Er war kein unangenehmer Gesprächspartner und seine Bemühungen, den Mord an seinem Sohn aufzuklären, waren echt.

„Er gab mir zu sehr den trauernden Vater." Olaf hob in einer hilflosen Geste die Hände. „Besser kann ich es nicht ausdrücken."

„Bei der Beerdigung kommt eben alles wieder hoch."

„Das meine ich nicht. Er tat, als sei ihre Beziehung super gut gewesen. Warum hat Daniel ihn dann belogen? Wenn ihr Verhältnis tatsächlich so hervorragend war, warum ist er nicht zu ihm gegangen und hat ihn um Hilfe gebeten?"

„Moment", protestierte ich. „Mir gegenüber hat er sich ähnlich verhalten."

„Das war was anderes", winkte Olaf ab. „Darüber haben wir doch schon gesprochen. Er fühlte sich dir unterlegen. Du bekamst dein Leben auf die Reihe, hattest bereits Erfolg. Auch dein Studium lief besser. Er konnte dir sein Versagen nicht eingestehen. Zu seinen Eltern hat man normalerweise eine andere Beziehung - zumindest wenn diese stimmt. Man weiß, dass man sich jederzeit an sie wenden kann, sie dich unterstützen, egal in was für eine Bredouille du dich gebracht hast."

„Vielleicht hat er sich geschämt", verteidigte ich Bernhard. „Vielleicht lag es auch an seiner Mutter, die ihm früh klargemacht hat, dass er, sobald er erwachsen ist, auf eigenen Füßen stehen muss."

„Kann sein", brummte Olaf. Richtig überzeugt war er offensichtlich nicht.

„Außerdem bist du wesentlich geeigneter, vernünftige Ratschläge zu geben. Sein Vater ist in der Beziehung, äh ..." Zu einfach gestrickt, wollte ich eigentlich sagen. „Nicht der Richtige", vollendete ich den Satz. „Er hätte nicht gewusst, was zu tun ist."

Olaf grinste. Er hatte genau verstanden, was ich nicht aussprechen wollte. „Danke, für die Blumen. Andererseits hat sich Daniel mir auch nicht anvertraut, als es um seine Freundin ging."

Darüber hatte Katja ihre ganz eigene Ansicht. „Es war eine gesetzeswidrige Situation, in die er keinen hineinziehen wollte", hatte sie gesagt und gab ich jetzt an Olaf weiter. „Und er hatte den Ehrgeiz, sie allein zu bewältigen. Er wollte sich selbst beweisen, dass er es schafft."

„Wäre sein Vater in der Lage gewesen, ihm finanziell zu helfen?"

Tja, das war eine gute Frage! „Keine Ahnung. Vermutlich hätte er das Haus beleihen müssen." Davon hätte jedoch Monika erfahren und ihm eine Szene hingelegt. Bernhard war noch nie in der Lage gewesen, ihr Paroli zu bieten. Schlussendlich hatte immer sie sich durchgesetzt. Das wusste auch Daniel. Ein weiteres Argument, warum er sich nicht an ihn gewandt hatte.

Langsam sollte ich zu meinem eigentlichen Anliegen kommen. „Hat Bernhard dir von seinen Mutmaßungen erzählt? Dass nur ein guter Bekannter oder ein Freund zu dieser späten Stunde von Daniel eingelassen worden wäre?"

„Für Mihail lege ich meine Hand ins Feuer", kam es wie aus der Pistole geschossen.

Dabei hatte ich überhaupt nicht in diese Richtung gedacht. Nach reiflicher Überlegung war auch ich zu dem Schluss gekommen, dass er mir die Wahrheit sagte.

„Ich kenne wirklich keine Freunde von ihm", erklärte er, nachdem ich ihn dahingehend beruhigt hatte. „Diese Katja war die Letzte, die ich in seiner Nähe sah. Und selbst da hat er mir vorgelogen, dieses Treffen sei ein Zufall. Nicht mal von seiner Freundschaft mit Mihail wusste ich, zusammen stehen sehen, habe ich die auch nie. An deiner Stelle würde ich mal bei Mahmut nachhaken. Der kriegt mehr mit, als wir denken."

„Den habe ich schon gefragt", bei unserem letzten Treffen. „Er weiß von niemandem."

„Mihails Bruder wäre die einzige andere Option. Der ist ständig im Viertel unterwegs."

Mist! „Könntest du ihn ganz vorsichtig ausfragen?"

„Klar, wenn er aus dem Krankenhaus raus ist, gern. Das wird aber wohl noch eine Weile dauern."

189

„Krankenhaus?", echote ich.

„Er ist gestern böse zusammengeschlagen worden."

„Und von wem? Hat man die Täter erwischt?"

Olaf lachte bitter. „Natürlich nicht. Kemals Leute erledigen so etwas ohne Zuschauer."

„Kemal?" Langsam kam ich mir vor wie ein Papagei.

„Dachtest du, er lässt den Angriff auf seinen kleinen Bruder ungestraft stehen? Milde kann er sich in seiner Position nicht leisten."

Kaum hatte ich den Blücherbunker verlassen, griff ich zu meinem Handy. Ich musste Katja informieren, damit sie Mihail die Sache mit seinem Bruder schonend beibrachte.

„Yo, Mann! Alles klar?" Kaya und einige seiner Kumpel standen wie üblich vor dem Nebeneingang.

Diese Chance wollte ich mir nicht entgehen lassen. Ich benötigte dringend einen weiteren Ansatz! Deshalb ließ ich mein Handy wieder in der Tasche verschwinden und trat zu ihnen. „Nein, ich bin immer noch auf der Suche nach Daniels Mörder. Weißt du, mit wem er abhing, wer mir vielleicht mehr über ihn erzählen könnte?"

Kaya zog genüsslich an seinem Joint, bevor er antwortete: „Na, Kunden vielleicht."

Es würde verdammt mühsam werden! „Und sonst? Ist er mit euch in die Kneipe oder in den Jugendtreff? Oder hat er irgendwen zu sich in seine Bude eingeladen?"

„Also zu uns gehörte der nich oder so", mischte sich ein schmaler Hänfling ein. Während seiner Worte wippte die Kippe im Mundwinkel auf und ab.

Kaya gab ihm einen Stoß, sodass die Selbstgedrehte zu Boden fiel. „Daniel is nich wie wir. Der war son Helfertyp." Er grinste. „Genau wie Olaf. Die ticken anders. Gut für Probleme, nich mehr."

Wow, ganz schön philosophisch! „Das heißt, hier in der Gegend hatte er nicht einen einzigen Freund?", vergewisserte ich mich.

190

Er runzelte die Stirn und dachte nach. „Früher Mahmut und Olaf. Sonst? Nee. Klar, wir treffen uns auf Straße und labern kurz. Da kennt er viele. Nur letzte Zeit nich mal paar Minuten zum Labern." Kaya zuckte die Schultern. „Hatte es immer eilig."

„Wohin wollte er denn?", stellte ich mich unwissend und atmete heimlich auf. Dass Daniel und Mihail gute Freunde gewesen waren, hatten sie wohl tatsächlich erfolgreich vor der Community verbergen können.

Einige seiner Kumpel lachten anzüglich. Kaya dagegen blieb vollkommen ernst. „Bei 'ner Frau?"

„Und wer ist sie?"

Langsam verlor Kaya die Lust an unserem Gespräch. „Frag Mahmut."

„Der zog sein eigenes Ding durch", sagte der Schmale und trat dabei wohlweislich ein paar Schritte zurück. „Also warst du pleite oder so, war der nicht so. Der hat immer geholfen."

Der neben ihm Stehende, ein pausbäckiger Jüngling nickte zu seinen Worten. „Voll cool, nie Stress gemacht."

Also vermutlich sein Gras in blindem Vertrauen auf die Ehrlichkeit seiner Käufer auch mal ohne Geld rausgegeben. „Kein Streit mit ihm, keiner von uns", versicherte Kaya mit Nachdruck. „Korrekter Typ, Mann."

Weitergebracht hatte mich diese Unterhaltung nicht, sinnierte ich, während ich langsam Richtung Haltestelle schlenderte, Es war echt zum … Ich hielt abrupt inne, als mir ein neuer Gedanke kam. Wenn das stimmte, was mir die Jungen erzählt hatten, war es dann nicht möglich, dass ein säumiger Zahler ihn abgepasst oder noch spät nachts bei ihm geklingelt hatte, um seine Schulden zu begleichen. Und Daniel hätte bestimmt nicht gezögert, ihn einzulassen.

Wie war das überhaupt? Bewahrte Daniel seine Ware in seiner Wohnung auf oder bekam er jeden Tag eine bestimmte Portion zugeteilt? Verkaufte er seinen Stoff vielleicht sogar für gute Kunden aus der Wohnung heraus? Ich machte auf dem Absatz kehrt.

# 36

Kaya und seine Freunde waren verschwunden, es blieb mir nichts anderes übrig, als Olaf zu fragen.

Danach war ich auch nicht schlauer. Keine Ahnung, lautete sein Kommentar. Darüber wird hier nicht gesprochen.

Ich durchkämmte die umliegenden Straßen und schaute auch in die Geschäfte. Nichts, Kaya und seine Kumpel blieben unauffindbar.

Die einzige Möglichkeit, die ich sah, war Mahmut. Vielleicht wusste er, wo sich Kaya normalerweise aufhielt. Oder er konnte mir helfen, erneut Kontakt zu seinem Bruder aufzunehmen. Wenn dieser sich überhaupt herabließ, ein weiteres Mal mit mir zu reden. Aber eine andere Alternative sah ich nicht, diesen Punkt abzuklären. Nicht dass ich mich endgültig in völlig falsche Annahmen verrannte.

Bevor ich in die Lessingstraße einbog, erledigte ich den Anruf an Katja. Glücklicherweise war sie bereits durch Mihail informiert, der einen Anruf vom Krankenhaus erhalten hatte. Stattdessen klagte sie mir ihr Leid, dass ihr Freund drauf und dran sei, sein sicheres Versteck zu verlassen, nur um seinen Bruder zu besuchen. Wobei gleich ihr Vorwurf mitschwang: Mich und die Kinder lässt er über Ostern allein, jetzt will er unbedingt kommen. Sie ließ nicht locker, bis ich versprach, mich bei ihm zu melden und ihm die Gefährlichkeit seines Vorhabens bewusst zu machen.

Also zuerst ein weiterer Anruf. Ich entfernte mich etwas vom Hauseingang und wählte Mihails Nummer.

„Kein Chance", tönte es mir entgegen. „Alles fix un fertig. Zwei Kumpel bis vor Zimmer mitgehen."

„Wie schlimm ist es?" Etwas Besseres fiel mir tatsächlich nicht ein. Mein Vorsatz, ihm von diesem Besuch abzuraten, tendierte mittlerweile gegen null. Gut, ich hatte nicht dieses enge Verhältnis zu meinen Schwestern, aber wenn es um meine Mutter oder meinen Vater gegangen wäre, hätte auch mich nichts aufhalten können. Für Mihail war der Bruder genauso wichtig.

„Prellungen, Nase Bruch und zwei Rippen auch, nich so schlimm. Aber schlimme Hallos, geben jetzt Spritzen ihm, so ruhig. Schläft viel."

Hallos hieß bestimmt Halluzinationen, bei einem Junkie auf Entzug wohl normal. „Also nichts Lebensbedrohliches?"

„Nee, ich will, die sollen verlegen ihn, zum Entzug. Ich bin einzige Mensch, der schaffen kann vielleicht. Darum ich bleibe."

„Meinen Segen hast du. Und ich werde auch noch einmal mit Katja reden. Hauptsache, du behältst deine eigene Sicherheit im Blick."

Er lachte zustimmend. „Ich hab null Bock auf Stress. Nicht jetzt, alles läuft sehr, sehr gut. Ich guck schon nach Wohnung für mich, Katja und die Kleinen. Wenn Radu dann auch irgendwann kommt, das wär …" Er verstummte.

Nein, ihn gerade jetzt zu bitten, seinen Bruder wegen Daniel zu fragen, war unmöglich. „Melde dich, wenn du weißt, wie es weitergeht."

Ein Blick auf die Uhr bestätigte, dass, wenn ich noch mit Mahmut sprechen wollte, ich mich beeilen musste. Daher verschob ich den nächsten Anruf an Katja auf später.

Der Junge freute sich, mich zu sehen, er hoffte natürlich, ich würde wenigstens kurz mit ihm spielen. Seine Mutter war weniger begeistert. „Er soll sich nicht so vor dem Schlafengehen hochfahren."

„Ist es okay, wenn wir uns nur ein bisschen unterhalten? Wir verschieben das Spiel auf einen anderen Tag", sagte ich zu Mahmut, nachdem sie gnädig genickt hatte.

Wir verzogen uns in sein Zimmer und hechelten Daniels Beerdigung durch. Mahmut war ziemlich beeindruckt von dem Ganzen, was im Prinzip daran lag, dass es seine erste gewesen war. Nur dass wir anschließend sofort auseinandergingen, verstand er nicht.

„Das lag an den besonderen Umständen", erklärte ich wider besseres Wissen. „Die Mama und der Papa von Daniel sind zu traurig über diesen sinnlosen Mord. Das hätten sie nicht geschafft, sich mit den anderen zusammenzusetzen."

Kaya sei vermutlich bei Kemal, der noch arbeite, wie ich durch vorsichtiges Nachfragen erfuhr. Es würde wie immer sehr spät, bis er zurückkehrte. Wo er sich aufhielt und was er machte, wusste Mahmut nicht. Er wäre eben ein viel beschäftigter Mann.

Ich musste mir ein Grinsen verbeißen bei dieser Aussage. Wetten, dass dies die Worte seines Bruders waren?

Anschließend klingelte ich bei Bernhard, um mich kurz mit ihm auszutauschen. Er öffnete mit dem Telefonhörer am Ohr und bedeutete mir, in die Küche durchzugehen. Er selbst wandte sich Richtung Wohnzimmer. Die perfekte Gelegenheit, Katja anzurufen!

Sie meldete sich mit atemloser Stimme. „Hast du ihn umstimmen können?"

„Nein." Ich versuchte ihr zu erklären, wie wichtig Mihail dieser Besuch war. „Er nimmt sich zwei Männer als Schutz mit. Ich denke, er wird vorsichtig sein."

Sie seufzte laut. „Dein Wort in Gottes Ohr. Ich mache mir trotzdem Sorgen."

Ich verkniff mir die Bemerkung, wie sie selbst reagieren würde.

„Ach, Mensch! Wenn Mihail schwer verletzt wäre, würde ich garantiert das Gleiche tun", kam sie jetzt selbst zur Einsicht. „Mein Verstand weiß das, mein Herz denkt halt anders."

„Glaub mir, er ist sich der Gefahr bewusst", betonte ich noch einmal. „Sag ihm, er soll dich die ganze Zeit über

WhatsApp informieren, was sich tut. Dann kannst du jeden seiner Schritte nachvollziehen."

„Gute Idee!" Sie schmatzte laut ins Telefon. „Danke."

Wir schienen unsere Gespräche fast gleichzeitig beendet zu haben, denn kaum hatte ich das Handy wieder in meiner Jackentasche verstaut, erschien Bernhard. Seine umwölkte Stirn sagte genug, er hatte wenig erfreuliche Nachrichten erhalten.

Er zog sich einen Stuhl heran und setzte sich mir gegenüber an den Tisch. „Das war Monika. Sie will für den Anfang zu ihrer Mutter ziehen. Schon nächsten Montag! Das heißt, ich soll am Wochenende vorbeikommen und mit ihr zusammen unser Hab und Gut aufteilen. Das wird ein Kampf!"

„Du kannst ihr natürlich auch das, was sie haben will, einfach überlassen", stichelte ich. Mein Mitleid mit ihm hielt sich in Grenzen. Er musste selbst entscheiden, wie er vorgehen wollte. Immerhin bestand ja auch die Möglichkeit, einen unbeteiligten Schiedsrichter aus ihrem Freundeskreis mitzunehmen, der schlichtend eingriff, wenn die Situation zu eskalieren drohte. Außerdem hatte er schließlich die Trennung gewollt und durchgesetzt. Der entscheidende Schritt war längst getan. Da würde er doch wohl den nächsten genauso überstehen.

„Im Endeffekt wird wahrscheinlich das meiste verkauft. Ich gebe das Haus auf. Es war eh schon viel zu groß für uns zwei."

Was sollte ich darauf antworten? Das war ein Punkt, den jeder für sich selbst entscheiden musste. „Ich dachte, du würdest, sobald Monika ausgezogen ist, zurückkehren?", rang ich mir ab.

Er schüttelte den Kopf. „Ich habe mir das reiflich überlegt, glaub mir. Es wird besser sein, wenn ich mir was Kleineres suche, in aller Ruhe, noch kann ich ja hierbleiben."

„Hast du Daniels Mietvertrag bereits gekündigt?" Ich hatte keine Ahnung, wie das lief, wenn jemand starb.

„Zum nächstmöglichen Zeitpunkt, also zu Ende Juli. Ich hoffe, bis dahin haben wir auch einen Käufer für das Haus."

„Ist Monika denn damit einverstanden?"

Er zuckte die Schultern. „Ist mir egal. Viel mitzureden hat sie dabei nicht. Allein kann sie es nicht halten."

„Was hat die Polizei dir gesagt?", wechselte ich das Thema. Er hatte vorgehabt, bei den Ermittlern nachzufragen, ob es etwas Neues gäbe.

„Die stehen genauso wie wir auf dem Schlauch. Einen Einbruch könnten sie aber mit Sicherheit ausschließen. Das Schloss ist was Besseres, meinte der Kripobeamte. Das zu manipulieren, wäre ziemlich aufwendig und würde nicht ohne Spuren zu hinterlassen funktionieren. Daniel muss seinen Mörder selbst reingebeten haben."

„Wer hatte alles einen Schlüssel?" Das war ein Punkt, den ich bisher vergessen hatte abzuklären.

Bernhard kniff die Augen zusammen und überlegte. „Daniel hatte seinen am Bund, einen bekam wohl dieser Freund, der Rapper. Keine Ahnung, ob es noch weitere gab. Vielleicht weiß Katja darüber Bescheid."

„Was ist mit dem Vermieter? Hat der auch einen in Reserve?"

Er verzog das Gesicht. „Vielleicht kannst du ihn danach fragen. Mir ist das zu …" Er brach ab und begann unruhig auf seinem Stuhl hin und her zu rutschen. „Du kennst ihn ja. Der ist keiner, mit dem ich mich anlegen will."

Keine Ahnung, wovon er sprach!

„Na, der Bruder von Mahmut", sagte er, nachdem ich meine Unwissenheit zur Sprache gebracht hatte.

„Kemal? Ihm gehört das Haus?"

„Wusstest du das nicht?"

„Nein." Insgeheim verfluchte ich mich, dass ich erst jetzt daran gedacht hatte nachzufragen.

„Er war sehr freundlich, sehr entgegenkommend. Hat sogar gesagt, falls ich eher ausziehen will, sei das kein Problem. Die Wohnung würde er sofort neu vermietet kriegen."

„Willst du dich darauf einlassen?"

Dieses Mal schüttelte Bernhard nachdrücklich den Kopf. „So schnell findet sich nichts, das genauso billig ist. Ich nutze die volle Zeit aus."

# 37

„Warum habe ich mich nicht viel eher um die Schlüsselsache gekümmert!", schimpfte ich mit mir, während ich die Treppe hinabstieg. Nur gut, dass ich entgegen meiner Absicht doch kurz bei Bernhard vorbeigeschaut hatte. Dieser Punkt war enorm wichtig, genauso wie der Hinweis auf Kemal als Hausbesitzer. Konnte ich ihn und seinen Clan denn tatsächlich von jedem Verdacht freisprechen?
Bei Mihail hatte ich dieses Problem nicht. Ihm glaubte ich, obwohl ich ihn nicht mal richtig kannte. Kemal einzuschätzen fiel mir schwerer. Auf ihn passte das Wort undurchsichtig perfekt.
Trotzdem musste ich nun dringend versuchen, ein weiteres Mal mit ihm zu sprechen. Ich trabte zurück zum Blücherbunker und steuerte den Weg an, der zum Nebeneingang führte. Die zwei Jugendlichen, die mit dem Rücken zu mir standen, fuhren herum, als sie meine Schritte hörten. Einer ließ panisch seinen Joint fallen. Als sie mich erkannten - ich hatte sie schon mehrfach in der Einrichtung gesehen -, bückte er sich und hob die Selbstgedrehte wieder auf. „Was schleichst dich so ran!", fuhr mich sein Freund gleichzeitig an.
„Entschuldigung. Ich wollte euch nicht erschrecken." Defensives Auftreten kam in diesem Moment besser. Immerhin wollte ich was von ihnen. „Ich suche Kaya."
„Um die Zeit?" Der Angsthase riskierte ein abfälliges Lachen. „Der ist jetzt mit …"
„Der is beschäftigt", unterbrach ihn der andere schnell und machte eine eindeutige Handbewegung, die er mit einem

dreckigen Grinsen untermalte. „Den sehn wir heute nicht mehr."

„Ah, alles klar. Dann versuche ich es morgen oder übermorgen noch mal." Kaum hatte ich sie weit genug hinter mir gelassen, begann ich über das ganze Gesicht zu grinsen. Dass Kaya eine Freundin hatte, nahm ich ihnen nicht ab. Nein, der war garantiert in Kemals Auftrag unterwegs. Also hatte sich mein kleiner Abstecher zumindest in der Weise gelohnt, dass ich Mahmuts Aussage bestätigt fand. Kaya war der richtige Ansprechpartner, wenn ich mit dem Boss reden wollte.

Am nächsten Morgen hieß es für mich früh aufzustehen, da mein Termin mit dem Pastor schon um halb zwölf war und der Weg dorthin ungefähr eine Dreiviertelstunde dauern würde. Zu spät kommen wollte ich auf keinen Fall.
Deshalb nahm ich lieber eine frühere Bahn, die mich in die Stadt brachte. Dort musste ich in eine andere nach Grevel umsteigen. Sie kam pünktlich, sodass ich, als ich mein Ziel erreichte, noch gute fünfzehn Minuten Zeit hatte. Ich schlenderte gemütlich zum Grüggelsort, der Straße, in der sich Kirche und Gemeindehaus befanden. Fast hatte ich das Gefühl, auf dem Land zu sein, Kirchderne wirkte tatsächlich eher wie ein kleines Dorf abseits der Großstadt, mit freien Flächen, vielen kleinen Häusern und Gärten, sogar die Luft roch frischer.
Die Kirche selbst war für evangelische Verhältnisse ein beeindruckender Bau mit einem hoch aufragenden Turm, besonders wenn man bedachte, dass sie in einem kleinen Vorort stand. Ich schätzte, dass ihre Entstehung mehrere Jahrhunderte zurücklag. Als ich nähertrat, entdeckte ich das typische Schild, das auf den bestehenden Denkmalschutz hinwies.
Das Gemeindehaus war eindeutig jüngeren Ursprungs und eher schlicht gehalten. Punkt halb zwölf meldete ich mich

bei einer älteren Dame, die mich sofort in das Büro von Pastor Engel geleitete. Dieser saß an einem durch viele kreuz und quer liegende Papiere deutlich nach Arbeit aussehenden Schreibtisch und musterte mich über seine Halbbrille eingehend. Er schien kurz vor der Pensionierung zu stehen, zumindest der vielen Falten und der grauen, wenn auch vollen Haare nach zu urteilen. Gut, das ließ mich hoffen.

Er wies mit einem freundlichen Lächeln auf den Besucherstuhl und bat mich, Platz zu nehmen. „Sie kommen wegen einer Hochzeit?"

„Das war ein Schwindel", gab ich zu. „Ich möchte mit Ihnen über Ressia sprechen. Sie war die Freundin meines vor kurzem verstorbenen Freundes. Wenn ich mich nicht täusche, haben Sie bei einer anderen Freundin angerufen und ihr ausrichten lassen, dass es Ressia gut gehe."

Er sah mich schweigend an, sein Lächeln war allerdings verschwunden.

„Wir freuen uns, dass Sie ihr helfen und sich um alles Weitere kümmern", fuhr ich fort, da er keine Anstalten machte, mir zu antworten. „Bitte ermöglichen Sie es mir, mit ihr zu sprechen. Es könnte sein, dass sie wichtige Informationen bezüglich des Ermordeten hat, die uns helfen, seinen Mörder zu finden."

Ein langes Schweigen entstand. Ich spürte meine Hoffnung schwinden. Wie es aussah, war der Pastor nicht bereit, für mich ein Treffen mit Ressia zu arrangieren.

Endlich öffnete er den Mund, um mir zu antworten. „Sie hat bereits vor der Polizei ausgesagt. Die Ermittler sind der Meinung, dass sie nichts Relevantes zu dem Mord weiß. Zu ihrem Schutz muss ich Ihr Anliegen leider ablehnen."

„Wahrscheinlich ist ihr nicht mal bewusst, dass sie diese Informationen hat", versuchte ich es erneut. „Sie war seine Vertraute, nur ihr gegenüber war er ganz offen."

Er hob eine Augenbraue an. „Glauben Sie, die Kriminalbeamten sind nicht gründlich genug vorgegangen?"

„Ich denke, sie wussten nicht, wonach sie fragen mussten", behauptete ich und bemühte mich, bei diesen Worten ernst und professionell dreinzublicken. „Es könnte sich um ein kleines Detail handeln, das im ersten Moment unwesentlich wirkt, aber im Zusammenhang gesehen den entscheidenden Hinweis gibt. Bitte, verschaffen Sie mir die Möglichkeit, sie zu befragen."

Wieder blieb er einen Moment stumm und ich hoffte schon, ihn umgestimmt zu haben. Dann schüttelte er entschieden den Kopf. „Ich vertraue auf die Arbeit der Polizei. Sie wird den Mörder Ihres Freundes bestimmt auch ohne Ihre Hilfe finden."

Was für ein Arsch! Deutliche Herablassung klang in seinen Worten mit. Dabei hatte sein Gesicht so freundlich und gütig gewirkt, als ich eintrat.

Da ich merkte, dass ich bei ihm auf Granit biss, probierte ich es auf einem anderen Weg. „Aber Sie dürfen mir doch bestimmt verraten, wie Sie auf Ressia aufmerksam geworden sind beziehungsweise wer Sie mit ihr bekannt gemacht hat."

Angesichts meiner Frechheit verdunkelten sich seine Augen. „Das tut nichts zur Sache. Der Gemeinderat hat beschlossen, sie unter den besonderen Schutz der Kirche zu stellen und für sie um ein Bleiberecht zu kämpfen. Mehr werden Sie von mir zu diesem Thema nicht zu hören bekommen." Er erhob sich. „Da Sie mir unter Vorspiegelung falscher Tatsachen meine Zeit gestohlen haben, erkläre ich unser Gespräch hiermit für beendet."

Von Nächstenliebe und Barmherzigkeit keine Spur! Oder gewährte er mir diese nicht, um Ressia zu schützen? Sah er mich etwa als Feind?

Noch ein letzter Versuch! „Kennen Sie Daniels Großeltern?" Aus diesem Grund hatte ich Bernhard nicht mitnehmen wollen, weil ich mir eine positive Antwort erhoffte und diese wenn möglich gleich anschließend aufsuchen wollte.

Seine Anwesenheit wäre mit Sicherheit kontraproduktiv gewesen.

Pastor Engel umrundete seinen Schreibtisch, wich mir in einem Bogen aus und öffnete die Tür. „Ich möchte, dass Sie jetzt gehen."

Ich sprang auf und befolgte seine Anweisung schweigend. Nicht einmal zu einem Abschiedsgruß konnte ich mich durchringen. War der immer so oder hatte ich ihn, anstatt vertrauenswürdig und kompetent zu wirken, mit meiner Art gereizt?

# 38

Zurück auf der Straße sah ich mich um. Nach dem, was mir Google Maps verraten hatte, machte es keinen Sinn, den Ort abzuklappern und auf gut Glück Anwohner zu befragen, ob sie sich an einen Depressiven erinnern konnten, der hier vor über zwanzig Jahren zu Tode gekommen war. Zuerst einmal hätte ich mich an die Älteren - so wie Pastor Engel - wenden müssen und bei denen würde ich als junger Mann auf Misstrauen stoßen. Dann war dieser Vorort doch größer als gedacht. Außerdem wären die Großeltern, wenn denn meine Vermutung überhaupt stimmte, vorgewarnt. Mir würde man kalt lächelnd ins Gesicht sagen, dass man sie nicht kenne, und anschließend direkt zum Telefon greifen und sie warnen, dass hier ein Mann herumlaufe und sich nach ihnen erkundigte. Das wollte ich nicht riskieren.

Wobei - wahrscheinlich hatte der Pastor das längst erledigt. Auf dem Weg zur Straßenbahn ging ich unser Gespräch noch einmal Wort für Wort durch. Meine Gewissheit, dass ich richtig lag, wuchs. Denn hätte er sonst nicht rundweg abgestritten, sie zu kennen? Wenn ich nur wüsste, wie ich an die benötigte Information kommen sollte!

Ich beschloss, direkt zur Uni durchzufahren, wo ich mit einem Kommilitonen eine gemeinsame Hausarbeit besprechen wollte. Der Umweg über Zuhause hätte sich nicht gelohnt.

Dort angekommen informierte ich zuerst meine Mutter. Die hatte normalerweise immer die besten Ideen.

„Hm", meinte sie. „Gehe ich zu Monika und frage sie direkt, riecht sie Lunte. Das scheidet definitiv aus. Lass mir ein bisschen Zeit, darüber nachzudenken. Mir fällt bestimmt was ein."

Mein Freund Mirko kam ebenfalls mit einem Vorschlag. „Geh die alten Zeitungsartikel durch. Vielleicht findest du was über den Unfall mit Todesfolge. Ist zwar eine mordsmäßige Arbeit, aber normalerweise nennen die in ihrem Bericht wenigstens den Anfangsbuchstaben des Nachnamens und mit etwas Glück auch die Straße. Damit wärest du ein ganzes Stück weiter."

Kaum zurück in meiner Wohnung fuhr ich den Computer hoch und machte mich an die Recherche. Tja, entweder war ich zu blöd, den richtigen Suchbegriff einzugeben, oder es war tatsächlich nichts im Internet darüber zu finden. Fast zwei Stunden opferte ich, ohne Erfolg.

Als ich gerade beschlossen hatte aufzugeben, klingelte mein Handy. Katja! Wollte sie sich etwa zu dieser späten Stunde noch über ihren Freund auslassen?

Oder war ihm doch etwas zugestoßen? Ich nahm den Anruf an, kurz bevor sich die Mailbox einschaltete.

„Alex, kannst du vorbeikommen? Wir haben den Spanner erwischt. Du wirst niemals glauben, wer es ist."

Meine Synapsen fanden nur einen Einzigen, bei dem sie derart ausgeflippt wäre. „Chris."

„Woher weißt du … Ist ja auch egal. Kommst du? Er redet nicht. Er verlangt, dass wir dich holen."

Ausgerechnet mich? Sehr seltsam!

„Es wird eine Weile dauern, die Verbindung ist abends schlecht." Es war bereits nach elf, da fuhr der Bus wahrscheinlich nur noch einmal in der Stunde.

„Nimm dir ein Taxi. Ich bezahle es. Und beeil dich! Sonst holen meine Nachbarn die Polizei."

Das wäre ganz schlecht. Ich sprang auf. „Ich rufe sofort an. Bis gleich."

Aufs Äußerste gespannt wartete ich auf das Eintreffen des Wagens, sprang geradezu hinein und nannte dem Fahrer die Adresse. Eine nervöse Erregung vermischt mit einem leichten Hochgefühl durchdrang mich. Vielleicht würde sich gleich alles aufklären.

Sie warteten in Katjas Wohnzimmer, Chris saß auf der Couch, gleich vier Männer standen mit verschränkten Armen vor ihm und lauerten darauf, dass er sich bewegte.
Ich musterte ihn, bevor ich die Anwesenden begrüßte. Bis auf eine lange Schramme auf der Wange schien er unverletzt.
„Er hockte im Gebüsch und beobachtete Katjas Fenster", teilte mir der Ältere mit, der mich damals erwischt hatte. „Deshalb ist er uns so oft nicht aufgefallen. Der schlich nicht ums Haus, sondern konzentrierte sich auf ihre Wohnung."
Chris presste die Lippen zusammen und starrte ostentativ an uns vorbei.
„Hat er was dazu gesagt?", erkundigte ich mich.
Katja, die in der Tür stehen geblieben war, schüttelte den Kopf und antwortete: „Nur dass wir dich rufen sollen."
„Aber erst nachdem ich ihm mit der Polizei gedroht hatte", fügte der Ältere hinzu.
„Was soll das?", sprach ich Chris direkt an. „Spionierst du tatsächlich Katja hinterher?"
„Ich sag's dir, wenn wir allein sind." Er sah nicht einmal zu mir herüber.
Der Ältere blickte mich fragend an. Ich nickte. „Wir warten draußen, ein Ruf von dir und wir sind wieder da."
Nacheinander verließen die Männer das Zimmer. Katja schloss die Tür hinter ihnen. Ich wandte mich Chris zu. „Na, dann mal los!"
„Ich wurde dazu gezwungen", presste er zwischen den Zähnen hervor.

„Was? Wieso?" Ich ließ mich ihm gegenüber in den Sessel fallen und blickte ihn auffordernd an.

„Es ist alles so unfair. Ich darf Miriam nur unter Aufsicht sehen, bei ihr achtet keiner darauf, was sie treibt."

„Miriam?"

„Meine Tochter. Die ersten zwei Jahre hatte ich Kontaktverbot, jetzt treffe ich sie im Jugendamt, mit einer Mitarbeiterin daneben."

Gott, war ich blöd! Hinweise genug hatte es doch gegeben!

„Du bist der Vater von Katjas Kleiner."

„Weißt du, wie man sich da fühlt?", fragte er, ohne meine Worte zu beachten. „Wie ein Schwerverbrecher. Die schauen genau hin, wie ich mit ihr umgehe. Die entscheiden, ob wir rausgehen können oder nicht. Die kontrollieren sogar die Sachen, die ich ihr mitbringe. Ich stehe unter ständiger Beobachtung und Katja kann machen, was sie will."

Mir fiel Katjas Erzählung ein, dass er sie nach der Trennung gestalkt hatte. „Hast du dir das nicht selbst zuzuschreiben?"

Er warf mir einen verächtlichen Blick zu. „Ich wollte die Wahrheit wissen. Da wirst du ohne einen plausiblen Grund von einem Moment auf den anderen abserviert und sie kann dir nicht mal erklären, wieso. Da wird jeder misstrauisch. Ich habe gedacht, da muss ein anderer Kerl hinter stecken. Deshalb bin ich ihr eben gefolgt. Ich wollte nur rauskriegen, was gespielt wird."

„Was dir letztendlich eine Anzeige bescherte und später noch das Kontaktverbot zu deiner Tochter", mutmaßte ich.

„Sie hat behauptet, ich hätte mich nicht unter Kontrolle, wäre aggressiv und unberechenbar." Er schnaubte empört. „Klar, dass ich hochgegangen bin, als ich davon hörte."

„Ich verstehe immer noch nicht, warum du sie jetzt wieder beobachtest", versuchte ich ihn auf die aktuelle Situation zurückzuführen. Was bezweckte er mit dieser Aktion? Was hoffte er, dabei herauszufinden?

„Das habe ich dir doch grad erklärt! Keinen interessiert's, wie sie lebt, wie oft sie ihre Kerle wechselt, ob sie sich anständig um die Kleine kümmert. Sie ist nicht die Supermutter, als die sie sich darstellt. Der Kerl geht vor, immer."

Das nächste Licht ging mir auf. „Also dachtest du dir, du sammelst selbst Material gegen sie."

Er nickte. „Nur so konnte ich sie drankriegen. Meine Eltern, die sind der gleichen Meinung wie ich: Die darf keine Kinder großziehen. Das kann jeder andere besser."

Aha. Die lieben Großeltern wären vermutlich gern bereit, diesen Part zu übernehmen. Und hatten ihren Sohn unwissentlich noch in seinem Wahn unterstützt. Sahen sie denn nicht, was bei ihrer eigenen Erziehung herausgekommen war? Chris hatte bisher nichts zustande gebracht, arbeitete nicht mal regelmäßig, sondern lebte weiterhin von ihrer Unterstützung. „Anscheinend hast du aber nichts Relevantes herausfinden können."

„Nein", gab er zu. „Bis vor kurzem nicht. Jetzt sieht die Sache allerdings anders aus."

„Wieso?"

„Na, dieser Typ, mit dem sie zusammen ist, dieser Rapper. Der hat Stress mit 'nem Clan, enormen Stress sogar. Stell dir vor, die kriegen ihn zu packen, während er mit Frau und Kind zusammen ist. Das sind traumatische Erlebnisse, die kriegst du nicht mehr aus dem Kopf."

„Du denkst, nach so einem Ereignis, würde das Jugendamt Katja die Kleine wegnehmen?" Was für krause Gedankengänge!

Er nickte heftig, begeistert, dass ich endlich verstand. „Die wird von dem Kerl nicht ablassen, das ist sicher. Als Vater von Miriam kann ich nicht zulassen, dass das Kind weiterhin dieser Gefahr ausgesetzt ist."

# 39

Chris war eindeutig krank. Wie reagierte ich nun am besten? Weiterreden lassen, beschloss ich, und auf ihn eingehen. Mal sehen, was ich noch alles herausfinden konnte. „Das Dumme ist nur, dass ihr Freund untergetaucht ist", stellte ich das Offensichtliche fest.

„Der kommt irgendwann zurück", war er sich sicher.

„Und wie willst du …" Ich brachte den Satz nicht zu Ende, zu groß war mein Abscheu. Es blieb nämlich nur eine Möglichkeit: Chris wollte Mihail verpfeifen, um seinen Willen zu kriegen.

Er zuckte tatsächlich die Achseln. „Sie hat mir gegenüber keine Rücksicht genommen, warum sollte ich netter sein?"

„Seit wann weißt du von dem Neuen?"

Er kratzte sich umständlich am Kopf, wahrscheinlich weil er nicht wusste, worauf ich hinauswollte.

„War nicht erst Daniel ihr Freund?", versuchte ich ihn aus der Reserve zu locken.

„Das war nichts Richtiges", protestierte er und verfestigte damit meinen Verdacht, dass er Katja nie aus den Augen gelassen hatte. „Wobei - zwischendurch dachte ich echt, er wäre der Vater des Babys. Der hat Katja ins Krankenhaus gefahren, sie jeden Tag besucht, ein riesiges Bohei gemacht. Es dauerte 'ne Weile, bis ich klarer sah. Zuerst dachte ich, der Rapper sei mit der Schwarzen zusammen und Daniel mit Katja. Irgendwann habe ich die dann gesehen und das war eindeutig nicht der Fall. Dann habe ich mir den genauer angesehen. Der hatte sich mit einem dieser Clans eingelassen und bekam richtig Ärger, als er sich von denen lösen wollte. Der brachte die alle in Gefahr. Ist doch wohl klar, dass ich so was meiner Tochter nicht zumuten kann."

Er fühlte sich tatsächlich im Recht. „Hatten die Clanmitglieder Katja auch schon im Visier?"

„Nee, die waren bisher voll auf den Kerl fixiert. Der ist ihnen durch die Lappen gegangen. Trotz einer groß angelegten Suche wissen die nicht, wo er abgeblieben ist."

Jetzt hatte ich ihn! „Wie hast du mit denen Kontakt aufgenommen?"

„Das war einfach. Ich bin in verschiedene Lokale in der Nordstadt gegangen und habe fallen lassen, dass ich wüsste, wer seine Freundin ist. Das …"

„Hast du denen ihre Adresse gegeben?", unterbrach ich ihn. Wie konnte man dermaßen naiv sein, sich mit solchen Typen einzulassen?

Er winkte lässig ab. „So blöd bin ich nicht. Ich habe nicht mal gesagt, dass ich sie persönlich kenne. Ich habe mich auf diverse Kontakte, gemeinsame Bekannte, rausgezogen, die ich aktivieren würde und die mir Bescheid geben, wenn der Rapper auftaucht."

Mir reichte es. Chris war eindeutig krank. Trotzdem bohrte ich nach, ob er vielleicht sonst irgendwas Wichtiges mitbekommen hatte, zum Beispiel Ressias Auszug. Leider konnte er mir nicht weiterhelfen. Seine Beobachtungen hatte er auf den Abend gelegt, weil er vorher im Café arbeitete.

„Warst du an dem Abend hier, als Daniel gestorben ist?"

„Es ist nichts passiert. Ich habe mich noch gewundert, dass er gegen elf abgehauen ist. Alles war ganz normal, wie immer, sonst hätte ich das längst bei meiner Vernehmung erwähnt." Er wirkte tatsächlich gekränkt. „Auch wenn wir nicht mehr befreundet waren, seinen Mörder hätte ich nicht davonkommen lassen."

„Warum wolltest du unbedingt mit mir sprechen?"

Er sah mich offen an. „Weil du Katja von früher kennst und weißt, wie sie tickt, wie männer-geil sie ist. Dass der Kerl immer an erster Stelle steht. Du bist der Einzige, der nachvollziehen kann, warum ich das mache. Es geht mir um meine Tochter, um nichts anderes."

Nein, es gab keinen Ausweg. Ich öffnete die Tür und winkte die vier Männer wieder herein. „Wir müssen die Polizei anrufen."

Bevor ich mich versah, war Chris aufgesprungen, quer durchs Zimmer gestürmt und warf sich jetzt gegen die Glasscheibe der Balkontür. Sie zersprang, er taumelte hinaus, fing sich und setzte mit einem Sprung über die Brüstung. Als ich mich endlich von meiner Verblüffung erholt hatte, rannte er bereits auf die Rasenfläche zu.

„Der Kerl ist vollkommen irre!", rief ich den Männern zu, schwang mich über den Rand und ließ mich fallen. Wir durften Chris nicht entkommen lassen. Keiner von uns wusste, wie er reagieren würde.

Obwohl ich nicht der Schlankste bin und auf Kurzstrecken schnell abgehängt werde, habe ich eine gute Kondition, was sich auf der Langstrecke dann auszahlt. Deshalb lief ich bald weit vor den anderen Verfolgern, die den Weg durchs Treppenhaus gewählt hatten. Chris rannte gerade um die Ecke des nächsten Hochhauses. Ich setzte zu einem lang gezogenen Zwischenspurt an.

Doch als ich sie umrundet hatte, war er verschwunden. Ich blieb stehen und horchte. Nichts. Kein Laut war zu hören. Ich tastete nach meinem Handy und schaltete die Taschenlampen-App ein. Der Ministrahl erhellte nicht mal den Bereich um mich herum ausreichend. Trotzdem ging ich langsam weiter und leuchtete in alle Richtungen. Bestimmt hatte Chris sich hier irgendwo verkrochen.

Die zwei jüngeren Männer erreichten mich und hielten schnaufend neben mir an. „Ist er weg?"

„Kann eigentlich nicht sein, ich war ziemlich dicht dran."
Noch während meiner Antwort zogen sie große Stablampen hervor. Ja, das brachte richtig Licht!

Etwas knackte im Gebüsch nicht weit entfernt, der starke, ausfächernde Strahl erfasste den fliehenden Chris. Ich wollte los spurten, einer der Männer hielt mich zurück.

„Nimm meine Lampe. Du bist ausdauernder."

Ich behielt sie in der Hand, während ich dem Flüchtigen folgte. Anscheinend handelte es sich um eins dieser Exemplare für Profis, das Licht reichte weiter, als ich erwartet hatte. Kein Problem für mich, Chris im Blick zu behalten.

Dafür hatte er einen anderen großen Vorteil. Im Gegensatz zu mir schien er sich in Hörde auszukennen. Er musste ein bestimmtes Ziel haben, das er mit aller Macht erreichen wollte, denn sein Vorsprung schmolz wesentlich langsamer als zuvor. Jetzt legte er sogar noch einmal zu. In dem Wissen, dass die Verfolgung nicht mehr lange andauerte, zog ich mein Tempo ebenfalls an.

Mittlerweile hatte ich längst die Orientierung verloren, keine Ahnung, wo wir uns befanden. Erst als Chris eine Straße überquerte und der Strahl meiner Lampe das gegenüberliegende Gelände beleuchtete, begann ich zu ahnen, was er vorhatte.

Durch Hörde läuft ein Bach, der heißt denn auch ganz simpel Hörder Bach. Dieser mündet irgendwann und irgendwo in der Emscher. Ob es sich um das eine oder das andere Gewässer vor uns handelte, konnte ich nicht erkennen. Klar war jedoch, dass Chris hindurchwaten oder schwimmen wollte - sonderlich breit war es nicht -, um mich abzuhängen.

Oben an der Böschung stolperte er und konnte sich erst im letzten Moment fangen. Danach setzte er seinen Abstieg wesentlich langsamer fort.

So steil war der Abhang nicht, erkannte ich, als ich den Bereich kurz nach ihm erreichte. Entweder erlahmten Chris' Kräfte oder er ließ mich extra näherkommen, weil er mir eine Falle stellen wollte. Ich musste vorsichtig sein!

# 40

Auch ich war ziemlich ausgepumpt, stellte ich fest. Als ich den Hang hinabstieg, zitterten meine Beine und ich hatte Mühe, das Gleichgewicht zu halten. Trotzdem versuchte ich zügig einen Fuß vor den anderen zu setzen. Der Abstand zwischen uns schmolz immer mehr.

Chris, bereits am Uferrand angekommen, stolperte erneut und musste sich abstützen, um nicht zu fallen. Ich überwand den letzten Rest der Böschung mit einem kühnen Sprung. Kaum hatte er den ersten Fuß ins Wasser gesetzt, war ich heran.

Noch bevor ich nach ihm greifen konnte, fuhr er herum und etwas zischte gefährlich nah an meinem Kopf vorbei. Ich hätte beinahe das Gleichgewicht verloren und machte einen Schritt zurück, um wieder sicheren Stand zu bekommen. Fast gleichzeitig bückte er sich und hob den nächsten faustgroßen Stein, wie ich im Licht der Lampe erkannte, hoch. Gerade noch rechtzeitig warf ich mich zur Seite, sodass er gefahrlos an mir vorbeirauschte.

Ich rutschte auf dem Hosenboden näher an ihn, der schon wieder nach einem Stein griff, heran. „He, Chris! Willst du mich umbringen?"

Dieses Mal musste ich das Geschoss mit dem hochgerissenen Arm abwehren, nutzte den Schwung und war damit fast neben ihm. Er erkannte die Gefahr und drosch mit einem neuen Stein in der Faust auf mich ein, das heißt, er versuchte es. Zum Glück war ich schneller. Ich rammte ihm kurzerhand die schwere Stablampe gegen den Schädel. Er flog regelrecht zurück, konnte sich nicht mehr halten und platschte ins Wasser.

Jetzt bekam ich es mit der Angst zu tun. Im Eifer des Gefechts hatte ich wahrscheinlich zu hart zugeschlagen, sogar die Taschenlampe war sofort erloschen. Hoffentlich hatte ich ihn nicht getötet. In der fast kompletten Dunkelheit konnte ich nur noch seine Umrisse erkennen. Er lag reglos da und sank immer tiefer.

Ich sprang nun ebenfalls ins Wasser und tastete nach ihm. Gott sei Dank! Er lag auf dem Rücken. Ich umfasste seine Schultern und zog ihn vorsichtig Richtung Ufer. Immer noch rührte er sich nicht. Ihn dort hochzubekommen, würde ein schweres Stück Arbeit werden.

Ich überlegte gerade, wie ich es anstellen sollte, als er plötzlich hochschnellte, mich packte und zu sich hin riss. Damit hatte ich nicht gerechnet, ich fiel auf ihn wie ein Sack. Seine Finger fuhren mir wie Klauen ins Gesicht, bevor ich mich von meiner Überraschung erholt hatte und reagieren konnte, legten sie sich um meinen Hals und drückten zu. Gleichzeitig drehte er sich, sodass ich unter ihm zu liegen kam.

Ich merkte, wie ich tiefer sank. Im selben Moment verstärkte er seinen Druck, ich schnappte ein letztes Mal nach Luft, dann geriet mein Kopf unter Wasser. Panisch begann ich um mich zu schlagen, traf ihn sogar mehrere Male, doch die Wirkung war gleich null. Mittlerweile summte es in meinen Ohren und mein Körper schrie geradezu nach Luft. Nur mühsam konnte ich den Impuls unterdrücken einzuatmen, viel Zeit blieb mir nicht mehr, bis ich entweder ertrank oder erstickte.

Meine tastenden Hände fanden seine. Ich kniff in die Haut, versuchte seine Finger aufzubiegen - ohne Erfolg.

Ich will nicht sterben! Ein letzter verzweifelter Angriff mit dem bisschen Kraft, die mir geblieben war: Ich erwischte seinen kleinen Finger, den er etwas abgespreizt hielt, und bog ihn nach hinten, weiter und weiter, bis ich direkt zu spüren glaubte, wie die Sehnen und Knochen darin sich dehnten und rissen. Als mir fast die Sinne schwanden, reagierte er endlich und riss seine Hand brüllend zurück. Der Druck ließ nach, ich kam prustend und hustend zurück an die Oberfläche.

Kaum hatte ich ein-, zweimal nach Luft geschnappt, war er wieder über mir. „Verfickter Hurensohn", knurrte er mit einer Stimme, die nicht die seine zu sein schien. Bevor ich mich versah, stemmte er beide Hände in meinen Bauch und drückte mich erneut unter Wasser.

Entweder gab ihm die Wut neue Kraft oder ich war zu geschwächt, dieses Mal konnte ich mich nicht befreien. Das Sausen in den Ohren wurde zu einem Brausen, meine Abwehrbewegungen schwächer, ohne mein Zutun gab mein Körper dem Reflex nach und atmete ein, mein Mund und meine Nase füllten sich mit Wasser, ich spürte, dass mir die Sinne schwanden.

Plötzlich packten mich kräftige Arme, zogen mich empor und hielten mich, während ich abwechselnd Wasser erbrach und nach Luft schnappte.

„Es ist vorbei", sagte eine ruhige Stimme. „Wir haben ihn." Ich weiß nicht, wie lange es dauerte, bis ich mich so weit erholt hatte, dass ich fähig war, normal zu denken und zu erfassen, was geschehen war. Durch viel Glück hatten mich zwei der vier Männer gefunden und im letzten Moment gerettet. Ihr Ruf hatte die anderen beiden alarmiert, was auch erforderlich war, denn Chris schlug und biss um sich, als sei er völlig verrückt geworden. Selbst als sie ihn auf dem Boden fixierten und er keinen Muskel mehr bewegen konnte, schrie und spuckte er wie ein Wahnsinniger.

Von einer Kopfverletzung war bei ihm nichts zu erkennen, wahrscheinlich hatte die Taschenlampe zuerst den Stein in seiner Hand getroffen und seinen Kopf nur gestreift. Ich war auf seine Taktik, den Bewusstlosen zu spielen, hereingefallen.

Da er sich nicht beruhigen wollte, kümmerten sich die herbeieilenden Sanitäter, die der Ältere eigentlich für mich gerufen hatte, zuerst um ihn. Selbst diese brachten ihn nicht zur Raison. Ein Notarzt wurde angefordert, der ihm ohne lange Diskussion eine Spritze verpasste, die ihn ausknockte.

„Ich weiß nicht, ob das wichtig ist", sagte der Ältere, der anscheinend der Sprecher der Gruppe war. „Ich meinte zu verstehen, dass er immer wieder brüllte: Ich will nicht zurück in die Klinik."

„Ich glaube, er war mal in der Psychiatrie", krächzte ich, mit dem Sprechen hatte ich immer noch Schwierigkeiten.

Der Notarzt wurde auf mich aufmerksam. „Was ist denn mit Ihnen passiert?"

Weil im gleichen Moment die ebenfalls alarmierten Polizisten erschienen, brauchte ich die Geschichte nur einmal zu erzählen. Abwechselnd mit dem Älteren berichtete ich von dem, was sich im Vorfeld ereignet hatte, und übernahm den letzten Teil allein. „Wären mir die Männer nicht zu Hilfe gekommen, hätte er mich wahrscheinlich umgebracht", schloss ich. „Ich war kaum noch bei Bewusstsein, als die mich rauszogen."

Daraufhin nahm der Notarzt mich mit zum Rettungswagen und untersuchte mich gründlich. „Lassen Sie sich von einem Ihrer Freunde in die Klinik fahren und die Verletzungen dokumentieren", riet er mir. Er musterte mich grinsend. „Bleiben Sie am besten so, wie Sie sind, dann kümmern die sich umgehend um Sie."

Der Ältere, von dem ich immer noch nicht den Namen wusste, trat zu uns. „Ich übernehme das. Wolfgang kann ihm die Böschung hoch helfen, ich komme mit dem Auto direkt hier hin."

Gnädigerweise entließen uns auch die Polizisten, nachdem sie unsere Personalien notiert hatten, mit der Auflage, uns morgen beim zuständigen Revier zu melden. Obwohl mir die Sanitäter eine Decke gegeben hatten, zitterte ich vor Kälte und vor Erschöpfung. Am liebsten wäre ich auf dem schnellsten Weg nach Hause gefahren und ins Bett gefallen. Der Ältere „Manfred, aber alle nennen mich Manni", brachte mich in die Notaufnahme, wartete, bis ich fertig war

- aufgrund meines Zustandes kam ich tatsächlich sofort dran -, und fuhr mich anschließend bis vor meine Haustür. Ich riss mir die mittlerweile nur noch feuchten Klamotten vom Leib, schlüpfte in T-Shirt und Boxershorts und unter die Bettdecke. Kaum hatte ich die Augen geschlossen, war ich schon eingeschlafen.

# 41

Das Klingeln meines Handys weckte mich. Mit geschlossenen Augen tastete ich auf dem Boden herum, wurde jedoch nicht fündig. Erst als der Anruf auf die Mailbox umgeleitet wurde, fiel mir ein, dass ich die nassen Sachen im Bad hatte liegen lassen, ohne mich dafür zu interessieren, ob das Telefon nach dem Wasserkontakt überhaupt noch funktionierte. Gute Nachricht: Das tat es offensichtlich.

Das Klingeln des Handys setzte erneut ein. Aufstehen oder ignorieren? Ich schielte auf den Wecker. Elf Uhr! Ich entschied, mich der Welt erneut zu stellen.

Sekunden später bereute ich diesen Entschluss. Sämtliche Muskeln in meinem Körper protestierten lautstark, als ich mich aufrichtete und die ersten Schritte in Richtung Badezimmer tat. Mannhaft ignorierte ich den Schmerz und stellte mich unter die Dusche.

Eine gute Idee! Unter dem warmen Strahl entspannte mein Körper mehr und mehr und ich begann mich besser zu fühlen. Nur der Hals tat gemein weh. Besonders das Schlucken bereitete mir Schmerzen. Doch das hatte der Arzt in der Notaufnahme mir bereits vorhergesagt. Die Lutschtabletten, die ein leichtes Anästhetikum enthielten, hatte ich natürlich gestern nicht mehr ausprobiert. Vielleicht sollte ich vor dem Frühstück eine davon nehmen.

Ich kramte den Blisterstreifen aus meiner Hosentasche und legte mir die Tablette auf die Zunge. Mhm, ein sanfter Minzgeschmack, echt angenehm!

Meiner Neugier widerstehend legte ich das Handy zur Seite und hängte zuerst die gestern getragene Kleidung auf einen Wäscheständer - es reichte, wenn ich sie später durchwusch

- und zog mich an. Dann warf ich einen Blick auf die Anruferliste. Drei verpasst! Während ich unter der Dusche stand, musste ein weiterer eingegangen sein.

Und drei Nachrichten auf dem Anrufbeantworter, die erste stammte von Herrn Janzen, dem Kriminalbeamten, der den Mord an Daniel untersuchte, er bat um Rückruf. In der zweiten äußerte sich meine Mutter ähnlich, die dritte kam von Katja, die wissen wollte, wie es mir ging. Klar, die konnte wegen der Kinder eh nicht ausschlafen und war bestimmt schon seit sieben Uhr wach. Nett, dass sie wenigstens bis elf gewartet hatte.

Dass meine Mutter sich jedoch so früh meldete, kam eher selten vor und nur, wenn irgendwas Dringendes zu besprechen war. Oder es schlechte Neuigkeiten gab! Mit klopfendem Herzen drückte ich auf ihre Nummer.

„Ich habe den Großvater für dich ausfindig gemacht!" Sie versuchte gar nicht erst, ihren Triumph zu verbergen.

Im ersten Moment glaubte ich, mich verhört zu haben. Wie hatte sie das denn angestellt?

„Ich bin eine harmlose ältere Frau, dazu eine nicht ganz unbekannte Schriftstellerin - du musst nur die richtigen Knöpfe drücken, um selbst die am tiefsten vergrabenen Geheimnisse zu erfahren", erklärte sie mir und lachte. „Nein, es war sogar ziemlich einfach. Ich bin in eins der alteingesessenen Geschäfte gegangen und habe mich als die bekannte Schriftstellerin Susan Morgan", so lautete ihr Künstlername, „geoutet. Ich habe behauptet, meine neue Geschichte solle in Dortmund, besser gesagt in Kirchderne spielen. Ich hätte mir in den letzten Tagen den Ort genauer angesehen und sei begeistert. Meine Heldin solle auf jeden Fall hier wohnen."

Dabei war meine Mutter bisher immer sehr darauf bedacht gewesen, ihre wahre Identität zu schützen. Bis auf ein Interview im Lokalradio hatte sie alle anderen Angebote abgesagt. Sie stand nicht auf Publicity und wollte lieber ihr normales Leben ohne Promistatus behalten.

„Stell dir vor: Die Frau des Inhabers ist ein Fan von mir. Sie war richtig begierig, mir zu helfen. Der seltsame Unfall damals hat sich rumgesprochen wie ein Lauffeuer. Der Mann ist hier aufgewachsen, hat bei ihnen im Laden schon als kleiner Junge eingekauft, der Vater war jahrelang in der Gemeinde tätig."

Sie machte eine kurze Pause, ich sollte wohl selbst kombinieren. „Als Pastor?", fragte ich denn auch brav nach.

„Du bist wohl schon richtig wach!" Ihre Ironie war nicht zu überhören.

„Und wie hast du es geschafft, die genauen Daten zu bekommen?"

„Oh, warten Sie! Ich bin mir sicher, dass ich mich sogar an seinen Namen erinnere", flötete sie. „Hieß er nicht … ach, es liegt mir auf der Zunge. Es war kein sehr geläufiger Name."

„Und was hättest du getan, wenn er Meyer, Schulze, Schmidt gelautet hätte?"

Sie lachte gut gelaunt. „Mir wäre schon was eingefallen, wie ich mich hätte rausreden können. Aber es hat geklappt, er heißt Uhlenstein, Eugen Uhlenstein."

„Du bist die Beste, die Größte." Vor Aufregung spürte ich nicht mal mehr die Schmerzen im Hals. Oder lag es an der Lutschtablette?

„Ich habe, da ich dich nicht erreichen konnte, gleich mal den Namen gegoogelt. Die wohnen im Rechenweg, in einem alten Zechenhaus."

„Aha?"

„Ich bin nur kurz durch die Straße gefahren", rechtfertigte sie sich, „habe nicht mal angehalten."

Ich rechnete nach. Selbst mit dem Auto konnte sie noch nicht wieder zu Hause angekommen sein. „Telefonierst du etwa beim Fahren?" Sie hatte keine Freisprecheinrichtung und hielt sich normalerweise an das Handyverbot am Steuer.

„Ich bin schnell beim Baumarkt vorbei. Ich habe da einiges auf meiner Liste. Aber keine Angst, dein Rückruf kam, bevor ich drinnen war, es kann uns keiner zuhören."

„Deiner Informantin ist nicht aufgefallen, dass du nur an diesem einen Namen interessiert warst?", versicherte ich mich.

Sie schnaube laut: „Hältst du mich für unfähig? Auch Liebesromane sind nach einer gewissen Logik aufgebaut. Ich bin also wohl in der Lage, meine wahren Absichten zu verschleiern. Vor und nach dieser Auskunft habe ich natürlich noch alles Mögliche gefragt, sie hat keinerlei Verdacht geschöpft. Wir schieden als beste Freundinnen."

„Und du hast bestimmt versprochen, ihr dein neuestes Werk zukommen zu lassen", spöttelte ich.

„Das ist das mindeste, finde ich. Sag mal", fuhr sie nach einer kleinen Pause fort. „Gab es bei dir gestern Abend was Größeres zu feiern? Deine Stimme klingt wie ein Reibeisen."

Innerlich aufseufzend berichtete ich ihr von meinem Abenteuer. Ich wusste genau, wie sie reagieren würde.

Richtig, sie schrie entsetzt auf und wollte sich sofort auf den Weg machen, nach mir zu schauen - eine typische Mutter eben. Egal wie alt das Kind war, es benötigte die liebevolle Unterstützung von Mama, um zu gesunden.

Nur der Hinweis darauf, dass ich vermutlich gleich noch einmal bei den Kripobeamten vorbeischauen musste, hielt sie davon ab, sich umgehend ins Auto zu setzen - allerdings erst nachdem ich versprochen hatte, mich spätestens am Abend wieder bei ihr zu melden. Ihre Frage, ob ich nicht besser bei ihnen übernachten wollte, verneinte ich so vehement, dass mir anschließend der gesamte Halsbereich brannte.

Die Nächste, die ich nach einigen Schlucken kalten Wassers anrief, war Katja. Auch sie hatte sich Sorgen um mich gemacht und wollte wissen, wie ich mich fühlte. Ich behauptete, es sei alles halb so wild und fragte nach ihrer Vernehmung. Sie war heute Morgen bereits auf dem Revier gewesen und hatte ihre verschriftliche Aussage unterschrieben.

„Ich hab denen genau erklärt, wie es war. Dass sich seit einiger Zeit ein Kerl hier rumtreibt, der das Haus und seine Bewohner beobachtet. Dass wir uns deshalb entschieden, eine Patrouille einzurichten. Dass es der gestern gelang, den Mann zu stellen und dass dieser uns anflehte, anstatt die Polizei dich zu rufen."

„Hast du ihnen gesagt, dass es sich bei Chris um deinen Ex-Freund und den Vater deiner Tochter handelt?" Eigentlich war ich immer noch sauer, dass sie sich mir gegenüber nicht klarer ausgedrückt hatte. Andererseits, was hätte es gebracht? Darauf gekommen, dass er der Spanner sein könnte, wäre ich nicht. Außerdem hätte ich schließlich auch von mir aus nachfragen können, rügte ich mich im Stillen selbst. Sonderlich viel Interesse, was Katjas Vorgeschichte betraf, hatte ich nicht aufgebracht.

„Das hatten die längst aus den Akten erfahren. Es lag ja schon ein Gerichtsurteil gegen ihn vor. Das mit den Treffen lief übers Jugendamt, ich habe ihn nie zu Gesicht bekommen. Ich dachte ehrlich, die Sache mit dem Nachspionieren wäre ausgestanden."

„Weißt du, ob er schon mal in einer Nervenklinik behandelt wurde?" Ich meinte, mich dunkel erinnern zu können, sie hätte mir was in der Richtung erzählt.

„Damals, vor der Gerichtsverhandlung, wurde er psychiatrisch untersucht. Der Richter riet ihm zu einer Therapie, dadurch könne er einer härteren Bestrafung entgehen. Ich glaube, er war ungefähr drei Monate stationär."

Tja, entweder hatten die nicht erkannt, wie durchgeknallt er wirklich war, oder sein Zustand hatte sich nach und nach verschlechtert. So, wie ich ihn gestern erlebt hatte, war er eindeutig eine Gefahr für andere und das würde ich auch in meinem Bericht deutlich machen.

Wie ich es erwartet hatte, wollte Herr Janzen ein weiteres Mal mit mir sprechen. Ich solle bitte in einer Stunde vorbeikommen. Das weckte meinen Widerspruchsgeist. Er wusste doch gar nicht, wie meine Termine für den heutigen Tag aussahen. Im Prinzip verlangte er von mir, dass ich alles stehen und liegen ließ, nur um ihm Rede und Antwort zu stehen.

„Nein, ich habe leider keine Zeit", erwiderte ich deshalb. „Mein Tag ist vollgepackt, außerdem leide ich noch an den Nachwirkungen der gestrigen Attacke." Ich ging davon aus, dass er wusste, wovon ich sprach. „Beim zuständigen Revier muss ich mich auch noch sehen lassen."

# 42

Und dann machte ich mich, gestärkt durch eine dieser super Schmerztabletten des türkischen Arztes, doch auf den Weg zur Kriminalpolizei. Während des Gesprächs hatte ich blitzschnell meine Chancen abgewogen und mich umentschieden. Natürlich wäre ich lieber direkt zu Daniels Großvater gefahren. Aber im Endeffekt war es sinnvoller herauszubekommen, wie sich die Lage nun darstellte. Hatte Chris ein Alibi für die Tatzeit? Oder stand bereits ein anderer unter dringendem Tatverdacht? Außerdem hatte Herr Janzen mir angeboten, dass ich meine Aussage über den gestrigen Abend bei ihm machen konnte. So schlug ich zwei Fliegen mit einer Klappe.

Kaum hatte ich sein Büro betreten, musste ich erzählen. Immerhin ersparte er sich jegliche Zwischenfrage. Erst nachdem ich geendet hatte, legte er los: Wann ich Chris kennenlernte, wie ich unsere Beziehung einschätzte, wie seine zu Daniel und, und, und. Ich kam nicht dazu, um Aufklärung zu bitten, ob sie ihn als Täter in Betracht zogen oder ob man ihn definitiv ausschließen konnte. Jedes Mal, wenn ich den Mund aufmachte, kam er mir zuvor und wollte ein weiteres Detail von früher wissen.

Und als ich mich langsam wie eine ausgepresste Zitrone zu fühlen begann, erhob er sich und wollte mich hinausbegleiten. „Halt!", protestierte ich und presste mich regelrecht in meinen Sitz. „Ich fände es fair, wenn Sie mir nun wenigstens auch ein, zwei Fragen beantworten würden."

Immerhin blieb er stehen und sah mich abwartend an.

„Vermuten Sie, dass Chris der Mörder von Daniel ist?"

Er verzog das Gesicht. „Schön wäre es. Leider behauptet er, an jenem Tag, kurz bevor Ihr Freund ermordet wurde, auf einer entgegengesetzten Strecke geblitzt worden zu sein. Er hätte gerade erst das Strafmandat erhalten."

Mist! „Ist das sicher?"

„Noch liegt uns das Ergebnis unserer Anfrage nicht vor."

„Wann rechnen Sie damit? Darf ich mich danach erkundigen?"

Er seufzte. „Sie sollten das Ermitteln auf eigene Faust sein lassen. Sie kommen da nicht weiter."

Wie hatte er davon erfahren? Wo war ich aufgefallen? „Ich …"

„Bitte, Herr Grahl, keine Lügen! Uns ist sehr wohl bekannt, dass Sie im Milieu herumschnüffeln. Damit gefährden Sie nicht nur unsere Arbeit, sondern bringen sich eventuell selbst in Gefahr. Das sind verfestigte kriminelle Strukturen, mit denen wir es dort zu tun haben. Im Gegensatz zu Ihnen wissen wir, was abläuft", er grinste, „und wo der Einzelne in der Hierarchie steht. Sie können mir glauben, dass wir auch in diese Richtung sorgfältig ermitteln."

„Wer hatte alles einen Schlüssel zu Daniels Wohnung?", platzte ich heraus - und hätte mir anschließend am liebsten auf die Zunge gebissen. Diesen Punkt wollte ich eigentlich nicht mit ihm diskutieren.

Er hob überrascht die Augenbrauen. „Also ist es Ihnen auch schon aufgefallen."

Ich nickte, nicht bereit, ein weiteres Wort dazu zu sagen. Eben noch hatte Katja mir bestätigt, dass weder sie noch Ressia im Besitz eines Ersatzschlüssels waren.

„Jaaa", kam es gedehnt. „Es sieht im Moment tatsächlich so aus, als hätte Ihr Freund seinen Mörder freiwillig eingelassen."

„Oder dieser verschaffte sich mit einem Schlüssel Einlass und wartete versteckt in der Wohnung", beharrte ich.

Er nickte tatsächlich. „Hätte er Chris Lange mit hoch genommen?"

225

Ich zögerte mit der Antwort. „Keine Ahnung", musste ich schließlich gestehen. Noch vor kurzem hätte ich diese Frage bejaht, mittlerweile, aufgrund all der Geheimnisse, die Daniel erfolgreich vor uns verborgen hatte, war ich vorsichtiger mit meiner Einschätzung geworden. Kannte ich ihn überhaupt gut genug, um seine Reaktion zu beurteilen?

Er bedeutete mir mit einer Handbewegung, dass unsere Unterhaltung damit beendet war. „Halten Sie sich raus", wiederholte er seine Warnung. „Wir sind absolut in der Lage, ohne Ihre Hilfe klarzukommen."

In diesem Moment war ich tatsächlich unschlüssig, ob ich weitergraben sollte. Zum ersten Mal hatte mich Herr Janzen wie einen Gleichberechtigten und nicht wie einen Verdächtigen behandelt. Vielleicht lag es daran, dass ich erkannte: So blöd, wie ich ihn und seinen Kollegen eingeschätzt hatte, waren die beiden nicht. Im Endeffekt ermittelten sie wie ich in alle Richtungen - und hatten fast die gleichen Ideen. Dazu stand ihnen ein riesiger Behördenapparat zur Verfügung, wodurch sie Zugriff auf wesentlich mehr und bessere Informationen hatten als ich. Was also konnte ich schon erreichen?

An der U-Bahn-Haltestelle angekommen änderte ich spontan meine Meinung. Der Arzt im Krankenhaus hatte mich netterweise für zwei Tage krankgeschrieben, ich durfte die Seminare und Vorlesungen guten Gewissens schwänzen. Welchen Schaden würde ich schon anrichten, wenn ich mit Daniels Großeltern sprach? Es interessierte mich wirklich, ob und wie sie wieder in Kontakt gekommen waren.

Ich griff nach meinen Lutschtabletten, die nächste war bereits überfällig, und wanderte hinüber zur entgegengesetzten Haltestelle. Dieses eine Gespräch würde ich noch erledigen. Knapp eine Stunde später suchte ich mir mithilfe meines Handys und Google den Weg durch die Straßen bis zum Rechenweg. Als ich ihn erreichte, musste ich schmunzeln. Nur kurz durchgefahren! Meine Mutter war auch nie um eine Ausrede verlegen. In diesem Sträßchen, eher einer Anliegerstraße am Ende eines Wohnviertels gleich, fiel garantiert jedes fremde Auto auf. Ich konnte nur hoffen, dass sie vor dem besagten Haus nicht durch besonders langsame Fahrweise Misstrauen auf sich gezogen hatte.

Das Zechenhaus wirkte alt, aber gepflegt. Der kleine Steingarten davor stand in üppiger Pracht. Durch meine Mutter, eine leidenschaftliche Gärtnerin, kannte ich die meisten Frühblüher genauso wie die anderen dort gepflanzten Gewächse, die mir verrieten, dass hier bis weit in den Herbst hinein ein wahres Bienenparadies entstanden war. Wer dieses Prachtstück angelegt hatte, wusste, was er tat.

Auch die Einfahrt, in der sich auf halber Strecke die Haustür befand, sah aus wie frisch gefegt. Durch ein kleines Tor konnte ich in den hinteren Garten blicken beziehungsweise ein kleines Stück Rasen erkennen, auf dem zwei riesige Bäume mit ineinander verzweigten Ästen jede Menge Schatten boten. Eine hohe Hecke trennte das Grundstück zur Rückseite ab.

Also entweder waren die Uhlensteins fitter, als ich erwartet hätte, oder sie verfügten über einen guten Gärtner und auch sonst ausreichend Geld, ihr Heim vernünftig instand zu halten. Nun, ich würde es bald wissen.

Zwei Klingeln befanden sich an der Wand, ich drückte auf die untere mit dem richtigen Namen und wartete. Nichts tat sich. Ich klingelte noch einmal, mit dem gleichen Ergebnis. Hm, hielten sie vielleicht einen Mittagsschlaf? Ich zog meine Uhr zurate. Halb vier! War ich zu früh?

Ich hatte gerade beschlossen, es in einer halben Stunde erneut zu versuchen, als sich die Tür vor mir einen Spaltbreit öffnete. Ein kleiner alter Mann, höchstens eins fünfundsechzig groß, blickte mir fragend entgegen. Ich setzte ein - hoffentlich - gewinnendes Lächeln auf und sagte: „Herr Uhlenstein? Mein Name ist Alexander Grahl, ich bin ein guter Freund von Daniel und würde gern kurz mit Ihnen sprechen."

In seinen Augen blitzte es kurz auf, er legte den Kopf schräg und betrachtete mich von oben bis unten, blieb aber stumm. Oh, nein! Nicht schon wieder eine Abfuhr! „Ich habe jetzt erst erfahren, dass Sie Daniels Großvater sind", sagte ich schnell. „Ich versuche seinen Mörder zu finden, weil ich denke, dass die Polizei in die falsche Richtung ermittelt." Bei diesem Statement bekam ich kurz ein schlechtes Gewissen, machte aber weiter. „Herr Uhlenstein, so, wie es aussieht, ist Daniel von jemandem ermordet worden, den er gut kennt. Er muss seinen Mörder selbst in die Wohnung gelassen haben."

Nichts regte sich in seinem Gesicht. Immerhin blieb er stehen und sah mich abwartend an.

Was konnte ich noch vorbringen? „Ich weiß, dass Sie Ressia in die Obhut der Gemeinde gegeben haben", setzte ich alles auf eine Karte. „Sie waren Daniels Vertrauter, Sie kennen jedes seiner Geheimnisse." Hoffentlich hatte ich nicht zu dick aufgetragen. Oder genau das Falsche hervorgehoben. „Aber eigentlich möchte ich selbst ein paar Antworten", setzte ich hinzu. „Ich bin seit Jahren sein bester Freund gewesen, dachte ich zumindest. Erst nach seinem Tod wurde mir klar, dass ich den echten Daniel schon lange nicht mehr kannte. Von dem, was ihm wichtig war, hatte ich keine Ahnung."

Der alte Mann sah mich mit wissenden Augen an. „Die Wahrheit könnte schmerzen."

„Das ist mir egal", erwiderte ich und meinte es auch so. „Die Lügen schmerzen mehr, als die Wahrheit es könnte."

Er schien zu spüren, dass ich es ehrlich meinte, denn er öffnete die Tür weiter und nickte mir zu. „Dann treten Sie ein."

# 43

Herr Uhlenstein führte mich durch den Hausflur und durch eine weitere halb offen stehende Tür in seine Wohnung. In der geräumigen Diele blieb er kurz stehen. „Schatz, ich habe Besuch aus der Gemeinde, es kann ein wenig dauern. Benötigst du irgendetwas?"

„Nein, nein. Es ist alles gut", antwortete eine krächzende weibliche Stimme.

Während er mich in den ersten Raum auf der linken Seite wies, eine Art Arbeitszimmer, wie ich kurz darauf erkannte, erklärte er: „Meine Frau ist schwer krank. Daniels Tod war fast zu viel für sie. Ich möchte ihr keine weitere Aufregung zumuten."

Das Zimmer hatte ihm bestimmt früher als Empfangsraum für seine Gemeindemitglieder gedient, schoss es mir durch den Kopf, nachdem ich vor dem wuchtigen Schreibtisch, auf dem sich neben diversem Schreibmaterial nur eine einzelne Akte befand, Platz genommen hatte. Die vielen, bis zur Decke reichenden Regale bogen sich unter der Last der Bücher, die sie beherbergten, an den freien Wänden hingen religiöse Motive neben Fotos von besonderen Events der Kirche. Ich entdeckte eins, auf dem er einer anderen ernst blickenden Person die Hand schüttelte. Da war er ungefähr dreißig Jahre jünger, braun gebrannt und sportlich. Kein Vergleich zu jetzt, obwohl er immer noch tatkräftig wirkte, erkannte man an den vielen Falten und der gebeugten Haltung deutlich sein Alter. Die Augen dagegen blickten wach und interessiert, geistig war er anscheinend noch voll auf der Höhe.

„Möchten Sie etwas trinken?" Er blieb abwartend neben seinem Schreibtischsessel stehen.

Ich schüttelte den Kopf. „Ich möchte Antworten."

Er lächelte belustigt und setzte sich langsam und vorsichtig mir gegenüber. „Sie waren sein bester Freund. Daniel hat viel von Ihnen erzählt."

„Umgekehrt erfuhr ich leider nicht von Ihnen. Ich wusste nicht mal von Ressia." Mist, das hatte wie eine Anklage geklungen. Die vielen Geheimnisse, die er vor mir gehabt hatte, das nagte immer noch an mir. Als wenn er mir nicht zugetraut hatte, sie zu bewahren.

„Es war nicht gegen Sie gerichtet." Der ehemalige Pastor schien meine Gedanken zu erraten. „Daniel wollte sein Leben allein regeln, ohne Hilfe. Dass sich dann alles so verkomplizierte, damit konnte er nicht rechnen."

Ich blieb stumm und sah ihn nur fragend an.

„Die letzte Prüfung, die mit der Exmatrikulation endete, die Freundschaft mit Ressia, die sich anders entwickelte als gedacht, die Geldsorgen, schließlich unser Kennenlernen", zählte er auf und betrachtete mich nachdenklich. „Warum suchen Sie wirklich nach der Wahrheit? Um im Nachhinein zu verstehen oder weil die Neugier Sie treibt?"

„Vermutlich beides", gestand ich. „Ich komme einfach nicht darüber hinweg, dass er mich vollkommen ausgeschlossen hat. Ich meine, wofür sind Freunde denn da? Dass man sich in der Not an sie wendet und sie helfen, ohne zu urteilen."

Meine Worte schienen ihn zu belustigen. „Genauso hat Daniel Sie beschrieben: Alex ist jemand, der immer das Richtige tut und sagt. Der geht unbeirrt seinen Weg, den kann nichts erschüttern."

„Das stimmt überhaupt nicht", widersprach ich. „Mein Leben ist alles andere als perfekt. Ich bin wie Daniel ein …" Jetzt hätte ich beinahe Loser gesagt!

„Meinem Enkel mangelte es arg an Selbstvertrauen", nickte er. „Für ihn sah es so aus, als seien alle anderen in der Lage, ihr Leben vernünftig zu gestalten, nur er nicht. Das Dealen hat er Ihnen verschwiegen, weil er genau wusste, dass Sie dagegen sind und mit Ihrer Meinung nicht hinter dem Berg halten würden - ein Fehler in meinen Augen. Andererseits war es wichtig für ihn zu lernen, selbstständig Entscheidungen zu treffen, auch wenn es nicht immer die richtigen waren."

Dazu äußerte ich mich besser nicht. Diesen Spruch kannte ich zur Genüge von meiner Mutter.

„Über seine Beziehung zu Ressia erfuhr niemand etwas. Er hatte Angst um sie."

„Ich hätte sie garantiert nicht verraten."

„Das hätte er von seinem väterlichen Freund, dem Sozialarbeiter, auch nicht erwartet. Er wurde eines Besseren belehrt. Daraufhin wollte er lieber vorsichtig sein."

Ich dachte echt, ich hätte mich verhört. „Sprechen Sie von Olaf, dem Leiter der Jugendeinrichtung im Blücherbunker?"

„Daniel hat mitbekommen, wie er eine Gruppe Ausreisepflichtiger an die Polizei verriet."

Das konnte ich mir beim besten Willen nicht vorstellen. Nicht Olaf, der Inbegriff eines hilfsbereiten Menschen, der stets das Schlechte entschuldigte und in jedem etwas Gutes fand. „Niemals!"

„Er hat es selbst gesehen. Die Polizei ist erschienen und nahm die gesamte Gruppe mit. Das war, kurz nachdem Ressia erfuhr, dass ihr Asylantrag abgelehnt wurde."

Nein, ich wollte diesen Punkt nicht mit ihm ausdiskutieren, besser war es, Olaf direkt danach zu fragen. Außerdem driftete das Gespräch in eine andere Richtung als geplant ab.

„Wann hat Daniel Sie aufgesucht und wie kam es dazu?" Er hatte seit seinem sechzehnten Lebensjahr gewusst, dass Bernhard nicht sein Erzeuger war. Warum hatte er so lange gewartet, sich an die Großeltern zu wenden?

Herr Uhlenstein lehnte sich zurück und faltete die Hände. „Er begann vor einem halben Jahr mit dieser Psychotherapie, weil ihm endlich bewusst wurde, dass er Hilfe benötigte.

Im Verlauf der Sitzungen kamen irgendwann auch die Erinnerungen an früher durch, an seinen echten Vater und dessen Familie. Daraufhin suchte er den Kontakt zu uns, das war vor ungefähr drei Monaten. Seitdem sahen wir uns einmal in der Woche. Meist kam er zu uns, zweimal besuchten wir ihn, damit wir Ressia kennenlernten." Sein Gesicht verklärte sich. „Sie ist ein so liebes Mädchen und hat bereits so viel Schlimmes erduldet. Ich musste mich einfach nach Daniels Tod um sie kümmern."

„Warum ist der Kontakt zu Ihrem Enkel überhaupt abgebrochen?" Mal sehen, wie seine Erklärung lautete.

„Weil wir bei der Polizei Anzeige gegen die Freundin unseres Sohnes erstattet haben. Wir, also meine Frau und ich, waren davon überzeugt, dass sie ihn ermordet hat."

Verblüfft starrte ich ihn an. Streitigkeiten innerhalb der Familie oder tatsächlich eine heftige Auseinandersetzung um das Sorgerecht, so lauteten meine Vermutungen. Bernhards Bericht darüber war im Prinzip das, was Monika damals ihm gegenüber behauptete. Blind vor Liebe hatte er ihr natürlich alles geglaubt, was sie von sich gab. Aber Mord? „Wie kamen Sie darauf?" Ich folgte seinem Beispiel und setzte mich bequemer hin. Unsere Unterhaltung würde wohl tatsächlich länger dauern.

„Unser Sohn Veit, unser einziges Kind, war leicht depressiv, das stimmt, allerdings lange nicht derart extrem krank, wie seine Freundin es darstellte."

„Moment, ich habe gehört, es sei sogar überlegt worden, ihn zu berenten?"

Er lachte auf. „Das ist völliger Quatsch. Er hatte ein Burnout, weil er auf zu vielen Hochzeiten gleichzeitig tanzte. Als Selbstständiger konnte er es sich gar nicht leisten, ganz auszusteigen. Zum Glück hatte er einen hervorragenden Partner, der den Betrieb allein regelte. Ja, er machte eine Kur in einer auf seine Erkrankung spezialisierten Klinik und musste anschließend weiter kürzertreten. Doch er war eindeutig auf dem Weg der Besserung."

232

„Und die Beziehung zu seiner Freundin und dem Kind?"

Er nickte anerkennend. „Genau das war der springende Punkt. Er hatte erkannt, dass ein Großteil seiner Probleme durch diese Frau hervorgerufen wurde - entschuldigen Sie, dass ich ihren Namen nicht nenne, ich bringe es bis heute nicht über mich. Er wollte sich von ihr trennen, hatte bereits unseren Rat gesucht und mich gefragt, ob ich ihm einen guten Anwalt empfehlen könne. Sie weigerte sich nämlich, das Haus zu verlassen."

„Wie? Er hatte mit Monika darüber gesprochen?"

„Es war sein Haus, sie war diejenige, die ausziehen musste. Die beiden waren nicht verheiratet, Gott sei Dank, dachte ich damals. Er hatte ihr angeboten, sie bei der Wohnungssuche und auch finanziell großzügig zu unterstützen. Es hätte ihr und dem Kind an nichts gefehlt. Dass er beabsichtigte, das alleinige Sorgerecht für seinen Sohn zu beantragen, wusste sie nicht. Erst einmal muss ich wieder ganz gesund werden, sagte er zu uns, damit das Jugendamt mir recht gibt. Sie ist eine schlechte Mutter, sie hackt auf dem Kleinen genauso herum wie auf mir. Wenn es mich, einen gestanden Mann, schon derart trifft, was soll dann bloß aus dem Kind werden?"

Ich atmete tief durch. Absolut heftig! „Wie hat Daniel reagiert, nachdem er davon erfuhr?"

Herr Uhlenstein hob die Hand. „Ich erzähle lieber zuerst die Geschichte zu Ende. Zwei Tage nach unserem Gespräch teilte Veit mir mit, dass er den anstehenden Termin bei dem Anwalt absagen musste. Er würde sich matt und ausgelaugt fühlen, wahrscheinlich brüte er irgendeine Krankheit aus. In der folgenden Nacht starb er. Bei der Obduktion fand sich eine enorme Menge an Beruhigungsmitteln in seinem Blut."

„Ich dachte, er wäre die Treppe hinabgestürzt und hätte sich dabei das Genick gebrochen."

„Richtig. Nur soll es an den Medikamenten gelegen haben, dass er ins Taumeln geriet. Mit dem, was er eingenommen hatte, wäre er kaum fähig gewesen zu laufen."

Diese Auskunft musste ich erst einmal sacken lassen. „Wurde denn nicht die Kripo hinzugezogen?"

„Diese Frau behauptete, nach einer kurzzeitigen Besserung sei es ihm plötzlich wieder schlechter gegangen. Die Tabletten hatte er tatsächlich zu Beginn seiner Erkrankung verschrieben bekommen, sie aber längst abgesetzt. Dass sie ihm diese ohne sein Wissen ins Essen mischte, konnte natürlich nicht bewiesen werden. Dazu kam, dass er kurz zuvor eine schlechte Nachricht aus der Firma bekommen hatte. Ein Großkunde war bankrottgegangen, die ausstehende Summe, die dieser ihnen schuldete, war erheblich. Beweise, dass die Frau bei dem Sturz ihre Hand im Spiel hatte, fanden sich nicht, auch wenn ein vager Verdacht gegen sie bestehen blieb. Die Ermittlungen wurden schließlich eingestellt."

Armer Daniel! „Und genau das haben Sie Ihrem Enkel erzählt? Wie reagierte er?"

„Er wollte seine Mutter mit seinem Wissen konfrontieren."

# 44

Drei Stunden später verließ ich das Haus. Ich fühlte mich wie durch einen Wolf gedreht. Die Abgründe, die sich vor mir auftaten, waren schlimmer, als ich geahnt hatte. Kein Wunder, dass Daniel mit niemandem, nicht einmal mit Katja und Mihail, darüber sprach.

Herr Uhlenstein und seine Frau hatten von Anfang an keinen Hehl aus ihrer Anschuldigung gemacht. Für sie war Monika die Mörderin ihres Sohnes. Diese hatte empört alles von sich gewiesen. Sie war sogar so weit gegangen zu behaupten, ihr Freund habe enorme Probleme mit seinen Eltern gehabt, die sich ständig in alles, sowohl Geschäft als auch Privatleben, hätten einmischen wollen. Deshalb sei er depressiv geworden. Nach dem letzten Besuch bei ihnen zwei Tage zuvor habe er wieder mehr Tabletten genommen als gewöhnlich, abgesetzt hätte er diese nie. Dann sei der Anruf seines Partners gekommen. Danach habe er sich eingeschlossen und geweint. Das Einzige, das sie sich vorwerfen könne, sei, dass sie seinen Arzt nicht gebeten habe, nach ihm zu schauen. Nur wäre ihr Freund regelrecht ausgerastet, als sie sich anbot, diesen zu informieren.

Ich erzählte Herrn Uhlenstein daraufhin Bernhards Version. „So ähnlich ist es Daniel in Erinnerung geblieben", hatte er erwidert. „Er ist durch einen lauten Schrei aufgewacht, dem ein Poltern folgte. Als er in die Diele kam, lag sein Vater regungslos am Fuße der Treppe."

Diese Erinnerung war wie alles, was das frühere Leben mit seinem Vater betraf, verschüttet gewesen, bis es der Therapeutin gelang, zumindest Bruchstücke davon wieder hervorzuholen, zum Beispiel, dass es wohl öfter zu heftigen Auseinandersetzungen zwischen den Eltern gekommen war. Von einem Streit oder was auch immer dem Sturz voranging, hatte er nichts mitbekommen. Das hieß, der Tod seines Vaters würde nie restlos geklärt werden können.

Nach den heftigen Anschuldigungen gegen sie hatte Monika einen Gerichtsbeschluss erwirkt, dass die Großeltern, die sie öffentlich als Mörderin beschimpften, keinen Kontakt zu ihrem Enkel bekamen. Da die Uhlensteins leider zu offen mit ihrem Verdacht umgegangen waren - sie hatten sogar der Lokalzeitung ein dementsprechendes Interview gegeben -, entschied das Gericht zugunsten der Mutter und verhängte ein Besuchsverbot. Natürlich hatten die Großeltern gehofft, dass der Junge sich später, eventuell im Teenageralter, bei ihnen melden würde. Als das nicht geschah, sahen sie davon ab, von sich aus Kontakt aufzunehmen. Sie dachten, er hätte sie komplett aus seinem Leben ausgeschlossen. Herr Uhlenstein hatte mir auch erklären können, warum Daniel nie nach irgendwelchen Verwandten väterlicherseits suchte. „Sechzehn Jahre Erziehung vonseiten der Frau waren ausreichend, jeden Keim in diese Richtung zu ersticken. Auch wenn er sie nach außen hin kritisierte und gegen sie rebellierte, er nahm vieles, was sie vorgab, einfach hin."

Die begonnene Therapie öffnete ihm endlich die Augen, wie sehr seine Mutter ihn negativ beeinflusst hatte. Sein praktisch nicht vorhandenes Selbstwertgefühl, sein Versagen in Prüfungssituationen, sein fehlender Biss, das alles waren Dinge, die ihre Anfänge in der Kindheit genommen hatten. Letztendlich konnte sein Großvater ihn davon abhalten, die Mutter mit den Vorwürfen von früher zu konfrontieren. „Er sollte die Therapie beenden und danach entscheiden, ob und inwieweit er sich mit der Frau auseinandersetzt. Noch war er nicht stabil genug, sich ihr gegenüber zu behaupten, sie hätte ihn gnadenlos fertiggemacht."

Außerdem hätte es rein gar nichts gebracht, die früheren Behauptungen zu wiederholen, hatte er abschließend gemeint.

Monika sei davongekommen, daran würde sich nichts ändern lassen. Er habe gehofft, dass sein Enkel die Dinge in ein paar Monaten ebenso sähe.

Selbstverständlich habe er der Polizei, bei der er sich direkt nach dem Mord an Daniel meldete, genau das Gleiche erzählt. Na ja, fast das Gleiche. Ressia habe er außen vor gelassen, genauso sein Wissen, dass Daniel als Dealer arbeitete.

Meine Bitte, die junge Afrikanerin selbst zu treffen, wehrte er ab. Die junge Frau wisse nicht mehr als er. Er hätte die Gelegenheit gehabt, in Gegenwart eines Dolmetschers ausführlich mit ihr zu sprechen. Daniel sei an dem Tag sehr aufgeregt und glücklich gewesen, weil der Brief des Rechtsanwaltes mit dem angesetzten Scheidungstermin gekommen sei. Er habe freudestrahlend Pläne mit ihr gemacht für ein offizielles gemeinsames Leben. Er sei gegen elf Uhr wieder gefahren, weil er am nächsten Morgen einen frühen Termin gehabt habe. Von irgendwelchen Feindschaften oder anderen gravierenden Problemen wisse sie nichts.

Immerhin in einem Punkt hatte sie definitiv gelogen. Dass Mihail sozusagen auf der Flucht war und sich bei Daniel versteckte, hatte sie bestimmt gewusst. Seltsam, dass sie ihn deckte und nicht einmal dem ehemaligen Pastor von ihm erzählte.

Nachdem Herr Uhlenstein mit dem Gemeinderat gesprochen und um Aufnahme der jungen Frau gebeten hatte, waren er und seine Begleiter - „ich fahre nicht mehr selbst Auto, habe den Führerschein schon vor zehn Jahren abgegeben" - extra in den frühen Morgenstunden bei Ressia aufgetaucht, damit möglichst keiner von ihrem Auszug erfuhr und Rückschlüsse auf ihren zukünftigen Aufenthaltsort ziehen konnte. Auch dass sie Katja keine Nachricht hinterließ, hatte er zu verantworten. Erst auf Ressias inständige Bitten hin und weil sie sowieso beschlossen, der Polizei eine Vernehmung zu gestatten, hatte Pastor Engel die Freundin informiert. Mit meinem Auftauchen hatte er bereits gerechnet. Ihm war längst zu Ohren gekommen, dass ich eigene Nachforschungen anstellte.

Ich berichtete ihm von dem, was ich bisher herausbekommen hatte. „Vielleicht war es wirklich Chris", schloss ich meinen Bericht. „Allerdings glaube ich nicht, dass Herr Janzen sich bei mir meldet, ob er tatsächlich geblitzt wurde."

„Darum kümmere ich mich." Herr Uhlenstein hatte mir zugeblinzelt. „Zufälligerweise ist ein sehr aktives Gemeindemitglied in den Fall involviert. Ich sage Ihnen Bescheid, sobald ich das Ergebnis habe."

Nachdem der alte Mann gemerkt hatte, wie ich eine weitere Lutschtablette einnahm, drängte er mir eine Riesenportion Eis auf - angeblich Daniels Lieblingssorte, die sonst keiner essen würde - und nötigte mich anschließend, mir eine Kühlkompresse von außen gegen den Hals zu drücken. Diese Behandlung funktionierte tatsächlich. Als ich ihn verließ, fühlte ich mich wesentlich besser, sogar so gut, dass ich beschloss, gleich noch einen Besuch bei Olaf dranzuhängen.

Nach meiner letzten Zusammenfassung der Ereignisse und Auswertung der einzelnen Aussagen hatte ich ihn kurzzeitig selbst in Verdacht gehabt, Daniels Mörder zu sein. Er war einer der wenigen, den mein Freund ohne zu zögern mit hinauf in seine Wohnung genommen hätte. Der schwerwiegendere Punkt war allerdings, dass ich mir nicht vorstellen konnte, dass ihre Beziehung tatsächlich an Daniels Dealen zerbrochen sein sollte. Olaf war sein Mentor gewesen, hatte sich mehr für ihn eingesetzt als irgendjemand aus seiner Familie. Zu ihm hatte er so viel Vertrauen gehabt, dass er ihm von dem Desaster an der Fachhochschule berichtete und ihn um Rat fragte. Der Mann, der für jeden eine Entschuldigung fand und niemanden fallen ließ, sollte ausgerechnet bei Daniel anders reagiert haben?

Die Erklärung, die mir Herr Uhlenstein gab, passte besser. Nur war mir immer noch nicht klar, wieso Olaf in diesem Fall entgegen seiner inneren Einstellung handelte. Wie ich ihn kennengelernt hatte, war er eher der Beschützer der sozial Benachteiligten. Deshalb wollte ich ihn mit Daniels Aussage konfrontieren.

Auf dem Weg von der U-Bahn-Haltestelle zum Blücherbunker entdeckte ich Kaya, der ebenfalls in dieselbe Richtung strebte. Ich beschleunigte meine Schritte und rief seinen Namen, damit er stehen blieb. Dass ich ihn allein erwischte, war ein unverhoffter Glücksfall. Ich hoffte, dass ich dadurch offen mit ihm sprechen konnte.

Er kam mir sogar entgegen und grinste vergnügt. „Yo, Mann, was geht ab?"

„Immer dasselbe. Ich komme einfach nicht voran. Sag mal, wie ist das? Kriegen die Läufer ihren Teil an dem Gras jeden Tag neu oder bunkern die das selbst?" Möglichst einfach nachfragen, damit die Antwort eindeutig ist, lautete meine Devise.

„Denkst du, Daniel is deswegen mit Messer?" Er schüttelte den Kopf. „Nee, die holen Zeugs, bevor sie anfangen, und machen Kasse sofort wenn Feierabend."

„Und wenn sie mal Nachschub brauchen?"

„Is einer in der Nähe, der gibt."

Aha, war keiner seiner ‚Freunde' anwesend, war er wesentlich auskunftsfreudiger! „Das ist unter den Konsumenten ebenso bekannt?", fragte ich trotzdem vorsichtshalber nach. Er nickte bestätigend. „Un Haus ist tabu. Kein einer wagt", erklärte er mit Nachdruck.

Wodurch wir netterweise gleich beim nächsten Thema waren. „Wie kann ich Kemal erreichen?"

Irritiert zog Kaya die Augenbrauen hoch.

„Ich muss rauskriegen, wie viele Schlüssel Daniel für die Wohnung hatte und ob er sich einfach einen nachmachen lassen konnte."

„Frag doch Vater."

„Der weiß das nicht."

Er schien zu überlegen, jedenfalls blieb er eine Weile still und runzelte angestrengt die Stirn. „Hat dein Nummer von Handy?"

„Nein." Ich diktierte sie ihm.

„Isch frag ihn." Kaya ließ mich stehen und ging den Weg zurück, den er gekommen war.

Ob er Kemal direkt aufsuchte? Oder wollte er mir nur nicht länger Rede und Antwort stehen?

# 45

„Was erwartest du dir davon?" Olaf warf mir einen schnellen Seitenblick zu, bevor er sich wieder auf die Straße konzentrierte.

Dieses Mal hatte er sich nicht für ein Gespräch mit mir freimachen können, mir aber versprochen, mich anschließend im Auto mitzunehmen und zu Hause abzusetzen. Diese Zeit müsse heute leider für unseren Austausch ausreichen. Er und seine Frau erwarteten heute Abend Gäste.

„Du hast immer noch nicht verstanden", fuhr er fort. „Sollte einer von ihnen Daniel getötet haben, wirst du das nie erfahren. Das ist eine Frage der Ehre. Seine Freunde, seine Familie, die Clanmitglieder, wenn man jemanden aus den eigenen Reihen verrät - ja, sie sehen es als Verrat an, egal was derjenige getan hat -, handelt man gegen das Gesetz. Also ihr Gesetz, wie du dir denken kannst."

Das hieß also: Sollte sich Kemal oder einer seiner Schergen Zugang zu Daniels Wohnung verschafft und ihn getötet haben, würden selbst Zeugen der Tat schweigen? Und das sagte er mal eben so locker, als wäre es völlig normal? „Ist das dein Ernst?"

„Es ist die bittere Wahrheit." Er tat, als konzentriere er sich auf den Verkehr. „Es gibt in derartigen Vierteln keine Integration, kein Hochhalten unserer Gebote und Verbote. Recht ist das, was sie aus ihrer Kultur mitbringen, sie befolgen ihre eigenen Gesetze. Und dazu gehört, dass man keinen verpfeift."

„Selbst wenn man eigentlich entsetzt über die Tat desjenigen ist?"

„Selbst dann."

„Aber …“

„Es gibt kein Aber. Man hat die Entwicklung dieser Parallelgesellschaften jahrelang ignoriert und im Gegenzug sogar
bei der Polizei immer mehr Stellen abgebaut, jetzt plötzlich
sieht man das Ergebnis. Nur haben sich in der Zwischenzeit
diese Strukturen verfestigt, die Parallelgesellschaften sind
längst etabliert. Dagegen kann selbst die beste Polizei nur
wenig ausrichten, wenn sie auf eine Mauer des Schweigens
stößt.“

„Aussagewillige Zeugen und deren Familien werden bedroht“, erinnerte ich mich an den Bericht auf YouTube, den
ich vor kurzem gesehen hatte. „Und wieder ist die Justiz
machtlos. Kein Wunder, dass niemand gegen die an-
kommt.“

„Bei den Aussagewilligen handelt es sich meist um Außen-
stehende“, verbesserte mich Olaf. „Dass einer aus der Familie umkippt, ist selten.“

„Und bei verfeindeten Clans?“

Er seufzte übertrieben laut. „Das regeln die untereinander.
Die brauchen weder unsere Polizei noch unsere Gesetze.“

Die Verbitterung war deutlich aus seinen Worten herauszu-
hören. „Trotzdem setzt du dich für die Kinder und Jugendlichen ein.“

„Ich versuche mein Bestes zu geben, um diesen Kreislauf
zu durchbrechen. Die kleinen Erfolge sind es, die mich bei
der Stange halten. Der eine schafft es mit meiner Hilfe tatsächlich auszubrechen, bei manch anderem kann ich wenigstens kleine Impulse in eine neue Richtung geben. Ehrlich gesagt ist das, was ich erreiche, nur ein Tropfen auf den
heißen Stein.“

So wie heute hatte ich Olaf noch nicht erlebt. Zweifelte er
wirklich an dem Sinn seines Tuns? „Schau dir Mihail an,
ohne dich wäre er niemals ein Star geworden. Du und euer
Studio haben ihm diesen Weg ermöglicht.“

„Ein gutes Beispiel", höhnte er. „Ich konnte nicht mal verhindern, dass er unter die Fuchtel des Clans geriet. Es war reines Glück, dass er ihnen entkommen ist."

Es machte keinen Sinn, mit ihm weiter zu diskutieren. „Denkst du denn tatsächlich, Kemal oder einer seiner Leute hat Daniel getötet?"

„Eigentlich wüsste ich keinen Grund." Er blickte während seiner Worte starr auf die Fahrbahn. „Andererseits bin ich in deren Augen ebenfalls ein Außenstehender. Mich würden sie genauso belügen wie dich."

Also war wieder alles offen! „Ich war gerade bei Daniels Großvater", ließ ich das Thema abrupt fallen.

Vor Überraschung ging er vom Gas, sodass sein Hintermann hupte. Olaf entschuldigte sich mit einer kurzen Geste und wurde wieder schneller. Bei der ersten sich bietenden Gelegenheit fuhr er rechts ran und parkte ein. „Etwa der Vater seines echten Vaters?"

„Genau der", bestätigte ich.

„Ich hatte keine Ahnung, dass er …" Er verstummte und schüttelte den Kopf.

„Warum hast du damals die abgelehnten Asylbewerber an die Polizei verraten?"

Ich konnte richtig sehen, wie es in seinem Gehirn zu rattern begann. „Die Sache mit den Afrikanern. Daniel hat mich bei einem meiner Anrufe belauscht. Oh, Gott!" Er barg sein Gesicht in den Händen. „Hätte er mich bloß darauf angesprochen", drang es dumpf darunter hervor. „Ich hätte es ihm erklären können."

„Dann erklär es wenigstens mir!"

Er rieb sich über die Augen. „Das Gleichgewicht in der Nordstadt ist fragil. Die Gebiete sind unter den einzelnen Clans genau aufgeteilt. Wir am Hafen haben noch die geringsten Probleme, bei uns geht es relativ gesittet zu, wir haben auch nicht dieses riesige Problem mit den Junkies, den Nutten und den Pennern. In unserem Viertel wird hauptsächlich mit Gras gedealt, klar gibt es noch diverse weitere

243

kriminelle Aktivitäten. Aber eben nicht so extrem wie in anderen Gebieten der Nordstadt."

Und was hatte das mit den Afrikanern zu tun?

„Diese abgelehnten Asylbewerber - es handelte sich dabei nicht um eine einzige Aktion von mir", kam er endlich zum Thema, „das waren hier bereits straffällig gewordene Kriminelle, die immer so weitergemacht hätten. Was heißen soll, dass die sich hier einen eigenen Bezirk erkämpfen wollten, und zwar ausgerechnet im Hafenviertel. Dabei konnte ich nicht tatenlos zusehen. Glaube mir, ich spreche da aus langjähriger Erfahrung", sagte er, als hätte er meinen skeptischen Blick bemerkt, obwohl er stur geradeaus sah. „Meine Großeltern wohnten in der Nordstadt. Ich bin oft genug hier gewesen, um den langsamen Verfall mitzubekommen."

Langsam verstand ich. „Dein Beitrag, das Viertel etwas sauberer zu halten", mutmaßte ich.

„Genau. Früher wohnten hier in erster Linie einkommensschwache Familien, arme Rentner und einfache Malocher. Es ging nicht immer friedlich zu, war allerdings kein Vergleich zum Jetzt. Auch heute leben in der Nordstadt noch viele normale Bürger. Kannst du dir vorstellen wie die unter der zunehmenden Gewalt und Kriminalisierung ihres Wohngebietes leiden? Es kann nicht angehen, dass man ungerührt zusieht, wie sich das Viertel immer mehr zu seinem Nachteil verändert."

„Daniel hat dich nicht auf dieses Telefonat angesprochen", stellte ich das Offensichtliche fest. „Stattdessen behielt er sein Vorgehen in Bezug auf Ressia für sich."

Er nickte bestätigend. „Dabei waren das zwei völlig verschiedene Dinge. Natürlich hätte ich sie und ihn niemals verraten. Auch wenn ich ihn damals gewarnt hatte", fügte er hinzu, bevor ich nachfragen konnte, wieso Daniel derart überzogen reagierte. Immerhin kannte er Olaf besser als ich und musste wissen, wie sozial dieser eingestellt war.

„Die Anfänge der Beziehung habe ich noch mitbekommen. Begeistert war ich nicht gerade. Meiner Meinung nach hat er sich viel zu schnell zu fest an sie gebunden. Ich sah für beide darin nichts Gutes. Sie machte sich Hoffnungen, durch ihn und mit ihm in diesem neuen Land bleiben zu können, er übersah die vielen Schwierigkeiten, die sich später, wenn die erste große Liebe verblasst, aus den kulturellen Unterschieden ergeben. Ich wollte ihr Zusammensein nicht verhindern, sondern ihn nur etwas bremsen. Zu diesem Zeitpunkt damals gelang es ihm nicht einmal, seine eigenen Probleme zu bewältigen."

Demnach hatte er sie sehr wohl näher gekannt!

„Daniel kam vorbei und schleuderte mir ein: Es ist vorbei, sie musste ausreisen, entgegen. Als wenn ich daran schuld wäre. Er begann mich regelrecht zu meiden. Und ich habe mich immer wieder gefragt, woran es lag, was ich getan hatte, dass er sich kaum blicken ließ. An diesen Anruf habe ich überhaupt nicht gedacht."

Und es natürlich nicht für nötig befunden, mir Einzelheiten über diese Freundin zu erzählen - genauso wenig wie zuzugeben, dass ihr Verhältnis schon vor Beginn des Dealens nicht mehr das Beste gewesen war. Aber ich erkannte, dass er immer noch schwer an Daniels plötzlicher Ablehnung trug. Deshalb schenkte ich mir meine Vorwürfe.

„Ehrlich, ich bin davon ausgegangen, sie sei abgeschoben worden und Daniel sauer auf mich, weil ich mich von Anfang nicht allzu begeistert von ihr gezeigt habe", beteuerte er.

Was durchaus zu ihm gepasst hätte. „So war er immer schon. Wenn er das Gefühl hatte, jemand sei gegen ihn, zog er sich zurück, anstatt nachzufragen und den strittigen Punkt auszudiskutieren." Das war nur ein schwacher Trost, das wusste ich selbst. „Der Großvater sagte mir, dass er in seiner Psychotherapie große Fortschritte machte. Vielleicht hätte er sich bald schon bei uns gemeldet und uns wieder mit einbezogen." Zumindest mir habe er endlich reinen Wein einschenken wollen, lauteten Herrn Uhlensteins Abschiedsworte. Daniel sei stolz auf das Erreichte gewesen und habe genügend Selbstbewusstsein entwickelt, um sich nicht ständig im Beisein „Erfolgreicherer" als Versager zu fühlen.

„Hat er einen Verdacht, wer der Täter sein könnte?"

Ich berichtete ihm von seinen Bemühungen, Ressia zu helfen, und dass diese angegeben hatte, Daniel sei guter Dinge von ihr weggefahren. Alles andere, was sich auf die Familie bezog, ließ ich aus. Stattdessen erzählte ich von meinem gestrigen Erlebnis und dem heutigen Gespräch mit Kommissar Janzen.

Olaf ließ den Motor wieder an und fuhr los. „Ich bin schon viel zu spät, ich muss nach Hause. Nein, diesen Chris habe ich nie kennengelernt", setzte er hinzu. „Meinst du, er war es?"

„Der Großvater will morgen bei der Polizei nachfragen", umging ich eine ehrliche Antwort. Für mich stand eigentlich schon fest, dass Chris nicht der Schuldige war.

Olaf setzte mich am Körner Hellweg ab und bat mich, ihn unbedingt zu informieren, sobald ich wichtige Neuigkeiten erfuhr, was ich ihm gern versprach. Erst bei diesem Gespräch war mir aufgegangen, wie sehr er noch an Daniel gehangen hatte. Ich durfte ihn nicht außen vorlassen.

# 46

Als ich meine Wohnungstür aufschloss, spürte ich doch die Anstrengungen des Tages. Das Letzte, was ich für heute zu tun gedachte, war, den Fernseher anzuschalten, mich auf die Couch zu werfen und ein wenig zu zappen.

Mitten in der Nacht erwachte ich völlig zerschlagen auf dem Sofa liegend. Ich schleppte mich ins Schlafzimmer und versank ansatzlos wieder im Land der Träume.

Erneut wurde ich durch das Klingeln meines Handys geweckt. Ich fuhr aus dem Tiefschlaf hoch und wunderte mich im ersten Moment, dass ich komplett angezogen auf der Bettdecke lag. Dann erinnerte ich mich daran, dass es mir als viel zu anstrengend erschienen war, mich zu entkleiden, weil jede Bewegung durch die seltsame Haltung auf der Couch schmerzte. Das Handy steckte noch in meiner Hosentasche, ich streckte mich und zog es heraus.

Natürlich war der Anruf längst auf die Mailbox geleitet worden. Meine Mutter informierte mich darüber, dass sie seit gestern Abend auf meinen Rückruf warte.

„Tut mir leid", entschuldigte ich mich, nachdem ich ihrer Aufforderung umgehend nachgekommen war. „Ich habe mich nur kurz ausruhen wollen und bin eingeschlafen."

Sie war viel zu erleichtert, als dass sie auf diesem Punkt herumritt. „Hast du was Neues rausgekriegt? Wie geht es dir?"

Während ich berichtete, bereitete ich schon mal mein Frühstück vor. Meinem Hals ging es viel, viel besser, meine Stimme hörte sich noch etwas rau an, das Schlucken schmerzte allerhöchstens geringfügig - ich war selbst erstaunt, wie schnell ich mich erholte. Vielleicht hatte Herrn

Uhlensteins „Behandlung" tatsächlich die Heilung beschleunigt. Jedenfalls fühlte ich mich frisch genug, mir heute sämtliche Fakten ausführlich vorzunehmen - in erster Linie, weil ich sowieso nicht wusste, wen ich noch befragen sollte, in zweiter, weil ich sämtliche Aussagen auflisten wollte, um sie genauer zu überprüfen. Vielleicht fanden sich so irgendwelche Hinweise, die ich bisher übersehen hatte.

Ich sollte erst einmal nicht dazu kommen. Kaum hatte ich aufgelegt und mich auf mein Frühstück gestürzt, klingelte das Handy erneut.

„Alles paletti", berichtete Mihail. „Mein Bruder geht viel besser. Und wenn Platz frei, er kann gehn in Suchtklinik."

Ich verspürte den Anflug eines schlechten Gewissens. An ihn hatte ich keinen Gedanken mehr verschwendet. „Klingt toll."

„Du hast Fragen?"

„Wie gut kannte dein Bruder Daniel? Hat er eventuell irgendetwas mitbekommen, dass ihm seltsam vorkam? Oder weiß er, ob Daniel echte Feinde hatte, denen er so eine Tat zutraut?"

„Ich ruf ihn an. He! Du bist Held! Hast Stalker erwischt. Katja voll stolz."

„Danke, aber ich hatte Hilfe von ihren Nachbarn, sonst wäre es mir kaum gelungen." Was hatte sie ihm bloß erzählt? Ich frühstückte in aller Ruhe, Mihail meldete sich nicht zurück. Sollte ich es riskieren zu duschen?

Ich nahm mein Handy mit ins Badezimmer und legte es auf die Ablage über dem Spülstein. Kaum strömte das warme Wasser angenehm auf mich herab, klingelte es. Ich sprang auf die Fliesen und griff danach. Eine unbekannte Nummer! Trotzdem nahm ich den Anruf an.

„Hallo, Herr Grahl. Hier ist Uhlenstein. Das Alibi des jungen Mannes, der Sie angegriffen hat, wurde bestätigt. Er kann nicht Daniels Mörder sein."

Genau das, was ich erwartet hatte. „Danke, für Ihren Anruf. Ich bleibe trotzdem dran."

„Falls sich weitere Fragen ergeben, melden Sie sich bitte."
Ich stellte mich wieder unter die Dusche. Als das Handy das nächste Mal klingelte, hatte ich mich immerhin schon eingeseift. Ein Blick auf das Display, es war Katja, die konnte warten.

Ich schaffte es tatsächlich, mich abzutrocknen und frisch anzuziehen, bis Mihail zurückrief. „Tschuldige, Radu war bei Arzt. Jetzt alles klar, morgen wird umgelegt. Weiß nichts, was dir hilft. Nichts passiert, kein Stress gehabt."

Wieder eine Sackgasse! „Wie steht's bei dir?"

„Alles paletti. Katja kann Wohnung kündigen und kommen."

„Super."

„Du, komm mal besuchen, wenn Zeit, okay? Muss dich sehen und selbst danken."

Ich fühlte mich richtig geehrt über dieses Angebot. „Gebongt. Sobald die Sache hier ausgestanden ist."

„Du hast Neues?"

„Nichts Eindeutiges. Bisher habe ich Fakten gesammelt. Ich will mich gleich hinsetzen und sie auswerten."

„Okay, gib Bescheid, ich will wissen."

Langsam musste ich eine Liste anfertigen, wen ich alles benachrichtigen sollte.

Bevor ich mich an die Arbeit machte, meldete ich mich bei Katja.

„Chris hat für die Mordzeit ein Alibi. Er war es nicht."

„Wie hast du das erfahren?"

„Der nette Kommissar gab mir die Auskunft, der, bei dem ich meine Aussage gemacht habe."

Sieh mal einer an! Mich hätten die garantiert abgewimmelt.

„Danke, dass du mich informierst", erwiderte ich, Herrn Uhlensteins Anruf unterschlagend. „Dann setze ich mich jetzt an meine Aufzeichnungen und überprüfe sämtliche Aussagen und Fakten. Vielleicht bringt mich das weiter."

„Gut, ich will dich nicht stören. Aber sag unbedingt Bescheid, wenn du auf was stößt."

War ja klar! „Oder wenn mir noch die eine oder andere Frage einfällt“, ergänzte ich, bevor ich auflegte.

Es war eine mordsmäßige Arbeit. Zuerst vervollständigte ich meine Geschichte um den Teil, der noch fehlte. Dann musste ich schon die erste Pause einlegen, denn mir war etwas aufgefallen, das ich unbedingt abklären wollte.

Anschließend griff ich zum Handy. „Herr Uhlenstein, wir haben überhaupt nicht über Daniels Erbe gesprochen. Sie sagten, Ihr Sohn hatte eine gut gehende Firma und wohnte in seinem eigenen Haus. Müsste Daniel nicht einiges aus dem Nachlass zugestanden haben?“

Er hüstelte verlegen. „Das stimmt schon. Aber es blieb nicht viel übrig. Auf dem Haus lagen hohe Hypotheken und die Firma hatte diese Insolvenz ihres Großkunden zu verkraften. Ich kümmerte mich selbst um den Verkauf der Immobilie und weiß daher, dass nur wenige tausend Euro an Daniel gingen.“

„Also an seine Mutter.“ Ich hatte mich vor meinem Anruf im Internet klug gemacht. Da Kinder nicht geschäftsfähig sind, ist es Aufgabe der Eltern, in diesem Fall der Mutter, das Erbe zu verwalten. Wenn der ererbte Betrag geringer als fünfzehntausend Euro war, musste sie im Prinzip niemandem darüber Rechenschaft abgeben, ob sie das Geld in der Folgezeit für das Kind ausgab oder es zur Bank trug und diesem an seinem achtzehnten Geburtstag überschrieb. „Ich gehe mal davon aus, dass er nicht einen Cent davon gesehen hat.“ Nicht so, wie ich Monika einschätzte.

„Er hat sie tatsächlich, warten Sie, ich glaube, das war nach unserem zweiten Gespräch, darauf angesprochen. Sie behauptete, sie hätte das Geld benutzt, um ihm diverse Extras zu kaufen, wie seinen Computer zum Beispiel.“ Er schnaubte. „Dabei hat sie Kindergeld und Halbwaisenrente kassiert. Mein Sohn war so vorausschauend, freiwillig in die Rentenkasse einzuzahlen.“

„Monika hat immer schon gewusst, wie sie bestimmte Dinge zu ihrem Vorteil nutzen kann", bestätigte ich. „Was ist mit der Einrichtung geschehen? War sie wertvoll?"

„Selbst für gute gebrauchte Möbel gibt es nicht viel. Irgendwelche Sammlerobjekte waren nicht vorhanden, auch keine anderen Wertgegenstände. Das Teuerste war die Einbauküche, erst vor zwei Jahren neu angeschafft. Ich habe das meiste unter die bedürftigen Gemeindemitglieder verteilt. Die Frau nahm sich das, was angeblich ihr gehörte. Leider war ich nicht so genau darüber informiert, was mein Sohn in den Schränken hatte. Ja, ich gehe davon aus, dass sie sich in kleinem Maßstab bereichert hat. Aber das war mir zu diesem Zeitpunkt egal. Ich wollte sie des Mordes überführen."

„Wissen Sie, wo sie nach ihrem Auszug unterkam?"

Wieder schnaubte er abfällig. „Bei dem Neuen. Sie ist direkt von einem gemachten Nest ins nächste gehüpft."

Wie bitte? „Derselbe Mann, mit dem sie heute noch zusammen ist?", vergewisserte ich mich. Und als er bejahte: „Haben Sie zufällig die damalige Adresse?"

„Die müsste in einem Schreiben meines Anwalts zu finden sein. Ich suche sie heraus und schicke sie Ihnen per SMS."

„Super, danke." Dann fiel mir noch etwas ein. „Ach, Herr Uhlenstein? Haben Sie zufällig Kontakt zu dem Kompagnon Ihres Sohnes?"

„Nein, schon lange nicht mehr."

„Existiert die Firma denn weiterhin?"

„Das müssten Sie selbst herausfinden." Er diktierte mir den Namen des damaligen Geschäftspartners, den der Firma, die genaue Adresse und sogar die Telefonnummer. Ein Gedächtnis hatte der Mann!

Ich versuchte gleich im Anschluss mein Glück. Der Anrufbeantworter teilte mir mit, dass die offizielle Geschäftszeit für heute längst beendet war - Freitagnachmittag eben. Immerhin schien ich bei dem richtigen Mann gelandet zu sein. Trotzdem verzichtete ich lieber darauf, wie gewünscht eine Nachricht zu hinterlassen. Ich würde Montag noch einmal anrufen und dann hoffentlich mit dem Besitzer persönlich sprechen können.

# 47

Da ich mir vorgenommen hatte, heute mein Versprechen gegenüber Mahmut einzulösen, legte ich eine kleine Pause ein. Ich konnte genauso gut später weiterarbeiten.

Er freute sich sehr, mich zu sehen. „Du bist gekommen", wiederholte er ein ums andere Mal, bis zu dem Moment, wo wir uns auf das Spiel konzentrieren mussten. Dann war er mit Feuereifer bei der Sache.

Knapp drei Stunden später verabschiedete ich mich. Ihm stand die Enttäuschung ins Gesicht geschrieben. „Du kannst ruhig länger bleiben. Ich muss nicht so früh schlafen gehen."

„Daniels Vater wartet auf mich", log ich. Für mich waren diese Spiele ein netter Zeitvertreib, allerdings nicht über Stunden.

Also ging ich die Treppe hinauf statt hinunter und klingelte bei Bernhard.

Er öffnete mir, sichtlich in Eile. „Ich muss gleich weg."

„Ich wollte dir nur kurz Bericht erstatten. Wenn es unpassend ist, können wir morgen telefonieren."

„Da treffe ich mich mit Monika", erinnerte er mich und winkte mir einzutreten. „Deine Neuigkeiten sind mir wichtiger."

Ich erzählte von Chris, von meinem Treffen mit Pastor Engel und wollte mit meinem Besuch bei Herrn Uhlenstein fortfahren, als er bei der Nennung seines Namens deutlich sichtbar aufmerkte. „Der alte Stinkstiefel! Wie hast du den denn gefunden?"

„Durch einen Tipp des Pastors", schwindelte ich. Dass meine Mutter Detektiv gespielt hatte, musste er nicht erfahren.

„Wetten, dass er dir lauter Schauergeschichten über Monika erzählt hat? Der konnte die von Anfang an nicht leiden. Und als sein Sohn dann starb - da hasste er sie regelrecht."

„Hast du je selbst mit ihm gesprochen?"

„Nur einmal kurz vor dem Haus, als er unbedingt seinen Enkel sehen wollte."

„Ich fand ihn sehr nett. Schauergeschichten hat er keine erzählt, im Gegenteil, er betonte, dass er sehr traurig über den Kontaktabbruch gewesen sei und wie sehr er sich gefreut habe, als Daniel sich vor kurzem selbst bei ihm meldete."

Bernhards Gesicht lief rot an. „Ist der senil oder was? All die schlimmen Dinge, die er über Monika verbreitet hat, er ist sogar …" Er stockte und schüttelte den Kopf.

„Dass er ihr damals das Kind wegnehmen wollte, hat er mir natürlich nicht erzählt", beruhigte ich ihn. „Und Daniel bestimmt auch nicht. Sie haben sich erst vor drei Monaten zum ersten Mal gesehen. Da packst du nicht gleich die alten Familiengeschichten auf den Tisch, sondern bist froh, dass der Enkel sich gemeldet hat und dich besucht. Seine Frau ist wohl ziemlich krank", fügte ich einer Eingebung folgend hinzu. „Und er ist auch nicht mehr der Fitteste. Ich denke, die heiklen Themen wurden lieber ausgeschlossen, die hatten viel zu viel Angst, ihren Enkel ein zweites Mal zu verlieren."

Er nickte zwar, aber richtig besänftigt schien er nicht.

Ich warf einen Blick auf meine Armbanduhr. „So, das war das Wichtigste in Kürze. Du willst weg und ich habe gleich auch eine Verabredung."

„Soll ich dich bis in die Stadt mitnehmen?"

„Nein, ich muss in die andere Richtung."

Wir trennten uns vor dem Haus, Bernhard stieg in sein Auto und ich lief zügig, als hätte ich es eilig, Richtung U-Bahn-

Haltestelle. Natürlich wäre es bequemer gewesen, mich mitnehmen zu lassen. Nur hatte ich keine Lust auf weitere Fragen, die ich ihm sowieso nicht ehrlich beantworten konnte. Komisch, dass sich dieser Hass auf die Uhlensteins über all die Jahre in dem Maße gehalten hatte.

Sie verdächtigten ihre Quasi-Schwiegertochter des Mordes und sind mit dieser Anschuldigung zur Polizei gegangen, machte ich mir klar. Was wäre, wenn dir so was passieren würde. Wärst du nicht total sauer auf diese Menschen?

Weiter kam ich in meinen Überlegungen nicht, denn jemand tippte mir von hinten auf die Schulter.

Kemal blickte mich mit einem unergründlichen Ausdruck in den Augen an. „Ich höre, du kommst nicht voran?"

„Ich konnte eine Menge Leute ausschließen, den Mörder habe ich leider bisher nicht gefunden." Dieses Statement war besser, als zu gestehen, dass ich gewaltig auf dem Schlauch stand. „Darf ich dir ein, zwei Fragen stellen?"

„Okay." Wieder verriet seine Miene nichts.

„Wie viele Schlüssel gehören zu der Wohnung und hätte sich Daniel einen nachmachen können, ohne dich um Erlaubnis zu fragen?"

Er stutzte eine Millisekunde, als hätte er etwas ganz anderes erwartet. „Das ist ein Spezialschloss wie an allen anderen Wohnungstüren. Jeder Mieter erhält drei Schlüssel. Benötigt jemand einen weiteren, muss ich den Auftrag geben."

Drei! Wo war der letzte? Ich bemühte mich, mir meine Aufregung nicht anmerken zu lassen.

„Wie werden deine Leute, also die wie Daniel, bezahlt? Rechnet ihr jeden Tag ab oder einmal in der Woche oder wie läuft das?"

Ein amüsiertes Lächeln umspielte jetzt seine Lippen. „Täglich, nach der jeweiligen Verkaufsmenge."

„Und eine allerletzte Frage: Hast …"

„Du sagtest ein bis zwei", unterbrach er mich.

„Die ist eher privat." Ich holte tief Luft, genau wissend, dass ich mich mit diesem Vorschlag sehr weit aus dem Fenster lehnte. Eigentlich ging mich das, was sich bei ihnen zu Hause abspielte, nichts an, andererseits tat Mahmut mir leid. Ich musste ihn einfach darauf hinweisen. „Ich habe heute deinen Bruder besucht", änderte ich meine Vorgehensweise. „Wir sind über zwei Stunden vor der PlayStation hängen geblieben. Mahmut war richtig enttäuscht, als ich gehen musste."

„Nett von dir."

Er schien nicht zu verstehen, was ich ihm sagen wollte. „Ich glaube, er ist einsam."

Kemals Gesicht verschloss sich. „Das wird sich sein Leben lang nicht groß ändern. Menschen wie er haben kaum Freunde."

„Könntest du nicht ab und zu, vielleicht so zweimal in der Woche, einen von deinen Leuten abstellen, dass der mit ihm spielt?" Ich hob um Verzeihung heischend die Hände, denn seine Miene verfinsterte sich, sodass er richtig bedrohlich wirkte. „Natürlich geht mich das Ganze nichts an, aber dein Bruder ist ein so lieber Kerl - und mit so wenig zufriedenzustellen. Derjenige müsste nur mit ihm PlayStation spielen. Es gibt für ihn nichts Schöneres, als sich an einem Gegner zu messen."

Er kniff die Augen zusammen und musterte mich von oben bis unten.

„Er wäre super glücklich darüber", fügte ich trotzig hinzu. Wenn ich mich schon in die Scheiße ritt, dann richtig.

Zu meiner Überraschung brach Kemal in schallendes Gelächter aus. „Du bist ganz schön mutig."

„Ich habe deinen Bruder ins Herz geschlossen, deshalb dieser Vorschlag." He! Hatte ich nicht gerade beschlossen, ehrlich zu sein? „Ich habe den Eindruck, du liebst ihn", setzte ich nach, „und willst sein Bestes. Damit würdest du ihm eine riesengroße Freude machen." Den Satz: Und du hast die Möglichkeiten, ließ ich trotzdem weg. Ich hatte mich weit genug vorgewagt.

„Ich werde drüber nachdenken." Zu einem eindeutigen Zugeständnis ließ er sich nicht herab.

Ich nickte ihm verabschiedend zu. „Danke, dass du meine Fragen beantwortet hast."

Seine Hand schoss vor und hielt meinen Arm fest. „Ein Letztes: Es wäre besser, wenn du dich in der nächsten Zeit von dem Viertel fernhalten würdest. Du bist zu neugierig, willst alles und jedes wissen. Das passt vielen nicht. Sie glauben nicht, dass es dir nur darum geht, Daniels Mörder zu finden."

Ich war ziemlich perplex. Wem war ich denn auf den Schlips getreten? Außer mit Olaf und mit Kaya hatte ich in der letzten Zeit mit niemandem Kontakt.

„Was ihr im Blücherbunker redet, spricht sich rum. Du stellst einfach zu viele Fragen. Es gibt einige, die denken, du sammelst Informationen für die Polizei. Die uns ebenfalls im Moment verstärkt beobachtet."

Ich brauchte meine Empörung nicht zu spielen. „Was für ein Quatsch!"

„Das sehe ich genauso", nickte er zu meiner Erleichterung. „Trotzdem solltest du dich lieber eine Weile fernhalten." Er grinste. „Auch wenn das meinen Bruder traurig stimmt. Ja, ich muss wohl besser für Ersatz sorgen."

Danke, für die kleine Spitze! „Auch nicht Bernhard besuchen?"

Er schüttelte den Kopf. „Die würden das als Vorwand sehen. Ruf ihn an und verabrede dich mit ihm außerhalb. Das Gleiche gilt für Olaf. Hier bei uns wirst du Daniels Mörder nicht finden. Den hätte ich längst. Grab woanders."

„Die U-Bahn kann ich jetzt gleich aber ohne Angst vor Prügeln", beinahe hätte ich Repressalien gesagt, „nutzen?"

Er trat näher heran und legte mir einen Arm um die Schultern. „Ich begleite dich bis zum Gleis."

Als die U-Bahn einfuhr, verabschiedete er sich mit einem angedeuteten beidseitigen Wangenkuss von mir, ein klares

Signal an alle, die sich in der Nähe aufhielten, mich in Ruhe zu lassen. Ich konnte die Fahrt unbesorgt antreten.

# 48

Erst zu Hause wurde mir meine Situation richtig bewusst. Kemal leitete ein großes Netzwerk von Dealern, war also dick im Drogengeschäft - und agierte nahezu unbehelligt. Wenn nun selbst er mich warnte, ich solle dieses Viertel in der nächsten Zeit meiden, musste ich mehr Staub aufgewirbelt haben als gedacht. Besser, ich folgte seinem Rat.

Um mich von meinen Gedanken abzulenken – natürlich malte ich mir bereits die schlimmsten Szenarien aus -, begann ich, meine Erlebnisse aufzuschreiben. Anschließend las ich mir die gesamte Geschichte durch. Der große Durchbruch blieb leider aus. Viel schlauer war ich immer noch nicht. Daher machte ich einen zweiten Durchlauf und markierte dieses Mal die Stellen, an denen sich die einzelnen Protagonisten selbst äußerten oder etwas über sie erzählt wurde. Anschließend druckte ich die entsprechenden Seiten aus, nur um dann entsetzt festzustellen, dass ich mich durch einen wahren Papierberg zu graben hatte.

Nein, so ging das nicht. Ich musste es anders anfangen. Aber heute nicht mehr und besser mit einer guten Hilfe an meiner Seite. Ich wusste auch schon genau, an wen ich mich wenden würde.

Ich hatte mir den Wecker auf zehn Uhr gestellt und rief gleich vor dem Frühstück an. Wir vereinbarten, uns um halb zwölf zu treffen. Ich aß in aller Ruhe mein Brötchen und trank meinen Kaffee, bevor ich die Unterlagen zusammensuchte und mich auf den Weg machte.

Meine Mutter öffnete mir selbst die Tür. „Komm mit rüber ins Arbeitszimmer. Dort können wir uns vernünftig ausbreiten."

Der Raum war mein früheres Kinderzimmer. Sie hatte es aus dem Grund gewählt, weil es zur Straße hin lag und damit fast den ganzen Tag im Schatten, was im Sommer ein wesentlich angenehmeres Arbeiten versprach. Wobei - eigentlich saß sie mit ihrem Laptop genauso oft im Wohnzimmer, das den ganzen Tag über von der Sonne beschienen wurde, oder, wenn irgendein Essen längerer Aufmerksamkeit bedurfte, in der Küche. Hauptsache es gab eine bequeme Sitzgelegenheit. Deshalb befand sich im Arbeitszimmer auch neben dem üblichen Equipment, einem Computertisch nebst ergonomischem Sessel, einem Regal und einem Schreibschrank, ein ausladendes Sofa, auf dem sie bequem hingekuschelt den größten Teil ihre Geschichten verfasste. Die restliche Einrichtung benötigte sie eher für grundlegende Dinge: Den Computertisch zur Erledigung der notwendigen Mails, die Regale für die Versicherungsunterlagen, die Ordner waren mit dem wichtigen Schriftverkehr gefüllt, den sie immer noch ausdruckte. Ebenso lag von jedem bisher erschienenen Manuskript ein Ausdruck vor. So ganz vertraute meine Mutter der Elektronik denn doch nicht.

Wir setzten uns auf den Boden und sortierten meine Blätter in kleine Häufchen, jedes stand für einen der „Verdächtigen"

„Das ist Schrott", bemerkte meine Mutter, nachdem sie die Seiten gelesen hatte. „Wir müssen anders vorgehen. Du hast viel zu viele irrelevanten Einzelheiten aufgelistet."

Unter meiner Anleitung - meine Sauklaue konnte selbst ich kaum entziffern - verfasste sie handschriftliche Steckbriefe zu jedem Einzelnen. Um drei Uhr unterbrach mein Vater uns mit einem Mittagessen aus der Dönerbude, was wir mehr als dankbar annahmen. Ich muss allerdings gestehen, dass ich wesentlich angegriffener war, mir brummte regelrecht der Kopf.

„Und?", fragte mein Vater, kaum dass wir uns in der Küche um den Tisch versammelt hatten. „Habt ihr den Täter schon entlarvt?"

Keine Ahnung, was meine Mutter ihm erzählt hatte, dass er diese Schlussfolgerung zog. „Wir versuchen, Ordnung in das Chaos zu bringen", erklärte ich. „Damit ich sehen kann, wo ich als Nächstes ansetzen muss. Wer der Schuldige ist, steht bis jetzt noch in den Sternen."

Er biss ein riesiges Stück von seinem Döner ab und kaute bedächtig. „Das wird schon. Ich habe vollstes Vertrauen in euch."

Ja? Mit dieser Ansicht stand er vermutlich allein da. „Bernhard und Monika sind schon direkt nach dem Tod von Daniels Vater ein Paar geworden. Findet ihr das nicht seltsam?" Diesen Punkt hatte ich bisher nicht auf ihren Profilen notiert. Ich wollte zuerst mal mit beiden Eltern gemeinsam darüber reden.

Mein Vater schüttelte bedächtig den Kopf. „Ich wüsste nicht, dass jemals die Rede darauf kam, seit wann sie zusammen sind." Er sah fragend zu meiner Mutter hinüber.

„Worauf willst du hinaus?", meinte diese an mich gewandt.

„Mir hat er erzählt, die Kinder seien damals ziemlich schnell gekommen. Aber zwischen Daniel und seinen Schwestern ist ein Riesenabstand. Warum diese Lüge?"

Sie wiegte nachdenklich den Kopf hin und her. „Vermutlich war es ihm peinlich, die Wahrheit zuzugeben."

„Von wem hast du denn diese Information? Bist du dir sicher, dass sie stimmt?"

Hm, der Einwand meines Vaters war berechtigt. Herr Uhlenstein konnte die Bekanntschaft der beiden falsch interpretiert haben. Bernhard war ja die Hilfsbereitschaft in Person. Vielleicht hatte er anfangs Monika nur unterstützt, wie ein guter Freund, und die Beziehung der beiden war erst viel, viel später enger geworden. Sobald ich die Adresse bekam, würde ich selbst überprüfen, ob sie tatsächlich direkt von einem zum anderen gezogen war.

„Hast du Bernhard schon darauf angesprochen?"

„Bisher noch nicht." Ich war im letzten Moment davor zurückgeschreckt. Sonst hätte ich ihm erklären müssen, dass

Herr Uhlenstein sehr wohl auch über ihn und Monika gesprochen hatte.

„Frag ihn!" Mein Vater begann sich wieder seinem Essen zu widmen.

Meine Mutter und ich folgten seinem Beispiel. Nein, ich würde zunächst selbst recherchieren, beschloss ich. Warum sollte ich den armen Bernhard unter Druck setzen, wenn ich nicht mal wusste, ob Herrn Uhlensteins Aussage stimmte?

Angenehm gesättigt setzten wir uns kurz darauf wieder vor unsere Aufzeichnungen.

„Das war's", sagte meine Mutter und legte die Blätter nebeneinander aus.

Sie hatte recht gehabt mit ihrem Vorschlag. Jeder unserer Protagonisten hatte nun eine eigene Tabelle bekommen, in der alles eingetragen war, was er mir erzählt hatte und was ich von anderen über ihn erfuhr.

„Hm." Meine Mutter zeigte auf Mihails Namen. „Ganz ehrlich? Jetzt, wo ich sämtliche Aussagen kenne, tendiere ich doch dazu, ihn näher zu durchleuchten. Er ist der Einzige, der sich definitiv vor Ort befand."

„Ich schließe ihn genau aus diesem Grund aus. Er hat sofort offen zugegeben, dass er die Leiche fand. Und er musste vor dem Mörder fliehen."

Sie hob skeptisch die Augenbrauen.

„Aber warum sollte er Daniel umbringen? Was für ein Motiv hatte er?"

„Keine Ahnung", gestand sie. „Genauso wie ich auch bei den anderen keins sehe." Sie seufzte. „Zu blöd, dass du von niemandem ein echtes Alibi für die Zeit des Mordes hast."

„Ich bin kein Polizist", fühlte ich mich genötigt zu erklären. „Die hätten das Blaue vom Himmel runterlügen können, wie hätte ich das überprüfen sollen?"

„Ich weiß, ich weiß", beruhigte sie mich. „Blöd ist es trotzdem."

„Wir können ja mal schauen, was wir zusammenkriegen", schlug ich vor. „Ressia ist schlafen gegangen, nachdem Daniel weg war. Katja lag bereits im Bett, weil sie morgens früh raus muss. Olaf war zu Hause, was seine Frau bestätigt, Bernhard und Monika waren ebenfalls zu Hause, sie geben sich gegenseitig ein Alibi. Hm, wen haben wir denn noch? Daniels Freund Jan war im Urlaub, bei den anderen kenne ich die Aussagen nicht. Henrietta und Madeleine sind zusammen aus gewesen und befanden sich auf dem Heimweg. Der alte Uhlenstein wäre garantiert aufgefallen, seine Frau ist zu gebrechlich. Von Kemal weiß ich es nicht. Aber ich denke, da wird die Polizei hintergehakt haben." Ich überlegte kurz, ob ich alle beisammen hatte. „Tja, der Einzige, der ein echtes Alibi besitzt, ist Chris. Und Jan natürlich. Von den anderen könnte es im Prinzip jeder gewesen sein."

„Ich glaube, du musst dich auf diesen dritten Schlüssel konzentrieren", brachte es meine Mutter dann auf den Punkt. „Wenn wir wüssten, wer den besaß, hätten wir wahrscheinlich auch den Mörder."

# 49

Am Sonntag gönnte ich mir eine Auszeit. Ich verabredete mich im Netz mit ein paar Freunden zu einer längeren Spielerunde.

Doch ich konnte nicht richtig abschalten. Andauernd wanderten meine Gedanken zu den Tabellen und unseren Tatverdächtigen. Irgendwie wurde ich das Gefühl nicht los, dass ich etwas Wichtiges übersehen hatte. Am frühen Abend verabschiedete ich mich aus unserem Spiel, setzte mich mit dem Stapel Blätter auf den Fußboden und widmete mich erneut unseren Tatverdächtigen.

Entweder waren wir durch die lange Arbeit betriebsblind gewesen oder wir hatten uns zu sehr durch andere Dinge ablenken lassen. Fast sofort entdeckte ich, was mir die ganze Zeit keine Ruhe gelassen hatte. Es gab in einer der Aussagen immer wieder kleinere Unstimmigkeiten, ob beabsichtigt oder versehentlich war nicht zu erkennen.

Perplex starrte ich auf meine Unterlagen. Wenn ich mit meinem Verdacht richtig lag, dann …

Noch einmal prüfte ich akribisch jede einzelne Aussage. Wirklich relevant konnte man diese Widersprüche nicht nennen. Vielleicht interpretierte ich zu viel hinein. Daniels Tod hatte bei jedem von uns Spuren hinterlassen, war da zu erwarten, dass man immer alles richtig wiedergab? Bevor ich mich verrannte, ging ich besser zunächst weiteren Hinweisen nach.

Als Erstes rief ich am frühen Montagmorgen bei Herrn Ostrowsky, Veit Uhlensteins ehemaligem Geschäftspartner an.

Er war selbst am Telefon und, nachdem er gehört hatte, worum es sich handelte, sofort bereit, mich zu empfangen. Am besten, ich käme am Nachmittag vorbei, da sei er im Betrieb. Musste ich die Uni heute eben sausen lassen, dieses Gespräch war wichtiger.

Da meine Mutter mir ihr Auto zur Verfügung gestellt hatte, benötigte ich nur eine knappe Viertelstunde bis zu meinem Zielort. Die kleine Lagerhalle befand sich im Wambeler Gewerbegebiet, ein Katzensprung von mir aus. Auf dem Gelände, direkt neben dem Wellblechcontainer, in dem sich, wie das daran befestigte Schild verriet, das Büro befand, parkte neben einem Mercedes der S-Klasse ein arg ramponierter Bulli, auf dessen Seiten der Name der Firma stand: „Flinke Hände", darunter etwas kleiner: Entrümpelungen und Haushaltsauflösungen jeglicher Art. Das gleiche Schild hing auch über dem Büro, direkt über der Tür, die sich öffnete, als ich aus meinem Auto stieg. Ein großer, leicht übergewichtiger Mann mit Halbglatze und einem zerzausten Vollbart blickte mir entgegen.

„Hallo, wir haben gerade telefoniert. Mein Name ist Alexander Grahl."

Er nickte, trat einen Schritt vor und schloss die Tür hinter sich. „Wir reden draußen. Meine Sekretärin muss nicht unbedingt zuhören."

Es war mir ganz recht, mich diesem Gestank nicht aussetzen zu müssen. Die Qualmwolke, die mir aus dem Inneren entgegenschlug, hatte meine Magennerven schon vibrieren lassen. Unter diesen Bedingungen ein wichtiges Gespräch zu führen, war nicht gerade das Gelbe vom Ei.

Prompt nestelte Herr Ostrowsky eine Packung Zigaretten aus seiner Jackentasche und zündete sich einen der Glimmstängel an. Nach einem tiefen Lungenzug sagte er: „Nee, dass es sich bei dem ermordeten Jungen um Uhlensteins Sohn handelte, habe ich echt nicht gewusst. Die kürzen ja den Nachnamen immer ab, außerdem begann der mit einem B, wenn ich mich richtig erinnere."

„Der Nachname der Mutter, der Stiefvater hat ihn bei der Heirat angenommen", klärte ich ihn auf.

Er murmelte leise etwas in seinen Bart.

„Wie bitte?"

„Die hielt sich für was Besseres. Mit unsereins wollte die nie was zu tun haben. Eine dumme Zicke ist sie, das habe ich Veit damals auch deutlich gemacht. Aber dem war ja nicht zu helfen."

„Trotzdem wollte er sich kurz vor seinem Tod von ihr trennen", warf ich ein.

Ein amüsiertes Lächeln huschte über sein Gesicht. „Klar, Sie haben mit dem alten Uhlenstein geredet. Der hasst die wie die Pest. Hat damals sogar bei den Bullen vorgesprochen, weil er der Meinung war, sie habe ihn umgebracht. Ist leider nichts bei rausgekommen."

„Und wie sehen Sie das?"

Er dachte angestrengt nach und zog dabei wie wild an seiner Zigarette. „Tja, schwer zu sagen. Also zugetraut hätte ich es ihr schon. Aber der Veit war mit seinem Leben insgesamt nicht zufrieden. Jahrelang haben wir richtig reingeklotzt und dann, als wir es endlich langsamer angehen konnten, dreht er ab. Keine Ahnung, woran das lag."

Mein Stichwort war gefallen. „Also lief der Betrieb gut?"

Er warf die Kippe weg und zündete sich gleich eine neue an. „Immerhin so gut, dass wir uns Angestellte leisten konnten, die die Drecksarbeit für uns erledigten."

Ich sah ihn auffordernd an und er erzählte mir bereitwillig, wie sich das Ganze entwickelt hatte. Veit wollte eigentlich Betriebswirtschaft studieren, allerdings das Jahr nach dem Abitur erst arbeiten, um ein bisschen Geld an die Seite zu legen. Der Vater von Herrn Ostrowsky, der einen Schrottplatz betrieb, suchte einen Helfer, so lernte man sich kennen.

Er selbst habe von Anfang an keine Lust gehabt, unter seinem Alten zu wuppen, wie er es ausdrückte. Schon nach ei-

266

nigen Wochen überlegten die beiden, wie man auf angenehmere Weise sein Geld verdienen könne. Die Idee mit dem Entrümpeln kam ihnen, als die Nachbarin der Uhlensteins starb und die Angehörigen, die in weiter entfernt liegenden Städten wohnten, jemanden suchten, der das Haus leer räumte.

„Wir haben uns einen Bulli gemietet und die Räume picobello hinterlassen. Die waren echt begeistert."

Von dem Geld kauften sie sich einen eigenen kleinen, billigen Transporter und gaben den Rest für Werbeanzeigen aus. Das Geschäft entwickelte sich nur langsam, aber noch hatten sie ja ihre Arbeit auf dem Schrottplatz. Dann peu à peu nahmen die Aufträge zu, wahrscheinlich auch aus dem Grund, weil sie tatsächlich vor keinem noch so schlimmen Zustand des Objektes zurückschreckten. Und ihre vorzügliche Arbeit sprach sich herum.

„Damals gab es noch nicht so viele wie uns. Jetzt macht das Hinz und Kunz. Für mich lohnt es sich nur, weil ich mittlerweile einen guten Ruf habe."

Veit Uhlenstein legte den Gedanken an ein Studium ad acta und widmete sich voller Elan dem Geschäft. Anfangs machten sie alles selbst, waren teilweise jeden Tag im Einsatz, auch an den Wochenenden.

„Sie glauben ja nicht, was die Leute alles horten." Herr Ostrowsky schüttelte den Kopf und zündete sich eine weitere Zigarette an, die vierte oder fünfte, ich hatte es aufgegeben mitzuzählen. „Die Erben gucken nur nach den echten Wertgegenständen wie Geld, Schmuck, Bilder. Oft ahnen die nicht mal, was so eine alte Sammlung wert ist. Das war für uns ein nettes Zubrot."

„Das sie nicht versteuern mussten", ergänzte ich.

Durch ihre diversen Verkäufe bekamen sie irgendwann Zugang zu den entsprechenden Personen, die nicht nachfragten, woher die Ware stammte, und selbst eigentlich Unverkäufliches - zumindest für nicht Autorisierte - gegen einen gewissen Anteil an den Mann brachten. Natürlich fand sich nicht bei jeder Entrümpelung etwas Wertvolles, das blieb eher die Ausnahme, trotzdem stießen die beiden immer mal wieder auf wirklich gewinnbringende Gegenstände oder Sammlungen.

Bald schon mieteten sie ihre erste Halle an, um ihre Ausbeute in aller Ruhe zu durchstöbern. Sonst wären sie vermutlich mit ihrem Tun aufgeflogen, denn es kostete Stunden, die mitgebrachten Dinge zu prüfen.

„Irgendwann hast du ein Auge dafür, ein Gespür halt, was was wert sein könnte." Herrn Ostrowsky schienen keinerlei Schuldgefühle zu quälen. „Warum auch nicht?", fuhr er fort, als hätte er meine Missbilligung gespürt. „Hätten wir nur unsere Arbeit getan, wäre eh alles auf dem Müll gelandet. Und die Erben waren selbst schuld, dass sie sich nicht die Mühe machten."

Langsam begann ich zu ahnen, wie meine Puzzleteilchen zusammenpassten. „Von welchen Summen sprechen wir? Und was haben Sie beide damit gemacht? Zu Hause versteckt?"

Er kniff die Augen zusammen und musterte mich schweigend.

„Mir geht es darum zu wissen, ob es sich um eine große Summe handelte oder eher um eine kleine. Hätte man zum Beispiel davon einen tollen Fernseher kaufen können? Oder eine teure Fernreise buchen? Oder sogar ein Auto bezahlen? Oder reichte das Geld gerade mal, um Veit Uhlensteins Kranksein aufzufangen?"

Herr Ostrowsky sah zu Boden und scharrte mit seinem Fuß in dem Schotter, mit dem der Boden bedeckt war. Ich hörte fast seine Gedankengänge: Konnte er diesem jungen Mann trauen? Ihm die Wahrheit sagen, ohne dass es irgendwelche Folgen für ihn hatte? War es wirklich erforderlich, die eingenommenen Summen zu verraten?

„Ich vermute, dass Daniel, also der Sohn von Veit Uhlenstein, des Geldes wegen umgebracht wurde", verdeutlichte ich. „Ich habe zwar keine Ahnung, wie ich das beweisen soll, brauche aber von Ihnen unbedingt eine ehrliche Antwort, ob das Motiv stimmen kann. Hat Ihr Freund eine große Summe an die Seite gelegt oder handelte es sich dabei eher um Peanuts?"

Er holte tief Luft und zündete sich die nächste Zigarette an. „Also während seines Klinikaufenthalts und den Wochen danach haben wir es so gehandhabt, dass eine Aushilfskraft seinen Teil der Arbeit erledigte und er dementsprechend weniger vom Gewinn erhielt. Kaum war er aus der Kur zurück, hat er schon wieder ein, zwei Objekte in der Woche übernommen. Keine großen, halt welche, mit denen er an einem oder allerhöchstens zwei Tagen durch war. Ich glaube, dass er mit dem offiziellen Verdienst auskam. Wenn, hat er allerhöchstens ein paar Hunderter abzweigen müssen."

„Was schätzen Sie, wie hoch war der Betrag, den er zur Seite gelegt hatte?"

„Tja, genau weiß ich es natürlich nicht. Aber es dürften schon so um die fünfzigtausend Mark gewesen sein. Das habe ich auch dem Jungen gesagt."

# 50

Ich starrte ihn völlig perplex an. „Dem Jungen?"
„Na, Veits Sohn! Der kam und hat mir ein Loch in den Bauch gefragt."
Was für ein Idiot! Warum rückte er damit erst jetzt heraus?
„Wann war das genau?" Ich musste echt an mich halten, um ruhig zu bleiben.
„Tja, wann?" Er schnippte die Kippe weg und marschierte Richtung Büro. „Muss ich eben in meinem Terminkalender nachsehen. Ich war ziemlich im Druck, weil ich mir 'ne knappe Stunde später ein Haus ansehen sollte, wegen 'nem Kostenvoranschlag fürs Leerräumen und so. Ich hab ihn dann sogar noch ein Stück mitgenommen, weil er immer weiter fragte." Er zögerte an der Tür und schüttelte den Kopf. „Wenn ich geahnt hätte, dass er kurz darauf umgebracht wird. Ob da ein Zusammenhang besteht?"
„Genau deshalb wüsste ich gern das genaue Datum."
„Der hat mir nicht mal seinen Namen genannt", versuchte er sich zu rechtfertigen. Dass er nicht eher begriffen hatte, was passiert war, nagte deutlich an ihm. „Er kam rein und sagte, er sei Veits Sohn, der alte Uhlenstein hätte ihm meine Adresse gegeben. Ich dachte im ersten Moment, mich laust der Affe. Der sah aus wie sein Vater in jung. Und ich war dann so in Eile. Er hat gesagt, er kommt später noch mal rein. Ich hab mich noch gewundert, dass er das nicht tat."
Er verstummte und betrat das Büro.
Ich wartete draußen auf seine Rückkehr.
„Er war am zweiundzwanzigsten Februar hier. Wann ist er gestorben?"
„Ungefähr sechs Wochen später."

Er zuckte zusammen und griff mit zitternder Hand nach der nächsten Zigarette.

„Danke, dass Sie so offen zu mir waren." Ich nickte ihm zu und wandte mich ab, um zu meinem Auto zu gehen.

Ich hatte genau drei Schritte getan, als ich ihn hinter mir herlaufen hörte. „Äh, einen Moment noch." Er trat ganz dicht an mich heran und zischte leise: „Wir haben ein paar Wochen vor seinem Tod eine Kiste mit Münzen gefunden. Das war ein altes Haus, das abgerissen werden sollte, von der Stadt aus. Erben gab es nicht. Wir haben keinem damit geschadet, keinem was weggenommen. Die von der Stadt hätten ja selbst mal genauer hinsehen können. Kurz darauf stellte sich raus, dass das Sammlerstücke waren. Nur konnten wir die ja da nicht einfach so wieder zurückgeben. Also haben wir wie immer halbe-halbe gemacht."

„Auf wie viel belief sich der Wert Ihres Anteils?", fragte ich ebenso leise, obwohl mein Herz bereits aufgeregt zu pochen begann.

„Also ich hab meine damals nur nach und nach verscherbelt, sollte ja nicht auffallen. Für mich ist das wie ein Notgroschen, ich hab immer noch einige in Reserve."

„Wie viel?"

Er kniff die Augen zusammen. „Ungefähr zweihunderttausend."

Mein Puls raste jetzt. „Alles zusammen oder nur Ihr Anteil?"

„Mein Anteil", gestand er.

„D-Mark oder Euro?", blieb ich hartnäckig.

„Äh … also keine Ahnung … vielleicht ist der Wert in der Zwischenzeit auch gestiegen. Ich hab meine erst zu Eurozeiten angefangen zu verkaufen."

„Danke", antwortete ich, dieses Mal allerdings aus ganzem Herzen. „Ich glaube, ich sehe endlich klarer."

„Äh …" Er wand sich. „Kann das unter uns bleiben? Oder geben Sie das an die Polizei weiter?"

„Wenn es nicht unbedingt sein muss, nein. Und selbst wenn, ich glaube, diese Tat ist längst verjährt. Niemand kann Sie mehr dafür belangen. Außerdem braucht keiner zu erfahren, dass Sie sich ebenfalls bereichert haben. Sie wussten von dem Fund Ihres Partners, das ist alles."

Er atmete erleichtert auf. Seine riesige Pranke schoss vor und klopfte erstaunlich sanft meine Schulter. „Der Junge konnte froh sein, Sie als Freund zu haben."

„Ich melde mich bei Ihnen, sobald ich Genaueres herausgefunden habe", verabschiedete ich mich nun endgültig.

Auf dem Weg zum Auto schüttelte ich immer noch innerlich den Kopf. Auf was für Ideen die Menschen kamen! Andererseits sollte ich mich lieber freuen, dass Herr Ostrowsky mir die ganze Wahrheit anvertraut hatte. Wenn ich mich nicht sehr täuschte, wusste ich nun, wer für Daniels Tod verantwortlich war. Wie ich das beweisen sollte, stand allerdings in den Sternen.

Ich nahm hinter dem Steuer Platz und griff zu meinem Handy. Zuerst stand Herr Uhlenstein auf meiner Liste.

Er meldete sich schon nach dem ersten Klingeln. „Ah, Herr Grahl. Ich erwartete eigentlich den Anruf meines Rechtsanwaltes. Ich finde die Adresse, die Sie wollten, nicht."

„Ich habe nur kurz zwei Fragen", beruhigte ich ihn, „deren Beantwortung für mich sehr wichtig wäre."

„Kein Problem."

„Ich habe gerade mit Herrn Ostrowsky, dem ehemaligen Partner Ihres Sohnes gesprochen. Wussten Sie, dass Daniel, ihn aufsuchen wollte?"

„Nein, das hat er mir nicht gesagt. Er wollte jedes Mal, dass ich von früher erzähle, Geschichten über seinen Vater hören, angefangen bei dessen Kindheit bis zu dem Tag, als er starb. Ach, ja. Er fand diesen Firmennamen „Flinke Hände" äußerst originell."

„Wissen Sie, wer alles einen Schlüssel zu seiner Wohnung hatte?"

„Nein, keine Ahnung. Wieso fragen Sie?"

„Angeblich gibt es drei, es sind allerdings nur zwei wieder aufgetaucht. Könnten Sie bitte Ressia fragen, ob sie etwas über den Verbleib des dritten erfahren hat? Das ist ein sehr, sehr wichtiger Punkt."

„Ich werde mich gleich darum kümmern", versprach er, ohne zu zögern. „Ich wollte sowieso noch bei Pastor Engel vorbei."

„Vielen Dank."

Meine nächste Hoffnung setzte ich auf Mihail. „Wie war das, als er dir seine Wohnung als Unterschlupf anbot? Hat er dir direkt einen Schlüssel gegeben?"

„Nee, war eigentlich so, du sollst vorbeikommen. Dann er wär da gewesen. Hat später WhatsApp geschickt, er muss weg. Hat gesagt, wo Schlüssel ist."

Wer sonst konnte etwas darüber wissen? Mir fiel niemand ein. Ich musste warten, bis Herr Uhlenstein sich zurückmeldete.

Ich fuhr auf direktem Weg zu meiner Mutter, um ihr die Neuigkeiten zu berichten.

Mein Handy klingelte, als ich gerade am Ende der Geschichte angelangt war.

Zuerst gab er mir die Adresse und den Zeitpunkt der Korrespondenz an, dann fuhr er fort: „Ressia sagt, Daniel hat den Schlüssel vor Monaten diesem Chris geliehen. Der hatte Ärger mit seinen Eltern und wollte für ein paar Tage raus von Zuhause. Das war schon zu der Zeit, als Daniel regelmäßig bei ihr übernachtete. Chris hätte ungefähr eine Woche dort gewohnt, dann sei er ohne eine Erklärung plötzlich verschwunden, ohne den Schlüssel abzugeben."

Das warf meine Theorie komplett über den Haufen.

„Ihr ist aber noch etwas Wichtiges eingefallen beziehungsweise eigentlich sogar zwei Punkte", fuhr Herr Uhlenstein fort, der meine Verwirrung natürlich nicht bemerkt hatte. „Daniel ist kurz nach seinem Gespräch mit Herrn Ost-

rowsky zu den Ermittlern gegangen, die damals den Tod seines Vaters untersucht haben. Das Gespräch war wohl leider
nicht erfolgreich, er kam völlig enttäuscht zurück."

Das war ein interessanter Ansatz. „Weiß sie Einzelheiten?"

„Nein, er hat ihr insgesamt nur wenig erzählt. Sie kennt die
Großeltern und in Bruchstücken die Geschichte, warum sie
jahrelang keinen Kontakt hatten. Was er von Veits ehemaligem Partner erfuhr und warum er danach zur Polizei ging,
weiß sie nicht. Er hat anschließend nur zu ihr gesagt, dass es
anscheinend keinen interessiert, was damals wirklich passiert ist, und dass er es eben selbst herausfinden müsse. Sie
dachte, er hätte sich verrannt, weil er seine Mutter dermaßen
hasst."

Das wurde ja immer besser! „Und der zweite Punkt?"

„Am Wochenende vor seinem Tod hatte er irgendeinen
wichtigen Auftrag übernommen, der von Samstagmorgen
bis Sonntagmittag andauerte. Ressia nahm an, dass es sich
dabei um ein Drogengeschäft handelte. Erst jetzt sind ihr
Zweifel gekommen. Daniel ist nämlich ziemlich spät bei ihr
aufgetaucht, weil er deswegen nicht pünktlich seinen Verkauf beginnen konnte und die Zeit hinten anhängen musste.
Seltsam, wenn er doch im Auftrag dieses Kemals gehandelt
hatte, nicht wahr?"

Ja, was hatte er wohl tatsächlich gemacht?

# 51

Am sinnvollsten wäre es gewesen, wenn ich gleich noch einmal mit Kemal gesprochen hätte. Das schied leider aus. Kaya kam aus dem gleichen Grund nicht infrage. Also rief ich Mihail noch einmal an, damit er Radu befragte. Dieser versprach, sich sofort darum zu kümmern und sich so schnell wie möglich zurückzumelden.

„Mit dieser Entwicklung habe ich nicht gerechnet." Meine Mutter, die das Gespräch mit angehört hatte, war immer noch fassungslos. „Bist du dir sicher?"

„Es kann nicht anders sein." Ich wiederholte noch einmal die wichtigsten Fakten und die neueste Information, dass die Brenners schon ein paar Monate nach Veit Uhlensteins Tod in das Haus nebenan gezogen waren. „Das Einzige, was nicht passt, ist die Sache mit dem Schlüssel."

„Ich finde, es passt so einiges nicht." Sie schüttelte zweifelnd den Kopf. „Bernhard ein gewissenloser Mörder? Und soll nicht einmal, sondern gleich zweimal zugeschlagen haben?"

„Überleg doch mal! Die Brenners hatten durch Daniels Nachforschungen viel zu verlieren, falls ich richtig liege. Nachdem er von dem Verdacht seiner Großeltern erfuhr, suchte er den Ex-Partner seines Vaters auf, der genau den Grund lieferte, warum deren Argwohn gar nicht so abwegig war. Daniel jedenfalls scheint darauf angesprungen zu sein, sonst wäre er nicht anschließend zu den damaligen Ermittlern gegangen. Meinst du, es macht Sinn, wenn ich sie ebenfalls aufsuche?"

Meine Mutter schüttelte den Kopf. „Du bist ein Außenstehender. Keine Ahnung, ob sie Daniel gegenüber auskunftspflichtig sind. Du würdest bestimmt kein Wort von denen erfahren."

Mit dem bisschen, das ich bisher vorzuweisen hatte, konnte ich mich ebenso wenig an Herrn Janzen wenden. Im Prinzip gab es außer Mutmaßungen und kleineren Hinweisen, dass Bernhard in ein paar Punkten nicht die Wahrheit gesagt hatte, nichts, was als echter Beweis gelten konnte. Trotzdem war ich überzeugt, auf dem richtigen Weg zu sein.

Wenn ich herausbringen könnte, was Chris mit dem Schlüssel gemacht hatte … Ha! Ich griff zum Handy und rief Katja an. „Wie ist dein Verhältnis zu deinen ehemaligen Fast-Schwiegereltern?"

„Wir haben keins. Die sind immer noch sauer auf mich, dass ich gegen ihren Chris vorgegangen bin und er verurteilt wurde. Von denen habe ich nichts zu erwarten."

Ich versuchte ihr zu erklären, wie wichtig diese Sache mit dem Schlüssel war. „Und wenn du dich als Opfer darstellst? Ich meine, das bist du sowieso. Nur sind sie mittlerweile vielleicht wach geworden und sehen ihren Sohn klarer."

Sie lachte. „Keine Chance. Geh lieber selbst hin und erwähne mich am besten gar nicht. Kannst du es nicht so drehen, als wenn du ihm helfen wolltest, und dabei nach dem Schlüssel fragen?"

„Ich? Als der Angegriffene?" Das würde mir keiner glauben, nicht mal die besorgtesten Eltern.

„Dann frag halt Jan. Der war mal richtig dicke mit Chris und kennt die Eltern ganz gut. Hast du seine Nummer?"

Ja, irgendwo in den Tiefen meines Portemonnaies. Immerhin war das eine super Idee von ihr, die ich sofort umzusetzen gedachte.

Bevor ich in dem Wust an Zetteln den richtigen gefunden hatte, rief Mihail zurück. „Kollege hat an Daniels Platz verkauft. Radu weiß das genau, weil, der blieb total hart, wollte nichts rausrücken. Daniel hätte gegeben, hätte von mir

Knete gekriegt, weiß er. Radu is ausgerastet, wollte ihm an die Wäsche. Kollege von andern is dazu, zwei gegen sich."

„Also hatte er Kemal Bescheid gegeben, dass er nicht kommt", schlussfolgerte ich laut.

„Kann sein. Sonst wusste keiner. Radu hat rumgefragt, war echt schlecht drauf. Am nächsten Tag dann gleich zu Daniel." Er lachte trocken. „Der hat ihm was gegeben, hat nichts dafür wollen. Also war Radu egal, warum weg gewesen."

Natürlich hätte Daniel trotzdem in Kemals Auftrag unterwegs gewesen sein können. Aber irgendwie glaubte ich nicht daran.

„Danke, ich …"

„Du hast endlich Täter?"

„Zumindest einen starken Verdacht", versuchte ich ihn hinzuhalten. „Ich muss jetzt los, einen weiteren Informanten treffen, vielleicht kriege ich von dem den entscheidenden Hinweis."

Erst fünf Minuten später legte ich aufatmend das Handy zur Seite. Mihail hatte sich mit diesem Statement nicht zufriedengeben wollen und hartnäckig weiter gebohrt. Ich musste tatsächlich nach draußen gehen, mich ins Auto setzen und den Motor anlassen, bevor er aufgab.

„Am besten fahre ich wirklich gleich los", sagte ich zu meiner Mutter, die mir gefolgt war.

„Warum rufst du Jan nicht an?" Sie hatte direkt neben mir gestanden, als ich mit Katja telefonierte.

„Weil ich bei diesem Telefonat mit Chris' Eltern gern persönlich dabei wäre." Trotzdem griff ich wie vorgeschlagen zum Handy. Leider erhielt ich eine abschlägige Antwort. Jan und seine Freundin waren gar nicht mehr in der Stadt, sondern auf dem Weg zu Freunden. Sie wollten erst am späten Abend zurückkehren.

Zutiefst enttäuscht folgte ich meiner Mutter wieder ins Haus. Sie nahm gleich Kurs auf ihren großen Küchenkalender und begann darin herumzublättern. „Wenn ich mich nicht sehr täusche, waren Bernhard und Monika in der letzten Märzwoche im Urlaub. Vermutlich hat in der Zeit Henrietta ab und zu vorbeigeschaut." Sie sah mich bedeutungsvoll an. „Samstag garantiert. Daran kann ich mich noch von früheren Urlauben erinnern."

Das würde perfekt passen. „Daniel hat sich ins Haus eingeschlichen, um nach irgendwelchen Beweisen zu suchen. Und sehr wahrscheinlich ist er auch fündig geworden, was den Brenners jedoch relativ schnell auffiel. Wann sind sie wiedergekommen?"

„Wir fragen gleich Papa. Der weiß so was besser." Sie wandte sich zur Tür. „Beziehungsweise du fragst ihn. Ich statte eben Frau Kaiser einen Besuch ab. Was die nicht mitkriegt, gibt es nicht."

Das war die Nachbarin direkt gegenüber der Brenners. Über neunzig und nicht mehr in der Lage, das Haus zu verlassen, nahm sie am Leben teil, indem sie beobachtete, was sich in der Straße tat. Ob sie allerdings eine zuverlässige Zeugin war, wagte ich zu bezweifeln. Konnte sie überhaupt noch gut genug sehen, um die Vorübergehenden zu erkennen?

Immerhin schien auch mir dieser Ansatz sinnvoller, als Henrietta selbst zu befragen. Die wäre garantiert sofort zu ihrer Mutter gelaufen und hätte ihr davon erzählt. Das aber mussten wir unter allen Umständen vermeiden. Noch stand mein Verdacht auf tönernen Füßen, ich durfte meine Verdächtigen nicht zu früh aufschrecken.

Ich begann im Arbeitszimmer meiner Mutter auf und ab zu wandern. Lag ich denn tatsächlich richtig? Konnte der sanfte Bernhard, der immer um Ausgleich bemüht war, wirklich zum Mörder werden? Vor einer Woche hätte ich jeden ausgelacht, der mir mit diesem Verdacht gekommen wäre. Jetzt stand er im Fokus meiner Ermittlung.

Mein Vater erlöste mich von der Grübelei. „Hallo! Jemand zu Hause?"

Ich grinste unwillkürlich. Das musste ihm längst klar sein. Die Tür war nicht verschlossen, ein Unding, dass meine Mutter so etwas vergaß.

„Hallo, Papa." Ich trat in die Diele. „Mama ist kurz zu Frau Kaiser rüber."

„Aha." Sein Blick sagte alles. Er wollte sämtliche Neuigkeiten erfahren.

Bevor ich ihn einweihte, fragte ich: „Kennst du die genauen Daten, wann Bernhard und Monika zuletzt im Urlaub waren?"

Er runzelte unwillkürlich die Stirn. „Wofür brauchst du das denn?"

Dann setzte er mich, ohne eine Antwort abzuwarten, ins Bild. Die Brenners waren am vierundzwanzigsten März, einem Sonntag, losgefahren und am zweiten April, einem Dienstag, zurückgekommen. Daniel wurde in der Nacht von Mittwoch auf Donnerstag ermordet. Das wäre ein äußerst knappes, aber durchaus mögliches Szenario. Und dass Henrietta am Samstag zuvor nach dem Rechten geschaut hatte, passte ebenfalls.

„Warum willst du das wissen?", fragte mein Vater erneut.

Ich nötigte ihn, sich mit mir ins Wohnzimmer zu setzen, und berichtete, was ich herausgefunden hatte. Wie nicht anders zu erwarten protestierte er heftig. Bernhard, der liebe, rücksichtsvolle Nachbar, der sich immer bemüht hatte, Streit zu schlichten und Frieden zu schaffen - nein, er konnte nicht Daniels Mörder sein.

„Er hat den Jungen stets in Schutz genommen", verteidigte er ihn. „Sein Verhältnis zu allen Kindern war bestens. Er hat nie Unterschiede gemacht, sich um alle gekümmert."

„Das eine hat mit dem anderen nichts zu tun", versuchte ich ihm begreiflich zu machen, obwohl ich ja selbst zweifelte. „Die Fakten sprechen gegen ihn."

„Es muss eine andere Erklärung geben." Mein Vater war nicht überzeugt.

„Nur zu, ich bin nach allen Seiten offen!" Auch mir wäre es lieber gewesen, wenn sich mein Verdacht als Irrtum herausstellte.

Gemeinsam gingen wir sämtliche Ergebnisse meiner Befragungen durch. Es blieb dabei, Bernhard stand als Verdächtiger an erster Stelle.

Beide sahen wir meiner Mutter erwartungsvoll entgegen, als sie endlich nach gefühlten Stunden zurückkehrte. „Auf Frau Kaiser ist Verlass", strahlte sie. „Daniel war schon vor seiner Schwester da und hat sich, bis diese eintraf, mit der alten Frau unterhalten. Er blieb nicht lange, kam nach fünf Minuten mit einem Päckchen unterm Arm wieder raus. Und am Sonntag", sie warf mir einen bedeutungsvollen Blick zu, „ist er gegen elf bei ihr aufgetaucht und hat ihr eine Cremeschnitte gebracht. Die isst sie doch so gerne. Nur leider schafft sie den Weg zum Bäcker nicht mehr."

„Gut, er ist also definitiv drüben gewesen. Denkt ihr ehrlich, er hat das entsprechende Beweismaterial innerhalb dieser kurzen Zeit gefunden?"

Meine Mutter warf meinem Vater ob seiner Unfähigkeit, den richtigen Schluss daraus zu ziehen, einen empörten Blick zu.

„Nein", erwiderte ich. „Er ging in den Keller und schloss dort die Tür zum Garten auf, damit er später ungesehen reinkam. Demnach hatte er gute vierundzwanzig Stunden, um sich in aller Ruhe umzuschauen."

# 52

„Trotzdem bin ich keineswegs überzeugt, dass Bernhard seinen Sohn umgebracht hat." Mein Vater hatte sich mittlerweile von seinem Schock erholt und sah uns kampfeslustig an. „Es mag sein, dass die Eltern Daniel um sein Erbe betrogen haben, das macht sie jedoch nicht zu Mördern. Vielleicht lag der Junge mit einem anderen im Clinch, zum Beispiel dem, der den Schlüssel hatte."

„Chris hat ein Alibi, er …"

„Ja und? Wer weiß denn, ob er den nicht weiter gegeben hat. Oder Daniel tat es. Du hast gegen Bernhard und Monika nichts Relevantes in der Hand. Glaubst du denn wirklich, dass die mitten in der Nacht zu Daniel fuhren, um ihn zur Rede zu stellen? Außerdem, warum ist der nicht längst zur Polizei gegangen, wenn sich die Beweise in seiner Hand befanden?"

Mein Enthusiasmus verpuffte. Er hatte recht. Es konnte genauso gut ganz anders abgelaufen sein.

„Lass uns das Ergebnis der Befragung von Chris' Mutter abwarten", warf meine Mutter begütigend ein. Dieser dritte Schlüssel ist das A und O."

Sie scheuchte uns in die Küche und tischte ein verspätetes Mittagessen auf. Meine Portion fiel wie immer überreichlich aus. Seitdem ich ausgezogen war, lebte sie in der Angst, ich könne verhungern.

„Hast du abgenommen?", fragte sie denn auch prompt, als ich sie bat, mir den erheblichen Rest, den ich übrig gelassen hatte, einzupacken. „Du musst mehr essen!"

„Freu dich lieber", mein Vater war schneller als ich. „Der Stress hat das letzte überflüssige Fett wegschmelzen lassen. Er sieht so viel besser aus."

Der eine übertrieb genauso wie der andere. Ja, ich hatte in den letzten Tagen vermutlich ein paar Kilo verloren. Richtig schlank war ich immer noch nicht. So schnell ging das nicht mit dem Idealgewicht.

Fürsorglich kratzte mir meine Mutter die Reste von meinem Teller und aus dem Topf in eine Gefrierdose und gab mir Autoschlüssel und Papiere, als ich mich mit der Begründung, ich müsse die Vorlesung nacharbeiten, die ich heute verpasst hatte, verabschiedete. „Vielleicht ist es besser, wenn du den Wagen zur Verfügung hast."

Zu Hause angekommen, setzte ich mich an die unfertige Geschichte. In mir war der unbändige Wunsch erwacht, sie vernünftig zu überarbeiten. Ich änderte hier etwas, fügte dort etwas hinzu, schrieb ganze Absätze neu. Ich war wie im Fieber und hörte nicht eher auf, bis ich am vorläufigen Ende, also dem, was heute passiert war, ankam. Der Abschluss würde nicht mehr lange auf sich warten lassen, davon war ich fest überzeugt.

Der Morgen war längst heraufgedämmert, mittlerweile schien die Sonne so hell, dass ich das Licht, das die ganze Nacht gebrannt hatte, ausschalten konnte. Ein Blick auf die Uhr bestätigte, was mein müder Körper längst wusste: halb acht. Zeit für mich, schlafen zu gehen.

Doch vorher rief ich wie besprochen Jan an. Mein Abenteuer mit Chris hatte ich ihm bereits gestern am Telefon geschildert, sodass ich ihm nur noch kurz erklären musste, was er tun sollte. „Es wäre schön, wenn wir dieses Gespräch heute noch erledigen könnten."

„Nicht die Mutter", wehrte er ab. „Wir nehmen lieber den Vater. Mein alter Herr und er sind gute Freunde, deshalb wird er mir hoffentlich die Wahrheit sagen, jedenfalls ist die Wahrscheinlichkeit bei ihm höher. Ich versuche, ihn in der

Mittagspause zu treffen - ohne dich. Du bist ein Außenstehender und dazu noch der Geschädigte."

Nachdem ich ihm noch einmal klargemacht hatte, wie wichtig dieser Schlüssel war, stellte ich mir den Wecker auf kurz vor zwei und legte mich ins Bett. Es gab nichts Besseres, um die Zeit totzuschlagen, als ein ausgiebiges Schläfchen.

Mein Handy klingelte und klingelte nicht. Er könne allerhöchstens eine Stunde Mittagspause herausschinden, hatte Jan behauptet. Die begann um eins. Jetzt zeigte der Zeiger der Uhr schon zwanzig vor drei. Um fünf nach zwei hatte ich ihm eine WhatsApp-Nachricht geschickt, die auch als gelesen markiert war, geantwortet hatte er bisher nicht.

Gerade wollte ich ihm die nächste schicken, da meldete er sich endlich, ebenfalls per WhatsApp: *Lass uns um fünf am Alten Markt vor dem Bläserbrunnen treffen, kann jetzt nicht.* Noch über zwei Stunden!

Ich genehmigte mir ein ausgiebiges Frühstück und rief anschließend meine Mutter an. Sie war die Einzige, die ich informierte, den anderen wollte ich erst Bescheid geben, wenn mir alle relevanten Fakten zur Verfügung standen.

Und jetzt? Meine innere Unruhe ließ mich nicht los. So viel hing von diesem blöden Schlüssel ab. Was hatte Chris damit gemacht? Ihn Daniel zurückgegeben? Wieso hatte dieser ihn dann an Bernhard überreicht? Oder war alles doch ganz anders abgelaufen, als ich vermutete?

Ich beschloss, gleich in die Stadt zu fahren und ein bisschen zu bummeln. Vielleicht sollte ich mir auf dem Weg gleich einige Materialien, die ich fürs Studium benötigte, kaufen. Bisher war ich immer zu faul gewesen, den Umweg über den Ostenhellweg zu nehmen.

Gesagt, getan. Anschließend schlenderte ich so langsam wie möglich Richtung Bläserbrunnen. Zahlreiche Passanten hasteten an mir vorbei, jeder schien möglichst schnell sein Ziel erreichen zu wollen, was vermutlich an dem immer noch relativ kalten Wind und dem unsteten Wetter lag.

Ohne Schirm oder einer Jacke mit Kapuze traute sich kaum einer vor die Tür.

Dementsprechend waren die Tische der großzügigen Außengastronomie nicht belegt und der Platz vor dem Brunnen bis auf ein paar Teenager, die diskutierend herumstanden, wie leer gefegt. Da ich immer noch gute zehn Minuten zu früh dran war, schritt ich einmal um das gesamte Gebilde herum.

Im Prinzip besteht die Anlage aus vier Steinplatten, aus denen das Wasser sprudelt, das dann in dem unregelmäßig angelegten Becken aufgefangen wird. Der Name stammt von der Bronzefigur auf einer Steele, die wohl schon sehr alt ist: Ein Mann in Hirtentracht entleert gerade sein Horn vom Speichel. Der Brunnen, der erst später an dieser Stelle aufgebaut wurde, diente früher als Viehtränke, damals, als Dortmund noch ein Agrarstädtchen war. Eigentlich stammt nur noch der Bläser aus dieser Zeit, der Rest wurde neuzeitlich angepasst.

Für uns Jugendliche galt dieser Ort als idealer Treffpunkt, vor allem im Sommer. Die flachen Steinplatten, die die Umrandung bilden, luden geradezu zum Sitzen ein, durch die hohen Häuser rundherum gab es auch für größere Gruppen genügend Schatten. So leer wie heute hatte ich diesen Platz selten gesehen. Ein Vorteil für mich, ich würde Jan schon von Weitem erkennen.

Es wurde fünf nach, zehn nach, viertel nach - kein Jan. Ich griff entnervt zu meinem Handy, um ihm eine weitere Nachricht zu schicken: *Wo bleibst du?*
*Sorry, bin auf dem Weg, eine Minute noch.*

Kaum hatte ich seine Antwort gelesen, entdeckte ich ihn, wie er gerade bei Karstadt um die Ecke bog. Er beschleunigte seinen Schritt und reckte den Daumen nach oben. Hieß das …

„Entschuldige, ich kam nicht eher weg." Atemlos stand er endlich vor mir. „Lass uns irgendwo was trinken, okay?"

Nein, ich konnte nicht länger warten. „Wusste er von dem Schlüssel?"

Jan packte meinen Arm und zog mich Richtung Ostenhellweg. „Nicht hier vor allen Leuten!"

Als wenn irgendjemanden unsere Unterhaltung interessiert hätte!

Er schwieg tatsächlich, bis wir an C&A vorbei auf den Brüderweg eingebogen waren und er sich durch mehrfaches Umdrehen versichert hatte, dass uns niemand folgte. Sehr mysteriös das Ganze.

„Chris hat sich Anfang Januar an Daniel gewandt und ihm vorgelogen, zu Hause sei die Stimmung derart mies, dass er kurz woanders unterkommen müsse", begann er dann mit leiser Stimme zu berichten, obwohl die nächsten Fußgänger mindestens zehn Meter von uns entfernt waren. „Du kennst ihn, kanntest ihn", verbesserte er sich. „Er konnte noch nie Nein sagen."

„Aber er wusste doch von Chris' Stalkerei!"

„Wahrscheinlich hat der ihm irgendwelche Lügen aufgetischt, dass er sich geändert habe, sein damaliges Verhalten bereue und Ähnliches. Daniel war so sozial, der hätte Chris eine zweite Chance gegeben."

Ja, das wäre typisch für Daniel gewesen.

„Jedenfalls überließ er Chris vorübergehend die Wohnung. Sein Vater ist der Meinung, dass der in Wahrheit in Ruhe Daniels Sachen durchsuchen wollte. Er hat nämlich schon zu dem Zeitpunkt seine Ex wieder gestalkt und dachte tatsächlich, Daniel sei mit ihr zusammen und das Baby wäre von ihm. Als er nichts Relevantes fand, ist er einen Tag später wieder nach Hause zurück. Den Schlüssel wollte er eigentlich behalten, er hat auf Daniels Nachfragen deswegen nicht reagiert und sich am Telefon von seiner Mutter verleugnen lassen."

„Und das hat dir sein Vater so ohne Weiteres erzählt?" Ich dachte, alle Eltern versuchten in erster Linie, ihre Kinder zu schützen.

„Erst nachdem ich ihm zu verstehen gab, dass du, also Chris' Opfer, diese Informationen dringend benötigst, um Daniels Täter zu stellen, und im Gegenzug darauf verzichtest, als Nebenkläger aufzutreten." Er sah mich um Entschuldigung bittend an.

Ein geschickter Schachzug! Hätte ich ihm gar nicht zugetraut. „Ist völlig okay."

„Er zierte sich noch ein wenig, gab dann aber nach." Jan grinste. „Er vertraue mir, sagte er. Zuerst musste ich mir natürlich anhören, dass Chris krank sei und dringend Hilfe benötige. Nur würde sein Sohn sich mit Händen und Füßen gegen eine Behandlung wehren, Einsicht gebe es keine. Und seine Frau unterstütze diese Haltung aus falsch verstandener Liebe. Im Endeffekt sei es gut, dass er endlich gefasst wurde und nun in einer entsprechenden Klinik sei, ohne dass Chris oder die Mutter Einfluss auf die Länge der Behandlung nehmen könnten."

„Also hatte er den Schlüssel noch?" Ich konnte die Enttäuschung nicht aus meiner Stimme heraushalten.

Bevor Jan antwortete, sah er sich wieder nach allen Seiten um. „Nein. Und jetzt kommt der Hammer! Daniels Vater ist vor ein paar Wochen aufgetaucht und hat den Schlüssel sehr energisch zurückgefordert. Er drohte sogar mit einer Anzeige. Daraufhin zwang die Mutter Chris, diesen rauszurücken."

„Hat sie dir ein ungefähres Datum genannt?"

„Sie meinte, irgendwann Anfang März. Hilft dir das weiter?"

Keine Ahnung. Das hing davon ab, ob Bernhard Daniel den Schlüssel zurückgegeben hatte oder ob er ihn tatsächlich benutzte, um seinem Sohn einen nächtlichen Besuch abzustatten.

# 53

Kaum war genug Abstand zwischen Jan und mir, zückte ich mein Handy und rief meine Mutter an.

„Ein weiterer Punkt, der unsere These unterstützt", meinte sie aufatmend. „Ich war mir ja schon gestern sicher, dass wir richtig liegen. Langsam zieht sich die Schlinge um Bernhards Hals zu."

Ich musste unwillkürlich grinsen. Da kam wieder die Schriftstellerin in ihr durch. „Ich glaube, ich muss doch noch einmal ins Hafenviertel fahren und Olaf und Kaya bitten, ihre Fühler auszustrecken. In dieser Gegend sind auch nachts die Straßen nicht menschenleer. Irgendjemand muss ihn oder sein Auto gesehen haben."

„Untersteh dich!"

Ihr Aufschrei war so laut, dass es in meinem Ohr schmerzte. „Ruf diesen Sozialarbeiter an und lass ihn das in die Hand nehmen", fuhr sie wesentlich ruhiger fort. „Der weiß viel besser, wen er ansprechen muss."

Erst in diesem Moment ging mir auf, dass ich weder seine Handynummer hatte noch seinen Nachnamen wusste. Was für ein toller Ermittler ich doch war!

„Warte, ich schau schnell bei Google. Die haben bestimmt eine offizielle Telefonnummer." Meine Mutter sparte sich zum Glück jegliche Kritik. „Hm, Moment! Ah, ja: AWO Jugendtreff Hafen." Sie diktierte mir die Zahlen. „Halt dich bitte zurück", wiederholte sie. „Es bringt nichts, wenn du dich in Gefahr bringst." Sie musste selbst über ihre Wortwahl lachen. „Du weißt, was ich meine. Verlass dich bitte, bitte, bitte auf deine Bekannten!"

Schweren Herzens versprach ich, mich zurückzuhalten. Besser war es auf jeden Fall. Wer wusste schon, was mich dort erwartete!

Bevor ich Olaf anrief, überlegte ich, was ich ihm sagen sollte. Lieber offen mit meinem Verdacht umgehen oder meine Frage mehr allgemein halten? Ich beschloss, ihm die Wahrheit zu sagen. Was er dann an seine Kontakte weitergab, sollte er selbst entscheiden.

Das Telefon klingelte und klingelte, niemand nahm ab. Ich versuchte es alle paar Minuten erneut. Endlich, nach dem fünften Mal meldete sich eine undeutliche Stimme.

„Olaf?"

„Nee, Moment, ich hol ihn."

„Ja?", klang es kurz darauf klar und deutlich aus der Hörmuschel.

„Hier ist Alex, entschuldige diesen Weg, aber ich darf mich bei euch nicht mehr blicken lassen." Ich schilderte ihm kurz meine Unterhaltung mit Kemal.

„Halt dich dran", beschwor er mich. „Nicht dass du auch im Krankenhaus landest."

Danke, Mama! Beinahe hätte ich in meiner Ungeduld und meinem Bestreben, alles selbst zu erledigen, einen riesengroßen Fehler begangen. „Genau deshalb rufe ich an. Ich brauche dringend deine Hilfe." Bevor ich weitere Erklärungen abgeben konnte, krachte es gewaltig und die Leitung war tot. Ich rief sofort wieder an, das Besetztzeichen ertönte, genau wie bei jedem weiteren Versuch.

Nach einer halben Stunde gab ich entnervt auf. Was jetzt? Ein Taxi nehmen, das mich bis vor den Blücherbunker brachte? Drinnen müsste ich eigentlich sicher sein.

Nein, lieber nicht. Nach reiflichem Abwägen war mir das Risiko doch zu groß. Eigentlich eine Schande, dass man sich tatsächlich von Kriminellen vorschreiben lassen musste, wo man sich aufhalten durfte und wo nicht!

Wen könnte ich auf die Schnelle zum Blücherbunker schicken, überlegte ich auf dem Weg zur U-Bahn-Haltestelle.

Am besten jemanden, der ein Auto zur Verfügung hatte. Ich scrollte durch meine Kontaktliste.

Gerade als ich mich entschieden hatte, Ben zu fragen, klingelte mein Handy. Olaf! „Entschuldige, hier ist mal wieder das Chaos ausgebrochen. Worum wolltest du mich bitten?" Erneutes Geschrei ertönte im Hintergrund. Olaf fluchte. „Ich ruf dich gleich noch mal an."

Sein Gleich zog sich hin. Es war schon kurz nach acht, als er sich wieder meldete. „Heute war die Hölle los", erklärte er seufzend. „Ich weiß gar nicht, was in die gefahren ist, ständig nur Geschrei und Auseinandersetzungen. Gut, dass morgen Feiertag ist."

Mist, das hatte ich vollkommen aus dem Auge verloren! Dann würde er erst am Donnerstag tätig werden können. Trotzdem erklärte ich ihm, was er für mich tun sollte.

„Ernsthaft, du verdächtigst seinen Vater?" So ganz schien er mir nicht zu glauben.

Ich wiederholte sämtliche Fakten, die diesen meinen Verdacht stützten. Danach schwieg er eine Weile. „Gut, er war mir von Anfang an nicht sonderlich sympathisch. Aber der Mörder seines eigenen Kindes? Darauf wäre ich nicht gekommen. Nun sieht es tatsächlich so aus. Klar, unterstütze ich dich. Ich werde gleich am Donnerstag meine Kids befragen und sie ebenso bitten, sich umzuhören."

„Kannst du das eher allgemein halten, so, dass nichts direkt auf Bernhard hindeutet?" Weder wollte ich, dass Kemal von meinen Mutmaßungen erfuhr noch dass sich jemand mit einer später nicht beweisbaren Behauptung hervortat.

„Ich frage nach, ob jemand am Mordtag zu dieser Stunde unterwegs war und irgendwelche Beobachtungen gemacht hat. Mehr Informationen gebe ich nicht raus", versprach er mir.

Gut, damit hatte ich alles in die Wege geleitet, was mir möglich war. Jetzt blieb mir tatsächlich nur abzuwarten.

Den Abend überstand ich einigermaßen, am nächsten Morgen wurde ich immer unruhiger. Es lag mir überhaupt nicht, den Dingen seinen Lauf zu lassen. Wieder rief ich meine Geschichte auf und überflog die letzten Seiten. Ha, es gab einen weiteren Punkt, den ich nachrecherchieren konnte!

„Guten Morgen, Herr Uhlenstein, Alex Grahl hier. Hätten Sie einen Moment Zeit?"

„Natürlich, gibt es Neuigkeiten?"

Nein, ich konnte ihm nicht am Telefon von den Machenschaften seines Sohnes berichten. Diese Sache musste ich ihm in einem persönlichen Gespräch beibringen. „Es handelt sich eher um das Schließen einiger Wissenslücken", hangelte ich mich an der Wahrheit entlang. „Erzählen Sie mir bitte noch einmal ganz genau, wie das damals war, als Ihr Sohn tot aufgefunden wurde."

Er wirkte leicht irritiert über meine Bitte. „Der Rechtsmediziner hatte einige Zweifel an der Unfalltheorie", erwiderte er schließlich. „Daran, dass Veit die Treppe hinabstürzte, war nicht zu rütteln, die Verletzungen waren eindeutig. Der Genickbruch, die eigentliche Todesursache, gab ihm zu denken. Eindeutig festgelegt hat er sich leider nicht. Er schrieb in seinem Bericht nur, das Fremdverschulden nicht ausgeschlossen werden könne."

Ich runzelte unwillkürlich die Stirn. Tja, Alex, hättest du gleich vernünftig nachgefragt … „Also wurde wie in einem Mordfall üblich ermittelt?"

„Jein. Diese Frau sprach sehr überzeugend von Veits desolatem seelischen Zustand. Unglücklicherweise hat er am Freitag und Samstag nicht gearbeitet, sondern sich hauptsächlich im Keller aufgehalten, sodass ihn außer ihr niemand zu sehen bekam. Er …"

„Moment! Was machte er im Keller?"

Herr Uhlenstein zögerte. „Er fand bei den Entrümpelungen ab und zu interessante Dinge, die er sich näher ansehen wollte", gestand er dann. „Nichts wirklich Wertvolles. Das war eher ein Hobby von ihm, bei dem er sich entspannen konnte."

Natürlich posaunte man die Wahrheit nicht heraus, mir war schon klar, dass der Sohn sein Tun auch vor den Eltern geheim gehalten hatte. Da er sich in der Zeit vor seinem Tod allerdings im eigenen Keller mit den Fundsachen beschäftigt hatte, war zumindest Monika im Bilde gewesen. Damit hatte ich zumindest einen weiteren kleinen Hinweis gegen sie gefunden „Haben die Ermittler Spuren gesichert und ausgewertet?"

„Sie stellten eine Menge Fremdfasern sicher, da Veit einen dieser Overalls trug, die er während seiner Arbeit benutzte. Weitergebracht haben diese die Ermittler nicht."

„Wurde die Akte geschlossen?"

„Ich bin nach unserem Telefonat gemeinsam mit Pastor Engel zur Polizei gefahren. Einer der Ermittler von damals arbeitet noch auf dem Revier. Er hat mir bestätigt, dass Daniel bei ihm war und dass man bei Fällen, die nicht eindeutig hätten geklärt werden können, jederzeit die Ermittlungen wieder aufnehme, wenn es neue Entwicklungen gebe." Seine Stimme klang mit jedem Wort aufgeregter. „Worauf wollen Sie hinaus?"

„Es ist nur ein Gedanke", beschwichtigte ich ihn. „Daniels Interesse an dem damaligen Geschehen hat mich darauf gebracht. Ob er vermutete, Bernhard sei darin involviert gewesen?"

„Mich wundert ja selbst, dass die Ermittler sich damals überhaupt nicht dafür interessierten, dass aus dieser Frau und dem Mann so schnell ein Paar wurde." Seine Stimme überschlug sich fast vor Erregung. „Direkt von dem einen Liebhaber zum nächsten. Oder gab es ihn bereits vor Veits Tod?"

„Könnten Sie das vielleicht überprüfen?" Das wäre ein Ding, wenn sich herausstellte, dass Monika und Bernhard schon zu Lebzeiten von Veit ein Verhältnis gehabt hatten!

# 54

Hoffentlich hatte ich den alten Mann nicht zu sehr aufgeregt mit meinem neuen Ansatz! Einerseits drückte mich ein schlechtes Gewissen, andererseits war ich froh, diesen Punkt abgeklärt zu haben. Denn dadurch sah ich wesentlich klarer.

Zumindest Daniel schien überzeugt, dass Bernhard und Monika bei dem Tod seines Vaters die Hand im Spiel gehabt hatten, sonst wäre er nicht zu den damaligen Ermittlern gegangen. Das würde auch erklären, warum er nicht nach seinem heimlichen Besuch zu Hause mit seiner Ausbeute direkt zur Polizei gegangen war und sich stattdessen mit Bernhard auf einen schnellen Kaffee verabreden wollte. Bestimmt hatte er vor, sich heimlich dessen Kaffeebecher einzustecken und eine DNA-Analyse machen zu lassen, die er dann mit seinen restlichen Beweisen an die Ermittler weitergab. Denn man konnte wohl davon ausgehen, dass der Stiefvater seine Zahn- und Haarbürste auf die Reise mitgenommen hatte und es deshalb zur Zeit von Daniels ‚Besuch' keine Spuren zu sichern gab. Denn sonst ergab sein Abwarten keinen Sinn.

Vermutlich ging Monika und Bernhard gehörig der Stift, nachdem sie feststellten, dass Daniel nun Beweise vorlagen, die eindeutig zeigten, dass sie sein Erbe an sich gebracht und verschleudert hatten. Auch wenn ich mir nicht sicher war, ob dieses „Verbrechen" nicht längst verjährt war, für Unruhe hätte es garantiert gesorgt – und die beiden in dem Unglücksfall Uhlenstein wieder in den Fokus der Ermittler gerückt.

Schön und gut, langsam reimte sich alles zusammen. Eindeutige Beweise fehlten mir jedoch immer noch.

Ich brannte mittlerweile darauf, Bernhard zu überführen. Dieser … mir viel nicht mal ein vernünftiger Ausdruck ein, ihn zu benennen. Ich fühlte so viel Hass und Wut in mir. Er hatte mich komplett eingewickelt, mein Mitleid für ihn war grenzenlos gewesen.

Wie auf Stichwort fing mein Handy an zu klingeln. Bernhard! Ich holte tief Luft und nahm das Gespräch an.

„Hi, hast du Lust, heute Nachmittag bei mir vorbeizukommen? Ich habe gestern Steaks gekauft. Wäre wirklich nett, wenn du mir Gesellschaft leisten würdest."

„Geht leider im Moment nicht." Die Geschichte war schnell erzählt und er sichtlich beeindruckt. Als derart harten Gangster hatte er Kemal bisher nicht angesehen. Immerhin glaubte er mir, vielleicht auch, weil ich ihm schilderte, wie schlimm seine Männer Radu, Mihails Bruder, verprügelten. „Anscheinend gehe ich denen mittlerweile gehörig auf die Nerven, weil ich sehr oft im Viertel und im Jugendzentrum aufgetaucht bin und zu viele Fragen gestellt habe."

„Oder Kemal hat Angst, dass du ihn auch über die Klinge springen lässt." Bernhard hatte verstanden.

„Wie wär's, wenn wir uns am Wochenende in der Stadt treffen", schlug ich vor. „Vielleicht kann ich dir dann schon neue Ergebnisse vorlegen. Ich bin da an was dran, ist aber alles noch ziemlich nebulös", schob ich schnell nach, bevor er beginnen konnte, intensiver nachzufragen.

„Unbedingt", er schien sich echt zu freuen. „Melde dich sofort bei mir, wenn du vorher was rauskriegst."

Das war ein Spiel mit dem Feuer, klar, trotzdem bereute ich meine Worte nicht. Hoffentlich führten sie dazu, dass Bernhard ein paar Tage lang ins Schwitzen kam.

Viel besser fühlte ich mich anschließend nicht. Noch einen ganzen Tag warten!

Krampfhaft überlegte ich, ob ich nicht doch irgendetwas tun konnte. Sollte ich vielleicht Bernhard anbieten, sich heute mit mir in der Stadt zu treffen? In einem McDonald's vielleicht, ich würde Daniels Idee in die Tat umsetzen und mir anschließend den benutzten Kaffeebecher aus dem Müll fischen. Herr Uhlenstein wäre bestimmt bereit, die Kosten für einen DNA-Test zu übernehmen.

„Und was soll das bringen?" Mirko machte keinen Hehl daraus, dass er diese Idee für Unfug hielt. Eigentlich hatte er mich wegen einer anstehenden Hausarbeit angerufen. Aber als er anschließend nach dem Stand meiner Ermittlungen fragte, platzte ich mit meiner Überlegung heraus. Vielleicht gelang es mir ja, ihn zu überzeugen, mir zu helfen. Es würde weniger auffallen, wenn ein anderer als ich sich um das Beweismittel kümmerte.

„Daniels Opa könnte das Ergebnis an die zuständigen Beamten geben. Wie wir Bernhard zu Fall bringen, ist schließlich egal. Hauptsache, er kommt nicht einfach so davon."

„Konzentriere dich lieber auf deine andere Spur. Was ist mit diesem Mihail?", setzte er nach kurzem Nachdenken hinzu. „Hast du den gefragt, ob er was gesehen hat?"

Mensch, er hatte recht! Würde der nicht auf seinem Weg zu Daniel die Umgebung genauestens im Auge behalten haben? Immerhin musste er damit rechnen, dass sich die Typen, die ihm Übles wollten, in der Nähe befanden. Da war eigentlich zu erwarten, dass er sowohl auf jeden Passanten als auch auf die am Straßenrand geparkten Autos geachtet hatte. „Danke dir! Mache ich sofort."

„Was gibt's? Hast du Mörder erwischt?", begrüßte der mich.

„Es besteht ein starker Verdacht gegen jemanden. Deshalb habe ich noch ein paar Fragen an dich."

„Frag!"

„An dem Abend, als du zu Daniel unterwegs warst, sind dir auf der Strecke irgendwelche Fußgänger begegnet?"

„Nee, ist nur kurzes Stück von Freund von Bruder bis Daniel. Alles ruhig."

„Parkte da vielleicht ein dunkelroter VW-Kombi in der Nähe?" So ein Auto fuhr Bernhard.

„Kein Ahnung. Alles vollgeparkt."

Und ich hatte mir solch große Hoffnung gemacht! In meiner Verzweiflung versuchte ich etwas, das ich schon einmal in einem Film gesehen hatte. „Mihail, das hört sich jetzt blöd an, funktioniert aber", sagte ich in einem Tonfall, als sei ich mir völlig sicher. „Schließ bitte deine Augen und lass den betreffenden Zeitpunkt vor deinem inneren Auge ablaufen. Du verlässt das Haus dieses Kumpels und gehst los, was siehst du?"

„Häh?"

Ich ballte die Fäuste und holte tief Luft. „Mach die Augen zu und versetz dich an den Tag zurück. Du bist erleichtert, dass es deinem Bruder besser geht. Du hast nur ein kurzes Stück zu laufen. Natürlich passt du auf, du willst jedem Stress aus dem Weg gehen. Fang mal an! Du gehst aus dem Haus …"

„Ich bleib stehn und guck rum. Kein einer auf Straße", berichtete er folgsam. „Ich geh los. Ah, kurz vor Ecke, ich seh Mann in Auto sitzen. Ich geh rüber auf andere Seite und guck, kein Gefahr. Keiner von denen."

Es schien tatsächlich zu funktionieren! „Wie sah der Mann aus?", fragte ich nach. Erst mal sehen, wie gut seine Erinnerungen wirklich waren.

„War dunkel, konnt nich viel sehen, schon älter und nicht wie Clanleute."

„Was für ein Auto fuhr er?"

„Ein Opel, helle, blaue Farbe, hinten am Fenster runde, weiße Aufkleber mit rote Schrift. Hab mich umgedreht, ob Typ sich rührt."

Ich schnappte nach Luft. Da hatte ich meine Antwort! Nur fiel sie ganz anders aus als erwartet. Trotzdem ging ich das gesamte Szenario mit ihm weiter durch, ließ ihn die Treppe hinaufsteigen, den Toten finden, fliehen und …

„Ich versteck mich und dann zwei Männer kommen aus Haus. Dürfen mich nicht sehen, sind von Kemals Clan. Kann nicht mehr trauen auf ihn."

295

„Was?" Nichts hielt mich mehr auf meiner Couch. Ich sprang auf und brüllte das Wort geradezu in den Hörer.

„He, total vergessen", kam es daraus zurück. „Nich so schlimm, oder? Täter schon weg."

Was noch zu überprüfen wäre! „Weißt du, wie die Männer heißen?"

# 55

Direkt am nächsten Morgen rief ich Olaf zum zweiten Mal an. „Es gibt da zwei Männer, die kurz nach der Tat mit dem Auto weggefahren sind. Die müssten den Mörder eigentlich gesehen haben." Ich gab ihm die Namen der zwei. „Kennst du die?" Das war eine Fangfrage, natürlich kannte er sie, sogar ziemlich gut, wie Mihail mir gesagt hatte.

Er zögerte. „Sie waren früher mal im Tonstudio ziemlich aktiv. Danach habe ich sie aus den Augen verloren."

„Ich habe gehört, die Eltern leben in der Lessingstraße. Wäre es möglich, über sie Kontakt zu den beiden aufzunehmen?"

Wieder zögerte er. „Ich kann es versuchen, ob sie mit mir zusammenarbeiten werden, steht auf einem anderen Blatt."

„Soll ich lieber Kemal fragen?"

„Das würde auf Selbstjustiz herauslaufen."

„Ist mir schon klar", gab ich mich eisenhart. „Was meinst du, warum ich zuerst dich angerufen habe?"

Noch am selben Abend erhielt ich seine Antwort.

So machte ich mich am Freitag auf, Kommissar Janzen meine Ergebnisse zu präsentieren. Ich hatte pflichtschuldig gleich um acht Uhr angerufen und um ein Gespräch wenn möglich am selben Tag gebeten. Herr Janzen habe einen Termin außerhalb, teilte mir sein Partner mit. Ich solle gegen zwölf kommen, bis dahin sei er zurück. Komischerweise stellte er nicht eine Frage, was ich von diesem wollte.

„Sie haben weiter ermittelt", begrüßte mich der Kommissar, als ich pünktlich an die halb offen stehende Bürotür klopfte.

Ich nickte, marschierte direkt auf den Stuhl vor seinem Schreibtisch zu und nahm Platz. „Ich wollte Ihnen die Resultate überbringen. Ich habe einiges ausgegraben und ich denke, ich weiß jetzt, wer Daniel getötet hat."

Im Gegensatz zu meiner Erwartung blieb er völlig ruhig, lehnte sich zurück und verschränkte die Arme vor der Brust. „Dann erzählen Sie!"

Ich zog meine vorbereiteten Notizen aus der Tasche, die ich gestern Abend noch erstellt hatte, um nur ja keine wichtigen Fakten zu vergessen, und begann mit meinem Bericht.

Herr Janzen unterbrach mich kein einziges Mal. Als ich geendet hatte, nickte er anerkennend: „Sie haben es tatsächlich geschafft, uns zuvorzukommen. Uns fehlten bisher die nötigen Beweise. Die Zeugen sind bereit, ihre Aussagen bei uns abzugeben?"

Ich nickte. „Den einen können wir sofort anrufen. Er ist nicht in der Stadt. Die Vernehmung der anderen beiden müssen wir mit dem Sozialarbeiter absprechen. Er hat ihnen zugesagt, mit zur Wache zu kommen."

„Gut, informieren Sie ihn bitte. Ich möchte die Sache so schnell wie möglich in trockenen Tüchern haben."

Zuerst stellte ich ihm eine Verbindung zu Mihail her. Während die beiden Männer telefonierten, rief ich Olaf an. „Kannst du deine beiden Zeugen erreichen? Kommissar Janzen würde sie gern sofort vernehmen."

Eigentlich reichten die Aussagen der zwei aus, die notwendige Verhaftung zu gewährleisten, dachte ich bei mir, als ich gemeinsam mit Herrn Janzen und seinem Partner zurück ins Hafenviertel fuhr. Ja, sie hatten tatsächlich eingewilligt, dass ich sie begleiten durfte, allerdings musste ich auf der Wache in einem extra Raum warten. Im Gegensatz zu mir war Olaf bei der Vernehmung dabei, darauf hatten die beiden Zeugen bestanden. Ohne ihn neben sich würden sie nicht aussagen. Ich blieb allein in dem leeren Zimmer daneben sitzen und starrte aus dem Fenster. Meine innere Anspannung war viel zu groß, als dass ich mich mit irgendwas hätte ablenken können.

Es dauerte über eine Stunde, bis Herr Janzen zurückkehrte. An seinem zufriedenen Gesichtsausdruck konnte ich ablesen, dass alles nach Plan gelaufen war.

„Sie haben sogar beide Personen identifizieren können, weil die zweite zustieg, während sie an dem Auto vorbeifuhren und das Innenlicht brannte." Er nickte mir zu. „Wir werden die Verhaftung jetzt sofort vornehmen."

Kaum zu Hause angekommen informierte ich meine Mutter über den Ausgang der Geschichte.

„Super!", freute sie sich, um sofort ein. „Dein armer Papa!", hinzuzufügen.

Ja, für ihn würde es eine große Enttäuschung sein, dass unsere Interpretation fast genau zutraf. Sein guter Freund Bernhard war tatsächlich schuldig!

Zu meiner Überraschung meldete sich der Kommissar gegen acht telefonisch bei mir. „Sie hatten recht mit Ihrer Einschätzung. Als wir Herrn Brenner mit den Zeugenaussagen konfrontierten, ist er sofort umgekippt und hat gestanden. Wir wissen jetzt, wie es abgelaufen ist."


So trommelte ich am nächsten Tag die zusammen, denen ich versprochen hatte, sie auf dem Laufenden zu halten. Herrn Uhlenstein hatte ich persönlich abgeholt und das Treffen mit den anderen etwas nach hinten geschoben, damit ich ihm reinen Wein über das Tun seines Sohnes einschenken konnte. Denn die Münzen hatten sich als Dreh und Angelpunkt herausgestellt. Ohne sie wäre es vermutlich nie so weit gekommen.

Es dauerte eine geraume Weile, bis Herr Uhlenstein überhaupt wieder in der Lage war zu sprechen. Seine Stimme bebte, als er sagte: „Ich wusste davon nichts, glauben Sie mir bitte. Mir gegenüber tat Veit so, als handle es sich bei diesen Dingen um nette Kleinigkeiten ohne Wert. Er sei eben ein Jäger und Sammler."

Zum Glück schellte es genau in dem Moment. Ich versicherte ihm, dass ich niemals geglaubt hätte, er sei in diese Machenschaften involviert, und ging erleichtert zur Tür, um zu öffnen. Vielleicht würde meine Schilderung der Umstände und die Gegenwart der anderen Herrn Uhlenstein helfen, sich schneller von dem erlittenen Schock zu erholen. Fünf Minuten später saßen Olaf, Katja, Jan und Herr Uhlenstein dicht gedrängt auf meinem Sofa, während Mihail über Skype zugeschaltet war.

„Als Erstes ein großes Lob an dich", sagte ich zu dem Rapper. „Du hast mir letztendlich den richtigen Weg gewiesen, den Mord aufzuklären."

„Komm endlich zu Potte", wies mich Katja zurecht. „Sag uns erst mal, wer denn nun Daniels Mörder ist. Den Weg kannst du uns später erklären."

„Seine Mutter", gab ich mich geschlagen. Eigentlich hatte ich zuerst die gesamte Geschichte noch einmal aufrollen wollen. Aber dafür waren meine Kandidaten zu ungeduldig.

„Die Frau?" Über Herrn Uhlensteins Gesicht glitt ein Leuchten. „Steht das hundertprozentig fest?"

„Die Indizien sind eindeutig", bestätigte ich. „Obwohl ihr Mann versucht, die Schuld auf sich zu nehmen."

„Er war Kerl im Auto!", warf Mihail ein, der Einzige, den ich gestern bereits in groben Zügen über unseren Erfolg informiert hatte.

„Na, dann erzähl mal der Reihe nach!", forderte Jan mich auf.

# 56

Ich berichtete ausführlich, wie das Gespräch mit Herrn Ostrowsky mich auf die richtige Spur brachte. „Daniel zog ebenfalls diese Schlüsse. Er wartete ab, bis seine Eltern das nächste Mal in den Urlaub fuhren, und durchsuchte das Haus. Er fand die entsprechenden Unterlagen und fertigte sich Kopien davon an. Sehr wahrscheinlich entdeckte er auch noch irgendwelche Kostbarkeiten seines Vaters und nahm sie ebenfalls mit."

„Sehr wahrscheinlich?", fragte Olaf sofort nach.

„Bisher ist leider nichts von dem, was er mitnahm, wieder aufgetaucht", musste ich ihn enttäuschen. „Daniel scheint die Sachen irgendwo versteckt zu haben. Nur weiß leider keiner, wo."

Ein kleiner Tumult entstand und die Fragen der Anwesenden prasselten nur so auf mich ein. Ich verwies auf meinen ausführlichen Bericht. Danach würden die meisten hoffentlich geklärt sein.

„Durch die nicht verschlossene Kellertür wurden die Brenners direkt nach ihrer Rückkehr aus dem Urlaub gewahr, dass sie ungebetenen Besuch gehabt hatten. Monika hakte bei ihrer Tochter nach und erfuhr von ihr, dass Daniel kurz aufgetaucht sei. Irgendwie war ihr wohl sofort klar, wonach er gesucht hatte."

„Ja, blöd ist sie nicht", warf Jan ein. „Allerdings wesentlich extremer in ihrer Ichbezogenheit, als ich je gedacht hätte."

„Bernhard musste so tun, als wolle er sich nur aus dem Urlaub zurückmelden und Daniel dann spontan auf ein Treffen ansprechen. Hätten sie sich tatsächlich verabredet, wäre Monika in der Zeit in die Wohnung gegangen und hätte sie durchsucht. Den Schlüssel besaßen sie ja noch. Als Daniel sich herausredete, er wäre kaum zu Hause, hätte eine Freundin und würde auch bei dieser übernachten, sah Monika ihre Chance wesentlich schneller gekommen als gedacht."

„Also war sein Tod gar nicht geplant?" Herr Uhlenstein starrte mich fassungslos an.

„Laut Bernhard nicht. Sie wollten nur die entwendeten Dinge zurückholen. Monika dachte, dass sich Daniel dann geschlagen geben und nichts weiter unternehmen würde. Außerdem hatte sie vor, nach der geglückten Aktion Tacheles mit ihm zu reden, ihn auf ihre unnachahmliche Art einzuschüchtern. Danach, war sie sich sicher, würde er es nicht wagen, irgendetwas gegen sie zu unternehmen."

„Was für eine Frau!" Olaf, der Einzige, der sie nie persönlich kennengelernt hatte, schüttelte entsetzt den Kopf. „Armer Daniel! Kein Wunder, dass er mit so vielen Schwierigkeiten zu kämpfen hatte."

„Woher weißt du das alles?", fragte Katja. „Oder präsentierst du uns hier nur deine Vermutungen?"

„Es handelt sich um Tatsachen." Nein, ich war nicht beleidigt. Immerhin mussten sie sich starken Tobak anhören. „Bernhard hat direkt nach seiner Festnahme ein Geständnis abgelegt. Der Kommissar war so nett, mich zu informieren. Laut der Aussage hat Daniel seine Mutter bei ihrer Suche in seiner Wohnung überrascht. Er drohte damit, die Polizei zu verständigen, griff nach seinem Handy und sie stach zu."

„Nur gut, dass du diesen Ostrowsky ausfindig machen konntest. Sonst wären die beiden mit diesem Mord davongekommen", sagte Katja mit Inbrunst.

„Nein", berichtigte ich sie. „Da hatte ich Bernhard schon in Verdacht. Es gab einfach zu viele Unstimmigkeiten in seinen Geschichten." Ich zählte sämtliche Punkte auf, die mir aufgefallen waren. „Anfangs glaubte ich nicht, dass er bewusst log", fuhr ich fort. „Es dauerte ziemlich lange, bis ich ihn mit anderen Augen sah. In der Rückschau muss ich zugeben, dass ich viele frühere Hinweise, als Daniel und ich noch zu Hause wohnten, nicht beachtet habe: Dass sich immer Monika durchsetzte, egal um was es ging. Dass Bernhard sich zwar bemühte, auf jeden einzugehen, aber im Endeffekt nach ihrer Pfeife tanzte. Dass er ihre Entscheidungen verteidigte und sich nie für Daniel starkmachte, wenn sie es mit ihren Erziehungsmaßnahmen übertrieb."

„Irgendwann ist bei vielen der Punkt erreicht, an dem sie aufbegehren", warf Olaf ein. „Es hätte genauso gut sein können, dass der Mord ihm den Antrieb gab, endlich zu handeln."

„Leider nein. Wie gesagt, Bernhard hat ein umfassendes Geständnis abgelegt. Es war sogar Monikas Idee, dass er sich weiterhin mit Daniel treffen sollte, nachdem der familiäre Kontakt fast abgerissen war. Sie wollte ihn im Auge behalten. Jetzt, im Nachhinein, sehe ich sogar Bernhards Einzug in die Wohnung in einem anderen Licht. Monika war bei ihrer Suche gestört worden, er wollte in aller Ruhe die Räume durchkämmen und hat, nachdem er nichts fand, jedes Fitzelchen Papier gelesen, um einen Hinweis auf das Versteck der Beute zu finden."

„Seltsam, dass er nicht bei Ressia nachschauen ging."

Dieses Mal war Katjas Einwurf berechtigt. „Vielleicht ist er sogar ab und zu ums Haus geschlichen, ganz ausschließen kann die Polizei das bisher nicht. Die Ermittler wollen Chris dazu befragen, ob er Bernhard dort gesehen hat. Der eigentliche Grund ist ein ganz einfacher: Er kannte den Namen des Wohnungsinhabers nicht. Selbst als er von Mihail erfuhr, brachte ihn das nicht weiter. Er ist nur unter seinem Künstlernamen bekannt." Gut, dass ich ihm damals die Wahrheit verschwiegen hatte - wenn auch aus einem anderen Grund.

„Deswegen wollte Bernhard dir unbedingt helfen", begann Katja langsam zu ahnen, was mir mittlerweile zur Gewissheit geworden war.

„Und weil er Angst hatte, dass es mir tatsächlich gelingen würde, die wahren Hintergründe aufzudecken", nickte ich.

„Deshalb versuchte er wohl auch nach der Beerdigung, den Verdacht auf Kemal und seine Leute zu lenken." Von seinen Anschuldigen gegenüber Mihail sagte ich besser nichts, sonst wäre Katja bestimmt hochgegangen.

„Und Mihail hat entscheidend zur Aufklärung beigetragen?", kam es prompt von ihr. Sie lächelte stolz in Richtung des Monitors.

„Wie in Krimi aus Film", grinste dieser. „Augen schließen und alles ablaufen lassen, von Anfang bis Ende. Ich hab erst gedacht: Schwachsinn. Aber funzt."

„Das Wichtigste war jedoch, dass Mihail die beiden Typen einfielen, die aus einem Nachbarhaus kamen, als er sich vor dem Täter versteckte", ergänzte ich. „Daraufhin nahm Olaf Kontakt zu ihnen auf und fragte, ob sie, als sie mit dem Auto losfuhren, irgendetwas gesehen hatten. Die konnten sich tatsächlich noch an die Frau erinnern, die in dem Augenblick die Beifahrertür öffnete, als sie an dem geparkten Wagen vorbeifuhren. Weil sie so gar nicht in die Gegend passte, wie sie es ausdrückten. Und sie konnten sogar von dem Mann eine Beschreibung abgeben, denn Bernhard hatte nicht einmal daran gedacht, die Innenbeleuchtung zu deaktivieren. Damit waren die beiden geliefert."

„Sie haben sie aus einer großen Menge an Fotos herausgesucht", verbesserte Olaf mich, der ja während ihrer Aussage neben ihnen gesessen hatte.

„Woher stammten die? Waren die Ermittler denen auch schon auf der Spur?", fragte Katja.

„Ja, nur nicht so dicht dran wie wir." Ich grinste. „Denen fehlten die Zeugen. Und die Fotos hatte ich von meinen Eltern besorgt. Zwar waren die schon älter, reichten für diesen Zweck aber völlig aus."

Katja lehnte sich zurück und grinste: „Ende gut, alles gut."

„Ob wohl auch der Tod von Veit geklärt werden kann?"

Diese Frage von Herrn Uhlenstein konnte ich nicht beantworten. Falls er auch in den ‚Unfall' verwickelt war, würde

Bernhard vermutlich seine Beteiligung nicht freiwillig zugeben.

# 57

Obwohl Bernhard ein umfassendes Geständnis abgelegt hatte, blieb Monika stumm.

Dabei sprach eine Fülle von Indizien gegen sie. In Daniels Wohnung waren Dutzende von Fingerabdrücken seiner Mutter gefunden worden. Ihre damalige Aussage, sie habe ihren Sohn mehrfach besucht, konnte sie nicht belegen, nicht einmal den entsprechenden Tag benennen. Dagegen gaben Ressia, Katja und sogar seine Psychotherapeutin zu Protokoll, dass Daniel ihnen gegenüber oft erwähnt habe, er sehe seine Mutter nur noch einmal im Jahr, wenn die ganze Familie in ihrem Haus zusammenkam. Selbst an ihrem Geburtstag meldete er sich nur telefonisch. In seiner neuen Wohnung sei sie nie gewesen.

Die Unterlagen aus dem Immobilienkauf waren ebenfalls bemerkenswert. Als Besitzer des Hauses waren beide Brenners eingetragen, der Vertrag war laut Datum genau drei Monate nach Veit Uhlensteins Tod unterschrieben worden. Weder Monika noch Bernhard konnten erklären, woher das Geld für diesen Kauf stammte.

Die Ermittler durchforsteten sämtliche Bankunterlagen. Schon bald ließ sich ein klares Muster erkennen. Die Brenners lebten von Anfang an über ihre Verhältnisse. Jedes Mal, wenn sie sich weit im Minus befanden, ging eine höhere Summe Geld ein, angeblich aus der Veräußerung diverser Wertgegenstände. Es dauerte nicht lange, bis der Verkäufer, es handelte sich immer um denselben, eingestand, der Erlös stamme aus dem Verkauf seltener Münzen.

Kurz vor Daniels Tod hatten sie ihren Kreditrahmen wieder einmal ausgereizt, kein Wunder, dass Monika derart erpicht darauf war, die Münzen wieder an sich zu bringen. Das Haus war, wie sich herausstellte, schon seit längerem zum Verkauf ausgeschrieben - für eine horrende Summe. Direkt nach dem Urlaub seien die Brenners endlich vernünftig geworden und hätten ihre Vorstellungen der Realität angepasst, wie der Makler aussagte. Für die ersten zwei Interessenten waren bereits Besichtigungstermine vereinbart. Diese seien aufgrund der Ermordung des Sohnes erst für die kommende Woche geplant gewesen.

Bernhard beteuerte ein ums andere Mal, dass weder er noch Monika vorgehabt hätten, Daniel zu töten. Nein, ihnen sei es nur um die Wertgegenstände und die Kopien, die er von dem Hauskauf gezogen hatte, gegangen.

Als sie nach Hause kamen und feststellten, dass der Riegel an der Kellertür nicht vorlag, hätten sie sofort Henrietta angerufen und durch sie von Daniels kurzer Stippvisite erfahren. Daraufhin sei Monika zu dem Versteck der Münzen geeilt und hätte ihr Fehlen entdeckt. Diese Verbindung, gab er ehrlich zu, hätte er selbst vermutlich nie gezogen, obwohl auch ihm aufgefallen war, dass sich Daniel in den letzten Monaten von ihm zurückgezogen hatte und immer neue Ausreden vorbrachte, ein Treffen zu vermeiden.

Dass er sich Kopien gemacht hatte, ließ sich am Computer leicht nachvollziehen, so ahnten sie, was in Daniel vorging. Denn natürlich wussten beide von der Psychotherapie des Sohnes. Angeblich erfuhr Bernhard durch ein Telefongespräch davon, als Daniel ihn um einige genaue Daten bat, die in seinem Gedächtnis schlichtweg fehlten. Er sei hellhörig geworden und habe mehr darüber wissen wollen und deswegen ein gemeinsames Mittagessen vorgeschlagen. Daniel hätte ihn vertröstet, er sei momentan zu beschäftigt und versuche, in seiner kargen Freizeit Chris aufzuspüren, der ihm seinen Wohnungsschlüssel nicht zurückgegeben habe. Er beschloss, sich selbst darum zu kümmern. Seine Einmischung sei als Nettigkeit gedacht gewesen, außerdem habe er gehofft, dass Daniel sich nach erfolgreichem Abschluss

307

dieser Mission mit ihm treffen würde. Doch er habe ihn telefonisch nicht erreicht, selbst Nachrichten auf dem Anrufbeantworter, habe dieser ignoriert.

Als sie seinen ‚Einbruch' entdeckten, habe er erneut seine Handynummer gewählt, um sich ganz offiziell aus dem Urlaub zurückzumelden und gleichzeitig nach einem Termin für die Schlüsselübergabe zu fragen. Leider wollte Daniel sich nur auf einen schnellen Kaffee einlassen. Er würde sich kurzfristig melden, denn er sei im Moment voll beschäftigt, er studiere, arbeite nebenbei und besuche anschließend seine Freundin, bei der er auch übernachte, sei also kaum zu Hause. Sobald er Zeit habe, würde er sie ihm vorstellen. Die ‚tollen Neuigkeiten' habe Bernhard selbst dazu gedichtet, weil er mir gegenüber nicht zugeben wollte, dass sich sein Verhältnis zu Daniel in der letzten Zeit offensichtlich verschlechtert hatte.

Wegen dieser Aussage hätten er und seine Frau gedacht, die Wohnung sei leer und man könne gefahrlos in aller Ruhe dort suchen. Sie wären extra erst am späten Abend losgefahren, um keinen Nachbarn auf sich aufmerksam zu machen. Monika habe unbedingt allein hochgehen wollen, sie sei in so einer Durchsuchung, die unbemerkt bleiben solle, auch besser als er. Er wäre dabei vermutlich eher im Weg gewesen.

Trotzdem habe er sie nicht allein dorthin fahren lassen wollen, falls sie doch Hilfe benötigte. Nein, Daniels Ankunft habe er nicht bemerkt, der müsse aus der anderen Richtung gekommen sein. Seine Frau sei nach ungefähr einer halben Stunde wieder zurückgekommen und habe ihn angeraunzt, er solle sofort drehen und zurückfahren. Erst unterwegs habe sie ihm erzählt, was passiert war. Ihrer Schilderung nach sei Daniel plötzlich aufgetaucht und habe sie beim Kramen in den Küchenschränken ertappt. Die Situation sei augenblicklich eskaliert. Er habe mit der Polizei gedroht und sei in die Diele gelaufen, da er sein Handy auf dem Bord neben der Garderobe abgelegt hatte. Ihr Griff nach dem

Messer aus dem auf dem Küchenschrank stehenden Block und die anschließende Tat seien aus einem Reflex heraus geschehen. Kaum dass ihr Sohn am Boden lag, habe sie sich um ihn bemüht, doch er starb, bevor sie Hilfe herbeirufen konnte. Direkt anschließend habe sie Schritte auf der Treppe gehört, daraufhin sei sie in die Küche gelaufen, um sich zu verstecken. Als der Neuankömmling das Weite suchte und dabei einen Riesenradau im Hausflur verursachte, sei sie ebenfalls geflohen.

Das Messer hatte seine Frau unterwegs in einen Gulli geworfen. Bernhard konnte die Straße benennen und fand, als man ihn an diesen Ort brachte, die entsprechende Stelle, sodass die Ermittler das Tatwerkzeug bergen konnten. Im Gegensatz zu seiner Frau, die eisern schwieg, wurde er aus der Untersuchungshaft entlassen und durfte in Freiheit auf seinen Prozess warten.

Leider stimmten die DNA-Spuren an Veit Uhlensteins Leiche nicht mit Bernhards überein. Und Monika blieb steif und fest bei ihrer Behauptung, es sei ein Unfall und sie und ihr Mann seien zu diesem Zeitpunkt noch kein Paar gewesen - das war der einzige Punkt, zu dem sie sich überhaupt äußerte. Bernhard bestätigte ihre Aussage und fügte einige Zeugen hinzu, die sie beide in der Vergangenheit gekannt hätten. Diese, seine ehemaligen Nachbarn und Freunde, erklärten übereinstimmend, von einer Liebesbeziehung sei nichts zu spüren gewesen. Erst nach Veit Uhlensteins Tod seien die beiden sich nähergekommen, Bernhard habe sie bei der Auflösung des Haushaltes und der notwendigen Wege unterstützt, besonders aber gegen den perfiden Angriff der Eltern des Toten. Daraus sei dann relativ schnell eine feste Beziehung geworden.

Allerdings gaben sämtliche Personen ebenso an, mit Monikas Art nicht klargekommen zu sein, deswegen sei der Kontakt zu Bernhard nach und nach eingeschlafen. Wann und wo die zwei sich kennengelernt hatten, darüber gingen die

Meinungen auseinander, keiner wusste Genaueres, denn das Pärchen hatte mehrere verschiedene Versionen erzählt.

Wie ich an all die Informationen kam? Ganz einfach, Herr Janzen hielt mich auf dem Laufenden. Er war wohl schwer beeindruckt von meinem Engagement und gestand neidlos ein, dass ich beziehungsweise die von mir genutzten Kontakte eine große Hilfe gewesen waren, die beiden festzunageln.

Er und sein Kollege waren zwischenzeitlich selbst auf das Ehepaar aufmerksam geworden. Auch ihnen gegenüber hatte sich Bernhard mehrmals in kleine Widersprüche verwickelt, nichts Auffälliges an sich, aber irgendwann gab es ihnen genau wie mir zu denken. Im Gegensatz zu mir waren sie noch dabei gewesen, den Hintergrund der Brenners zu beleuchten. Ich hätte, wie er meinte, einen guten detektivischen Biss bewiesen.

# 58

**eine Woche später**

Dass die verschwundenen Gegenstände nicht wieder auftauchten, machte mir immer noch zu schaffen. Die Hausdurchsuchung bei den Brenners hatte nichts ergeben, Daniels Wohnung war komplett auf den Kopf gestellt worden, selbst Ressia, die von den Ermittlern ein weiteres Mal befragt wurde, wusste nichts von ihrem Verbleib. Daniel habe zwar erwähnt, dass er Munition gegen seine Eltern sammle, um was es sich dabei handelte und wo er seine Beweise versteckte, behielt er für sich.

Ich setzte mich wieder vor meine mittlerweile vervollständigte Geschichte, um nach einem Hinweis zu suchen, den ich bisher übersehen hatte. Und dann kam mir tatsächlich die Erleuchtung, nein, eher eine gewagte Idee, aber im Prinzip konnten wir nichts verlieren, sondern nur gewinnen. Ich hoffte, Kommissar Janzen sah das ähnlich.

Ein Blick auf die Uhr: Es war fast vier. Ob er überhaupt noch arbeitete? Ich wählte seine Nummer und sagte ihm, auf was ich gestoßen sei. Anfangs wirkte er nur mäßig interessiert. Erst als ich verkündete, auch ohne ihn nachschauen zu wollen, lenkte er ein.

Eine Viertelstunde später machten wir uns auf den Weg. Sobald wir vor dem Haus hielten, eilte meine Mutter, die ich telefonisch informiert hatte, über die Straße. „Lassen Sie mich anfangen!" Sie drückte sich an uns vorbei und klingelte.

Als hätte sie direkt hinter der Tür gewartet, öffnete Frau Kaiser, kaum dass der helle Ton verklungen war. „Hallo, meine Liebe, das ging aber schnell."

„Ich habe sie vorab angerufen und uns angekündigt", erklärte meine Mutter an die Ermittler gewandt.

„Kommen Sie durch. Am besten setzen wir uns in die Küche." Frau Kaiser war sichtlich aufgeregt und gleichzeitig erfreut über diesen unverhofften Besuch. „Wenn ich der Polizei helfen kann, mache ich das gern."

Zum Glück befanden wir uns bei dieser Aussage schon in der Diele und Herr Janzen hatte die Tür geschlossen. Trotzdem war er eindeutig nicht begeistert.

„Wenn es so abgelaufen ist, wie ich denke, haben Sie gleich Ihren Beweis", sagte ich schnell. Natürlich war es nicht optimal, dass meine Mutter der alten Dame Bescheid gegeben hatte, aber ich konnte sie verstehen. Wer wusste schon, was die Aufregung über den unverhofften Besuch bei ihr ausgelöst hätte. In ihrem Alter musste man mit allem rechnen.

„Möchten Sie einen Kaffee?" Frau Kaiser nickte zu der vollen Kanne hinüber, die in der Maschine auf ihren Einsatz wartete.

„Ja, gern", antwortete ich. Sie legte eine solche Begeisterung an den Tag, dass man nicht einfach Nein sagen konnte.

Wir nahmen an dem runden Tisch Platz, wobei meine Mutter und ich auf die Eckbank rutschten, um den beiden Ermittlern die Stühle zu überlassen. Frau Kaiser eilte geschäftig hin und her und stellte Tassen und Unterteller darauf, bevor sie uns mit dem Kaffee bediente. Anschließend holte sie vier Löffel, ein Zuckerdöschen und eine Packung H-Milch, damit sich jeder bedienen könne, wie sie sagte. Sie selbst wehrte ab, als Herr Janzen ihr seinen Stuhl und seine Tasse anbot: „Das ist nicht gut für mein Herz, wenn ich außer der Reihe davon trinke. Und ich stehe mal ganz gern. Ich sitze ja sonst den ganzen Tag."

„Frau Kaiser", begann meine Mutter, nachdem wir alle einen Schluck getrunken und das widerliche Gebräu - es handelte sich um koffeinfreien, wie ich später erfuhr - gelobt hatten. „Wie war das genau, als der Daniel an dem Sonntag zu Ihnen kam? Könnten Sie bitte ausführlich erzählen?"

Die alte Dame plusterte sich auf. „Also ich sitze hier am Fenster und sehe, wie er auf mein Haus zukommt. Ich habe mich noch gewundert, was er wohl will. Dann hat er geklingelt und aus der Tasche, die er in der Hand hatte, ein Päckchen vom Bäcker rausgezogen und mir überreicht. Dabei hat er gegrinst und gesagt: Hier habe ich was für Sie. Und wie ich reingucke, sehe ich meine geliebten Cremeschnitten, gleich zwei Stück. Aber Daniel, habe ich gesagt, das war doch nicht nötig. Ach, ich war sowieso beim Bäcker, hat er geantwortet und auf die Tasche gedeutet. Da habe ich ihn eingeladen reinzukommen und bei mir zu frühstücken. Ich wollte ihm wenigstens eine Tasse Kaffee kochen."

„Wie groß war die Tasche, die er dabei hatte?", fragte Herr Janzen.

„Das war so ein Stoffbeutel, wie ihn viele jetzt anstatt einer Plastiktüte benutzen."

„Er ist dann direkt hinter Ihnen in die Küche gekommen?", übernahm ich. Und als sie nickte: „Waren Sie die ganze Zeit bei ihm?"

„Ich habe eins der Kuchenstücke gegessen und er hat seinen Kaffee getrunken. Essen wollte er nichts, obwohl ich ihm Marmelade und Wurst und Käse angeboten habe. Er würde erst später frühstücken, hat er mir erklärt und meinen Kaffee gelobt. Das sei genau das Richtige am Morgen. Trotzdem wollte er keine zweite Tasse, er habe es eilig, hat er gesagt."

Herr Janzen wandte sich mit hochgezogenen Augenbrauen mir zu. Das war wohl nichts, konnte ich an seinem Gesichtsausdruck ablesen.

„Ach, bevor ich's vergesse, er ist kurz auf der Toilette gewesen, während ich den Kaffee aufgesetzt habe."

313

Wie elektrisiert starrte der Ermittler die alte Dame an. „Wo ist Ihr Bad?"

„Das ist oben, ich meinte die Gästetoilette hier unten." Sie winkte uns, ihr zu folgen.

Die Diele war ein düsterer, enger Schlauch, was allerdings in erster Linie daran lag, dass zu beiden Seiten wuchtige Möbel standen: Ein altertümlicher Schuhschrank, gegenüber ein Telefontischchen mit Sitzbank, daneben ein großer Kleiderschrank, garantiert schon antik, an der anderen Wand eine schmalere Kommode, über der ein Spiegel hing. Direkt dahinter entdeckte ich die Tür, die ins Gästebad führte.

„Wie lange war Daniel ungefähr weg?", fragte ich Frau Kaiser.

„Ach, Gottchen, so lange, wie man eben braucht. Ich habe nicht auf die Uhr geschaut."

„Können wir uns den Inhalt Ihrer Schränke kurz ansehen?" Herr Janzen scharrte schon sprichwörtlich mit den Hufen.

„Äh …" Die alte Dame sah unglücklich von einem zum anderen. So ganz schien ihr der Gedanke nicht zu behagen, dass die Männer in ihren Privatsachen herumwühlen wollten.

„Vielleicht ist das gar nicht nötig." Kaum hatte ich ausgesprochen, streifte ich mir die Schuhe ab und stieg vorsichtig auf die Sitzbank. Bingo! Oben auf dem Schrank lag eine Plastiktüte. Ich reckte mich und zog vorsichtig daran, bis ich vernünftig zugreifen und sie an Herrn Janzen übergeben konnte.

„Ist das Ihre?", wandte sich dieser an Frau Kaiser. Ihre überraschte Miene sagte schon alles. „Nein, ich weiß nicht, woher sie stammt und wie sie da raufgekommen ist."

„Dann darf ich hineinsehen?" Herr Janzen wartete ihr Nicken kaum ab, so eilig hatte er es, den Inhalt zu inspizieren. Kurz darauf lagen ein Kästchen und ein Stapel Papiere vor uns, Kopien der Auszüge aus dem Grundbuch und vom Kaufvertrag für das Haus, wie Herr Janzen nach einer flüchtigen Durchsicht verkündete. In der Zwischenzeit hatte sein

Kollege bereits das Kästchen geöffnet. Unter einer Schicht gelber Watte kamen drei Münzen zum Vorschein, jede sorgfältig in einem extra Tütchen verpackt.

Herr Ostrowsky identifizierte die Münzen als die Wertgegenstände, die Veit Uhlenstein damals gefunden und ihm nicht nur gezeigt, sondern ihm sogar zwei von ihnen geschenkt hatte, die sich noch in seinem Besitz befanden und er zum Beweis vorlegte. Ein hinzugezogener Experte ließ keinen Zweifel daran, dass sie alle aus derselben Serie stammten und mittlerweile einen erheblichen Wert besaßen.

# Epilog

Katja und ihre Kinder sind zwei Wochen nach der Festnahme zu Mihail gezogen. Vorher haben wir gemeinsam Daniels Grab besucht. Es ist ein schöner Platz, direkt unter einem Baum mit weit ausladenden Ästen gelegen, der letzte in der obersten Reihe.

Die Kränze darauf waren komplett verwelkt, wir haben sie entfernt und durch unser buntes Gesteck, das wir unterwegs kauften, ersetzt. Bisher gibt es nur die übliche kleine Holztafel, die darauf hinweist, wer hier begraben wurde, aber ich weiß, dass Herr Uhlenstein bereits einen Stein in Auftrag gegeben hat. Sein Freund, der Pastor Engel, will dafür sorgen, dass der Großvater regelmäßig das Grab seines Enkels besuchen kann.

Natürlich ist das nur ein schwacher Trost dafür, dass dieser ihm, kaum dass er ihn kennengelernt hatte, wieder entrissen wurde. Dafür bleibt ihm Ressia noch eine Weile erhalten, sie lebt im Kirchenasyl und freut sich über seine Aufmerksamkeit. Obwohl noch nichts entschieden ist, stehen die Chancen gut, dass sie bleiben darf, sagt ihr Rechtsanwalt. Anschließend wollen sich Herr Uhlenstein und mehrere aus der Gemeinde weiter um sie kümmern.

Bernhard ist kurzfristig zurück in sein Haus gezogen, zumindest für so lange, bis sich ein Käufer findet. Er hat wohl Angst, sich noch einmal in Daniels Wohnung blicken zu lassen. Die Nachricht von der Festnahme sprach sich natürlich wie ein Lauffeuer herum. Seine Angst ist durchaus berechtigt. Ich habe keine Ahnung, wie Daniels Freunde oder Kemal reagieren, wenn er dort auftaucht.

Die Wohnung in der Lessingstraße haben die beiden Mädchen mithilfe eines Entsorgungsunternehmens mittlerweile leer geräumt. Nein, es handelte sich dabei nicht um die „Flinken Hände".

Bernhard hält sich vornehmlich im Haus auf. Er traut sich nicht mehr unter die Augen der Nachbarn, meint meine Mutter. Sie hat mehrfach beobachtet, dass er erst spät abends zum Einkaufen fährt. Auch zu meinen Eltern will er offensichtlich keinen Kontakt mehr. Zweimal haben sie ihn im Garten gesehen, beide Male hat er sich weggedreht und ist reingegangen. Sie selbst wollen ebenfalls Abstand halten, ich ebenso. Das, was er getan hat, um seine Frau zu schützen, können wir nicht nachvollziehen.

Ungefähr eine Woche nach seiner Verhaftung schrieb Bernhard mir einen Brief, in dem er sich für sein Verhalten entschuldigte. Er wisse selbst, dass sein Verhältnis zu Monika nicht normal sei. Das, was er über sie gesagt habe, dazu stehe er. Auf der einen Seite hasse er sie regelrecht, weil sie ihn ständig demütige und herabwürdige, auf der anderen Seite käme er nicht von ihr los. Er liebe sie - auf eine krankhafte Art und Weise, wie er mittlerweile sehe. Trotzdem bitte er mich auch in ihrem Namen um Vergebung. Dass Daniel in dieser Nacht gestorben sei, habe sie beide an den Rand des Wahnsinns gebracht. Sein Verlust sei bis heute nicht verarbeitet.

Er bitte mich ganz besonders, ihm zu verzeihen. Für ihn habe sich die Sachlage so dargestellt, dass er für seinen geliebten Stiefsohn nichts mehr tun konnte, für seine Frau dagegen schon. Seine Trauer um Daniel sei echt gewesen, aber der Gedanke, Monika auch noch zu verlieren, habe ihn davon abgehalten, etwas zu unternehmen. Er sei ein schwacher Mensch, mehr könne er als Entschuldigung nicht vorbringen.

Ich antwortete nicht auf seine Zeilen. In meinen Augen macht er es sich zu einfach. Vielleicht sollte er selbst mal über eine psychologische Aufarbeitung nachdenken.

Monika hat endlich ihr Schweigen gebrochen. Sie behauptet, ihr seien die Nerven durchgegangen. Ihr Sohn habe sie dermaßen beschimpft, dass sie die Kontrolle über sich verloren und zugestochen hätte, deshalb will ihr Anwalt auf Totschlag im Affekt plädieren.

Vermutlich wird er damit durchkommen, denn die Tatwaffe stammt eindeutig aus Daniels Wohnung, ein weiterer Punkt, der Monikas Erklärung stützt. Dass ihr Sohn sie beleidigte und mit Worten attackierte, bis sie voller Wut ausrastete, kann leider nicht widerlegt werden, denn es gibt ja keine Zeugen. Andere Angeklagte haben mit dieser Strategie bereits Erfolg gehabt, warum also nicht auch sie?

Ob Veit Uhlenstein ebenfalls durch ihre Hand starb, ist - zumindest bis jetzt - nicht zu beweisen. Wird sie ohne eine zweite Anklage vor Gericht gestellt und folgt dieses der Sicht ihres Anwalts, muss sie mit einer Freiheitsstrafe zwischen einem Jahr und zehn Jahren rechnen. Das heißt, auch eine Bewährungsstrafe wäre möglich, da sie nicht vorbestraft ist.

Ich hoffe natürlich, dass sie für längere Zeit im Gefängnis landet. Für mich war dieser Mord kein Kontrollverlust ihrerseits, sondern eine eiskalte Reaktion auf Daniels Drohung mit der Polizei. Monika hat schon immer ihre Interessen über die aller anderen gesetzt, ohne Rücksicht auf Verluste.

Aber in unserer Rechtsprechung gilt ja: im Zweifel für den Angeklagten. Also kann es durchaus sein, dass sie schon bald wieder ihre Freiheit genießen kann. Eigentlich ist das kaum zu verstehen, da bringt jemand einen anderen Menschen um, schafft damit oft unendliches Leid für die Angehörigen, und muss nicht oder kaum dafür büßen.

Ja, ja, ich weiß schon, was mir alle, die sich mit unserer Rechtsprechung auskennen, nun sagen wollen: Es geht nicht darum, den Täter zu bestrafen, sondern zu resozialisieren, damit er so etwas oder etwas Ähnliches nie wieder tut. Ich sehe das anders, ich bin der Meinung, dass die Angehörigen oder das Opfer erwarten können, dass derjenige eine Strafe auf sich nehmen muss, der Regeln, die im gemeinsamen Leben notwendig sind, übertreten hat: je schlimmer sein Vergehen umso härter die Strafe. Auf Monika bezogen hoffe ich, dass der Richter nicht auf ihre Version der Geschichte hereinfällt und sie sieht, wie sie wirklich ist, ein durch und durch berechnender Mensch, der für seinen persönlichen Vorteil sogar bereit ist zu morden.

Olaf und Herr Uhlenstein haben mich gebeten, den Kontakt zu ihnen nicht abreißen zu lassen. Demnächst werden wir uns wohl zu dritt treffen, die beiden Männer sind sich bei dem ‚Enthüllungsgespräch' in meiner Wohnung schon nähergekommen. Auch der Besuch bei Mihail ist schon fest eingeplant. Sobald das Semester endet, fahre ich für ein paar Tage zu ihm und seiner Familie.

Meine Mutter hat sich tatsächlich in den Niederlanden ein Fläschchen CBD, also den nicht psychoaktiven Bestandteil von Marihuana, bestellt. Sie nimmt seit einigen Tagen jeweils zwei Tropfen vor dem Schlafengehen und ist begeistert. Langes Wachliegen gehört seitdem der Vergangenheit an. Ob es wirklich an diesem Stoff liegt oder ob es sich dabei um pure Einbildung ihrerseits handelt, weiß ich natürlich nicht. Hauptsache, es hilft!

Meine Geschichte habe ich mittlerweile von Grund auf überarbeitet - allein. Meine Mutter durfte sie erst lesen, als sie komplett fertig war. Trotz einiger Kritikpunkte ist sie begeistert und hat mit ihrem Buchverlag Kontakt aufgenommen. Heute kam der Anruf, dass ich das Manuskript einsenden soll. Nun warte ich gespannt darauf, wie es weitergeht. Wer weiß, vielleicht wird aus mir ja doch noch ein Schriftsteller.

## Nachwort

Die beschriebenen Schauplätze sind real, die Geschichte und die handelnden Personen dagegen frei erfunden und der Fantasie des Autors geschuldet. Ähnlichkeiten mit lebenden Personen sind nicht beabsichtigt.

## Liebe Leser,

zuallererst wünsche ich Ihnen, dass Sie diese nicht gerade einfache Zeit gesund überstehen.

Diese Geschichte spielt im letzten Jahr, als noch niemand etwas von der jetzigen Situation ahnte. Alex gleich mit Maske und unter erschwerten Bedingungen auftreten zu lassen, kam für sein Debüt nicht infrage. Außerdem wurde der Blücherbunker zu diesem Zeitpunkt tatsächlich saniert, was sich sehr gut in einige Szenen einbauen ließ. Sämtliche Ereignisse sind dieser Zeit angepasst.
Alex' zweiter Einsatz findet im selben Jahr kurz vor Weihnachten statt, sein dritter wird dann unter Corona-Bedingungen ablaufen, allerdings erst im Sommer 2020. Als privater Ermittler könnte er sonst nur sehr eingeschränkt agieren, was für den Fall natürlich abträglich wäre.

Wenn Ihnen die Geschichte gefallen hat, würde ich mich sehr freuen, wenn Sie eine kurze Rezension bei Amazon hinterlassen. Als Indie-Autorin bin ich stark auf Ihr Feedback angewiesen. Ein paar Worte sind völlig ausreichend – und helfen mir enorm.

Selbstverständlich können Sie mich auch bei Fragen oder Anregungen über E-Mail kontaktieren, ich antworte bestimmt – karinjhfranke@web.de

KJ Weiss – Karin Franke, zwei Namen, zwei unterschiedliche Genre, eine Autorin. Auf der nächsten Seite finden Sie eine Liste mit sämtlichen bisher erschienen Büchern.

Herzliche Grüße

Karin Franke – Pseudonym KJ Weiss

## KJ Weiss – Romane

Gedanken eines Mörders
tollkühn
namenlose Angst
Opferleid
Im Schatten des Vergessens
In ohnmächtiger Wut
Albtraum: Tod eines Kindes
Liebe - Trennung - Mord
Flickenteppich: Diagnose: Schizophrenie
Lukas: Irrwege eines Hochbegabten

## Karin Franke - Krimis

Am eigenen Leib: Richies erster Fall
Je tiefer du gräbst: Richies zweiter Fall
Zwischen Lüge und Wahrheit: Richies dritter Fall
Jeder Tod hat seinen Preis: Richies vierter Fall
Inmitten der Krise: Richies fünfter Fall
Kinderseelen-Hölle: Richies sechster Fall
Schwarze Teufelin: Richies siebter Fall
Verkalkuliert: Richies achter Fall
In den Fängen eines Loverboys: Richies neunter Fall
Tote Sünder: Richies zehnter Fall